Was Männer denken

Vanessa Mansini

Was Männer denken

Verlag:
Michael Meisheit, Fidicinstraße 24, 10965 Berlin
michaelmeisheit.de

Herstellung: Amazon Distribution GmbH, Leipzig

Covergestaltung: Catrin Sommer, Bonn
Satz: ebokks, Hildesheim

ISBN: 978-3-947778-02-7

1

So oft läuft einem der perfekte Mann nicht über den Weg. Wer wüsste das besser als ich? Wenn es dann doch passiert, sollte man eins ganz sicher nicht tun: achtunddreißig Minuten vor dem ersten Date in eine offene Schranktür rennen.

Da hatte ich schon zwei Stunden für die Verwandlung in mein schönstes Ich eingeplant, war aber dennoch in Hektik verfallen, nachdem das eigens für diesen Abend gekaufte atemberaubende kleine Schwarze mir tatsächlich den Atem raubte, weil es um die Taille zu eng geworden war. Damit hatte ich gleich zwei Probleme: Ich war plötzlich dick, und ich hatte nichts zum Anziehen. Das sind Probleme, die man vierzig Minuten vor dem Abend mit Mr. Right nicht haben möchte. Wie ein aufgescheuchter Elefant rannte ich zwei Minuten lang durch mein kleines Apartment – hin- und hergerissen zwischen dem Plan, einfach den Abend über nicht zu atmen oder doch wieder mein Lieblingsoutfit anzuziehen. Das rückenfreie mohnrote Frühlingskleid passte jederzeit, aber Henk kannte es bereits von einer Party bei unserer Airline. Wo blieb da die Überraschung? Soeben hatte ich beschlossen, dass es dann halt keine Überraschung geben würde, als ich – Überraschung! – bei einer Kehrtwende in die Schranktür rannte. Mein linker Wangenknochen knallte dermaßen vor das erstaunlich stabile Ikea-Holz, dass alles um mich herum schwarz wurde und ich mich auf meinem lavendelfarbenen Wollteppich sitzend wiederfand.

Man kann das nicht überschminken. Kühlen hilft auch nur bedingt dabei, die Schwellung zu vermeiden. Den Tränen nah saß ich, sieben Minuten bevor es an der Tür klingeln würde, in besagtem Lieblingskleid an meinem viktorianischen Schminktisch und blickte in das Antlitz einer Frau, die aussah, als hätte sie sich mit den Klitschkos eingelassen – im Boxring. Ich bin keine außergewöhnliche hübsche Frau, eher Durchschnitt, man kennt es: die Nase zu groß, die Brüste zu klein, das lange, blonde Haar zu störrisch. Aber mein großer Trumpf waren schon immer meine grün-braunen, funkelnden Augen gewesen. Von denen eins nun zur Hälfte hinter einer dicken Wulst verschwunden war. Daneben schimmerte unter gefühlten zwei Kilo Concealer und Puder bereits der blaue Fleck hindurch, der im Laufe des Abends mehr und mehr mein Gesicht dominieren würde.

Ich wollte Henk absagen. Ich hatte das Handy bereits in der Hand, doch dabei fiel mein Blick auf meinen Ringfinger. Ihn zierte der verschnörkelte Goldring, den Mama mir als Neunzehnjährige gegeben hatte, um „den Platz warmzuhalten" für den Ring, den *er* mir eines Tages geben würde. Mr. Right. Es war nicht irgendein Ring, sondern Mamas Ehering. Er sollte mir Glück bringen, wie er fünfundzwanzig Jahre lang das große Glück in ihr Leben gebracht hatte. Sie ahnte bei der Übergabe bereits, dass auch sie die Verletzungen nicht überleben würde. Mein Vater war einen Tag zuvor noch am Unfallort gestorben.

In den ersten Jahren ohne meine Eltern hatte mir der Ring tatsächlich Mut gemacht. Er hatte mir geholfen, nach vorne zu schauen, mir eine Aufgabe gegeben. Aber nach einem Jahrzehnt der vergeblichen Suche nach *ihm* wog das Gewicht des Platzhalters schwer. Mittlerweile fühlte ich mich wie Frodo, der den einen Ring endlich loswerden wollte. Letztlich war es nämlich doch nicht so einfach wie bei meiner Mutter. Als junge Frau aus der Kleinstadt hatte sie bei einem Berlin-Besuch meinen Vater in seiner Stammdisco kennengelernt und nach einer durchtanzten Nacht gewusst, dass er der Mann fürs Leben war. Abgesehen davon, dass mittlerweile niemand mehr „Disco" sagte, traf auch niemand an solchen Orten die Männer, mit denen man weglaufen, heiraten und Kinder bekommen konnte. Das hatte ich längst getestet. Das und so einiges anderes.

Bei meiner Suche nach dem großen Glück hatte es neben diversen Nieten gerade einmal drei Treffer gegeben. Drei auch an mir interessierte Mr. Right in zehn Jahren ist nicht übermäßig viel, besonders wenn man bedenkt, was aus den möglichen Verlobten geworden war: Das 22-jährige Startup-Genie mit dem sexy Grübchen am Kinn entpuppte sich als gigantischer Trickbetrüger und kam wenige Tage nach einem vielversprechenden ersten Date in Untersuchungshaft, was weitere Dates verhinderte. Der 25-jährige Jurastudent stellte nach vier stürmischen Wochen fest, dass er nicht einmal Wind mochte und daher lieber alleine bleiben wollte. Bei dem 28-jährige Immobilienmakler mit den wunderschönen Händen reichte es immerhin für drei Monate Beziehung, nach denen er mir allerdings gestand, bereits verheiratet zu sein. Er behauptete zwar, mich aufrichtig zu lieben und seine Frau für mich verlassen zu wollen, aber so hatte ich mir das nicht vorgestellt. So hatte ich mir das alles nicht vorgestellt.

Seit einigen Wochen redete ich mir nun schon ein, dass all diese Enttäuschungen hatten sein müssen, damit ich frei war für den Mann, bei dem aber nun wirklich alles stimmte: für Henk. Der tollste Kerl, dem ich je begegnet war. Groß, starke Schultern, schwarzes, perfekt sitzendes Haar, wunderschöne, braune Augen. Wenn er in seiner

Uniform vor mir stand, schlug mein Herz jedes Mal bis in den Hals. Seine Pilotenuniform. Denn ja, er war Pilot. Wer könnte besser zu einer Stewardess passen als ein Pilot? Ich würde nicht behaupten, dass ich nach meinem BWL-Studium – für einige überraschend – diese berufliche Laufbahn eingeschlagen hatte, um mir einen schicken Piloten zu angeln, aber zumindest hatte es entsprechende Tagträume gegeben.

Henk war jedoch mehr als ein gut aussehender Pilot. Er war cool, witzig, ein echter Gentleman. Natürlich, Henk war ein Draufgänger und berühmt dafür, bei den Frauen nichts anbrennen zu lassen – deswegen hatte ich mich im ersten Jahr bei German Air auch von ihm ferngehalten. Doch er hatte nun die Dreißig überschritten und mir bei der Feier zum Firmenjubiläum im angetrunkenen Zustand gestanden, wie hohl ihm das Junggesellendasein mittlerweile vorkam und wie sehr er sich nach einer Familie sehnte. Er war ruhiger geworden. Kolleginnen, die bei einem Stopover in Paris nicht in ihrem eigenen Zimmer übernachteten, gab es nicht mehr. Er hatte sich seine Hörner abgestoßen. Er war reif. Und er hatte mich für sein neues Leben ins Auge gefasst.

Zunächst hatte ich das nicht glauben können – war ich bisher für solche Kaliber doch eher die lustige, beste Freundin gewesen – aber die Zeichen hatten sich gemehrt: Seit der Party hatte er sich mir gegenüber sehr aufmerksam verhalten. Die Blicke waren wissend, die Augen trotzdem funkelnd, es hatte sich etwas aufgebaut, das über einen Flirt hinausging. Ich hatte seine Fragen nach „mal Kaffee trinken gehen" mit pochendem Herzen abblitzen lassen, denn ich wollte, dass er es wirklich ernst meinte. Und tatsächlich, nach einem Rückflug von Warschau hatte Henk im Crewbereich des Schönefelder Flughafens auf mich gewartet, ungewöhnlich nervös, aber auch entschlossen, und hatte mich zum Abendessen eingeladen – in eines der besten Restaurants der Stadt. Bei meiner – natürlich zögerlichen – Zusage hatte ich jungenhafte Freude in seinen Augen gesehen. Auch ich hatte ihn angestrahlt – mit einem Rest Skepsis, ob gerade dieser Beau der Mann sein konnte, der Mamas Ring ersetzen würde.

Vielleicht ergab sich durch die Schranktür die perfekte Gelegenheit, diese Zweifel auszuräumen. Entschlossen schaute ich mir im Spiegel des Schminktischs in das geschwollene Auge. Ich würde das Essen nicht absagen. Wenn Henk es ernst mit mir meinte, dann würde ihn das blaue Auge nicht stören. Dann würde er vielleicht lachen, mich natürlich bedauern, aber einen genauso perfekten Abend mit mir verbringen wie mit meinem schönsten Ich. Und wenn nicht, wenn am Ende doch nur Äußerlichkeiten zählten, dann war er eben ein weiterer Fehlgriff in einer langen Reihe von Fehlgriffen. Ich wüsste dann zumindest, woran ich war. Ich drückte meinen Rücken durch und nickte meinem Boxer-Ich zu. Der entscheidende Abend konnte beginnen.

2

Henk schlug sich außerordentlich gut. Er kam fünf Minuten zu spät – nach alter Schule die angemessene Verspätung, um der Dame noch einmal Luft zum Durchatmen zu geben. Er sah in seinem legeren Armani-Anzug umwerfend aus, fast noch besser als in Uniform. Das Funkeln in seinen wunderschönen Augen erhellte das Treppenhaus – bis er meine Verletzung entdeckte. Sofort zeigte er Mitleid und sagte: „Ich hoffe, du hast den Kampf wenigstens gewonnen."

„Klar, du musst mal die andere sehen", antwortete ich, und damit landeten wir sofort in der richtigen Stimmungslage.

Natürlich erkundigte er sich, was wirklich geschehen war, litt mit mir und streichelte spontan über die geschwollene Stelle. Ganz sanft, es war mehr ein Windhauch, aber die Berührung heilte sämtliche Wunden.

Henk öffnet mir die Haus- und dann die Taxitür, bevor er zu anderen Wagenseite eilte. Auf der Fahrt erzählte er davon, wie er durch ein Missgeschick beim Kitesurfen eine halbe Restaurantterrasse auf Barbados umgepflügt hatte und hinterher am ganzen Körper so aussah wie ich nun im Gesicht. Insofern hatte ich noch Glück gehabt. Er brachte mich zum Lachen, gleichzeitig fühlte ich mich auch als Misses Klitschko absolut wohl bei ihm. Ich gratulierte mir für die Entscheidung, den Abend nicht abgesagt zu haben. Letztlich war ich durch das Manöver mit der Schranktür weit weniger nervös als vorher, und wir hatten mühelos einen Gesprächseinstieg gefunden.

Wir waren bereits so sehr in diverse Geschichten von Missgeschicken vertieft, dass mich bei unserer Ankunft im Sterne-Restaurant nicht einmal das Ambiente einschüchtern konnte. Dabei war es einige Jahre her, dass ich mich in diesen gehobenen Bereichen der Gesellschaft bewegt hatte – seit den Dates mit dem Immobilienmakler, um genau zu sein. Das Facil gehörte zu einem der modernen Hotels am Potsdamer Platz. Es gab dort im fünften Stock einen begrünten Innenhof, in dessen Mitte sich das Restaurant mit den Glaswänden befand. Man saß sozusagen im Grünen. Die Türen waren bei den Frühlingstemperaturen genau wie das Glasdach geöffnet, so dass es wie Cabriofahren war.

Im Restaurant war Henk wiederum für sämtliche Türen zuständig, er ließ mich vorgehen, den Platz aussuchen und legte, als wir schließlich saßen, seine Hand selbstverständlich auf die meinige, nur um mich dann glücklich anzulächeln. Mein Herz explodierte, mein Puls raste, meine Hand unter seiner schmolz. Zusammengefasst: Es war alles perfekt!

Bis zum dritten Gang. Nein, nicht das Essen war das Problem. Der Hummer mit wildem Blumenkohl und Wassermelone schmeckte ausgesprochen gut und ließ mich neue Geschmackserfahrungen machen. Auch Henk verhielt sich weiterhin tadellos, führte unaufdringlich durch unser Gespräch, bei dem es mittlerweile um unsere Familiengeschichten ging – sozusagen der Backgroundcheck. Henk zeigte sich einmal mehr von seiner einfühlsamen Seite, als ich von dem tragischen Unfall meiner Eltern berichtete. Ich fühlte mich verdammt wohl bei ihm. Das Problem war die Dame am Nebentisch: eine vielleicht zehn Jahre ältere Frau mit einem schwarzen Etuikleid, dezentem Schmuck, gelockten, schwarzen Haaren und selbstbewusstem Blick. Beim ersten Gang hatte ich eben diesen Blick noch für den üblichen gehalten, mit dem man Leute am Nachbartisch mustert. Beim zweiten Gang rätselte ich, ob wir uns von irgendwoher kannten, denn sie schaute mich durchaus warm und freundlich an. Beim dritten Gang wurde es mir unangenehm. Die Frau wollte etwas von mir, oder sie hatte ein Problem mit mir, aber ganz ehrlich: Ich hatte keine Ahnung, was los war.

Es überraschte mich nur wenig, dass die Frau mir zu den Toiletten nachging, als ich mich nach dem Verzehr des dritten Gangs kurz bei Henk entschuldigte. Was heißt „nachging"? Sie sprang mitten im Löffeln ihres Kaviars an Kabeljau auf, sogar mitten im Satz ihres Mannes, und stürmte quer durch den Raum, als ob sie sich plötzlich übergeben müsste. Doch weit gefehlt, sie wollte zu mir. Mit mir reden. So sehr, dass sie nicht einmal selbst auf Toilette ging, sondern vor meiner Kabine wartete. Ich konnte ihre Prada-Schuhe unter der Kabinentür hindurch sehen, was nicht besonders hilfreich für meinen Harndrang war. Als es dann doch irgendwann geklappt hatte und ich aus der Kabine trat, war sie sofort bei mir.

„Geht es Ihnen gut?", fragte sie mit betroffener Miene.

Eigentlich hätte eher ich ihr diese Frage stellen sollen angesichts ihres Verhaltens. Ich hatte nach wie vor keinen blassen Schimmer, was sie von mir wollte – was letztlich nur bewies, wie wohl ich mich bei Henk fühlte und wie schnell er mich meine Sorgen vom früheren Abend hatte vergessen lassen. Erst als sie mit ernster Miene auf meine Wunde am Auge deutete, erinnerte ich mich an meinen Stunt beim Anziehen. Die Frau fühlte mit mir wegen meines geschwollenen Auges. Wie nett.

„Ach das?", entfuhr es mir überrascht. „Das ist kein Problem. Ich spüre es kaum noch."

„Sie sind es schon gewohnt“, hauchte sie und schluckte dabei, als ob diese Erkenntnis sie geradezu verstören würde.

„Also, na ja, so oft passiert es nun auch wieder nicht“, verteidigte ich mich.

Ich sah mich nicht als ungeschickten Menschen an, aber natürlich gehörten blaue Flecken gerade in den beengten Verhältnissen am Bord eines Flugzeugs zu meinem Alltag.

„Sie können das trotzdem nicht hinnehmen“, beschwor sie mich. „Sonst wird es immer schlimmer. Das kann … tödlich enden.“

Wenn die Frau nicht mit beängstigend ernster Miene vor mir gestanden hätte, hätte ich sie für verrückt erklärt. Ich konnte mir beim besten Willen nicht vorstellen, wie aus einer Prellung im Gesicht eine tödliche Gefahr entstehen konnte. Kurz befürchtete ich, dass die Wunde aufgeplatzt war und ich wie eine wandelnder Zombie aussah, aber ein Blick in den Spiegel über dem Waschbecken zeigte mir, dass ich nach wir vor sehr lebendig wirkte. Wunde und Schwellung waren unverändert, ich hatte sogar durch Wein und Flirterei eine ausgesprochen gesunde Gesichtsfarbe. Noch während ich rätselnd mein Spiegelbild musterte und mir die Hände wusch, fügte die besorgte Frau hinzu: „Wir haben das alles schon viel zu oft erlebt.“

„Was schlagen Sie denn vor, was ich machen soll?“, fragte ich aus purer Neugierde.

„Sie müssen sich von ihm trennen.“

„Von wem?“

„Wer hat Ihnen das denn zugefügt?“, fragte sie – es klang nach einer rhetorischen Frage.

„Ich soll mich von meinem Schrank trennen?“

„Was?“

„Was?“

„Von Ihrem Mann natürlich.“

Ich schwöre: Keine Sekunde hatte ich Dummchen auch

nur im Ansatz verstanden, dass die Frau die ganze Zeit davon ausgegangen war, dass Henk mich verprügelt hatte, und ich deswegen so aussah, wie ich aussah. Ich musste laut lachen.

„Sie glauben, ich … dass Henk … Nee, echt nicht. Ich bin in eine offene Schranktür gelaufen."

Was für ein Missverständnis! Ich fand es zum Schießen, weil Henk ja nun wirklich das exakte Gegenteil von dem war, was sie angenommen hatte. Mein Lachen hielt nicht lange. Die Frau lachte nicht mit mir. Sie war auch nicht peinlich berührt oder erleichtert wegen meiner Richtigstellung. Sie nickte einfach nur mit einem tiefen Seufzer. Ich kapierte, dass wahrscheinlich jede zweite geprügelte Frau vorgab, dass sie in eine offene Schranktüre gelaufen war. Und wahrscheinlich lachten die meisten dabei auch ungefähr so überdreht, wie ich es in diesem Moment tat.

„Ich bin wirklich in eine Schranktüre gelaufen", versicherte ich weit ernster. „Bei mir zu Hause. Kurz bevor er mich abgeholt hat."

Sie seufzte noch einmal und holte dann zu einer Rede aus: „In unseren Kreisen ist es noch viel schwerer zuzugeben, dass etwas fürchterlich schiefläuft. Ich weiß, wovon ich rede. Wir sind doch keine Asozialen, wir führen das perfekte Leben, da gibt es keine Brüche, keinen Riss im Glück, schon gar keine Gewalt. Ich verstehe das. Aber es ist nicht Ihre Schuld. Was auch immer er Ihnen einredet, was auch immer auf dem Spiel steht, hier sind Grenzen überschritten worden. Es gibt nichts auf der Welt, das seine Schläge rechtfertigt."

Sie sprach so mitreißend und emotional, dass ich mich schon fast selbst bedauerte aufgrund meiner so fürchterlich schiefgelaufenen Ehe. Aber das war das Stichwort.

„Wir sind überhaupt nicht verheiratet."

„Und schon verteidigen Sie seine Gewalt?", fragte sie entsetzt.

„Nein", rief ich, aber weiter kam ich nicht, denn es klopfte von draußen an die Tür der Damentoilette.

„Rosa?", hörte ich die Stimme von Henk.

„Oh, nein, er überwacht Sie", entfuhr es der besorgten Frau, die nun auch noch erblasste.

„Nein", stammelte ich. „Keine Ahnung, was der … Meine Güte!"

Ich eilte überfordert zur Tür. Als ich sie öffnete, schaute Henk mich bereits so bedauernd an, als ob ihm all seine imaginären Schläge wirklich, wirklich leid täten. Er sah die blasse Frau hinter mir, winkte ihr mit einem höflichen „Entschuldigung" zu und flüsterte in meine Richtung: „Sorry, dein Handy klingelt ohne Pause, seit du weg bist. Ich wusste nicht, ob es vielleicht etwas Dringendes ist."

„Was?", entfuhr es mir überfordert, weil ich mein Handy in meiner Handtasche wähnte, die ich in der Hand hielt.

Kurz dachte ich, dass ich Ziel eines obskuren Streichs geworden wäre, aber dann fiel mir ein, dass ich das Handy auf den Tisch gelegt hatte, nachdem ich Henk Bilder von meinem letzten Besuch bei meinem Bruder Felix im fernen Kalifornien gezeigt hatte. Aber wer in aller Welt rief denn ausgerechnet jetzt mit so einem Nachdruck an, dass es Henk auf die Damentoilette trieb?

„Entschuldigen Sie", sagte ich zu der Frau hinter mir. „Es ist alles gut. Sie müssen sich wirklich keine Sorgen machen."

Dann eilte ich mit Henk in den Flur, stellte mich abseits an ein Fenster über dem Potsdamer Platz und nahm das Handy, das in diesem Moment zwar nicht klingelte, aber kaum, dass ich die drei Anrufe in Abwesenheit gefunden hatte, wieder loslegte. Die Nummer hatte ich bereits erkannt: Britta. Meine beste Freundin. Wir kamen beide aus Wilmersdorf, waren zusammen aufs Gymnasium gegangen. Nach dem Tod meiner Eltern war sie zu mir in unsere viel zu große Wohnung gezogen – mein Bruder hatte sich da bereits zum Studium in die USA verabschiedet. Die gemeinsamen Jahre hatten Britta und mich zusammengeschweißt und hatten erst geendet, als sie die Liebe ihres Lebens gefunden hatte.

„Britta, alles in Ordnung?", rief ich in das Handy.

Henk legte mir beruhigend die Hand auf den Rücken, was sich ungemein gut anfühlte. Aus dem Augenwinkel entdeckte ich allerdings, dass die besorgte Frau die Damentoilette verließ. Ich war mir sicher, aus ihrer Sicht sah es so aus, als ob Henk mich von ihr weg schob, vielleicht sogar bei nächster Gelegenheit aus dem Fenster stoßen würde. Ich konnte nichts zu seiner Verteidigung erklären, denn ich hörte am Telefon: „Wer bist du?"

Nein, das war nicht Britta. Das war ihr dreijähriger Sohn.

„Emil? Alles gut bei euch?"

„Wer bist du?"

„Hier ist Rosa. Warum rufst du mich an?"

„Hallo Rosa!", rief er erfreut.

„Ja, hallo Emil, warum rufst du mich an?"

„Mama, das ist Rosa."

Ich hörte die irritierte Stimme von Britta im Hintergrund, die mit dem Kind sprach, dann raschelte es und schließlich war sie am Apparat.

„Hey, Rosa, sorry, Emil hat sich das Telefon geschnappt. Was ist denn los?"

Sie klang gehetzt, was nichts Besonderes war. Sie war immer gehetzt. Auch Mittwochs um halb zehn, wenn die Kinder längst schlafen sollten. Vor allem Mittwochs um halb zehn, wenn die Kinder längst schlafen sollten.

„Emil hat mich angerufen", erklärte ich ihr.

„Mist, nochmal sorry", sagte sie unbekümmert. „Wo bist denn du?"

„Mit Henk im Facil."

Ich lächelte Henk an, dessen Hand auf meinem Rücken sich so warm anfühlte, als ob er Kohlenstücke darin hielt.

„Oh, nochmal sorry", rief Britta peinlich berührt in das Handy. „Dann will ich gar nicht weiter stören."

„Schon gut."

„Schönen Abend noch!"

Weg war sie. Ich atmete tief durch.

„Kein Notfall", stellte Henk mehr fest, als dass er fragte.

„Kein Notfall. Ein Dreijähriger, der mich unbedingt sprechen wollte."

„Du bist bei Männern aller Altersgruppen gefragt."

Ich musste grinsen. Auch Henk grinste. Er stand direkt vor mir. Ich konnte den Duft seines herben Männerparfums in mich aufnehmen. Kurz hatte ich das Bedürfnis, ihn zu küssen, aber das war unser erstes Date, und für das gab es Regeln, also steckte ich das Handy in meine Handtasche und folgte ihm zurück ins Restaurant.

Zwei gute Seiten hatte Emils Anruf. Erstens war ich das unangenehme Gespräch mit der besorgten Dame losgeworden. Und zweitens waren wir bei Gang vier automatisch beim Thema Kinder angelangt. Denn machen wir uns nichts vor: Ich würde diesen Abend nicht beenden, bevor Henk seine betrunken gemachte Aussage, dass er sich nach einer Familie sehnte, ernsthaft wiederholen und konkretisieren würde. Und was soll ich sagen? Bei Gang fünf hatte ich das Versprechen auf dem Tisch liegen, dass wir drei Kinder haben würden, das erste möglichst bald. Natürlich hatte er das nicht wortwörtlich so gesagt und auch gar nicht konkret von mir geredet, aber seine rein theoretischen Wünsche waren von einem Funkeln in den Augen begleitet, das sich nur auf mich beziehen konnte.

Mein Enthusiasmus bekam allerdings sofort wieder einen Dämpfer, denn mit dem fünften Gang hatte ich auch noch etwas anderes auf dem Tisch liegen. Genauer gesagt in meiner neuen Stoffserviette, die mir die aufmerksame und sympathische Kellnerin mit dem Kobe-Rind an Frühlingsgemüse gebracht hatte. Normalerweise bekam nur, wer den Tisch verließ, eine neue Serviette, aber dass es sich um kein Versehen handelte, erkannte ich, als ich den Zettel in dem gefalteten Stoff entdeckte. In geschwungener Frauenhandschrift stand dort: „Bitten Sie mich um noch etwas Brot, wenn Sie Hilfe mit Ihrer Situation benötigen."

Diese ganze Sache mit den Kindern und der Familienplanung hatte mich die absurde Begegnung auf der Damentoilette vergessen lassen. Natürlich waren mir bei unserer Rückkehr die bohrenden Blicke der besorgten Frau am Nachbartisch nicht entgangen, aber ich hatte ihr noch einmal freundlich zugenickt, so unmisshandelt wie eine Frau das nur konnte, und beschlossen, sie fortan zu ignorieren. Dadurch hatte ich offensichtlich verpasst, dass sie Verbündete im Personal gesucht und gefunden hatte. Als ich entsetzt von der Notiz in meiner Serviette aufblickte, sah ich direkt in die Augen meiner Tischnachbarin. Entschlossen schüttelte ich den Kopf. Ich sah unweit von ihr die Kellnerin, die mir den Zettel hatte zukommen lassen, und entdeckte auch bei ihr schwesterliches Mitgefühl. Ich schüttelte wieder den Kopf. So eindringlich und angespannt, dass es für die beiden wahrscheinlich nach purer Verzweiflung aussah und alle Vorurteile bestätigte. Wie kam ich bloß aus der Nummer wieder raus?

„Ich könnte mir eigentlich auch ganz gut vorstellen, in London zu leben", sagte Henk in diesem Moment.

Oh mein Gott. Das durfte ich nicht verpassen. Wir verhandelten – natürlich nicht offen ausgesprochen – darüber, wo wir nach der Hochzeit leben würden. Er schlug meine absolute Lieblingsstadt vor. So sehr ich meine Heimat Berlin liebte, ich hatte seit dem Schüleraustausch in der zehnten Klasse davon geträumt, in der englischen Metropole leben zu können. Wann immer es möglich war, ließ ich mich für Flüge dorthin einteilen.

„Das ist ja einer der Vorteile an unserem Beruf", fuhr er fort. „Wir können leben, wo wir wollen."

Ich nickte und hätte beinahe gesagt, dass es in meinem Fall sogar noch einfacher war, weil ich nach der Geburt des ersten Kindes nicht mehr arbeiten würde, aber das schien mir dann doch zu weit zu gehen. Es stimmte aber. Ich liebte meine Job, doch er war anstrengend und mit Kindern nicht vereinbar. Außerdem empfand ich es als großes Glück, wenn ich meine Zeit für einige Jahre ausschließlich den Kindern und der Errichtung eines Familienheims widmen konnte – genau wie meine Mutter. Warum manche Frauen – allen voran Britta – das zu einem Problem machten, hatte ich nie verstanden. Es war doch ein Geschenk, wenn sich der Mann um das Geld kümmerte. Vor allem, wenn es gleich so viel Geld war, dass man sich damit ein Haus in London leisten konnte – wir wissen alle, was die kosten.

Ich nestelte an Mamas Ring und kletterte erneut in den Traumgebäuden umher, die Henk und ich – natürlich nicht offen ausgesprochen – entwarfen. Dabei blendete ich das Geschehen um mich herum vollkommen aus. Ich genoss die Präsenz dieses wunderbaren Mannes, den köstlichen Wein und auch die einzigartige Rotweinsauce meines Rinderfilets – die sich mit nichts vergleichen ließ, was ich je gegessen hatte. Ich schwebte wahrhaft auf Wolken, sodass ich um etwas Brot bat, mit dem ich den Rest der Sauce auftunken wollte.

„Nein", rief ich panisch, kaum dass ich sah, in wessen Richtung ich meine Bitte geäußert hatte. „Nein, nein, nein, kein Brot. Vergessen Sie das mit dem Brot. Ich komme sehr gut ohne Brot zurecht. Missverständnis. Großes Missverständnis."

Denn natürlich blickte ich in die Augen der Kellnerin, die mich hatten retten wollen. Sie stand irritiert neben mir und schaute unweigerlich zu unserer Tischnachbarin, die den Kampf für meine Freiheit anführte. Von dort kam ein vielsagender Blick zurück.

„Hören Sie", ergänzte ich in Richtung der Kellnerin. „Es ist alles ein großes Missverständnis. Mir geht es gut. Ohne Brot! Okay?"

„Mh, Rosa?", hörte ich Henk auf der anderen Seite des Tisches. „Ich glaube, die Dame hat jetzt verstanden, dass du doch kein Brot möchtest."

„Ich hoffe es", sagte ich und lachte viel zu laut.

Zwar verschwand die Kellnerin, aber nach diesem Fauxpas ging es erst richtig los. Am Eingang zur Küche unterhielt sie sich mit einer Kollegin und blickte dabei immer wieder zu unserem Tisch. Bald gesellte sich der Restaurantleiter hinzu und schließlich auch die Dame vom Nebentisch. Während ihrer aufgebrachten Rede fasste diese sich immer wieder an die Wange, um meine Verletzung drastisch zu schildern. Die Kellnerin wedelte dazu mit dem Brotkorb herum – offensichtlich stritt man darüber, wie meine stornierte Bestellung zu interpretieren sei. Das alles zu beobachten, brachte mich so sehr aus dem Konzept, dass ich Henk nicht mehr zuhören konnte – dabei sprach er mit glänzenden Augen von der Hochzeit seines Cousins in den schottischen Highlands. Mein Mr. Right sprach von einer Hochzeit! An den Klippen des Atlantiks! Und ich Depp nickte nur abwesend, während ich hilflos die Entstehung einer Protestbewegung an der Küchentür mitansehen musste. Ein Desaster! Am Ende gewann Henk noch den Eindruck, ich würde mich gar nicht fürs Heiraten interessieren.

Natürlich hätte ich ihn über die entstandene Situation aufklären können, doch dafür hatte ich den richtigen Zeitpunkt verpasst. Nach der Begegnung in der Toilette war es mir zu albern erschienen, und ich hatte gewollt, dass Henk unbeschwert mit mir über Kinder und Co reden konnte. Solch ein abstruser Vorwurf und die peinliche Situation nach der Aufklärung hätten den perfekten Abend in die vollkommen falsche Richtung gelenkt. In die lief er nun trotzdem mit meinem vermeintlichen Desinteresse an seinen Beschreibungen von Brautkleid und Eheringen. Also blieb mir nur eine Möglichkeit.

„Henk, sorry, erzähl gleich bitte exakt an dieser Stelle weiter. Ich finde das super interessant. Ich liebe Hochzeiten! Aber ich muss ganz kurz mal … mh … was klären, ja?"

„Was denn?"

„Bin gleich wieder da."

Entschlossen stand ich auf und durchschritt den Raum mit den dinierenden Reichen und Schönen. Der kleine Mob vor der Küche verstummte und blickte mir erwartungsvoll entgegen.

„Hat er sie zu uns geschickt?", fragte die ältere Dame, kaum dass ich bei den vier Freiheitskämpfern angelegt war.

„Nein, das hat er nicht", gab ich mühevoll beherrscht zurück. „Und ich möchte Sie eindringlich bitten, was auch immer Sie hier über mich diskutieren oder gar planen zu unterlassen. Das heute ist mein erstes Rendezvous mit einem Mann, der mir nichts angetan hat und auch nichts antun wird, der mir aber eine ganze Menge bedeutet, und Sie sind dabei, etwas Einzigartiges zu ruinieren."

Die Kellnerinnen schauten sich skeptisch bis verunsichert an, die besorgte Frau schüttelte den Kopf, und dem Restaurantleiter entfuhr ein angestrengtes „Sag ich doch". Für ihn war die Sache damit erledigt. Guter Mann.

„Aber Ihre Körpersprache sagt etwas anderes", protestierte die Dame, die mit dem ganzen Unsinn begonnen hatte.

„Vielleicht können Sie einfach mal auf meine tatsächliche Sprache hören und nicht meine Körpersprache deuten. Ich bin wegen meines Dates aufgeregt und jetzt auch noch überfordert durch Ihre kleine Frauenbewegung hier. Abgesehen davon geht es mir sehr gut."

Ich war so laut geworden, dass einige Gäste irritiert zu uns blickten. Ich hoffte inständig, dass Henk nichts davon mitbekam. Ein kurzer Kontrollblick zu ihm erleichterte mich: Er war mit seinem Handy beschäftigt.

„Das tut mir sehr leid", wandte sich die Brot-Kellnerin aufrichtig an mich. „Ich war wirklich unsicher, ob es Ihnen gut geht. Besonders wegen der Brotbestellung und …"

„Ja, das war mein Fehler", unterbrach ich sie zugewandter, denn ich sah ihr ihre Pein an. „Ich war so in unser Gespräch vertieft, gerade weil es mir gut ging mit dem Mann."

„Warum sagen Sie ihm dann nicht, was los ist?", fragte die ältere Dame. „Warum machen Sie so eine Geheimniskrämerei?"

„Weil ich die schöne Stimmung nicht killen will", antwortete ich empört. „Weil das nichts mit ihm zu tun hat. Er ist nicht so ein Mann. Er ist ein Guter."

Ich blickte zu der bisher stumm gebliebenen zweiten Kellnerin – eine etwas ältere, selbstbewusste Frau mit einer kleinen Tätowierung am Hals. Sie widersprach nicht so penetrant wie die besorgte Frau, schien aber auch nicht überzeugt.

„So", beendete der Restaurantleiter die Diskussion und wandte sich an mich. „Bitte nehmen Sie meine aufrichtige Entschuldigung an. Sie werden ab sofort Ihre Ruhe haben. Dafür sorge ich persönlich."

Auch die junge Kellnerin, die es sicher nur gut gemeint hatte, nickte heftig. Die besorgte Frau stieß einen Schnaufer aus und ging ohne ein weiteres Wort zurück zu ihrem Tisch – als ob man ihr ihr Spielzeug weggenommen hätte. Ich dankte den anderen, die sich daraufhin zurück zu ihrer

Arbeit begaben. Nur die tätowierte Kellnerin blieb noch stehen, weil sie neben der Küche Getränke auf ein Tablett laden musste. Irgendetwas an ihrem Auftritt irritierte mich. Eigentlich hätte ich gehen sollen, denn ich hatte ja mein Ziel erreicht, aber ich wollte die Zustimmung aller – damit nicht am Ende doch noch die Polizei oder das Frauenhaus gerufen wurden.

„Sie glauben mir nicht?“, fragte ich sie.

„Doch.“

„Aber?“

Sie zögerte, blickte zu Henk, der Gott sei Dank noch auf sein Handy starrte.

„Wenn Sie so einen traumhaften Abend haben, frage ich mich, warum er Lisa auf den Arsch und in den Ausschnitt starrt, sobald Sie es mal nicht mitbekommen.“

Mit Lisa meinte sie offensichtlich unsere Kellnerin, deren Kurven auch in dem eher dezenten Hosenanzug durchaus sehenswert waren.

„Ernsthaft?“, fragte ich sie. „Selbst wenn das wirklich so war. Er ist ein Mann, die tun so etwas. Aber was ich nicht verstehe: Warum drei Frauen, die angeblich so um das Wohl einer anderen Frau besorgt sind, alles dagegen tun, dass sie mit einem Mann glücklich wird? So kommen wir doch nie von der Stelle.“

Die Kellnerin zuckte defensiv mit den Schultern.

„Sie haben gefragt.“

Ich schnaufte nun ebenfalls und kehrte zurück zu meinem Tisch. Henk steckte sofort sein Handy weg und lächelte mich an. Es kostete mich etwas Kraft, das Lächeln zu erwidern, aber ich bekam es hin, sobald ich seine funkelnden Augen sah.

„Was war denn los?“, fragte er unbekümmert.

„Ich hab’ das Dessert abbestellt. Ich bin pappsatt. Eigentlich würde ich gerne gehen.“

Tatsächlich hatte ich das Bedürfnis, das Restaurant baldmöglichst zu verlassen.

„Oh“, entfuhr es Henk. „Okay, klar, ich bin auch voll. … Mh, wir können ja noch zu mir und einen kleinen Absacker trinken?“

Sein unwiderstehliches Lächeln entschädigte mich für vieles. Sein Unterton holte mich zurück in den Flirtmodus.

„Beim ersten Date trinke ich grundsätzlich keine Absacker“, antwortete ich mit vielsagendem Lächeln.

„Ist das so? Auch nicht, wenn er ganz besonders lecker ist?“

Er taxierte mich mit einem eindeutigen Blick. Ich schüttelte bedauernd den Kopf. Er seufzte angemessen enttäuscht.

„Aber ich habe den Abend sehr genossen“, sagte ich nach einer effektvollen Pause. „Vielleicht lässt sich das wiederholen.“

Dann aber in einem anderen Restaurant. Henk nickte.

„Oh ja, das werden wir.“

Es klang wie eine Drohung. Eine verheißungsvolle Drohung. Eine, die Herz und Lenden berührte. Der Abend endete ebenso perfekt, wie er gestartet war.

3

„Hat der Pilot dich verprügelt?"

Meine Nachbarin Anka stand erbost vor mir. Die riesig große, schlanke Frau stemmte ihre Hände in die Hüften.

„Jetzt fang du nicht auch noch an!", meckerte ich und ging an ihr vorbei in ihre Wohnung.

Mit Anka und mir war es so: Mir ging die dreiunddreißigjährige, wahnsinnig liberale und abgeklärte Frau zeitweilig gehörig auf die Nerven, aber es gab niemanden, bei dem man besser abends um halb elf klingeln konnte und sofort mit leckerem Wein sowie einem offenen Ohr versorgt wurde. Ein halbes Jahr lang hatten wir uns nach meinem Einzug in den Schöneberger Altbau skeptisch beäugt. Mich irritierte ihr stets offensiv freizügiges Outfit, die unklaren Beziehungsverhältnisse und ihre recht deftigen Sprüche, sie hingegen empfand mich als viel zu gut gelaunte Träumerin. Am Ende waren wir durch einen Wasserrohrbruch, der unser beider Wohnungen in Seenlandschaften verwandelt hatte, zu Freundinnen geworden. Letztlich hatten wir, was Anpacken und für den anderen Dasein anging, doch eine Menge gemeinsam. Im darauffolgenden Sommer hatte es sich dann eingebürgert, dass wir abends von Balkon zu Balkon unser Liebesleben diskutierten, später dann wegen nicht jugendfreier Inhalte (und neugierigen Teenager in der Wohnung eine Etage tiefer) auch gerne in Ankas oder meiner Küche. Sie fand meine Suche nach dem perfekten Ehemann und Vater meiner Kinder „niedlich“, aber auch hoffnungslos veraltet. Ich ihre strenge Ablehnung von Monogamie und den fehlenden Glauben an die Liebe vor allem traurig. Trotzdem oder vielleicht gerade deswegen konnte ich mit niemandem so gut und offen über all die Themen reden, die sich rund um die Männer bewegten. Kein Wunder also, dass mich nach dem Abend mit Henk nicht nur die Lust nach einem weiteren Glas Wein zu ihr trieb.

Ich marschierte durch den kleinen Flur direkt ins Wohnzimmer der Altbauwohnung, die exakt so geschnitten war wie die meinige, nur halt spiegelverkehrt. Was die Einrichtung anging, gab es allerdings eine Menge Unterschiede: Ich hatte meine erste wirklich eigene Wohnung mit warmen Wandfarben gestrichen – von pudrigem Rosé im Schlafzimmer über Eierschale in der Küche bis hin zu Mauve im Wohnzimmer. Bei Anka war alles mehr oder weniger grau. In meiner Wohnung gab es viele Pflanzen, stets frische Tulpen vom Wochenmarkt und natürlich zahllose Kerzen in den schönsten Farben. Anka dagegen frönte dem Minimalismus. Während bei mir Stoff und Holz dominierten, waren es bei ihr Glas, Stein und natürlich Leder – so wie bei der dunkelgrauen Couch, auf die ich mich nun fallen ließ.

„Aber der Abend war ein Desaster?“, fragte Anka, die mir gefolgt war.

Farblich harmonierten wir an diesem Tag exzellent miteinander: Sie trug ihren knallroten Retro-Jogginganzug. Er stand ihr ausgesprochen gut, denn er betonte lässig ihre knackige Figur und war ein schöner Kontrastpunkt zu den grünen Augen und schwarzen, langen Haaren, die – egal, was sie tat, stets so verwuschelt waren, als ob sie gerade von einem erotischen Abenteuer käme.

„Nein, es war eigentlich traumhaft, aber … eben auch nicht ganz“, erläuterte ich.

Damit meinte ich wohlgemerkt nicht die Frauenbewegung im Facil, sondern das, was beim Abschied von Henk passiert war.

„Ach ja? Weil er dir am Ende noch aus Versehen seinen Ellbogen ins Gesicht gedonnert hat?"

Sie stand längst an ihrem Weinregal und holte zielsicher meinen spanischen Lieblingswein hervor, den sie dann auch entkorkte – ohne mich nach meinen Wünschen zu fragen.

„Nein", protestierte ich. „Damit hat das überhaupt nichts zu tun."

Ich deutete auf die Wunde.

„Okay, von vorne", insistierte sie mit ihrer rauchigen Stimme – die Weinflasche gab ein lautes Ploppen von sich.

Als ich gerade ansetzen wollte, die ganze Geschichte zu erzählen – von der Schranktür angefangen – hörte ich aus dem Schlafzimmer ein Scheppern.

„Hast du Besuch?", fragte ich irritiert.

„Das ist Fritz."

„Fritz?", gab ich baff zurück.

„Ja, mein Fuck-Buddy Fritz."

„Ich weiß, wer Fritz ist."

Ich hatte ihn schließlich schon mehrfach getroffen, im Treppenhaus oder einmal auch bei Ankas Sonntagsbrunch, aber dennoch stellte sie ihn jedes Mal wieder als ihren „Fuck-Buddy" vor, in Ankas Sprech der Mann, mit dem sie aktuell regelmäßig ins Bett ging, natürlich ohne Verbindlichkeit oder Gefühle. Er war mir nicht geheuer, seit er mich bei besagtem Brunch ungefragt darüber belehrt hatte, dass mein Top von H&M unter schlimmen Arbeitsbedingungen von Frauen und Kindern irgendwo in Asien hergestellt worden war, und mich – als ich es mir nicht sofort empört vom Leib riss – zu einer naiven Konformistin erklärt hatte. Noch weniger geheuer war es mir jetzt, Anka und ihm bei einem ihrer „Termine" zu begegnen. Ihre verwuschelten Haare rührten dieses Mal also wirklich von einem erotischen Abenteuer her.

„Sag das doch", meckerte ich, während sie in aller Seelenruhe den Wein in zwei Gläser einschenkte, die sie der Glasvitrine entnommen hatte. „Ich will euch nicht stören."

„Nee, wir sind eh fertig."

„Na, super."

Das waren schon wieder zu viele Informationen, aber das kannte ich nicht anders von Anka. Ich bin keiner prüder Mensch, aber ihre Ungezwungenheit traf einen manchmal aus dem Nichts. Ich stand auf.

„Vielleicht liegt er im Bett und will noch ein bisschen kuscheln. Wir können auch morgen …"

„Setz dich", unterbrach mich Anka und reichte mir mit der einen Hand den Wein, während sie mich mit der anderen aufs Sofa drückte.

„Der zieht sich nur an. Und mit Kuscheln ist bei dem eh nix, geschweige denn mit Betten."

Sie grinste vielsagend, was auch immer das zu bedeuten hatte. Ich trank einen Schluck Wein. Dabei kam mir eine Idee, was das zu bedeuten hatte.

„Ihr habt euch nicht im Bett geliebt, sondern hier?", fragte ich und sprang erneut auf – mit einem befremdeten Blick auf das Sofa unter mir.

Anka lachte.

„Keine Angst, es ist nichts daneben gegangen."

„Boah, Anka!"

Ich hüpfte weg vom Sofa und steuerte auf den bequemen Ledersessel zu, hielt dann aber inne.

„Da auch, oder?"

„Rosa, in dieser Wohnung gibt es kein Möbelstück und keinen Zentimeter Boden, auf dem ich noch nicht Sex hatte. Ich hoffe für dich, dass es bei dir drüben eines Tages genauso aussieht."

Ich seufzte. Sie zog mich gerne damit auf, dass ich nun einmal für die schönste Sache der Welt mein wunderbares Shabby-Chic-Bett bevorzugte, das wahrlich ausreichend Platz bot, aber gleichzeitig auch bequem war. Unentschlossen stand ich herum, als ich die Schlafzimmertür hörte. Ein Hauch von Panik überfiel mich, weil ich erwartete, Fritz nackt in Türrahmen erscheinen zu sehen – auch wenn Anka gerade das genaue Gegenteil angekündigt hatte. Wahrscheinlich lag es daran, dass ich mir die beiden bei Ankas Berichten unweigerlich vorgestellt hatte.

„Ich glaub', ich muss jetzt rüber und …", murmelte ich, als Fritz das Zimmer betrat.

Barfuß, aber ansonsten angezogen, puh! Mit Jeans und lila T-Shirt – sicherlich unter besten Arbeitsbedingungen in Brandenburg hergestellt. Auch seine rotbraunen Haare – sonst über dem Undercut stets perfekt nach oben gekämmt – waren noch von den erotischen Aktivitäten zerzaust. Er schaute mich irritiert an und sagte: „Bist du vor 'ne Schranktür gelaufen?"

„Endlich mal einer, der es kapiert", entfuhr es mir lachend.

„Nein, wirklich, das ist voll gefährlich mit den Schranktüren", erklärte Fritz. „Ich bin gerade auch beinahe gegen deine gedonnert, Anka."

„Du stehst doch auf Schmerzen", gab sie trocken zurück.

Er machte lautlos „Haha". Ich stellte mir schon wieder etwas vor, das ich mir nicht vorstellen sollte.

„Okay, Schranktür", wiederholte Anka und blickte mich an. „Jetzt erzähl endlich, was passiert ist. Dich beschäftigt doch irgendwas."

„Will noch jemand ein Eis?", fragte Fritz.

Nach wie vor behagte mir seine Anwesenheit nicht, aber ich wusste, dass er immer unverschämt leckeres Eis von meinem Lieblingsladen Vanille und Marille mitbrachte.

Außerdem hatte ich mich selbst im Facil um den Nachtisch gebracht, das Bedürfnis nach Süßem war also noch nicht gestillt. Dazu der Wein in meiner Hand. Also seufzte ich, sagte zu Fritz „sehr gerne“ und ließ mich wieder auf das Sofa plumpsen in der Hoffnung, dass sich dort tatsächlich keine Körperflüssigkeiten befanden.

„Eigentlich war der Abend traumhaft“, begann ich erneut. „Aber am Ende war Henk so …“

„Von vorne“, insistierte Anka.

Also gut. Ich erzählte die ganze Geschichte. Als Fritz mit dem Eis aus der Küche zurückkehrte, fügte ich sogar noch einen Hintergrundbericht über Henk hinzu. Ich sparte nicht mit meiner Begeisterung für den Mann, ich berichtete Eis löffelnd von seinem perfekten Verhalten, den nicht ausgesprochenen Verhandlungen über unsere Hochzeit und Familie und natürlich auch von dem Missverständnis mit dem vermeintlich prügelnden Ehemann. Das entlockte Anka und Fritz einige Lacher, doch als ich die besorgte Frau als „frustrierte Emanze“ bezeichnete, musste ich mir von Anka prompt eine Belehrung darüber anhören, dass die Dame sicher nur deswegen über das Ziel hinausgeschossen wäre, weil sie selbst Traumatisches erlebt hätte.

„Das ist aber dann ihr Problem“, gab ich zurück. „Warum muss sie es zu meinem machen?“

„Was hat Henk dazu gesagt?“, fragte Anka.

„Nichts. Er hat es nicht mitbekommen.“

Bei Fritz, der die ganze Zeit schweigend, aber dafür mit einem halb amüsierten, halb skeptischen Blick zugehört hatte, schoss eine Augenbraue nach oben.

„Du hast ihm nichts gesagt?“, hakte Anka nach. „Warum?“

„Weil ich den Abend damit nicht belasten wollte.“

Anka schüttelte ungläubig den Kopf.

„Was?“, fragte ich gereizt.

„Du verhandelst mit deinem Traummann – unausgesprochen natürlich – über eure Hochzeit, eure Kinder und über die Farbe der Gardinen in eurem Londoner Anwesen, aber seine auch nur theoretische Einstellung zu Gewalt in einer Beziehung interessiert dich nicht?“

„Nein, tut es nicht. Henk ist kein Schläger – wie im übrigen neunundneunzig Prozent aller Männer auch nicht – und nur, weil ein paar …“

„Befragungen haben ergeben“, unterbrach Fritz mich, „dass bereits jede vierte Frau Gewalt in einer Beziehung erlebt hat.“

„Okay, dann eben wie fünfundsiebzig Prozent aller Männer auch nicht, und nur weil ein paar … Echt? So oft? Da stimmt doch was nicht.“

Mir kam die Zahl viel zu hoch gegriffen vor. Ich kannte keine einzige Frau, die je von einem Mann geschlagen worden war.

„Da stimmt tatsächlich was nicht mit unserer Gesellschaft“, sagte Anka mit düsterem Unterton.

„Nein, das meinte ich nicht. Ich glaube nicht, dass … Ist ja auch egal. Mir geht es um etwas ganz anderes.“

„Nämlich?“, fragte Anka.

„Ich weiß nicht, ob der Abend nicht am Ende doch ein Desaster war. Ob ich … ob ich Henk vielleicht doch nicht gefalle.“

„Wieso?“

Ich seufzte und berichtete dann, was geschehen war, nachdem Henk bezahlt und wir das Restaurant verlassen hatten. Er hatte sich bei mir eingehakt. Wir waren durch den frühlingshaften Abend Richtung Taxistand geschlendert, hatten geflirtet, die Anwesenheit des anderen genossen. Als ich seinen warmen Körper neben mir spürte, hätte ich für einen winzigen Moment sogar meine Grundsätze in Frage gestellt, aber ich hatte gewusst, dass es sich lohnen würde, ihn zappeln zu lassen. Ein Kuss vor meiner Haustür, das war alles, was drin war – zumindest hatte ich mir das so vorgenommen.

„Na ja, dann hat sein Handy gepiepst, er entschuldigt sich von wegen ‚Fußballergebnisse', und das kenn ich ja von meinem Bruder, wie die Jungs da fixiert sind. Er war sonst den ganzen Abend echt super, hat das Handy nie in meiner Gegenwart rausgeholt. Ich ziehe ihn damit auf, dass er letztlich auch nur ein großer Junge ist, da kommen wir zum Taxi, er öffnet mir die Tür und sagt: ‚Du, ich hab's ja nur ein paar hundert Meter' und zeigt die Straße runter. Also das stimmt, der wohnt am Potsdamer Platz, aber … ich mein', er hatte mich auch abgeholt und wirklich 1A den ganzen Knigge beachtet an diesem Abend, und dann … das."

Ich spürte wieder den Stich in meiner Brust, den ich auch empfunden hatte, als er die Taxitür von außen zugeworfen hatte.

„Deswegen war der Abend für dich ein Desaster?", fragte Anka ungläubig.

„Anka, er hat alles richtig gemacht, und dann so ein abruptes Ende. Das kann doch eigentlich nur heißen, dass der Abend nicht so gelaufen ist, wie er sich das …"

„Quatsch", unterbrach mich Fritz. „Der fand den Abend gut, aber er ist noch zu einer anderen gefahren."

Ich blickte Fritz erbost an.

„Was soll das denn jetzt?"

„Er wollte dich mitnehmen, du hast ihn abblitzen lassen, dann hat er eine Nachricht von Susi bekommen und hat sich auf den Weg gemacht. Du hast ihn doch sogar scharfgemacht."

„Moment, also das … So einer ist Henk nicht. Der hat sich die Hörner abgestoßen …"

„Mh", antwortete Fritz mit sarkastischem Unterton. „So,

wie man das ja von Männern kennt. Kaum sind sie Dreißig und treffen eine nette Frau, interessiert sie keine andere mehr."

„Er ist doch nicht so geschmacklos …"

Ich verstummte und schüttelte weiter den Kopf. Fritz ging mir mit seiner wissenden Art ernsthaft auf die Nerven. Und Anka schritt noch nicht einmal ein.

„Sag doch auch mal was", raunte ich sie an.

„Heute war kein Fußball."

„Was?"

„Die Saison ist vorbei", erklärte sie. „Pokalfinale ist erst am Wochenende."

Anka war ein Fan von Union Berlin und hatte schon manches Mal Befremden bei mir ausgelöst, wenn sie einen Freitagabend lieber bei Minusgraden im Stadion verbrachte als mit mir bei Glühwein auf dem Weihnachtsmarkt.

„Ich weiß zwar nicht, was diese Worte bedeuten", entgegnete ich. „Aber dann … dann … Irgendwo wird doch immer Fußball gespielt."

„In der dritten Liga in China vielleicht."

„Siehst du."

„Niemand interessiert sich für die dritte Liga in China. Dafür gibt es keine Push-Benachrichtigungen auf dem Handy. Henk hat gelogen."

Ich konnte es nicht glauben. Ich wollte es nicht glauben. Ich wusste nicht, was ich sagen sollte.

„Aber die gute Nachricht ist doch, dass er den Abend trotzdem wunderbar fand und ihn gerne wiederholen möchte", ergänzte Anka. „Musst dich halt auf einen Mann mit sexuellem Appetit gefasst machen. Aber das kann man ja zu seinem Vorteil nutzen."

Sie strahlte mich an, als ob mich das freuen sollte. Ich konnte damit gar nichts anfangen und blickte unweigerlich zu Fritz, der den Kopf schüttelte.

„Nee“, sagte er. „Ich bin da ganz bei Rosa …“

Immerhin.

„Der Typ ist geschmacklos.“

Was?

„Ich habe das genaue Gegenteil ge…“, versuchte ich ihn zu korrigieren, aber er redete einfach weiter.

„Den sehe ich nicht als Kandidat für Happily-ever-after. Wenn seine Angebetete ihn scharfmacht, aber abblitzen lässt, dann kann er auch nach Hause gehen und sich einen runterholen. Aber dann zu Susi zu gehen, das ist respektlos. Das wird ein Muster, auch in der Ehe.“

„Es gibt keine Susi“, zischte ich.

In dem Moment vibrierte mein Handy. Ich war froh über die Ablenkung, denn ich war kurz davor, empört aus der Wohnung zu stampfen. Ich war sogar noch froher über die SMS selbst. Sie kam von Henk.

„Liebe Rosa, ich hatte einen wundervollen Abend und hoffe, du verzeihst mir den hastigen Abschied. Bei mir passieren emotional gerade einige Sachen, die ich so nicht kannte. Gute Sachen, für die ich dir sehr dankbar bin. Ich freue mich auf unseren Umlauf übermorgen. Ich kann es kaum erwarten, dich wiederzusehen. Dein Henk.“

„Hah“, rief ich.

Triumphierend präsentierte ich den beiden Zynikern die SMS und atmete dabei ganz tief durch. Anka las sie und machte ein anerkennenden Gesichtsausdruck. Fritz dagegen sagte: „Getippt auf dem nackten Arsch von Susi.“

„Ey, sag mal, was stimmt eigentlich nicht mit dir?“, fuhr ich ihn an.

„Ich sage nur, was ich denke.“

„Ja, super. Dann bist du aber echt ein ganz trauriger Kerl. Ihr beide könnt euch gratulieren, dass ihr euch gefunden habt. Es geht hier um Liebe. Es geht hier um das große Glück. Aber das sagt euch nichts. Nein, ihr seid nicht

‚untervögelt', wie Anka mir immer wieder an den Kopf knallt. Dass das nicht so ist, sieht man schon an den Poabdrücken hier neben mir. Aber ihr seid unterliebt. Und das ist eine ganz traurige Nummer."

Wütend stellte ich meinen Wein ab und stand auf. Dieses Mal würde ich mich nicht wieder zurückdrücken lassen.

„Rosa", rief Anka und schickte Fritz einen kritischen Blick.

„Was denn?", verteidigte er sich. „Ich weiß doch, wie Männer ticken."

Ich war schon auf dem Weg in den Flur, aber das konnte ich nicht so stehen lassen.

„Und ich nicht, oder wie?"

„Ganz ehrlich?", fragte er und redete sofort weiter – egal, ob ich seine Ehrlichkeit hören wollte. „Du machst nicht den Eindruck. Schon gar nicht, wenn du ernsthaft glaubst, ein Mann verhandelt beim ersten Date die Familienplanung. *Unausgesprochen*. Das Einzige, was da nicht ausgesprochen wird, ist, dass er vögeln will – dich oder ... Susi."

Er zuckte mit den Schultern. Für ihn war das ein Fakt. Für mich war das zu viel negative Energie.

„Na, dann viel Spaß euch noch beim Vögeln", stieß ich hervor und verließ die Wohnung.

4

Mit Vögeln hatten wir zwei Tage später tatsächlich Probleme. Mit richtigen Vögeln. Graureiher, um genau zu sein. Gleich ein ganzer Schwarm davon kreuzte unsere Maschine, mit der wir vom Flughafen Tegel soeben Richtung London gestartet waren. Mehrere Vögel gerieten in den Sog der Triebwerke, was die Tiere mit dem Leben bezahlten, aber auch an Bord dramatische Folgen hatte. Ungeahnte Folgen.

Der Flugtag hatte wie immer begonnen: mit dem Klingeln des Weckers um vier Uhr. Ich saß trotz der unmenschlichen Zeit sofort hellwach in meinem Bett. Denn an diesem Tag stand die erste Begegnung mit Henk nach dem denkwürdigen Date an. Durch seine SMS und einen charmanten Nachrichtenaustausch war ich optimistisch gestimmt, doch die Bemerkungen von Anka und besonders von Fritz saßen wie ein Teufelchen auf meiner Schulter. Ich sehnte den Blick in Henks Augen herbei, um mich wieder sicher zu fühlen. Aber ich fürchtete ihn auch. Viel zu lange beschäftigte ich mich mit dem Überschminken meiner Begegnung mit der Schranktür. Gott sei Dank musste ich an diesem Tag meine Uniform tragen, sonst hätte ich wieder ewig über das richtige Outfit nachgedacht.

Trotzdem war ich spät dran, als ich in Tegel in den Briefing-Raum gehetzt kam. Nervös hielt ich nach Henk Ausschau, stieß aber nur auf meine beiden Kabinenkolleginnen

Inga und Patrizia. Inga war unsere Purserin, eine knapp fünfzigjährige, stets gefasste Dame mit dezent ergrauten Haaren. Weil sie selbst in noch so absurden Situation die Ruhe behielt, flog ich gerne mit ihr. Auch wenn sie mich einmal zurechtgewiesen hatte, dass ich nicht immer „Stewardess" sagen sollte, sondern „Flugbegleiterin". Ich empfand „Stewardess" nicht als veraltet – für mich klang es romantisch. Oder wenn man sich meine Kollegin Patrizia anschaute auch sexy. Die Musterblondine Mitte Dreißig trug zwar exakt dieselbe Uniform wie ich, aber sie wirkte wie ein Fleisch gewordener Männertraum. Die hohen Absätze, die Haltung, der Gang, sie zog die Blicke auf sich und wollte es auch. Mir war das bei ihr manchmal etwas zu dick aufgetragen, aber sie war eine coole und erfahrene Kollegin, also konnte ich mich nicht beklagen über unser Team an diesem Tag.

Meine Kolleginnen entdeckten sofort mein geschwollenes Auge. Ich musste eine passende Geschichte präsentieren, in der Henk nicht vorkam – denn wir waren uns einig, dass zunächst niemand von unserem Date erfahren sollte, damit wir in der Firma nicht Opfer von Gerüchten wurden. Die Formulierung „zunächst" stammte von Henk, was ja nur bedeuten konnte, dass er unsere Liaison gerne allen mitteilen würde, wenn es dann offiziell wurde. Das bedeutete es doch, oder? Inga und Patrizia etwas vorzumachen, dabei die Augen nach Henk offen halten und schließlich meine Unsicherheit über unsere Zukunft in den Griff zu bekommen, stresste mich zunehmend. Ich spürte den Schweiß in meinem Nacken, fühlte mich unwohl und entschuldigte mich zum Wasserspender am andere Ende des Raums, um mich fangen zu können.

„Freust du dich auf London?"

In dem Moment, in dem ich Henks Stimme hörte, war alles wieder gut. Plötzlich war er neben mir erschienen, wie aus dem Ei gepellt und mit vielsagendem Funkeln in den Augen. Er lächelte mich zugewandt an, der Unterton seiner Frage war eindeutig: „Freust du dich auf dein Leben mit mir in London?"

„Ja", antwortete ich selbstbewusst.

Er beugte sich nach vorne, legte eine Hand sanft auf meinen Arm und gab mir einen Kuss auf jede Wange. Seine Berührungen fühlten sich an wie kleine Injektionen von Glück. Sein Geruch nach frischer Dusche und Männlichkeit betörte mich. Es hatte noch nie einen Mann gegeben, der mich binnen Sekunden derart beruhigen konnte.

„Was machst du denn am Montag?", fragte er.

„Mit dir ausgehen."

„Dann sind wir uns ja einig."

Ich nickte und grinste breit. Er grinste breit. Wir schauten uns drei Stunden schweigend in die Augen. Es war ein Traum. Wahrscheinlich waren es nur drei Sekunden, aber mir kam es anders vor. Dies konnte nur ein wunderbarer Tag werden.

Das war er dann auch, bis wir uns mit dem Flugzeug gut tausend Meter über dem Boden befanden. Bis dahin war jede kurze Begegnung mit Henk von einem Flirren in der Luft begleitet, jeder profane Satz zur Vorbereitung des Flugs mit einem Unterton versehen, jeder Blick ein Versprechen. Ich vermisste Henk bereits, nachdem ich ihn zwanzig Minuten nicht gesehen hatte und angeschnallt auf meinem Platz saß, während der Airbus gen Himmel strebte.

Dann gab es den Knall. Genauer gesagt knallte es gleich zweimal kurz hintereinander. Das Flugzeug schlingerte daraufhin ungewöhnlich stark. Einige Passagiere schrien auf. Jemand, der am Fenster hinter den Tragflächen saß, schrie „Feuer". Ich blickte zu unserer Purserin Inga, die sofort eine beruhigende Geste machte. Sie saß mit mir im vorderen Bereich der Maschine. Patrizia hatte den Platz am anderen Ende des Flugzeugs eingenommen. Ich war froh, an einem solchen Tag mit diesen beiden erfahrenen Frauen zu fliegen. In meiner Laufbahn als Stewardess hatte ich noch keine besonderen Vorfälle in der Luft miterlebt – wenn man mal von den üblichen renitenten oder betrunkenen Fluggästen sowie heftigen Turbulenzen absah. Ein derart schlingerndes Flugzeug kannte ich nur aus Erzählungen, genau wie das plötzliche Verstummen eines Triebwerks mitten im Steigflug.

„Vogelschlag", raunte Inga mir zu und löste ihren Gurt. „Wir müssen wieder landen."

Sobald das Flugzeug ruhiger flog, stand sie auf und ging selbstbewusst los, um die Passagiere zu beruhigen und einen Blick auf das beschriebene Feuer zu werfen. Am Ende des Ganges sah ich Patrizia aufstehen. Ähnliches hatten wir zig Male in meiner Ausbildung trainiert, aber ich brauchte trotzdem einen Moment, um zu funktionieren. Meine Beine waren wie aus Pudding. Gott sei Dank hatten wir Inga.

„Bitte bleiben Sie ruhig", rief sie mit fester Stimme. „Vergewissern Sie sich, dass Ihre Anschnallgurte …"

In dem Moment kippte das Flugzeug ruckartig zur Seite. Aus dem Fenster konnte ich auf Brandenburger Felder schauen, die nicht so weit entfernt waren, wie man sich das wünschte. Dass die Maschine eine extreme Kurve flog, war die optimistische Erklärung. Schon sackten wir ab – als ob man uns den Boden unter den Füßen weggezogen hätte. Freier Fall. Inga wurde hochgerissen und knallte gegen die Trennwand. Gleichzeitig durchfuhr mich ein stechender Kopfschmerz, wie ich ihn noch nie erlebt hatte. Das Bild vor meinen Augen verschwamm, alles drehte sich, ich verlor die Orientierung. Im ersten Moment dachte ich, dass mich ein Gegenstand getroffen hätte. Doch als ich wieder einigermaßen klar sehen konnte, war nichts dergleichen erkennbar. Ich hatte keine Wunde am Kopf, zumindest keine neue, spürte dafür aber ein extrem unangenehmes Dröhnen wie nach einer durchzechten Nacht. Etwas war mit mir geschehen, mit meinem Kopf. Erst die unheimliche Stille holte mich zurück in die akute Krisensituation, die sich vor mir entfaltete.

Das Flugzeug flog wie durch ein Wunder wieder stabil, aber es gab zwei offensichtliche Probleme: Auch das zweite Triebwerk war ausgefallen, weswegen nicht nur das ewige Brummen verschwunden war, sondern auch alle Passagiere die Luft anhielten und mit panisch aufgerissenen Augen nach vorne starrten. Genauer gesagt starrten sie zu dem Problem Nummer zwei: Inga lag bewusstlos auf dem Boden. Sie war mit dem Kopf gegen die Wand geknallt. Ich sah das gleichmäßige Heben und Senken ihres Brustkorbs. Ansonsten regte sie sich nicht.

Niemand regte sich. Sämtliche Lichter und elektrische Anzeigen waren ausgefallen – ohne Triebwerke gab es nur noch eine Notstromversorgung. Es war so still, dass man eine Nadel auf den Boden hätte fallen hören können. Doch schon bald vernahm ich die markanten Schritte von Patrizia. Die kesse Blondine hatte das Absacken der Maschine unverletzt überstanden. Sie kam nach vorne gestürmt. Sie würde das Kommando übernehmen. Sie kannte die Notfallpläne im Schlaf. Ein Lichtblick. Aber auch der leuchtete nicht besonders lange. Denn ich sah die Panik in Patrizias Augen, den hilflosen Blick, mit dem sie die bewusstlose Inga anstarrte. Ich hörte sie wimmern, sie rang nach Luft. Mit einem Sprung hechtete sie über Inga direkt auf den Jump Seat neben mir und schnallte sich mit unkontrollierbar zitternden Händen an. Dabei flüsterte sie unaufhörlich „Wir werden alle sterben, wir werden alle sterben.“ Das stand so nicht im Notfallplan.

Meine Kollegin hatte eine Panikattacke. Meine Chefin lag bewusstlos auf dem Boden. Als ich wieder aufschaute, sah ich die angstvollen Blicke von 125 Passagieren – sie waren direkt auf mich gerichtet. Verdammt. Ich war die einzige Hoffnung dieser Menschen. Sie wollten von mir wissen, was nun zu tun war. Doch ich war nach wie vor wie gelähmt. Niemals würde ich alleine der Panik all dieser Menschen etwas entgegensetzen können. Das war zu viel für mich. Das konnte doch nicht wirklich passieren. Deswegen war ich nicht Stewardess geworden. Ich wollte durch die Welt reisen und ja, einen schicken Piloten kennenlernen. Aber … Ich dachte an Henk. Er flog diese Maschine. Unser Schicksal befand sich in seinen Händen. Den Händen des besten Piloten der Airline. Er würde das Flugzeug landen. Der Gedanke an ihn gab mir Kraft. Der Gedanke an unsere gemeinsame Zukunft, die wir uns nicht von einem Haufen orientierungsloser Vögel zerstören lassen würden. Nein, wir würden das schaffen. Ich richtete mich innerlich auf. Man sah mir das noch nicht an, das war mir bewusst. Ich hörte Menschen weinen und klagen. Ich sah Inga auf dem Boden. Die Passagiere wurden unruhiger.

„Die Triebwerke sind ausgefallen!“, rief jemand.

„Wir stürzen ab“, ein anderer.

Ich musste handeln. Also löste ich meinen Gurt und stand auf. Instinktiv griff ich zu dem Handset der Sprechanlage. Während wir ruhig durch die Lüfte segelten, suchte ich nach Worten.

„Ich weiß, es klingt komisch“, hörte ich mich selbst sagen. „Aber es ist alles unter Kontrolle. Ja, die Triebwerke sind ausgefallen. Das ist nicht schön. Aber gucken Sie mal aus den Fenstern, wir haben Flügel.“

Ich musste grinsen. Natürlich war das völlig unpassend, aber die Vorstellung, dass wir Flügel hatten, wir 130 Menschen, kam mir in diesem Moment wahnsinnig witzig vor. Ich blickte in die Augen einer Geschäftsfrau in der vierten Reihe. Wenige Sekunden zuvor hatte ich dort blanke Angst gesehen. Ich hatte gesehen, wie sie sich im Geiste von ihrer Familie verabschiedet hatte, den sicheren Tod vor Augen. Jetzt schmunzelte sie. Mein kleiner Witz beruhigte sie. In dem Moment wusste ich, wie ich ganz allein das Blatt wenden konnte.

„Bitte bleiben Sie sitzen, gucken Sie, dass Ihre Anschnallgurte festgezogen sind, und lassen Sie Ihre Handys aus. Sie müssen sich von niemandem verabschieden. Und die Abholung am Flughafen in Berlin können Sie auch später noch organisieren. Dahin fliegen wir nämlich jetzt zurück. Sie haben die kleine 180-Grad-Wendung sicherlich mitbekommen."

Jemand lachte laut. Ich sah weitere Augenpaare, die von Panik auf Irritation manchmal sogar auf Amüsement umschalteten. Es funktionierte. Ich sah den Passagieren an, was sie dachten: „Wenn die da vorne Witze macht, kann es doch gar nicht so schlimm sein." Man blickte sich an, atmete durch.

„Ich habe allerdings zwei Probleme", sagte ich und verdrängte meine pochenden Kopfschmerzen mit einem Schub Adrenalin. „Erstens brauche ich eine Tüte für meine Kollegin hier, zum Reinatmen, nicht, was Sie denken. … Danke sehr."

Sofort hatte mir ein Herr im Anzug aus der ersten Reihe eine Tüte gereicht. Ich nickte ihm lächelnd zu, als ob er sich freiwillig zur Teilnahme an einer Zaubervorführung gemeldet hätte. Während ich die Tüte Patrizia in die Hand drückte, forderte ich sie leise auf, gleichmäßig hineinzuatmen, damit sie nicht kollabierte. Sie gehorchte. Schon wandte ich mich wieder meinem Publikum zu.

„Okay, das bekommen wir hin", rief ich in den Hörer.

„Jetzt – zweitens – die allseits beliebte Frage: Haben wir einen Arzt an Bord?"

Sofort gingen zwei Arme hoch. Ich freute mich über noch mehr Freiwillige für meine Show. Bei der jungen Frau in der zehnten Reihe war ich mir allerdings nicht so sicher, ob sie das Medizinstudium schon beendet haben konnte, deswegen zeigte ich auf den Mann drei Reihen dahinter, auch wenn er am Fenster saß.

„Der Herr? Könnten Sie nach vorne kommen und sich meine Kollegin anschauen? Ihr hat die Begegnung mit der Trennwand nicht gutgetan. … Lassen Sie ihn durch, er ist Arzt."

Ich grinste wieder. Ein Mann in der zweiten Reihe kicherte. Der Arzt kletterte über seine Sitznachbarn. Im Grunde war er auch nicht älter als die Freiwillige vor ihm, die mich angesichts meiner Wahl verwundert anblickte, was ich nun gar nicht gebrauchen konnte. Meine Güte, ja, ich hatte ihn bevorzugt, weil er ein Mann war. Wie Frauen in solchen Situationen funktionierten, hörte ich hinter mir an Patrizias gleichmäßigem Pusten in die Kotztüte.

„Vielen Dank", sagte ich in Richtung des herbeieilenden Arztes.

Ich war kurz versucht, um einen Applaus für ihn zu bitten und am Handset nach seinem Namen zu fragen, aber mir wurde dann doch noch bewusst, dass ich kein Alleinunterhalter war. Dabei hatte ich das als junges Mädchen einmal werden wollen: Moderatorin, Komikerin, VJ bei einem Musiksender, irgendwas mit einem Mikro vor vielen Menschen. Zahllose imaginäre Spieleshows hatte ich als Kind mit einem alten Kassettenrekorder aufgenommen, später dann Anmoderationen mit der Videokamera meines großen Bruders. Auf Familienfesten oder Schulfeiern hatte ich mich stets darum gedrängt, etwas vorführen, singen oder besser noch erzählen zu können.

Ich liebte es, wenn mich alle ansahen, wenn ich etwas mit den Menschen machen konnte, ihre Reaktionen sah. Leider hatten meine Eltern das früh als unrealistischen Berufswunsch entlarvt und mir auch klargemacht, dass „sich-in-den-Vordergrund-drängen" kein echtes Talent war. Doch nun war es soweit: Die verpönte Gabe erwies sich als nützlich.

Während der Arzt sich um Inga kümmerte, sah ich eins der wenigen noch funktionierenden Lämpchen am Interphone blinken. Das Cockpit meldete sich. Ich machte eine entschuldigende Geste zu meinem Publikum, wandte mich ab und stellte die Verbindung her. Henks Stimme zu hören, festigte den Pudding in meinen Beinen endgültig.

„Bei euch alles in Ordnung?", fragte er konzentriert, aber dennoch ruhig.

„Ich bekomme es in den Griff."

Er musste jetzt nicht auch noch mit meinen Problemen belastet werden. Er sollte das Flugzeug fliegen.

„Was ist los?", fragte ich stattdessen.

„Vogelschlag. Beide Triebwerke sind unten, aber wir schaffen es zur Landebahn des BER. Bereitet alles für eine Notlandung vor. Noch fünf Minuten. Aber keine Sorge: Ich hole uns sicher runter."

„Das weiß ich doch", antwortete ich.

„Gut", sagte er, und ich hörte das Grinsen in seiner Stimme. „Bis gleich."

„Bis gleich."

Ja, dieser Mann war sich seiner Sache sicher. Und ich war mir seiner sicher. Wer hätte gedacht, dass eine Flugkatastrophe dies so deutlich zeigen würde. Ich drückte das Gespräch weg und blickte wieder zu den Passagieren. Alle schauten mich erwartungsvoll an. Aber nicht mehr ausschließlich panisch. Eher neugierig. Auch der junge Arzt wandte sich an mich: „Ich denke, Ihre Kollegin hat nicht mehr als eine Gehirnerschütterung. Sie wird bald wieder zu sich kommen."

Ich wandte mich an zwei Anzugträger in der ersten Reihe, die sich vor dem Start angeregt unterhalten hatten.

„German Air und ich wären Ihnen ewig dankbar, wenn Sie beide ganz schnell in eine der freien Reihen weiter hinten flitzen, damit wir hier vorne meine Kollegin und den Arzt platzieren können. Sind Sie so tapfer?"

Sie waren es. Ohne Protest. Der dritte Mann in der Reihe – auch Vielflieger im Businessoutfit – half dem Arzt und mir, Inga auf den Fensterplatz zu tragen, wo sie langsam zu sich kam. Der Arzt setzte sich neben sie und behielt sie im Blick. Ich legte unserem Helfer die Hand auf die Schulter und dankte ihm.

„Was für eine Hammer-Frau", hörte ich ihn leise sagen.

„Was?", fragte ich irritiert.

„Ich hab' nichts gesagt", gab er überrascht zurück.

Hatte er mich nicht „Hammer-Frau" genannt? Oder hatte ich mir das nur eingebildet? Schrieb ich mir jetzt schon selbst Fanbriefe? Ich hatte keine Zeit, weiter darüber nachzugrübeln, denn aus dem Fenster konnte ich bereits die Stadt sehen. Wir waren nicht mehr weit vom Boden entfernt. Also eilte ich zur Sprechanlage.

„Meine Damen und Herren, es heißt zwar Notlandung, aber ich versichere Ihnen, dass Sie keinen großen Unterschied zu einer normalen Landung spüren werden. Die einzige Besonderheit ist, dass wir auf dem wunderschönen Flughafen BER landen, also eine ganze Menge Platz für uns alleine haben. Ist der also doch mal für was gut."

Das Lachen von mehreren Seiten pushte mich noch weiter.

„Die Regeln besagen jedoch, dass Sie jetzt für die Landung Ihre Schuhe ausziehen müssen – ja, auch wenn Sie Löcher in den Socken haben – und dass Sie bitte alle Gegenstände in den Sitztaschen vor Ihnen fest verstauen.

Auf mein Kommando *Brace, brace, brace* stützen Sie sich dann am Vordersitz ab und senken den Kopf nach unten. Ganz einfach, damit Ihnen beim Bremsen nicht Tomatensaft von hier vorne ins Gesicht fliegt."

Ich führte die Position vor. Dann eilte ich durch die Reihen. Zufrieden stellte ich fest, dass mir alle aufs Wort folgten. Alle zogen ihre Schuhe aus. Es löste geradezu ein Hochgefühl aus, dass all diese Menschen mir vertrauten, dass ich sie im Griff hatte. Ich nickte immer wieder in Richtung einzelner Passagiere, sah dankbare Blicke, blinzelte den besonders ängstlich wirkenden Leuten verschwörerisch zu. Als ich bereits auf dem Rückweg war, hörte ich über die Lautsprecher Henks „Eine Minute zur Landung", was mir anzeigte, dass auch ich mich schleunigst auf meinen Platz begeben sollte. Erst als ich dort saß, den Anschnallgurt hatte einrasten lassen und zu Patrizia blickte, die die Tüte mit einem „Wird das gutgehen?" vom Gesicht nahm, wurde mir bewusst, dass es in wenigen Sekunden um Leben und Tod gehen würde. Ein Airbus, der keine Schubumkehr zur Verfügung hatte und bei dem keine Landeklappen funktionierten, konnte problemlos über eine auch noch so große Landebahn hinausschießen. Dennoch nickte ich.

„Es wird gutgehen."

Patrizias Blick festigte sich. Sie glaubte mir.

„Machst du die Ansage mit?", fragte ich sie.

Sie nickte wieder.

„Brace, brace, brace", riefen wir im Chor und nahmen selbst die für Stewardessen vorgesehene Position ein. „Brace, brace, brace."

Der Blick den Gang entlang rührte mich. Synchron und völlig ruhig beugten sich alle Passagiere nach vorne. Beim nächsten „Brace, brace, brace" mischte sich die Stimme von Inga unter die unsrigen. Sie war wieder mehr oder weniger bei Bewusstsein und schaute mich voller Stolz an. Ich hatte sie würdig vertreten. Ich lächelte und rief noch einmal „Brace, brace …“, dann krachte es fürchterlich.

5

Letztlich stoppte die Maschine achtzehn Meter vor dem Ende der Landebahn. Aber sie stoppte. Das war alles, was zählte. Nicht mehr der äußerst unangenehme Aufprall, nicht mehr das ohrenbetäubende Kreischen der Bremsen, nicht mehr das Platzen der Reifen. Es zählte nur, dass wir standen. Unversehrt. Für eine Sekunde Stille, dann brandete Applaus und Jubel auf. Die Passagiere lagen sich in den Armen – Familien oder Freunde, aber auch sich vollkommen fremde Menschen. Patrizia brach in Tränen aus. Inga dankte dem Arzt neben ihr und mit einem Blick zum Himmel auch ihrem Schöpfer. Ich nahm das Handset der Sprechanlage an mich. Bereits, als das Knacken zu hören war, beruhigte sich die aufgedrehte Menge. Alle schauten zu mir, ihrer Alleinunterhalterin.

„Meine Damen und Herren, wir sind nach einem kurzen, aber nicht minder unterhaltsamen Flug auf dem Flughafen Berlin-Brandenburg gelandet. Im Namen von German Air danke ich Ihnen, dass Sie heute mit uns einmal quer über Berlin geflogen sind und hoffe, dass Sie uns die rüde Begegnung mit einem Vogelschwarm nicht krumm nehmen, sondern wieder mit uns reisen werden."

Die Leute lachten, manche johlten sogar oder klatschten erneut.

„Bitte bleiben Sie noch auf Ihren Plätzen", fuhr ich gut gelaunt fort. „Es gibt keine Gefahr. Sie können das Flugzeug gleich über die Treppen …"

Ich stoppte. Schon während meines letzten Satzes hatte ich bemerkt, dass die Aufmerksamkeit sich hinter mich gerichtet hatte. Jetzt sah ich es auch: Die Tür zum Cockpit hatte sich geöffnet. Zuerst war dort Co-Pilot Ralf erschienen, der mir nun den Hörer aus der Hand nahm. Hinter ihm erschien mein Henk. Der Pilot grinste mir zu, mein ganzer Körper strotzte so sehr vor Adrenalin, dass ich ihn am liebsten angesprungen hätte. Aber nun sprach erst einmal Ralf wie der Ansager bei einem Autorennen: „Meine Damen und Herren, ich präsentiere Ihnen den Mann mit Eiern aus Stahl, Ihren Retter: Henk Seidel."

Alle jubelten und klatschten. Henk winkte bescheiden ab, genoss es jedoch sichtlich, dass die Passagiere ihn feierten. Schnell war vergessen, was ich durchgemacht und geleistet hatte. Aber störte mich das? Natürlich nicht. Ohne Henk wären wir alle tot gewesen. Auch dass er sich nicht nach meinem Zustand erkundigte, sondern an mir vorbei durch die Reihen ging, um sich danken zu lassen, war völlig in Ordnung. So sind sie halt, die Männer. Er würde meine Courage später würdigen. Jetzt übernahm er das Kommando in der Passagierkabine und leitete souverän den Ausstieg an. Draußen hatte sich bereits ein ganzes Bataillon an Fahrzeugen und Hilfskräften eingefunden, das Treppen an die Maschine fuhr. Auch ich hatte schnell wieder alle Hände voll zu tun. Gemeinsam mit Patrizia und der wieder einigermaßen fitten Inga sorgte ich dafür, dass alle auch die letzten Meter aus dem Flugzeug hinaus unversehrt schafften. Henk verlor ich dabei aus den Augen, aber als ich schließlich auch auf das Rollfeld trat, sah ich, dass er wie ein echter Kapitän als Letzter das lädierte Flugzeug verließ. Er stand noch einen Moment oben auf der Treppe, winkte den Passagieren in den Bussen zu und stieg dann hinab.

Das nächste Mal sah ich Henk in einem der bisher unbenutzten Crew-Räume des „neuen“ Flughafens. Man hatte beschlossen, dass sowohl die Passagiere als auch die Crew erst einmal im BER versorgt und abgefertigt werden sollten – so war es leichter, den Überblick zu behalten, aber auch die Medien in der Ferne. Patrizia hatte auf ihrem Handy entdeckt, dass auf diversen Kanälen bereits Berichte über die gelungene Notlandung zu finden waren. Man sprach von einem Wunder und von einer Meisterleistung des Piloten. Wir waren alle immer noch vollgepumpt mit Adrenalin. Meine Güte, wir hatten einen Flug ohne Triebwerke überlebt. Vergleichbare Flüge waren schon oft genug tödlich ausgegangen. Erst langsam kam dies so richtig bei mir an.

Als Henk plötzlich vor mir stand, entfuhr mir ein gehauchtes „Wahnsinn“.

„Du aber auch“, antwortete er kess und nahm mich in den Arm, um mir einen Kuss auf den Mund zu drücken.

Ein Kuss, in dem sich alles entlud, was sich in den letzten Minuten beim Kampf um unser Leben, aber auch in den letzten Wochen beim Entdecken unserer Liebe aufgestaut hatte. Nein, „Kuss“ beschreibt es nicht richtig. Es war ein Feuerwerk an Gefühlen, das sich auf meine Lippen senkte. Glück, Dankbarkeit, Lebenslust, aber auch Begierde, Leidenschaft und Sehnsucht. Unsere Zungen fanden sich, seine Hand schloss sich fest um meinen Nacken. Ich war ganz nah bei ihm, roch ihn, spürte ihn, schmeckte ihn und wusste in diesem Moment, dass es das war. Dass er es war. Ich sah in einem Bruchteil von Sekunden, wie wir in unserem Haus in London auf dem gepflegten Rasen standen, unsere drei Kinder neben uns – eine Traumfamilie. Ich sah aber im gleichen Moment auch, wie sich unsere nackten Körper fanden. Noch nie hatte ich so schnell in Flammen gestanden. Es war wie ein Rausch. Der romantischste und leidenschaftlichste Moment meines Lebens.

„Hoffentlich bläst sie nicht so scheiße, wie sie küsst."

Moment, was? Ich löste mich ruckartig von Henk und schaute ihn fassungslos an. Es war seine Stimme gewesen, die ich gehört hatte. Aber es konnte nicht sein. Erstens: Unsere Lippen waren aufeinander gepresst, wie konnte er da reden? Aber vor allem zweitens: So etwas würde er niemals sagen. Das war das Schlimmste und Ekligste, was ich je gehört hatte.

„Was ist?", fragte er mich überrascht, während unsere Gesichter sich noch ganz nah waren, unsere Arme um den jeweils anderen geschlungen.

Ich schaute mich um. Wer hatte das gesagt? Wer hatte seine Stimme nachgemacht? Es befand sich außer uns niemand in dem Raum mit den noch nie benutzten Sitzecken und dem nicht angeschlossenen Kaffeeautomaten. Meine Kolleginnen und der Co-Pilot waren zu einem Arzt gebracht worden. Die Vertreter der Airline, die wir treffen sollten, waren noch nicht da.

„Was hat sie denn jetzt schon wieder?", hörte ich Henk fragen.

„Was heißt denn *schon wieder*?", raunte ich ihm überfordert zu.

„Was?"

„Was hast du gerade gesagt?"

„Nichts. Also … äh … Ich habe gefragt, was ist? Warum stoppst du? Geht's dir nicht gut?"

Ich wusste nicht, was ich sagen sollte, schaute ihn ratlos an.

„Scheiße, jetzt dreht sie komplett ab. Die ganze Show im Facil hätte ich mir sparen können."

Das Problem war, dass ich zwar Henks Stimme hörte, aber ich sah nicht, wie er seine Lippen bewegte. Er stand immer noch direkt vor mir, seine warme Hand in meinem Nacken, und musterte mich besorgt.

„Hast du dir doch den Kopf gestoßen?“, fragte er mich.

„Nein, aber ich … ich hatte wahnsinnige Kopfschmerzen.“

Sie waren nicht gänzlich verschwunden, jedoch in der Euphorie unwichtig geworden. Jetzt spürte ich wieder, wie eine Straßenbahn in meinem Kopf im Kreis fuhr. Hörte ich deswegen solche merkwürdigen Stimmen?

„Hoffentlich hat wenigstens Patsy nachher Zeit“, hörte ich. „Ich muss heute ficken.“

Ich ließ Henk unweigerlich los und trat einen Schritt zurück. Auch diese Sätze hatte er nicht gesagt, aber da es eindeutig seine Stimme war und ich wusste, dass Patsy der Spitzname meiner Kollegin Patrizia war, konnte ich das Gesagte nicht von ihm trennen. Natürlich war das Schwachsinn. Meine Einbildung spielte mir einen Streich, aber an weitere leidenschaftliche Küsse war nicht mehr zu denken. Dafür kam mir Fritz in den Sinn, wie er immer von „Susi“ gesprochen hatte, mit der sich Henk seiner Ansicht nach als Ersatz für mich vergnügte. Eine Susi gab es nicht, aber von Patrizia war natürlich schon bekannt, dass sie mit dem einen oder anderen Piloten was gehabt hatte – sicher auch mit Henk in seinen wilden Zeiten. Glaubte ich wegen Fritz’ Warnungen, solche kruden Sachen zu hören?

„Komm, ich bring dich zum Arzt“, sagte Henk und nahm entschlossen meine Hand.

Ich folgte ihm gehorsam zur Tür nach draußen.

„Als ob ich jetzt nichts Besseres zu tun hätte“, hörte ich ihn murmeln.

„Wie bitte?“

Henk stoppte auf halbem Weg, blickte zu mir.

„Ich hab’ nichts gesagt.“

„Ey, was ist denn mit der?“, hörte ich wieder die Stimme, ohne dass sich Henks Lippen bewegten. „Lief doch perfekt. Spätestens Montag sollten die Punkte auf dem Konto sein.“

Ich zog meine Hand zurück. Das ging so nicht weiter.

„Du, Henk, ich gehe alleine zum Arzt. Du musst sicher auch zu den … Ich … Ich brauche einfach mal einen Moment für mich, ja? Sorry."

Mir gefiel es überhaupt nicht, dass ich plötzlich ein stammelndes Wrack war. Wenige Minuten zuvor war alles perfekt gewesen.

„Hat mich vielleicht alles doch mehr mitgenommen, als ich dachte."

Ich versuchte es mit einem Lächeln. Dabei schaute ich ihn an und lauschte, ob irgendwelche weiteren gruseligen Sätze zu hören waren. Es kam nichts. Nur das zugewandte Lächeln von Henk.

„Natürlich. Das geht an uns allen nicht spurlos vorbei. Wir reden später, ja?"

Ich nickte.

„Und dann machen wir da weiter, wo wir eben aufgehört haben", schickte er mit einem kessen Augenzwinkern hinterher.

Ich lachte, aber merkte selbst, dass es gequält herüberkam. Mir ging noch nach, dass ich hoffentlich nicht so scheiße blies, wie ich küsste. Nein, das hatte er nicht gesagt. Das musste so etwas wie eine Wahnvorstellung gewesen sein.

„Ja, das machen wir", stieß ich tapfer hervor.

Dann drehte ich ab und rannte mehr, als dass ich ging. Weg von dieser peinlichen Situation. Weg von diesem Traum, der zum Alptraum geworden war.

6

„Kopfschmerzen?“, fragte der Flughafenarzt Dr. Köhler, der mit einer Assistentin einen Untersuchungsraum des BER so hergerichtet hatte, dass er sich dort einen ersten Eindruck der verletzten Crew-Mitglieder verschaffen konnte.

Die Passagiere wurden – wenn überhaupt notwendig – von anderen Ärzten betreut. Meine Kolleginnen waren schon versorgt. Ich saß nun auf der obligatorischen Liege, hatte den Oberkörper bis auf meinen BH freigemacht und wurde mit einem Stethoskop abgehört. Dass die nach wie vor sichtbare Wunde an meinem Auge nichts mit dem Flug zu tun hatte, war bereits geklärt.

„Ja, erst ein stechender Schmerz, als das Flugzeug absackte, und seitdem … so ein Pochen. Mal mehr, mal weniger. Und …“

Ich verstummte. Er blickte mich fragend an. Sollte ich ernsthaft sagen, dass ich Stimmen gehört hatte? Ich entschied mich dagegen. Am Ende musste ich noch verraten, was genau ich gehört hatte, und das wäre mir definitiv zu peinlich gewesen. Außerdem waren die Stimmen verschwunden. Während ich vor dem Untersuchungsraum gewartet und mit Patrizia und Inga geredet hatte, war nichts dergleichen passiert.

„Und?“, hakte der Dr. Köhler nach.

„Ich fühle mich generell komisch“, wich ich aus. „Matt, müde, überfordert.“

„Kein Wunder, bei dem, was Sie erlebt haben", sagte er mit einem freundlichen Lächeln.

Dann legte er seine Hände an meinen Kopf und tastete ihn genauer ab.

„Wahrscheinlich nur eine leichte Gehirnerschütterung", hörte ich ihn murmeln.

„Wie bitte?"

„Das ist kein Wunder, bei dem, was Sie erlebt haben", wiederholte er seinen vorletzten Satz.

„Haben Sie nicht noch etwas gesagt?"

„Nein."

Ging das schon wieder los? Ich blickte zu der Assistentin, eine kräftige Frau um die Fünfzig, die mir zulächelte, als ob ich ihre Tochter wäre. Während Dr. Köhler weiter meinen Kopf abtastete, schaute er mich prüfend an.

„Oder etwas mit dem Gehörgang?", sagte er.

Nein, er sagte es nicht. Denn seine Lippen bewegten sich nicht, während ich ihn leise wie aus der Ferne hörte. Dafür nahm der Arzt ein Otoskop vom Tisch und schaute mir damit in die Ohren. Ich glaubte, ganz entfernt wieder seine Stimme zu hören. Konzentriert lauschte ich, konnte aber die Worte nicht verstehen. Als er dann wirklich etwas sagte, war es so laut, dass ich vor Schreck zusammenzuckte.

„Physisch sind Sie völlig in Ordnung", sagte er und legte mir beruhigend die Hand auf die Schulter. „Aber es kann gut sein, dass Sie psychisch aus dem Gleichgewicht geworfen wurden. Das hat unter Umständen allerlei Folgen, auch Kopfschmerzen oder Ähnliches. Bitte beobachten Sie das. Wenn es nach einer Nacht Schlaf nicht besser geworden ist, sollten Sie sich bei einem Kollegen aus der Psychologie vorstellen, ja?"

„Okay", sagte ich und nickte.

„Sie hat wirklich einiges durchgemacht."

„Wie bitte?", fragte ich fast gereizt.

„Was?“
Jetzt war auch der Arzt irritiert. Er blickte zu seiner Mitarbeiterin, dann wieder zu mir. Mir reichte es.
„Haben Sie gerade gesagt, dass ich einiges durchgemacht habe?“
„Das habe ich nicht gesagt, das habe ich gedacht. Können Sie Gedanken lesen?“
Er lachte. Ich lachte nicht.
„Oh je, sie scheint ja doch etwas heftiger …“
In dem Moment nahm er die Hand von meiner Schulter, und sofort brach der Satz ab, den ich gehört hatte. Waren das seine Gedanken? Quatsch.
„Ich verschreibe Ihnen ein leichtes Beruhigungsmittel, auf Naturbasis. Zum Entspannen und …“
Er stockte, weil ich ihm plötzlich an den Arm griff und mit meinem Blick fixierte. Ich musste das einfach ausprobieren.
„Was wird das denn jetzt?“, hörte ich, ohne dass seine Lippen sich bewegten.
„Frau Remberg?“, fragte er mich, aber ich sagte nichts.
„Vielleicht ist bei ihr doch mehr passiert“, kam Köhlers Stimme aus dem Nichts. „Einweisen? Ein MRT könnte …“
Ich ließ ihn schnell los, die Stimme brach mitten im Satz ab.
„Gut, mh, vielen Dank, Dr. Köhler. Sind wir dann fertig?“
„Ja, ich schreibe Ihnen noch das Rezept.“
Für die nächsten Minuten schaute Dr. Köhler mich mit einem Blick an, der mir nicht gefiel. Offensichtlich dachte er ernsthaft darüber nach, mich ins Krankenhaus einzuweisen. Selbstredend wollte ich das nicht. Ich wollte einfach nur weg von hier. Bevor er mich noch einmal berührte und die Stimmen wiederkamen. Ich mied die zum Abschied gereichte Hand und machte, dass ich aus dem Untersuchungsraum kam, sobald ich das Rezept erhalten hatte.
In den verstaubten Fluren des Flughafens wich ich den Kolleginnen aus, auch den eintrudelnden Mitarbeitern

von German Air, die von der nahegelegenen Zentrale zu uns herüberkamen. Kurz sah ich in der Ferne, dass Henk von einer Traube Kollegen umgeben war. Ich zückte mein Handy. Als ich es einschaltete, entdeckte ich acht Anrufe in Abwesenheit. Alle stammten von Britta.

„Geht es dir gut?", hörte ich, sobald ich sie zurückgerufen hatte.

„Ja, im Prinzip schon."

„Was heißt *im Prinzip*?", kam die besorgte Nachfrage. „Bist du verletzt? Du, ich hab das im Internet gesehen und wusste sofort, dass das dein Flug ist. Nicht anfassen, Lina! Aber da steht, dass niemand verletzt ist."

Die gebrüllten Sätze mitten im Telefonat kannte ich nur zu gut. Seit Britta Kinder hatte, litt sie unter einer Art Eltern-Tourette. Sie merkte das selbst nicht einmal mehr.

„Ich bin nicht verletzt, Britta."

„Aber?"

„Nichts."

„Rosa!"

Wenn es jemanden gab, dem ich nichts vormachen konnte, dann war das Britta.

„Ich habe eben was echt Merkwürdiges erlebt."

„Na klar, du hast eine Notlandung überlebt. Lina, Finger weg! Hey, ihr seid knapp dem Tod entkommen. Merkwürdig ist die Untertreibung des Jahres."

„Ich meine nicht den Flug. Hinterher. Ich …"

Wieder verstummte ich. Ich konnte es nicht sagen. Schon gar nicht mit den zahllosen Menschen um mich herum, die sich immer wieder in die Arme nahmen und mich anstrahlten. Es klang einfach zu verrückt, und es war doch auch irgendwie unwichtig im Vergleich zu dem Ereignis des Tages.

„Nicht jetzt, Britta. Ich ruf' dich an, wenn ich zu Hause bin, und dann …"

„Ich hol' dich ab", unterbrach sie mich.

„Das musst du nicht."

„Fährt Henk dich?"

„Nein, um Gottes Willen", schoss es aus mir hervor.

Die Ereignisse bei unserem Kuss hatten Spuren hinterlassen. Längst sah ich Mr. Right nicht mehr durch die rosarote Brille.

„Um Gottes Willen?"

„Vergiss es, Britta. Du musst nicht kommen. Ich fahre mit der Bahn …"

„Nee, du fährst in dem Zustand nicht alleine durch die Gegend. Ich komme. Lina, was habe ich gerade gesagt? Spinnst du? Das ist heiß!"

Ihre zweijährige Tochter weinte.

„Nee, Britta, du hast doch zu tun."

„Ich komme", widersprach sie entschlossen, während das Weinen lauter wurde.

Sie hatte Lina auf den Arm genommen. Ich hörte schnelle Schritte und dann laufendes Wasser. Offensichtlich kühlte Britta eine verbrannte Kinderhand, was sie aber nicht daran hinderte, weiter mit mir zu reden. Sie redete einfach laut gegen das Weinen an.

„Lassen die dich denn gehen?"

„Es gibt noch ein Briefing, aber ich glaube, dann können wir raus."

„Gut, ich bin in einer halben Stunde da."

„Britta!", protestierte ich noch einmal, aber nur zaghaft, denn im Grunde war ich heilfroh, wenn ich nicht alleine bleiben musste.

„Keine Widerrede."

„Du bist ein Schatz."

„Ich weiß. Boah, Lina, jetzt ist aber gut. Bis gleich."

Weg war die Verbindung. Ich atmete tief durch.

7

„Ich glaube, ich kann Gedanken lesen."

„Das würde jetzt gerade noch fehlen."

„Britta, im Ernst. Ich habe eben … Ich weiß es doch auch nicht."

Ich saß neben Britta in ihrem altersschwachen Renault Kangoo, mit dem sie mich an einem Seiteneingang des BER abgeholt hatte. Das Gelände war so weitläufig, dass wir problemlos den Kameras der Fernsehsender aus dem Weg gehen konnten, die sich vor dem Hauptgebäude postiert hatten. Die Airline hatte uns selbst überlassen, ob wir uns – in einem gewissen Rahmen – der Öffentlichkeit stellen wollten. Sie waren bemüht um uns – der CEO der Airline Axel Grewe war persönlich von der Airline-Zentrale zum BER herübergekommen und hatte Hotelübernachtungen und was-weiß-ich-was angeboten. Aber ich wollte einfach nur nach Hause. Beziehungsweise erst einmal in die Obhut von Britta, die sich in schwierigen Situationen schon immer als verlässliche Größe erwiesen hatte. Die Frau mit den zum Pferdeschwanz gebundenen blonden Haaren trug ihre Mama-Uniform, wie sie es nannte: Bequeme Sneaker, vollgekleckerte Jeans und gestreiftes T-Shirt – alle Elemente waren auf Beweglichkeit und Schmutzverträglichkeit ausgerichtet.

Auf der Rückbank saß einer der Gründe dafür: die zuckersüße zweijährige Lina, ein blonder Engel, den ein

Eiskönigin-Pflaster an der rechten Hand zierte. Beim Einsteigen hatte ich es natürlich bewundern müssen und mir auch die Geschichte von dem heißen Bügeleisen angehört. Nun bewunderte Lina ihr Pflaster selbst und sang dabei „Ich lass los, ich lass los" in Dauerschleife.

„Rosa, du redest wirres Zeug", sagte Britta im Mutterton zu mir.

Natürlich glaubte sie mir nicht. Ich glaubte es ja selbst nicht. Andererseits wusste ich doch, was passiert war. Was ich gehört hatte. Britta wollte den Wagen starten. Ich griff nach ihrem Arm.

„Warte", sagte ich.

Nach der Begegnung mit dem Arzt hatte ich Berührungen mit anderen Menschen tunlichst vermieden. Aber jetzt war es an der Zeit, mich der Wahrheit zu stellen. Ich umschloss Brittas Arm mit festem Griff und schaute ihr konzentriert auf die Lippen. Diese bewegten sich und sagten: „Was ist denn los?"

„Sei mal leise", befahl ich.

Britta gehorchte und schwieg. Ihre stets wachen Augen suchten in meinen Augen nach Antworten. Ich lauschte konzentriert, aber es war nichts zu hören – außer Linas Gesang auf der Rückbank.

„Mensch, Britta, jetzt denk mal was."

Ihre Stirn legte sich in Falten.

„Ähm, Rosa, ich denke die ganze Zeit was. Nämlich dass ich dieses Kind da hinten gleich erwürge, wenn es noch einmal *Ich lass los* singt."

Ich ließ los. Brittas Arm um genau zu sein.

„Lina, kannst du mal kurz aufhören?", rief Britta nach hinten. „Darf ich jetzt losfahren?"

Britta schaute mich fragend an. So schnell wollte ich nicht aufgeben. Ich beugte mich nach vorne, packte Britta mit der einen Hand am Nacken und der anderen am Oberarm unter dem Ärmel ihres T-Shirts. Ihre Augenbrauen schossen nach oben.

„Rosa?“

„Psst, denk was!“

Stille. Absolute Stille. Selbst Lina hielt die Klappe. Ich konnte den Start eines Flugzeugs am Schönefelder Flughafen hören. Aber das bedeutete auch, dass keine Gedanken zu hören waren. Nichts kam aus Brittas Kopf.

„Machst du da?“, hörte ich schließlich Lina.

Sie hatte sich nach vorne gebeugt und musterte meinen Übergriff auf ihre Mutter kritisch. Ich gab es auf, ließ mich in meinen Sitz fallen und stöhnte.

„Vorhin hat es geklappt oder … Drehe ich durch, Britta?“

„Och, so würde ich das jetzt nicht nennen, aber so ganz normal verhältst du dich nicht. Lina, fang nicht wieder an. Willst du nicht mal erzählen, was überhaupt passiert ist?“

Das tat ich. Während Britta ihren Wagen auf die Stadtautobahn steuerte und Lina sich mit ihrem Pflaster unterhielt, erzählte ich von meinem ereignisreichen Vormittag. Es war bezeichnend, dass der Bericht über die Notlandung dabei vergleichsweise kurz ausfiel. Denn ich wollte endlich loswerden, was ich mit Henk und Doktor Köhler erlebt hatte.

„Na ja, und während wir uns geküsst haben, höre ich plötzlich …“

Ich blickte zurück zu Lina, die ausgerechnet in diesem Moment still geworden war. Aber sie blickte aus dem Fenster und winkte anderen Autofahrern zu.

„Hoffentlich bläst sie nicht so scheiße, wie sie küsst“, flüsterte ich in Brittas Richtung.

Meiner Freundin ploppten fast die Augen aus den Höhlen. Sie schaute mich fassungslos an.

„Das hat er gesagt?“

„Genau das ist das Problem. Er hat es nicht gesagt, aber ich habe es klar und deutlich gehört. Mit seiner Stimme.“

Britta fuhr beinahe dem bremsenden Auto vor uns hinten drauf, so verdutzt schaute sie mich an. Wir überlebten aber auch diesen Beinaheunfall. Lina klatschte bei der Vollbremsung sogar begeistert in die Hände. Als wir dann auf der rechten Fahrspur langsamer weiterfuhren, schaute Britta mich ernst an.

„Und du glaubst, das waren seine Gedanken?"

„Das war ja nicht alles."

Ich erzählte ihr von den weiteren Sätzen, die ich gehört hatte, und auch von dem, was mir mit dem Arzt passiert war. Ich merkte bald, dass Britta mir kein Wort glaubte. Dafür schaute sie mich immer besorgter an. Als wir in Schöneberg die Autobahn verließen, steuerte sie an den Straßenrand und zückte ihr Handy.

„Rufst du jetzt die Psychiatrie?", fragte ich erschrocken.

„Nein", antwortete sie schnell. „Ich müsste Emil von der Kita holen. Aber das muss Stefan jetzt übernehmen."

„Wir können Emil auch zusammen holen."

„Nee, nee, du brauchst Ruhe. … Stefan, na, mh, pass mal auf, wir haben einen Notfall. Lina, sei mal ruhig. … Nee, nicht mit der Kleinen. Hast du Nachrichten geguckt? Diese Notlandung am BER? … Ja, Rosa war in der Maschine, und ich muss mich jetzt um sie kümmern. Kannst du bitte Emil abholen?"

Sie hörte kurz, was ihr Mann sagte, und bekam den Haifischblick, den ich in den letzten Jahren im zunehmenden Maße bei ihr beobachtet hatte.

„Stefan, mir völlig wurscht, wer gleich zum Meeting kommt. Und wenn's der Kaiser von China … Echt? Menschenrechtlerinnen aus China? Du, egal … Wir haben hier einen familiären Notfall!"

Ich war gerührt, dass Britta mich zu ihrer Familie zählte, aber es war mir auch unangenehm, dass ich alles auf den Kopf stellte.

„Britta, es reicht, wenn du mich absetzt und …", versuchte ich es, aber das wurde mit einem der Nebensätze abgewürgt, die sonst die Kinder zu hören bekamen.

„Sei mal ruhig. Stefan, sie ist mit dem Flugzeug abgestürzt!"

Na ja …

„Ist das dein Ernst?", motzte sie weiter ins Telefon. „Weißt du, was ich alles nicht machen kann, weil ich jeden Gott verdammten Tag die Kinder habe?"

Das war das eigentliche Problem. Britta war eine überzeugte Feministin, die einen absolut zu ihr passenden Mann gefunden hatte, der sie nicht nur liebte, sondern auch von Anfang an bereit gewesen war, nach der Geburt der gewünschten Kinder zu Hause zu bleiben. Britta liebte ihren Job als Unternehmensberaterin und war auch wirklich gut darin. Ihre Auszeit wegen der Kinder sollte so kurz wie möglich gehalten werden. Sie hatte alles durchgeplant, war punktgenau schwanger geworden. Aber dann, in der Mitte der Schwangerschaft, war ihr Unternehmen aus dem Nichts heraus pleitegegangen und ihr Chef wegen Insolvenzverschleppung im Knast gelandet. Fast zeitgleich bekam Stefan das Angebot, als Referent für eine grüne Bundestagsabgeordnete zu arbeiten. Ein gut bezahlter, spannender Job bei einer Frau, die Britta großartig fand. Es wäre selbst in den Augen meiner besten Freundin totaler Blödsinn gewesen, wenn er abgelehnt und sie sich hochschwanger auf die Suche nach einem neuen Job gemacht hätte. Also blieb sie zu Hause. Das zweite Kind war nicht so ganz geplant gewesen, aber Stefans Abgeordnete zog nach den Wahlen erneut in den Bundestag ein, also blieb Britta weiter zu Hause und lebte nun schon seit gut drei Jahren das Leben, das sie nie hatte leben wollen. Sie hasste es. Sie liebte ihre Kinder, war eine großartige Mutter, aber sie hasste es, die Frau am Herd zu sein. Dabei kochte sie wirklich gut. Stefan war sein Erfolg schon fast unangenehm, und ich kannte keinen Mann, der nach zehn Stunden Arbeit sich so sehr in die Hausarbeit und die Betreuung der Kinder warf wie er, aber natürlich war es nie genug.

Entsprechend klang Brittas „Gut, danke" auch eher gereizt, als sie endlich erreicht hatte, was sie wollte.

„Nein, sie ist unverletzt", erklärte sie dann etwas milder. „Körperlich zumindest."

Sie schaute mit vielsagendem Blick zu mir. Spätestens jetzt war klar, dass sie mich für übergeschnappt hielt. Sie verabschiedete sich von ihrem Mann und startete den Wagen erneut.

„Du glaubst es mir nicht", stellte ich fest.

„Ich glaube dir, dass du das alles gehört hast. Aber ich glaube nicht, dass es die Gedanken dieser Männer waren."

„Weil sie so etwas nicht denken würden."

„Na ja, dafür würde ich jetzt nicht meine Hand ins Feuer legen, aber mein Problem ist ein anderes."

Ich schaute sie fragend an. Ich wusste wirklich nicht, was sie meinte. Das schien ihr nur noch mehr Sorgen zu machen – ihrem Gesichtsausdruck nach zu urteilen.

„Rosa, niemand kann Gedanken lesen. Das ist dir schon klar, oder?"

Ich seufzte aus tiefem Herzen.

„Ich lass los, ich lass los", kam es vom Rücksitz.

Das sollte ich auch tun.

8

Bis zum Abend hatte ich es kapiert: Der Beinaheabsturz, mein nur knapp vermiedenes Rendezvous mit dem Tod, hatte meine Synapsen verrücktspielen lassen. Natürlich konnte ich keine Gedanken lesen. Das war Schwachsinn. Niemand konnte das. Henk hatte garantiert nicht so einen Dreck gedacht bei unserer unfassbar romantischen Begegnung nach der Notlandung. Vermutlich hatte er überhaupt nichts gedacht, sondern einfach nur gefühlt, wie wir eins wurden. Und ich hatte es mit meinem Quatsch zerstört. Das ärgerte mich mittlerweile am meisten, als ich in meinem Yoga-Jumpsuit im Wohnzimmer vor dem Fernseher saß und den dritten heißen Kakao trank.

Die ersten beiden hatte Britta mir zubereitet. Aber nachdem Lina mit dem ihrigen eine heillose Sauerei in meiner Küche veranstaltet hatte und dann auch noch extrem unleidlich geworden war, hatte meine Freundin eingesehen, dass sie mich besser alleine ließ. Ihre Überlegung, die kleine Kröte auch noch von Stefan abholen zu lassen, hatte ich strikt unterbunden. Mir ging es gut, ich hörte weder Stimmen noch hatte ich Kopfschmerzen, und ich war sowieso reif für die Badewanne.

Diese hatte ich nun hinter mir, ebenso den Verzehr eines köstlichen Nudelauflaufs, den Britta ganz nebenbei gezaubert und in den Backofen geschoben hatte, bevor sie mit Lina abgezogen war. Kurz hatte ich überlegt, von

Kakao zu Rotwein zu wechseln, aber ich wollte einen klaren Kopf behalten. Entspannung stellte sich auch so ein. Ich hoffte, dass ich bald müde werden würde, denn ich wollte früh schlafen gehen. Also saß ich da mit meinem Kakao und zappte sinnlos durch die Programme – etwas, das ich sonst nur bei Übernachtungen in Hotels bei einem Stopover machte. Zuhause bevorzugte ich normalerweise die Lektüre eines spannenden Krimis, oder ich spielte auf meinem alten Klavier, das so gerade noch Platz im Wohnzimmer gefunden hatte. An diesem Abend ging nichts außer Fernsehen. Ich blieb hängen, als ich ein vertrautes Gesicht sah. Ein Boulevardmagazin machte einen Bericht über unsere Notlandung. Soeben wurde eine Frau vor dem Ausgang des Flughafens interviewt. Eine Frau, die in einer der vorderen Reihen gesessen hatte. Eigentlich hatte ich es vermieden, im Internet oder Fernsehen nach Berichten über die Ereignisse am Morgen zu suchen – ich wollte doch runterkommen – aber die rührenden und dankbaren Worte der Frau taten gut. Sie holten endlich wieder in meinen Fokus, was auch ich an diesem Tag geleistet hatte, dass ich stolz sein konnte auf meine Besonnenheit. Als die Frau mich dann auch noch persönlich erwähnte, bekam ich eine Gänsehaut.

„Ich weiß leider nicht, wie die Flugbegleiterin hieß, aber ohne sie wären wir alle …"

Den Rest des Satzes konnte man nicht hören, denn die junge Reporterin riss ihr das Mikrofon weg. Sie hatte hinter der Frau Henk entdeckt, der – nach wie vor in seiner Uniform blendend aussehend – aus dem Gebäude kam und zu einem Wagen der Airline ging. Sofort stürmte die Kamera im Rücken der Reporterin auf ihn zu. Die Passagierin war vergessen. Ich hatte ein Déjà-vu. Doch als Henk sich dieses Mal von der Reporterin als Held feiern ließ, war ich nicht mehr so entspannt wie am Vormittag im Flugzeug. Ja, natürlich war er ein Held, aber wieso musste er sich so in den Vordergrund schieben? Und wieso konnte man nicht zumindest mal zur Kenntnis nehmen, dass auch andere an diesem Tag über sich hinausgewachsen waren? Ich stellte fest, dass ich mich nicht freute, ihn zu sehen. Das verstörte mich. Es verstörte mich nur noch mehr, als er auf die Frage der Reporterin, ob er jetzt zu seiner Familie ginge, erklärte, dass er Single sei, und sich daraufhin ein kleiner Austausch entspann.

„Ach, Sie sind noch zu haben?“, fragte die Reporterin kess. „Ein schneidiger Pilot, Held des Tages, Single, wenn das nicht spannend für unsere weiblichen Zuschauer ist.“

„Interesse?“, fragte Henk unverhohlen vor laufender Kamera die nicht unattraktive Reporterin. „Ich wollte eh gerade das Leben feiern gehen.“

Die Frau lachte viel zu laut. Jeder Blinde konnte sehen, dass die beiden ernsthaft flirteten. Ich war fassungslos. Die Frau lehnte charmant ab und wandte sich dann wichtigeren Fragen zu. „Wie fühlt es sich an, das Leben hunderter Menschen in der Hand zu haben?“

Ich schaltete den Fernseher aus. Auch wenn mir vollkommen klar war, dass ich mir die Stimmen eingebildet hatte, so hatten sie Spuren hinterlassen. Ich konnte nicht mehr ohne gemischte Gefühle an Henk denken. War das nicht furchtbar? Er war mein Traummann. Wir hatten Pläne.

Es klingelte an meiner Wohnungstür. In der Erwartung, dass meine Nachbarin Anka aus ihrer Physiotherapiepraxis in Kreuzberg nach Hause kam und vielleicht sogar von meiner Anwesenheit bei der Notlandung erfahren hatte, eilte ich durch den Flur und öffnete die Tür. Doch draußen stand nicht Anka, sondern Paul.

Paul war einer der IT-Mitarbeiter unserer Airline. Ein fast zwei Meter großer, spindeldürrer Typ um die Dreißig mit niemals vernünftig gekämmten Haaren und Hornbrille. Ein Nerd ersten Ranges. Und ein herzensguter Kerl. So gut, dass er mir ab und zu half, Computerprobleme in den Griff zu bekommen, sogar bei mir zu Hause – er wohnte nicht weit entfernt. Da seit Wochen mein iMac lahmte und ich manchmal minutenlang auf den „Wasserball des Todes“ starrte, wie Paul das kleine Wartesignal von Apple nannte, hatte ich mich tatsächlich an diesem Abend mit ihm verabredet, damit er sich das Problem anschauen würde. Selbstredend hatte ich die Verabredung getroffen, als ich davon ausging, nach drei Flügen quer durch Europa abends wieder zu Hause zu sein. Und selbstredend hatte ich das komplett vergessen. Hatte Paul von der Notlandung nichts mitbekommen?

„Hi“, murmelte er verlegen. „Ich hab’ dich nicht … Ich wusste nicht, ob du … ob unsere Verabredung, also wegen Sache mit dem Computer …“

Das war alles, was er sagte. Er hatte die anstrengende Angewohnheit, fast keinen Satz zu vollenden. Ich reimte mir zusammen, dass er versucht hatte, mich anzurufen. Aber mein Handy hatte ich ausgeschaltet, nachdem immer mehr Freunde und Kollegen angerufen hatten. Natürlich freute mich die Anteilnahme, aber irgendwann hatte ich keine Lust mehr auf die ewig selben Fragen und Erklärungen gehabt.

„Du hast mitbekommen, was los war?“

„Ja, voll krass. Du hast echt was hinter … Ich hätte nicht kommen … Aber ich wusste nicht, ob …“

„Ist schon okay, Paul. Aber sei mir nicht böse. Ich glaube, das mit dem Computer wird mir heute zu viel.“

„Klar. Kein Problem. Aber …“

Er stockte, dann holte er tief Luft und fragte: „Geht es dir denn gut?“

Ich war erstaunt. Er brachte nicht nur den Satz zu Ende,

sondern legte mir sogar anteilnehmend die Hand auf den Arm.

„Es geht schon."

„Die Arme, das hat sie echt umgehauen."

Ich riss die Augen auf. Es war wieder passiert. Paul hatte nichts gesagt, die Lippen nicht einen Millimeter weit bewegt, aber dennoch hatte ich seinen Satz genau gehört – sobald er meinen Arm berührt hatte. Also doch! Nun nahm er seine Hand allerdings weg und murmelte: „Na, dann geh ich mal ... Wir können ja ... Demnächst, ja?"

Er senkte bereits seinen Kopf und schlurfte zum Treppenabsatz. Ich war plötzlich hellwach und geradezu entflammt.

„Äh, warte mal, Paul."

Er blieb stehen und blickte zu mir. Ich kramte ein entspanntes Lächeln hervor.

„Eigentlich ist das doch Quatsch. Ich habe gerade eh nix zu tun, und der Computer nervt echt. Also wenn du schon mal da bist: Ich würde mich freuen, wenn du ihn dir anschaust."

„Echt?"

Ich nickte entschlossen.

„Klar, ich kann das ... Also wenn das okay ..."

„Komm rein."

Wenig später saß Paul im Wohnzimmer an Mamas altem Jugendstil-Sekretär vor meinem Computer. Er hatte eine eigene Festplatte und anderen Kram mitgebracht, mit denen er alles Mögliche testen konnte. Währenddessen plapperte er irgendwelche Erläuterungen vor sich hin, die ich aber nicht nur wegen der unvollständigen Sätze und der vielen Fachbegriffe nicht verstand. Sondern vor allem deswegen, weil ich fieberhaft überlegte, wie ich meine vermeintliche Gabe testen konnte. Ich hatte ihm eine Cola gebracht und stand hinter ihm, während seine Finger über meine Tastatur flogen und auf dem Bildschirm undurchschaubare Dinge vonstatten gingen.

„Du, das ist echt voll nett von dir“, sagte ich. „Danke noch einmal.“

Dabei legte ich ihm sanft meine Hand auf die Schulter, so als Dank, wie man das halt macht. Doch die unerwartete Berührung ließ ihn dermaßen zusammenzucken, dass er mit dem Arm die Cola umschmiss. Er sprang sofort auf, stieß sich dabei das Knie an der ausklappbaren Arbeitsfläche und schleuderte seine Schulter gegen mein Kinn, sodass ich beinahe umfiel.

„Oh, sorry“, rief er entsetzt. „Wie ungeschickt von … Du, ich mach' das wieder …“

„Nee, nee, lass mal. Bleib sitzen. Kein Problem.“

Nur mit Mühe konnte ich ihn beruhigen. Er war untröstlich. Als ich ihn auf seinen Platz drückte, hörte ich kurz ein „Ich bin so ein Trottel“, aber dann musste ich ihn auch schon wieder loslassen, weil die Cola sich über meinen schönen orientalischen Teppich ergossen hatte.

Der Teppich landete in der Badewanne und nachdem ich die Reste des Fiaskos beseitigt hatte, war ich kein Stück weiter gekommen. Diesen Mann zu berühren – auch noch ohne Ankündigung – konnte dramatische Folgen haben. Er war das einfach nicht gewohnt. Ich grübelte, unter welchem Vorwand ich ihn berühren konnte, ohne dass es komisch rüberkam. Nein, ich wollte ihn nicht anbaggern, auch wenn Anka das sicher vorgeschlagen hätte. Aber das gefiel mir aus sämtlichen Gründen nicht. Als er schließlich bezüglich des Computers zu irgendeinem Schluss kam und nach der Löschung von merkwürdigen Programmen, an deren Installation ich mich nicht erinnern konnte, stolz vorführte, wie schnell das Ding nun war, hatte ich eine halbwegs gute Idee parat, um zu meinem Ziel zu kommen. Eine Idee, auf die ich durch das Stichwort Anka gekommen war. Nach überschwänglichem Dank für seine Hilfe, fragte ich: „Du, sag mal, hast du noch Zeit? Ich bräuchte noch bei etwas anderem deine Hilfe."

„Klar, ich hab den ganzen Abend … Also, wenn ich dir irgendwie …"

„Super. Es ist nämlich so: Ich mache jetzt so 'ne Zusatzausbildung als Osteopathin, kennst du das?"

„Ja. Willst du … Hörst du auf bei …?"

„Nein, das ist nur so nebenbei. Auf jeden Fall … Ich fange auch gerade erst an. Und ich müsste mal ein paar Griffe ausprobieren. Könntest du das Versuchskaninchen machen?"

„Du willst mich … Bei mir 'ne Behandlung …?"

Er war sichtlich überrascht.

„Ja, nur so ein bisschen. Ein paar Grundgriffe."

„Viszerale Techniken oder Cranio-Sacral?"

Mist. Anka – die neben der klassischen Physiotherapie auch Osteopathie beherrschte – hatte mir zwar bei starken Verspannungen Behandlungen auf ihrem Sofa zugutekommen lassen, aber ich hatte natürlich überhaupt keine Ahnung von der ganzen Materie. Anders als Paul.

„Nee, einfach nur ein paar Grundgriffe", murmelte ich.

„Aber wo denn … Muss ich mich dafür … Mein T-Shirt …"

Er wirkte überfordert. Ich kapierte, was sein Problem war.

„Nein, nur am Kopf", sagte ich schnell.

„Also Cranio-Sacral", stellte er erleichtert fest.

„Ja, ja, total sacral."

„Okay. Und wo …"

„Leg dich doch hier auf die Couch. Auf den Rücken."

Ich deutete auf mein schönes, petrolfarbenes Samtsofa mit den goldenen Kissen. Das Sofa war mir eigentlich immer extrem groß vorgekommen, aber nachdem Paul sich darauf gelegt hatte, war kaum noch Platz für mich. Ich quetschte mich hinter seinen Kopf, lächelte ihn an.

„Soll ich die Brille …“

Ich nickte. Er legte die Brille auf den Couchtisch, beziehungsweise zehn Zentimeter daneben, weswegen sie auf den teppichlosen Boden fiel. Das war jetzt auch egal. Ich stellte fest, dass ich ähnlich nervös war wie Paul.

„Bleib ganz entspannt liegen. Kannst die Augen zumachen. Ich taste hier nur ein bisschen an deinem Hinterkopf und massiere ganz sanft, ja?“

„Okay.“

Ich rieb meine Hände, in der Hoffnung, dass sie nicht zu kalt waren. Paul schloss die Augen, was mich erleichterte, denn er musste ja nicht meine Reaktion sehen, wenn ich im nächsten Moment tatsächlich seine Gedanken hören würde. Würde ich das? Vorsichtig schob ich meine zitternden Hände unter seinen Kopf. Kurz zuckte er weg, doch dann ließ er den Kopf in meinen Händen ruhen. Kaum, dass ich den hinteren Schädel mit den Fingern umschlossen hatte, hörte ich laut und deutlich: „Bloß keine Erektion bekommen. Bloß keine Erektion bekommen.“

Ich musste lachen. Es ging nicht anders.

„Warum lacht sie? Sieht man schon was?“

Pauls Augen öffneten sich mit einem vorsichtigem Blick nach unten. Unweigerlich musste ich diesem folgen, aber auf der dunklen Stoffhose zeigte sich Gott sei Dank keine Ausbeulung. Ich tat so, als ob das Lachen ein Husten wäre, und entschuldigte mich.

„Bleib einfach ganz entspannt liegen“, bat ich, so ruhig ich nur konnte.

Dabei war ich alles andere als ruhig, denn das Unglaubliche funktionierte.

„Ruhig bleiben, die ist lustig. Wie soll das denn so gehen?“

Ich konnte ihn so klar denken hören, als ob er mit mir reden würde. Allerdings war sein Mund fest verschlossen. Ich war fasziniert. Auch davon, dass er in ganzen Sätzen dachte, die zudem nur so aus ihm heraussprudelten. Gleichzeitig spürte ich die Rückkehr der Kopfschmerzen.

„Ich muss mich ablenken. Das wird sonst echt peinlich. Ich muss … an Mama denken. Oh ja, wie ich damals ins Bad geplatzt bin, als sie sich nackt die Achselhaare rasiert hat. Das war das Unerotischste, was ich je gesehen habe. Ich weiß auch gar nicht, warum sie die Tür nicht abgeschlossen hat. Oh, das war so schlimm."

Während ich der Pein von Paul lauschte, hatte ich zwei Gedanken. Erstens: Ich war eine Superheldin. Ich besaß eine Fähigkeit, die meines Wissens nach einmalig in der Menschheitsgeschichte war. Ich konnte Gedanken lesen. Hören. Verstehen. Von einem Moment auf den anderen. Doch das bedeutete zweitens: Alles, was ich aus Henks Kopf hatte strömen hören, waren tatsächlich seine Gedanken gewesen. Er war ein Arschloch. Er benutzte mich. Er machte mir etwas vor, um mich ins Bett zu bekommen.

„Das war so schlimm. Mamas Achselhaare. Das war überhaupt nicht sexy. Dabei könnte so etwas ja durchaus sexy sein. Wenn ich Rosa so sehen würde. Oh, daran darf ich nicht denken. Das macht alles noch schlimmer. Keine Erektion bekommen. Keine Erektion bekommen."

Ich ließ Paul los. Seine Pein fand ich nicht mehr amüsant. Auch er wollte mich im Endeffekt nur nackt sehen. Wie Henk. Was war mit diesen Männern los?

„Okay, danke Paul. Ich weiß jetzt alles, was ich … Also ich hab' alles ausprobiert."

„Schon?"

Dafür, dass er sich eben noch gewunden hatte, war er nun reichlich enttäuscht. Ich hatte Mühe, meinen Frust nicht an ihm auszulassen. Also erarbeitete ich mir ein Lächeln.

„Ja, und nochmal danke wegen Computer und so, aber ich muss jetzt wirklich ein bisschen Ruhe haben."

„Klar. Ich muss auch jetzt nach … Also wenn du noch mal Hilfe … Beim Computer oder hier … Cranio-Sacral …“

„Ich melde mich.“

Paul stand schnell auf. Aus dem Augenwinkel sah ich, wie er sich kurz im Schritt herumfummelte, wahrscheinlich um zu verbergen, was dort dann doch passiert war. Es bereitete mir Unbehagen. Ich konnte ihn gar nicht schnell genug loswerden.

Als die Tür ins Schloss gefallen war, atmete ich tief durch. Dann griff ich mir mein Handy. Es ging nicht um Paul. Er war im Grunde ein armer Schlumpf. Nein, es ging um jemand anderen. Als ich das Gerät eingeschaltet hatte, sah ich, dass neben zahllosen Anrufversuchen von Kollegen – ja, auch von Paul – zwei SMS von Henk den Weg auf mein Handy gefunden hatten.

„Hey, Rosa. Geht es Dir besser? Du warst plötzlich weg, dabei wollte ich noch über so viel mit Dir reden. Ich denke nur an Dich die ganze Zeit.“

Mh. Klar. Wenige Minuten später war die zweite Nachricht gekommen.

„Hey, wir haben jetzt ja morgen frei. Zusammen frühstücken? Im Ritz mit Champagner? Aufs Leben anstoßen? Das haben wir uns doch verdient, oder?“

Ich wusste mittlerweile zu gut, was er sich seiner Meinung nach verdient hatte. Wahrscheinlich würde er im Ritz auch gleich ein Zimmer bereithalten. Aber nicht mit mir. Wobei … Getrieben von meiner Wut drückte ich auf seinen Namen, das Handy verband mich mit ihm.

„Hey, Rosa, ich habe gerade an dich gedacht“, meldete Henk sich euphorisch.

Ich hörte Musik im Hintergrund. Das Lachen einer Frau. Ich spürte, wie die Adern an meinem Hals und meiner Stirn hervortraten. All meine Wut knallte ich in meine

Antwort – konkret bedeutete das, dass ich mit meiner süßesten Stimme säuselte: „Echt? Ich auch an dich!"

„Oi."

„Ja, und ich habe jetzt erst deine Nachrichten gesehen. Ich brauchte ein bisschen Ruhe und …"

„Geht es dir denn besser?"

„Schon. Ich geh' früh schlafen."

„Verstehe ich."

„Aber ich würde voll gerne morgen mit dir frühstücken. Das klingt toll."

„Cool! Dann machen wir das. Ich hol dich ab. Um zehn?"

„Nicht nötig. Ich bin um zehn im Ritz."

„Super."

„Ich freue mich."

„Ich auch."

„Habe noch einen schönen Abend mit der Schlampe, die da hinter dir an der Bar so grell lacht."

Okay, das Letzte sagte ich nicht. Wenn ich etwas gelernt hatte in meinem Leben und bei der Arbeit als Stewardess im Besonderen, dann war es, das liebe Mädchen zu spielen, auch wenn mir ganz anders zumute war. Mir war das bis zu diesem Moment gar nicht so bewusst gewesen, aber wie es schien, war dieser Tag einer, an dem ich eine Menge Talente an mir entdeckte.

„Tschüss, mein Held", flüsterte ich.

„Bis morgen, Rosa", antwortete er verheißungsvoll.

Damit war das Gespräch beendet.

9

Ich konnte auch sexy. Normalerweise wählte ich für Dates Outfits, die verspielt waren, farbenfroh. Etwas, das mir und meinem Gegenüber gute Laune machte. An diesem Morgen wählte ich mein freizügigstes Outfit, das ich in dieser Kombination noch nie getragen hatte: Ein bauchfreies Top über dem Push-Up, dazu ein Minirock mit durchsichtigen Nylons und die schwarzen Stiefel mit den hohen Absätzen. In den falschen Gegenden der Stadt würde ich damit sicher eine Menge Geld verdienen können, aber Henk sollte nun einmal sehen, was ihm entging. Ich zog mir noch einen leichten Mantel über und machte mich perfekt geschminkt und wohlduftend auf den Weg zum Ritz. Die Wut, die mich viel zu früh aus dem unruhigen Schlaf gerissen hatte, trieb mich an und ließ mich alle Blicke in der U-Bahn ignorieren. Ich war eine Frau auf einer Mission.

Trotzdem war ich schwach. Denn sobald ich Henk sah, in diesem legeren Sonntagsbrunch-Anzug aus beigem Stoff, wie er von seinem Platz im Restaurant aufsprang und mich mit seinen funkelnden Augen anblickte, wurde ich unsicher. Selbst als ich den Mantel auszog, ließ er sich nicht von meinem auffällig präsentierten Körper ablenken, sondern er fixierte meine Augen mit einem Blick, den man eigentlich nur als verknallt kategorisieren konnte. Sein Geruch betörte mich, als er mir angedeutete Küsse auf die Wangen gab.

„Dir geht es wieder besser“, stellte er erfreut fest. „Ich habe mir echt Sorgen gemacht, aber jetzt hast du endlich wieder eine gesunde Gesichtsfarbe.“

Vor Wut, ja. Doch diese war ins Wanken geraten. Es war plötzlich alles wieder wie an dem Abend im Facil. Er war so aufmerksam, so hundertprozentig bei mir. Ich hörte keine Gedanken, was aber vielleicht auch daran lag, dass er redete.

„Du siehst wirklich toll aus. Oh, wow.“

Er hatte endlich seinen Blick an meinem Körper hinabgleiten lassen. Dabei war er angemessen angetan. Seine Augen ruhten nirgendwo so lange, dass es mir unangenehm wurde. Er machte alles richtig. Wie immer.

„Komm, setz dich.“

Er nahm mir den Mantel ab und deutete auf seinen Platz, der der bessere war, weil man von dort den Raum überblicken konnte.

„Danke“, hauchte ich irritiert und setzte mich.

Er nahm mir gegenüber Platz und strahlte mich verliebt an. Das hatte ich mir anders vorgestellt. Während er die Kellnerin herbeiwinkte und ihr meinen Mantel gab sowie zwei Gläser Rosé-Champagner bestellte, fragte ich mich, ob ich nicht viel zu voreilige Schlüsse gezogen hatte. Niemand konnte so charmant und zugewandt sein und gleichzeitig den Dreck denken, den ich zu hören geglaubt hatte. Vielleicht hatte ich mir diese Gedanken doch nur eingebildet – auch bei Paul. Vielleicht war ich kein Wunderkind, sondern eine ernsthaft gestörte Frau. Es gab nur einen Weg, dies herauszufinden.

„Geht es dir denn gut?“, fragte ich und legte meine Hände offen auf den Tisch, so dass er sie greifen konnte.

Er umschloss meine Hände mit den seinigen, strahlte mich an und nickte. Ich hörte nichts. Verdammt.

„Mir geht es sehr, sehr gut“, sagte er. „Was wir gestern erlebt haben, Rosa, das hat meinen Wunsch, etwas aus meinem Leben zu machen, vertausendfacht. Aus diesem Leben, das so schnell vorbei sein kann … Ich will Bedeutung. Verstehst du? Eine Familie, eine Frau, die mich vollkommen macht. Und ich will, dass dieses Leben jetzt beginnt."

Mir entfuhr ein tiefer Seufzer. Henk war ein Guter.

„Sie schluckt es", hörte ich leise in der Ferne, ohne dass sich seine Lippen bewegten. „Mal sehen, was sie nachher noch so schluckt."

Nein, Henk war kein Guter. Henk war ein Arschloch. Meine Gesichtszüge verhärteten sich unweigerlich.

„Was hat sie denn jetzt?", dachte er.

Schnell setzte ich wieder das gerührte Lächeln auf. Die Träne der Wut wurde einfach umgewidmet.

„Ich weiß, wie du dich fühlst", hauchte ich.

Er strahlte.

„Die ist heute fällig", dachte er. „So nuttig, wie die hier ankommt, will die es doch. Das wird mich bei Uschi nach vorne bringen."

Ich hatte Mühe, mir bei seinen Sprüchen nichts anmerken zu lassen. Zumal ich keine Ahnung hatte, wer jetzt auch noch Uschi war und was sie mit der ganzen Sache zu tun hatte.

„Aber ich habe noch eine Frage", holte ich aus.

„Ja?"

„Freunde von mir haben dich gestern Abend mit einer Frau in so einer Bar gesehen und mh …"

Ich stockte und schaute ihn mit naivem Augenklimpern fragend an. Mein Köder basierte nur auf wilden Spekulationen, gespeist durch unser kurzes Telefonat. Seine Augen zuckten nicht einmal. Er lächelte einfach nur.

„Scheiße", dachte er dabei. „Wer hat mich denn gesehen? Im Newton? Hab' ich Hana an der Bar schon geküsst? Nee, so blöd war ich nicht."

„Und das macht dich eifersüchtig?“, fragte er mit einem kessen Blick.

„Es irritiert mich.“

„Rosa, ich war gestern noch feiern mit ein paar Leuten. Nach dem, was wir durchgemacht haben. Ist das nicht verständlich? Aber ich habe nur an dich gedacht.“

Ich sagte nichts dazu. Ich wartete einfach ab. Die Gedanken setzten in der Stille sofort wieder ein.

„Ist nicht mal gelogen. Ich hab an sie gedacht – als mir Hana auf der Toilette einen geblasen hat. Die Performance ist nämlich die neue Messlatte für das Schneckchen hier. Messlatte, haha!“

„Rosa?“, fragte er laut und mit beruhigendem Timbre in der Stimme. „Ich weiß, dass ich früher keinen guten Ruf hatte, doch die Zeiten sind vorbei.“

„Aber meine Freunde haben dann auch noch gesehen, wie du mit dieser Hana auf der Toilette verschwunden bist.“

Zum ersten Mal erkannte ich eine deutliche Reaktion in seinem Gesicht. Die Maske des aufrichtig verliebten Mr. Right bekam Risse. Gleichzeitig kehrten meine Kopfschmerzen zurück.

„Scheiße“, dachte er nur.

„Was sind denn das für Freunde? Wer erzählt so einen Quatsch?“

Ich ließ das erneut stehen, schwieg. Henk dachte: „Da war niemand. Wir waren alleine auf dem Klo. Hat Hana ihr das erzählt? Der Reporter-Nutte trau ich das zu. Am Ende hat sie uns noch auf ihrem beknackten Wasserbett gefilmt, um eine Story draus zu machen.“

Ich wusste sofort, von welcher Reporterin die Rede war. Er hatte sie live im Fernsehen angebaggert und noch am selben Abend vernascht. Interessanterweise machte meine wachsende Wut mich nur noch präziser und selbstbewusster.

„Das ist kein Quatsch, Henk. Im Fernsehen konnten doch alle sehen, wie du sie klargemacht hast."

„Nein, das … das war doch nur … Show. Sie wollte gerne mit uns feiern, und dann haben wir sie mitgenommen … Aber mehr war da nicht. Ich schwöre es."

„Ihr seid nicht vom Newton zu ihr gefahren und habt euch auf ihrem Wasserbett amüsiert?"

Er ließ meine Hände ruckartig los und verschränkte seine Arme vor der Brust.

„Hast du mich verfolgt? Bist du so eine Stalker-Braut, oder was?"

Sein Gesichtsausdruck spiegelte seine Überforderung wider. Wut dazu, aber kein Unrechtsbewusstsein. Es schmerzte, sein wahres Gesicht zu sehen. Aber es war gut, dass die Scharade endlich vorbei war.

„Nein, ich muss dich nicht verfolgen, deine Geschichten stinken meilenweit gegen den Wind, Henk."

„Du bist krank", stieß er hervor.

„Ich bin einfach nur eine Frau, die zum letzten Mal auf einen Typen wie dich reingefallen ist."

Er lachte höhnisch.

„Du bist eine untervögelte, dumme Frau, die ihre eigene Attraktivität maßlos überschätzt. Ich sag dir eins, Schätzchen. So einen doofen Typen, wie du ihn brauchst, gibt es gar nicht."

Es tat nicht weh. Es vervollständigte einfach nur das Bild. In dem Moment erschien die gut gelaunte Kellnerin mit zwei Gläsern Champagner auf einem Tablett neben uns.

„So, jetzt wird's prickelnd", flötete sie, während sie die Gläser abstellte. „Wohl bekomm's."

Henk saß mir mit einem Mörderblick gegenüber. Aber ich wich diesem nicht aus.

„Vielen Dank", sagte ich schließlich zu der Dame. „Das wollte ich immer schon mal tun."

Ich nahm mein Glas und kippte es Henk mit genussvollem Schwung ins Gesicht. Die Kellnerin bekam große Augen. Henk ließ den Champagner mit zusammengekniffenen Lippen an sich herunterlaufen. Ich stand in aller Ruhe auf und sagte zur Kellnerin: „Ich bräuchte meinen Mantel. Ich muss leider gehen."

10

Meine erstaunliche Coolness und die durch Wut gespeiste Stärke hielten noch bis zu einhundert Meter Entfernung vom Ritz. Dann brach ich in bittere Tränen der Enttäuschung aus. Nur durch einen Schleier sah ich den Ring an meiner Hand, der nun doch noch für unbestimmte Zeit den Platz warmhalten würde. Ich weinte so sehr, dass eine Passantin mich frage, ob ich Hilfe bräuchte. Doch Hilfe nahte bereits. Brittas Nachrichten am Morgen hatte ich kurz vor dem Betreten der Höhle des Löwen mit einem „Kannst du mich bitte am Ritz abholen“ beantwortet. Noch während ich der Passantin dankte, stoppte der türkisfarbene Kangoo neben mir.

„Rosa“, rief Britta voller Mitgefühl.

„Rosa weint“, rief Lina vom Rücksitz.

„Warum weint Rosa?“, fragte Emil neben ihr.

Es war Samstag, und dieser war normalerweise Papatag. Der Tag, an dem Britta „frei“ hatte, wie sie es nannte, und Stefan sich alleine um die Kinder kümmerte – bevor dann der Sonntag zum Familientag wurde. Auch wenn bei diesem System faktisch gar kein freier Tag für Stefan übrig blieb, war diese Aufteilung heilig. Entsprechend hatte ich nicht mit den Kindern gerechnet. Ich riss mich zusammen, wischte meine Tränen weg und stieg in den Wagen.

„Na, ihr kleinen Racker“, rief ich nach hinten, so gefasst

es nur ging. „Ich weine gar nicht. Hab' nur was ins Auge bekommen."

Britta sah meinen tapferen Blick zu den Kids. Sie seufzte und litt mit mir.

„Sorry, Stefan ist auf irgendsoeiner Menschenrechtskonferenz", erklärte Britta. „Ich hab' die heute an der Backe."

Ich winkte ab.

„Rosa ist ein Monster", rief Lina vom Rücksitz und lachte.

„Deine Schminke ist ein bisschen verschmiert", erklärte Britta. „Emil, hörst du bitte auf, gegen den Sitz zu treten! Sollen wir erstmal zu dir fahren?"

„Ja, setz mich einfach ab."

„Nee, nee, nee. Ich will alles wissen."

Sie startete den Wagen. Ich schaute in den Spiegel der Sonnenblende. „Ein bisschen verschmiert" war eine deutliche Untertreibung. „Monster" traf es schon eher. Zumal auch die Wunde am Auge nun wieder sichtbar war.

„Ist dir nicht kalt?", fragte Emil besorgt und zupfte an meinem spärlichen Outfit herum.

„Nicht wirklich", sagte ich zu ihm. „Aber ich ziehe mir gleich was anderes an."

„Was ist denn passiert?", fragte Britta leise.

„Nicht jetzt", flüsterte ich.

Vor den Kinder wollte ich nicht die unschönen Details meines Liebesleben ausbreiten.

„Rosa", rief Emil. „Wir waren im Zoo! Wir waren bei den Affen. Wir waren bei dem Tiger. Und wir waren bei den Eisbeeren …"

Und so ging es weiter. Britta geduldete sich die Fahrt über, auch wenn es ihr schwerfiel. Immer wieder blickte sie mich an. Abwechselnd besorgt und fragend. Ich brachte derweil mein Gesicht auf Vordermann und erfuhr von Emil alles darüber, welche Tiere er bei dem letzten Zooausflug der

Kita sonst noch so gesehen hatte. Es gab erstaunlich viele Tierarten im Berliner Zoo. Manche, wie Flamaringos oder Leparaden kannte ich noch gar nicht, aber mit Emils blumigen Beschreibungen bekamen wir das geregelt. Der heitere Austausch mit dem Kleinen half, mich selbst aus meinem Loch zu ziehen. Bald war ich gar nicht mehr so unglücklich, dass Britta ihre Kids mitgebracht hatte.

Selbstverständlich sah sie das anders. Sie wollte endlich wissen, was passiert war, und scheuchte ihre Kinder ungeduldig die Treppen zu meiner Wohnung hoch und dann sofort vor den Fernseher. Zu Brittas Notfallausstattung in der größten Wickeltasche der Welt zählte auch eine DVD mit *Shaun das Schaf*, so dass sie es tatsächlich schaffte, die beiden in kürzester Zeit ruhigzustellen. Zur Sicherheit bekam jeder zusätzlich ein Eis, das sich noch vom letzten Kinderbesuch in meinem Gefrierfach befand. Dann konnte Britta endlich die Wohnzimmertür schließen, mich in der Küche auf einen Stuhl platzieren und fragen: „Was ist passiert?"

Ich seufzte und blickte mich in der beengten Küche um. Beengt war es, weil ich bei meinem Umzug die weiße Landhaus-Küche meiner Eltern in den kleineren Raum gequetscht hatte – einfach um nicht noch mehr der alten Möbel wegschmeißen zu müssen, und natürlich, um Geld zu sparen. Das führte allerdings auch dazu, dass ich regelmäßig meine Mutter an der Anrichte stehen sah – wie sie mit dem Rücken zu mir das frische Mittagessen kochte und mich von meinem Vormittag berichten ließ. Genau wie Britta es nun von mir verlangte. Ich wusste, dass es nicht leicht sein würde, sie von dem Geschehenen zu überzeugen. Ich holte tief Luft, Britta hing an meinem Lippen, es klingelte.

„Och, nee", fluchte sie.

„Sicher nur die Post", sagte ich.

„Wow, schulst du auf Escort-Service um?“, hörte ich Ankas rauchige Stimme, kaum, dass ich die Wohnungstür geöffnet hatte.

Britta hatte mir nicht einmal Zeit gelassen, mich umzuziehen.

„Nein“, murmelte ich unzufrieden.

„Sorry“, sagte Anka. „Du, das steht dir. Echt. Aber … Was ist denn los mit dir, Süße? … Oh, hi, Britta.“

Meine beste Freundin war hinter mir im Flur erschienen und von meiner liebsten Nachbarin entdeckt worden. Man muss dazu wissen, dass die beiden sich zwar schon lange kannten, aber nie sonderlich warm miteinander geworden waren. Wobei die Reserviertheit besonders von Britta ausging, die es anscheinend nicht so toll fand, dass ich plötzlich jemand anderem abends bei einem Glas Wein mein Herz ausschüttete. Was ehrlich gesagt auch daran lag, dass man Britta abends zumeist vergessen konnte, weil sie spätestens ab halb zehn hundemüde war. Natürlich war Britta nie unfreundlich zu Anka, grüßte sie auch jetzt, wenn auch mit einer gewissen Ungeduld. Anka interessierte das nicht.

„Lass mich raten: Henk?“, sagte sie zu mir.

Ich seufzte noch einmal.

„Komm rein. Dann muss ich nicht alles zweimal erzählen.“

Für Brittas Ungeduld war das natürlich eine weitere Herausforderung, denn nun musste ich in der Küche Anka erst einmal von der Notlandung berichten, die sie nicht mitbekommen hatte. Sie war am Vorabend mit Fritz um die Häuser gezogen – mit ihrem „Fuck-Buddy“ Fritz, wie sie Britta erklärte – und gerade erst heimgekommen.

„Selbst wenn ich gewollt hätte, hätte ich nichts von der Welt mitbekommen. Wir haben die ganze Zeit gevögelt.“

Ich schaute sie genervt an.

„Sorry, ist so. Hey, das ist ja der Hammer mit dem Flug.

Aber ich verstehe noch nicht ganz, was das mit Henk zu tun hat. Er hat die Maschine doch sauber gelandet."

„Ja, und dann hat er sich zum Champagnerfrühstück mit mir verabredet."

„Okay."

Jetzt wurde auch Britta hellhörig.

„Hat er dich angerufen? Gestern noch?"

„Aus der Newton-Bar, wo er mit einer Journalistin war, die ihm nach unserem Telefonat auf der Toilette … die ihn oral befriedigt hat, bevor sie zu ihr gefahren sind, um dort dann weiterzumachen."

Sowohl Britta als auch Anka schauten mich mit großen Augen an. Beide Frauen gleichzeitig sprachlos zu machen, verbuchte ich mir als echte Leistung.

„Ich habe ihn trotzdem heute früh getroffen, in diesem Outfit, habe ihn bloßgestellt und ihm ein Glas Champagner ins Gesicht gekippt."

„Gut für dich!", rief Britta begeistert.

„Ich weiß es nicht", entfuhr mir bedrückt. „Es hat nur für den Moment gut getan. Er war eigentlich … mein Traummann."

Britta seufzte und nahm mich in den Arm.

„Langsam, langsam", ging Anka dazwischen. „Woher wusstest du das alles? Das mit dem Blasen und Vögeln?"

Auch Britta schaute mich fragend an. Allerdings mit einer gewissen Sorge in ihrem Blick. Sie ahnte, was ich sagen würde, und es gefiel ihr nicht. Ich zögerte. Anka bekam unsere Blicke mit.

„Was?", hakte sie nach.

„Du hast nicht seine Gedanken gelesen", flehte Britta.

„Doch, Britta", schoss es aus mir heraus. „Es ist mir egal, ob du mich für verrückt erklärst. Ich habe seine Gedanken gehört. Ich bilde mir das nicht ein. Ich konnte mir das gar nicht zusammenreimen. Er hat es gedacht, dann habe ich es ihm an den Kopf geknallt, erst dann hat er es zugegeben. Wie soll das sonst funktionieren? Ich war doch nicht dabei auf der Toilette oder dem beknackten Wasserbett."

Ich war richtig laut geworden. Anka saß mit offenem Mund vor mir.

„Du kannst Gedanken lesen?", fragte sie schließlich.

„Ja."

Ich erzählte ihr die ganze Geschichte. Von den Kopfschmerzen bei der Notlandung angefangen über die ersten widerlichen Gedanken von Henk bis hin zu meinem Experiment mit Paul. Britta hörte die ganze Zeit kopfschüttelnd zu. Schließlich streckte mir Anka ihre Hände entgegen und sagte: „Mir fällt's schwer, das zu glauben, aber das kann man ja leicht ändern."

Wie immer ging sie pragmatisch an die Sache heran. Ich blickte auf ihre Hände und nahm sie. Dann schaute ich Anka tief in die Augen und konzentrierte mich. Nichts passierte. Ich hörte nichts außer der Musik von *Shaun das Schaf* aus dem Nebenzimmer. Ich bekam noch nicht einmal Kopfschmerzen. Schließlich ließ ich sie los.

„Es funktioniert nicht bei jedem", stieß ich unzufrieden hervor.

„Bei mir hat's auch nicht geklappt", erklärte Britta.

„Ja, dann klappt es halt bei euch nicht", gab ich gereizt zurück. „Aber bei Henk hat es geklappt. Und auch bei diesem Arzt und auch bei Paul."

Ich stand auf. Wieso glaubte mir denn keiner? Mein Leben war ein einziges Desaster, und ich hielt mich immer noch damit auf, meine Freundinnen von meiner neuen Fähigkeit zu überzeugen. Sinnlos riss ich den altersschwachen Kühlschrank auf und suchte nach irgendetwas, das mir helfen konnte. Aber ich hatte nicht einmal mehr Wein im Haus.

„Hast du Wein drüben, Anka?", fragte ich sauer.

„Vielleicht funktioniert es nur bei Männern“, antwortete sie.

Ich schaute hinter der Kühlschranktür hervor. Sie meinte es absolut ernst – auch wenn Britta ihre Stirn in Falten legte.

„Macht doch überhaupt keinen Sinn“, sagte meine beste Freundin.

„Stimmt, bei all meinen gedankenlesenden Freunden ist es anders“, antwortete Anka lapidar.

Britta rollte mit den Augen, aber widersprach auch nicht. Ich schloss den Kühlschrank.

„Wir müssen das testen“, sagte ich.

„Willst du jetzt Männer auf der Straße antatschen?“, fragte Britta ungläubig.

„Nein, aber …“

Ich überlegte fieberhaft. Da ging die Küchentür auf. Emil stand mit Lina im Schlepptau vor uns.

„Mama, können wir noch eins gucken?“, fragte der Junge.

Britta sprang sofort auf und wollte die Kinder zurück ins Wohnzimmer bringen.

„Moment“, rief ich. „Emil, komm mal her.“

Britta schaute mich überrascht an.

„Du willst jetzt nicht ernsthaft bei …“

Sie verstummte, denn Emil kam bereits zu mir. Anka schaute gespannt zu.

„Soll ich dir mal einen Zaubertrick zeigen, Emil?“

Ich hatte keine Ahnung, ob Anka mit ihrer Vermutung richtig lag. Und schon gar nicht wusste ich, ob es bei Kindern überhaupt funktionierte, aber was konnte ich verlieren?

„Au ja“, rief Emil.

„Okay, dann musst du jetzt die Augen zumachen und ganz leise sein, ganz still stehen.“

Er nickte und tat es – direkt vor mir. Ich atmete einmal tief durch und legte ihm dann meine Hände auf den Kopf.

„Oh, was macht Rosa? Zaubert sie mich weg? Ich will

Shaun das Schaf gucken. Timmy ist lustig. Haha. Der Teddy. Der war ganz platt. Das kitzelt am Kopf. Kann ich die Augen aufmachen? Ich will die Augen aufmachen. Doofer Zaubertrick. Ich will noch ein Eis. Runtergefallen. Ist unterm Sofa. Doof. Ich will ein neues Eis."

Das alles hörte ich innerhalb einer Sekunde. Es fühlte sich an, als ob ich im schnellen Vorlauf auf einem Kinderkarussell herumgeschleudert würde. Mein Kopf dröhnte binnen kürzester Zeit. Ich riss die Hände hoch wie von einer heißen Herdplatte und schaute überfordert zu den beiden Frauen.

„Wow", entfuhr es mir.

„Hast du was … gehört?", fragte Britta ungläubig.

„Das ist wie ein Ameisenhaufen in seinem Kopf."

„Das glaube ich nicht", flüsterte Britta.

„Was hast du gezaubert?", fragte mich Emil, der die Augen längst wieder geöffnet hatte.

Ich atmete einmal tief durch.

„Ich habe in deinen Kopf geguckt und …"

„Rosa", ermahnte mich Britta, der die Sache unheimlich wurde.

„Und dort habe ich gesehen", fuhr ich fort, „dass dir dein Eis runtergefallen ist und jetzt unter meinem Sofa liegt."

Emil machte große Augen und schaute dann ertappt auf den Boden.

„Tut mir leid."

Britta blickte mich ungläubig an. Ich nickte. Sie sprang wie von der Tarantel gestochen auf und rannte los. Anka sofort hinterher. Ich folgte mit dem bedrückten Emil und Lina, die von alledem nichts verstand. Als wir ins Wohnzimmer kamen, hob Anka bereits das Sofa an, während Britta darunter griff und braunen Schokomatsch hervorzog. Ungläubig auf das ehemalige Eis in ihrer Hand starrend, sagte sie: „Das konntest du nicht wissen."

„Nein", bestätigte ich sie.

„Fuck", stieß Anka fassungslos hervor. „Du bist eine Superheldin."

„Kannst du auch in meinen Kopf gucken, Mama?", fragte Emil seine Mutter voller Sorge.

„Nein, mein Schatz, das kann nur Rosa."

Emil atmete erleichtert durch. Britta schaute mich ehrfurchtsvoll an.

„Du kannst es wirklich."

11

Es war schon eine Weile her, dass ich noch vor zwölf Uhr mittags Wein getrunken hatte, aber dieser Tag ließ einem kaum eine andere Möglichkeit. Dieser Meinung schlossen sich Anka und Britta an. Anka hatte die eiskalte Flasche Chablis aus ihrer Wohnung geholt, während Britta die Sauerei im Wohnzimmer beseitigt hatte. Niemand hatte mit Emil geschimpft, der nicht so recht verstand, was gerade geschehen war. Lina noch viel weniger. Aber die beiden saßen nun wieder vor der Glotze und lachten über ihr Lieblingsschaf.

In der Küche fiel mir auf, dass Anka und Britta auf Distanz zu mir gegangen waren. Sie saßen zusammen auf der anderen Seite des Esstischs. Beide blickten mich wie ein Weltwunder an. Anka schaffte es kaum, ohne zu kleckern die Weingläser zu füllen.

„Aber wieso nur Männer?", fragte sie schließlich.

„Ist das denn jetzt bewiesen?", fragte Britta.

„Bei Lina hat es nicht geklappt", warf ich ein.

Britta schaute mich überrascht an. Ja, ich hatte im Chaos dem Mädchen die Hand auf den Kopf gelegt. Eigentlich nur, um sie zu beruhigen. Aber dabei war mir bewusst geworden, dass ich bei ihr genauso wenig Gedanken vernahm, wie das bei Britta oder Anka der Fall gewesen war.

„Vielleicht weil Männer einfacher strukturiert sind", gab Anka sich selbst eine mögliche Antwort.

Britta musste schmunzeln.

„Lasst uns darauf trinken", sagte sie und hob ihr Glas.

Wir stießen die Weingläser zusammen, und ich nahm einen kräftigen Schluck. Die kühle Flüssigkeit tat gut. Sie half gegen die Kopfschmerzen. Für einen Moment saßen alle schweigend herum. Meine Freundinnen sendeten verstohlene Blicke zu mir. Ich selbst war mit der Frage beschäftigt, ob das jetzt nur eine Phase war oder ob mich diese einzigartige Fähigkeit für den Rest meines Lebens begleiten würde. Plötzlich blickte Britta mich ernst an.

„Das müssen wir nutzen, Rosa."

„Wie bitte?"

„Wir müssen herausfinden, wie du das machst. Und wir müssen das alle lernen."

„Wir drei?", fragte Anka.

„Wir Frauen", rief Britta.

Anka legte ihre Stirn in Falten. Auch ich war eher befremdet von diesem Ansatz.

„Man kann nicht herausfinden, wie ich das mache. Ich mache ja nix. Ich … Es passiert einfach."

„Du musst zu einer Ärztin", insistierte Britta. „Vielleicht ist es ja irgendwie übertragbar. Vielleicht …"

„Es wurde durch einen Beinaheabsturz mit einem Flugzeug ausgelöst", entgegnete ich, denn davon war ich überzeugt. „Wie willst du das übertragen?"

„Das wissen wir doch gar nicht. Wir brauchen Expertinnen. So schnell wie möglich."

Sie steigerte sich immer mehr hinein. Anka hatte noch einen Schluck getrunken und stellte ihr Glas ab.

„Halte ich für keine gute Idee."

„Was?", fuhr Britta sie an.

„Rosa wird zu einem Zirkuspferd, wenn das bekannt wird."

„Soll sie jetzt einfach so weitermachen wie bisher?"

„Wieso nicht? Hey, vielleicht lernt sie damit mal was über Männer."

„Aber das muss man doch breiter nutzen … Das … Das ist so eine Chance. Stell dir vor, die Männer wissen, dass wir ihre Gedanken lesen können. Das wird das Verhältnis der Geschlechter revolutionieren. Davon träumen wir doch."

„Wer wir?", fragte Anka.

„Wir Frauen", antwortete Britta mit einem unausgesprochenen „du Dummi" am Satzende.

„Oh, wir Frauen", spottete Anka. „Habt ihr das beim letzten Treffen besprochen? Sorry, ich war zu spät. Und bei drei Milliarden Frauen war die Kneipe leider schon voll."

Britta schnaufte und stemmte ihre Hände in die Hüften, wie sie es auch damals in der Schule getan hatte, wenn sie auf eine in ihren Augen unhaltbare Meinung gestoßen war.

„Du hast keine Ahnung, wovon ich rede?", fragte sie Anka mit bissigem Unterton.

„Ich denke halt nicht, dass alle Frauen die Gedanken von Männern lesen können sollten. Geht doch der ganze Reiz verloren."

„Welcher Reiz?"

„Wenn du das nicht weißt, dann … Also ich will das nicht. Sorry, Süße."

Zum ersten Mal seit Beginn des kleinen Disputs schauten die beiden Frauen mich an.

„Sag doch auch mal was", fuhr Britta mich an, als ob ich jetzt das Problem wäre.

Streng genommen war natürlich ich das Problem. Beziehungsweise ich hatte das Problem. Allerdings nicht nur eins.

„Ganz ehrlich?", sagte ich. „Mein Problem ist ein ganz anderes. Ich habe daran geglaubt, dass dieser Mann und ich auf einer gemeinsamen Wolke schweben. Dass wir gleich ticken, füreinander bestimmt sind, dass alles passt."

Unweigerlich ging mein Blick zu Mamas Ring an meiner Hand.

„Ich war verliebt und mir sicher, er war es auch“, stellte ich fest. „Dabei hat er mich die ganze Zeit verarscht.“

Anka zuckte mit den Schultern, als ob das nicht so überraschend wäre.

„Ja, Anka, ihr habt's die ganze Zeit gewusst. Du und dein *Fuck-Buddy* Fritz. Aber ich hab's nicht gecheckt. Und das ist mir ja nicht zum ersten Mal passiert. Meine bisherigen Traumprinzen waren allesamt Fakes. Ich habe es in zehn Jahren nicht ein einziges Mal geschafft, einen wirklich guten Mann zu finden. Weil ich zu naiv war. Aber damit ist jetzt Schluss! Das mit Henk war das letzte Mal, dass ich mir diesen Schmerz antue, dieses Gefühl, die dümmste Kuh weit und breit zu sein. Es wird sich radikal etwas ändern bei mir.“

„Du wendest dich Frauen zu?“, fragte Anka interessiert.

„Nein. Ich kann ihre Gedanken lesen. Wenn ich damit nicht meine große Liebe finde, wie dann?“

War das nicht offensichtlich? War es nicht – den skeptischen Blicken meiner Freundinnen nach zu urteilen.

„Du glaubst immer noch an die große Liebe?“, fragte mich Britta ungläubig. „Nach allem, was passiert ist?“

„Wieso nicht? Du hast sie doch auch gefunden.“

„Ich hatte nie solche Vorstellungen wie du. Du suchst einen Prinzen. Die gibt es nicht. Das musst du doch jetzt mal kapiert haben. Ich mein', du hast ihre Gedanken gelesen.“

„Es sind nicht alle wie Henk.“

Da lachte Britta nur. Ich schaute Anka an, die das Gesicht verzog.

„So viel nehmen die sich da nicht.“

Ich blickte von einer Freundin zu anderen. Sie schienen sich in diesem Fall ausnahmsweise einig zu sein. Ich trank meinen Wein aus und stellte das Glas mit Verve zurück auf den Tisch.

„Ist mir egal, wie zynisch ihr seid. Ich werde nicht zum Arzt gehen, und ich will nicht, dass irgendjemand etwas davon erfährt, was ich kann. Ihr müsst schwören, dass ihr das für euch behaltet."

„Rosa, du hast doch auch Kopfschmerzen, und …", setzte Britta an, aber ich ging dazwischen.

„Damit komme ich klar. Aber womit ich nicht klarkommen würde: Dass ich diese Fähigkeit wieder verliere, ohne sie genutzt zu haben."

12

Stewardess, 29, lebenslustig, humorvoll, zuverlässig.

Oder doch eher „liebevoll“ als eins der drei Hauptattribute? „Spontan“?

Ich wusste schnell wieder, warum ich es noch nie mit Online-Dating probiert hatte. Mich selbst in Kategorien zu stopfen und Männer danach auszuwählen, war mir viel zu unromantisch. Doch die jüngsten Entwicklungen erforderten neue Wege. Ich konnte nicht wieder drei Jahre warten, bis mir ein interessanter Mann über den Weg lief. Vielleicht war diese außerordentliche Fähigkeit nur von kurzer Dauer, also hatte ich keine Zeit zu verlieren. Meine Freundinnen empfanden es zwar als naiv oder wahlweise als Verschwendung meiner Superkraft, aber das war mir egal. Sie hatten ja ihre Typen.

„Einfühlsam“? Das war zumindest ehrlich, denn wahrscheinlich hatten diese Männer noch nie eine Frau getroffen, die sich so gut in sie hineinversetzen konnte wie ich. Kichernd änderte ich „zuverlässig“ in „einfühlsam“. Ich trank noch einen Schluck Wein und klickte auf „veröffentlichen“. Keine sechs Stunden nachdem ich mit Henk einen neuen Tiefpunkt in meinem Liebesleben erreicht hatte, war ich wieder da. Stärker und entschlossener als je zuvor. Ich hatte meine Lektion gelernt, und ich würde nicht ruhen, bevor ich den perfekten Mann gefunden hatte.

Leicht angetrunken begab ich mich unter die Dusche.

Ich war den ganzen Tag in meinem „nuttigen“ Outfit – wie Henk es genannt hatte – herumgelaufen, allein schon aus Trotz, aber nun fröstelte ich doch. Ich wollte mir etwas Gemütlicheres anziehen, um dann zu schauen, ob es erste Freiwillige beim Online-Dating gab. Anka und Britta samt Kids hatte ich verabschiedet, nachdem sie mir zu viel negative Energie verbreitet hatten. Britta hatte mir sogar Egoismus vorgeworfen, weil ich das Gedankenlesen nicht für ihre Revolution nutzen wollte. Das konnte ich jetzt nicht gebrauchen.

Als ich nach einer Stunde zu meinem dank Paul endlich wieder schnell laufenden Computer zurückkehrte, hatte ich achtzehn neue Nachrichten. Noch während ich staunte, wurde es eine mehr. Wow. Mein Profil fand offensichtlich Anklang in der Männerwelt. Nimm das, Henk! Sie rissen sich um mich. Euphorisch öffnete ich die erste Nachricht.

„Hi.“

Okay, das war jetzt nicht unbedingt der Kracher, aber es gab ja genügend andere.

„Geile Bilder“, schrieb der Zweite.

Auch keine Ausgeburt an Eloquenz.

„Willste heute Abend treffen? Wenn ich dich so sehe, wird's schon eng bei mir in der Hose.“

Bäh. Bei diesen Kerlen musste ich nicht einmal die Gedanken lesen, um sie auszusortieren. Wieso lockte ich solche Spinner an? Ich klickte noch einmal auf mein Profil und erkannte, dass ich mit zu viel Wein intus ein unkluges Vorgehen gewählt hatte: Die drei Bilder, die ich hochgeladen hatte, waren spontan vor dem Spiegel entstanden – im Outfit des heutigen Tages. Auf einem biss ich mir sogar auf die Lippe, als ob ich mich in einen Shades-of-Grey-Remake verlaufen hätte. Damit sprach ich definitiv die falsche Zielgruppe an. Die Prinzen klickten weiter, weil sie keine professionellen Dienstleistungen suchten – sondern echte Liebe.

Eine halbe Stunde später hatte ich ein neues Profil hochgeladen. Diesmal mit sorgfältig aus meinem Foto-Archiv ausgewählten Bildern, die mein hübsch geschminktes Gesicht in den Mittelpunkt stellten oder mich mit ausreichender Bekleidung zeigten. Und siehe da: Es meldeten sich weniger Männer. Aber es meldeten sich nach wie vor welche. Die Richtigen. Neugierig öffnete ich die erste neue Nachricht.

„Hi."

Okay, mit einfallslosen Typen musste man so oder so rechnen. Egal.

„Hallo Stewardess, 29, du schreibst in Deinem Profil, dass Du an die große Liebe glaubst. Das hat mich umgehauen. Ich habe mir viele Profile angeschaut in den letzten Tagen, aber das hat niemand geschrieben. Niemand. Muss man sich mal vorstellen: Auf einer Seite, auf der man einen Partner sucht, glaubt niemand an die große Liebe! Ich habe es auch nicht geschrieben. Ich war zu feige dafür, habe gedacht, dass man mich in unseren zynischen und durchanalysierten Zeiten dafür auslachen würde. Aber vielleicht müssen wir uns einfach trauen. Trauen wir uns?"

Na also. Das klang doch gar nicht so schlecht. Auf seinem Foto machte Manager, 34, auch etwas her mit dem Dreitagebart und dem herzlichen Lachen. Er schien mir wirklich „selbstbewusst, einfühlsam, humorvoll" zu sein. Also wurde Martin – wie er sich in den nächsten unterhaltsamen Nachrichten vorstellte – zu meinem ersten Date des neuen Zeitalters.

Ich war entschlossen und auch angetrunken genug, um mich noch für den selben Abend mit ihm auf einen Drink zu verabreden – in einer Bar wenige Straßen von meiner Wohnung entfernt. Während ich mich – diesmal in gewohnt farbenfroher und verspielter Form – für das spontane Date fertig machte, spürte ich meine Aufregung. Nicht weil ich Martin so toll fand – was sagten ein paar Fotos und Nachrichten schon aus? – sondern, weil ich mit einer weltweit einmaligen Fähigkeit in diesen Laden rauschen würde und man mir nichts mehr vormachen konnte. Wenn sich hinter dem witzigen Schreiber ein Lustmolch, Frauenmörder oder Idiot verbarg, dann würde ich es bald wissen. War das nicht genial?

Während ich mit meinen halbhohen Pumps durch die lauwarme Abendluft stöckelte, überfiel mich kurzzeitig die Sorge, dass das mit dem Gedankenlesen vielleicht doch nicht bei allen Männern funktionierte. Oder dass der Zauber schon wieder vorbei war. Das war die einzige Enttäuschung, vor der ich wirklich Angst hatte. Also legte ich an der nächsten Ampel einem älteren Herrn sanft die Hand auf den Arm und fragte ihn nach der Uhrzeit.

„Gleich halb zehn", antwortete er.

„Danke", sagte ich und ließ die Hand kurz liegen.

„Oh, was für ein frisches Fräulein", vernahm ich leise, aber doch auch deutlich seine Stimme aus dem Nichts.

Ich ließ ihn los, nickte noch einmal und ging grinsend weiter. Es funktionierte. Mein Gang wurde aufrechter, meine Gesichtszüge entspannter. Ich überlegte, in meinem Profil „lebenslustig" ebenfalls durch „selbstbewusst" zu ersetzen. Genau wie Martin.

Ich sah ihn sofort, als ich die Bar betrat. Er stand in Jeans und einem körperbetonten Sweatshirt am Tresen. Man hörte ja immer wieder, dass die Realität oft ernüchternd war gegenüber den Bildern auf den Datingseiten. Aber das stimmte in diesem Fall nicht. Er sah gut aus und schaute mir tatsächlich mit einem selbstbewussten, einfühlsamen und humorvollen Lächeln entgegen. Der Laden war noch nicht sonderlich voll, es lief Easy-Listening-Musik in angenehmer Lautstärke, während ich auf Martin zuging. Da war er also. Mein erstes Date mit Superkraft. Würde er die Prüfung bestehen?

„Hey, Rosa", rief er. „Du siehst ja sogar noch besser aus als auf deinen Bildern."

„Danke", antwortete ich mit einem kessen Grinsen.

Ich stand bei ihm, legte ihm meine Hand auf den Arm und begrüßte ihn mit Küsschen auf die Wangen.

„Hoffentlich kauft sie mir das ab. Oh, ihre Titten sind ja echt ein Witz."

Als wir uns lösten, sah ich noch kurz, dass er mir in den Ausschnitt geschaut hatte. Doch nun strahlte er mich wieder an. Ich lächelte ebenfalls.

„Das Problem ist nur, Martin", sagte ich. „Du bist nicht das, was ich mir vorgestellt hatte."

Seine Gesichtszüge entglitten ihm.

„Was?"

„Na ja, es muss schon alles passen, oder? Viel Glück noch."

Er stand mit offenem Mund an der Bar. Ich kehrte um und verließ die Bar genauso flott, wie ich sie betreten hatte. Klar war ich verletzt und auch enttäuscht, aber vor allem freute ich mich darüber, dass mir weitere Dates erspart geblieben waren, nur um dann herauszufinden, dass man auch Martin in der Pfeife rauchen konnte.

„Aber wir sind ein 92-prozentiges Match", hörte ich noch mit einer Mischung aus Empörung und Ratlosigkeit hinter mir, bevor die Tür zufiel.

Eins war jetzt schon klar: Es würde kein Spaziergang werden. Dafür stand mir eine unterhaltsame Zeit bevor.

13

Für den nächsten Tag machte ich gleich drei Dates aus. Es war ein Sonntag, und ich verteilte die Verabredungen über den ganzen Tag. Dabei war es erstaunlich einfach, drei mögliche Kandidaten zu finden. Natürlich gab es auf der Datingseite eine Menge „Hi"-Langweiler, es gab Leute, die unmögliche erste Nachrichten schickten, und auch viele Männer, die mich äußerlich überhaupt nicht ansprachen. Aber selbst bei meinen nicht so offensiven Fotos liefen zahlreiche Interessenten auf, sodass ich die Wahl hatte. Mir war nie klar gewesen, wie viele Männer online auf der Suche nach der Frau fürs Leben waren.

Warum sie keine fanden, verstand ich dann aber im Laufe des Tages mehr und mehr.

Anwalt, 32 – reiselustig, attraktiv, erfolgreich – war auch bei den Frauen so erfolgreich, dass er mich schon bei der Begrüßung gedanklich mit seinem Abenteuer aus der letzten Nacht verglich und hoffte, dass ich etwas mehr Ausdauer im Bett hatte als die andere Dame. Unser „Date" zum Brunch dauerte nicht viel länger als das mit Martin am Abend zuvor.

Bankkaufmann, 41 – junggeblieben, zielstrebig, gefühlvoll – schaffte es am Nachmittag immerhin bis zur Kaffeebestellung. Als ich ihm schließlich die Hand auf den Arm legte, war er dann allerdings so zielstrebig, dass er sich überlegte, ob er mich zu einem „Quickie" auf der Toilette bekommen konnte – für eine echte Liebe taugte ich „optisch“ seiner Ansicht nach nicht. Ich überließ ihm gerne meinen Cappuccino und suchte das Weite.

Filmproduzent, 35 – romantisch, weltoffen, familiär – stand am Anfang unseres Treffens in derselben Bar wie am Vortag sofort auf der Kippe, aber seine Gedanken über meinen Körper waren doch eher schmeichelnd als eklig. Auch das unterhaltsame Gespräch über die aufregende Filmwelt machte durchaus Hoffnung. Schwierig wurde es, als er beim zweiten Glas Wein und mit meinem Bein an dem seinigen von der ewigen Suche nach wahrer Liebe sprach und gleichzeitig darüber nachdachte, wie er mich wohl wieder loswerden würde, wenn wir ein paar Mal Spaß gehabt hätten. Im Grunde waren ihm Beziehungen nämlich zuwider. Da er aber sonst ganz nett war, trank ich meinen Wein noch aus. Dann war er mich auch schon wieder los. Ganz ohne Mühen.

Mit brummendem Schädel spazierte ich nach Hause. Der Tag war ernüchternd gewesen, die Anzahl der Idioten weit höher als gedacht. Vor allem befremdete mich, dass ausnahmslos jeder Mann auf ein wie auch immer geartetes erotisches Tête-à-Tête mit mir aus war, obwohl ich für die große Liebe dann doch nicht infrage kam. Doch von all dem wollte ich mich nicht abschrecken lassen. Noch am selben Abend machte ich weitere Verabredungen aus.

Am nächsten Tag musste ich allerdings erst einmal zu German Air. In der Zentrale der Airline direkt neben dem Schönefelder Flughafen stand ein Gespräch mit der betrieblichen Psychologin an. Die gesamte Crew wurde an diesem Tag nach möglichen Folgen der Notlandung durchgecheckt. Henk war am Morgen als Erster dran gewesen, dann sein Co-Pilot und meine Kolleginnen. Eigentlich musste mein Alptraummann also längst wieder zu Hause sein. Ich war dennoch unruhig, als ich mich durch das weitläufige Gebäude der Fluggesellschaft bewegte. In der Zentrale hatte man passend zum Unternehmenszweck auf eine luftige Architektur gesetzt, viel Glas, lange Fluchten, offene Galerien. Meine Blicke scannten alles ab. Doch von Henk war nichts zu sehen – auch nicht in der großen und dafür erstaunlich gemütlichen Cafeteria, die ich auf den Weg zur Psychologin passieren musste. Dort befanden sich allerdings einige Kolleginnen, die mich sofort mit Fragen und Glückwünschen zu meiner Geistesgegenwart bei der Notlandung überhäuften. Das tat gut und beruhigte mich.

Auch das Gespräch mit der Psychologin war aufbauend. Sie entdeckte bei mir keine bleibenden Schäden durch die Krisensituation. Natürlich ahnte sie nichts von meinem kleinen Mitbringsel, denn um nichts in der Welt wollte ich einer Medizinerin davon berichten. Die neue Superkraft war mein Geheimnis. Mit Charme und geschickten Antworten umschiffte ich das Thema genauso wie meine unangenehmen Erfahrungen mit Henk. So endete das Gespräch mit dem Hinweis, dass ich nach ein paar Tagen Ruhe auch wieder fliegen können würde.

So gesehen verlief der Besuch bei German Air ausgesprochen gut – bis ich Patrizia begegnete. Ich sah sie auf dem Weg nach draußen in der Cafeteria. Mit verschmiertem Make-Up saß sie alleine an einem Tisch und umklammerte eine Tasse mit dampfendem Kaffee. Es brauchte nicht mehr, um zu verstehen, dass ihr Gespräch nicht so gut verlaufen war wie meins. Natürlich würde sie nach einer Panikattacke nicht wieder als Stewardess arbeiten können. Es brach mir das Herz.

Als ich mich neben sie setzte, rückte sie sofort ein Stück weg und betrachtete mich überraschend distanziert. Ich war einem Impuls folgend zu ihr gegangen – weil es ihr nicht gut ging, weil wir zusammen etwas durchgemacht hatten. Dabei hatte ich keine Sekunde darüber nachgedacht, dass sie die Frau war, auf deren „nackten Arsch“ Henk seine säuselnden Nachrichten an mich getippt hatte. Das konnte ich ihr ja auch schlecht zum Vorwurf machen – wahrscheinlich hatte sie überhaupt nichts von Henk und mir gewusst.

„Was ist?“, fuhr sie mich an, ohne dass ich etwas gesagt hatte.

Wusste sie vielleicht doch von Henk und mir?

„Dir geht es nicht gut“, stellte ich vorsichtig fest.

„Geht schon. Ich komm’ klar.“

Wusste sie vielleicht sogar, dass ich von ihr und Henk wusste? Sie verhielt sich mir gegenüber gänzlich anders als nach der Notlandung. Mit durchgedrücktem Rücken saß sie da und vermied jeden Blickkontakt.

„Habe ich dir irgendwas getan, Patrizia? Du bist so komisch.“

Sie blickte mich einen Moment forschend, fast ängstlich an. Dann riss sie sich zusammen und sagte: „Ich bin gerade zum Bodenpersonal versetzt worden. Natürlich bin ich komisch drauf.“

„Das tut mir sehr leid.“

„Ich muss jetzt los. Wir sehen uns.“

Sie sprang plötzlich auf und ließ ihre halbvolle Kaffeetasse auf dem Tisch stehen. Ich hatte nicht einmal die Gelegenheit, mich vernünftig zu verabschieden. Was auch immer mit ihr los war: Das konnte nur Henk ausgelöst haben. Ein beklemmendes Gefühl überkam mich. Zum ersten Mal kam mir der Gedanke, dass „mein“ Pilot die ganze Sache nicht einfach so auf sich beruhen lassen würde.

Der Abend konnte mich leider nicht aufmuntern. Um endlich voranzukommen, hatte ich mir gleich drei Dates in zwei Stunden verordnet. In drei Kreuzberger Bars, die fußläufig voneinander zu erreichen waren. Zugegeben, in den kurz gesteckten zeitlichen Abständen der Treffen war schon ein gewisser Pessimismus abzulesen, aber es war in Wahrheit eher Pragmatismus, und ich ging jedes Mal neugierig und hoffnungsvoll an eine Verabredung heran. Leider.

Apotheker, 38 – gebildet, liebevoll, zuverlässig – benahm sich bei der Begrüßung ausgesprochen charmant – ohne anzügliche Gedanken. Beim ersten Bier erzählte er dann von seiner Ex-Frau, von der er sich im Guten getrennt hatte, und klang geradezu euphorisch bei der Aussicht auf einen neuen Anfang, eine neue Liebe, ein neues Leben. Nur um in Gedanken zu hoffen, dass Claudia sehen würde, wie schnell er eine Neue fand, um dann endlich zur Besinnung zu kommen und ihn zurückzunehmen. Seine „Neue" dankte für das Getränk und blockierte noch auf dem Weg zum zweiten Date des Abends sein Profil.

Unternehmer, 35 – erfolgreich, zielstrebig, unternehmenslustig – war der erste Kandidat, bei dem ich nicht einmal die Hand auflegen musste. Er fiel eindeutig unter die Kategorie „geschönte Fotos". Wenn man Brad Pitt erwartete und Atze Schröder bekam, fiel es schwer, sich auf die inneren Werte zu konzentrieren. Aber auch was das anging, machte er es mir nach dem vorzeitigen Abbruch des Treffens leichter, indem er mir beim Händeschütteln gedanklich wünschte, dass ich auf dem Heimweg vergewaltigt werden würde. Wow.

Wissenschaftler, 39 – sportlich, spontan, humorvoll – war dagegen zunächst eine positive Überraschung. Er entsprach weder optisch noch von der Eloquenz her dem Nerd-Klischee, sondern wusste vom ersten Moment an, mich mit strahlend blauen Augen und feinsinnigen Sprüchen zu unterhalten. Ich merkte selbst, dass ich etwas zu laut lachte, was nicht nur am dritten Getränk des Abends lag. Er sagte zauberhafte Sachen, so dass wir uns schließlich grinsend an der Bar gegenüber saßen und ich meine Hand auf seine legte. Nur um dann zu hören: „Mann, würde ich der gerne meinen harten Schwanz in den Arsch rammen."

Das war der Punkt, an dem ich ein klein wenig die Kontrolle verlor. Soll heißen: Ich haute mit meiner Faust auf den Tresen und sprang auf.

„Verdammter Mist, was ist los mit euch?", entfuhr es mir wütend. „Gibt es nur Psychos und Perverse?"

„Was habe ich denn gemacht?", fragte Wissenschaftler, 39 vor den Kopf gestoßen.

Ich sah es ihm an: Er hatte keine Ahnung, was los war. Natürlich war ich die hysterische Frau – zumindest schauten die Leute um uns herum mich entsprechend an.

„Nichts", stieß ich hervor. „Du hast nichts gemacht. Aber sei mir nicht böse: Das wird nichts mit uns."

Erst jetzt spürte ich, wie sehr die Schmerzen in meinem Kopf hämmerten. Ich nahm meine Handtasche und eilte aus der Bar. Der Tag war gelaufen.

14

„Vielleicht bin ich einfach auf der falschen Datingseite“, sagte ich, als ich am nächsten Tag bei Britta in der geräumigen Wohnküche saß und eine große Portion Spagetti Bolognese verschlang.

Es schmeckte ungelogen wie in einem hundert Jahre alten Restaurant in Bologna – in dem La Mamma noch selbst kocht. Auch in unserem Fall kochte Mama selbst, die es allerdings schlimm fand, dass die Küchenarbeit immer an ihr hängen blieb. Genau wie ihr das Wäschewaschen zuwider war. Dennoch hüpfte sie um den großen Esstisch herum und hängte eine Garnison von tropfenden Kinderklamotten an den Wäscheständer, denn sie musste die Zeit nutzen, während Emil in der Kita war und Lina ihren Mittagsschlaf hielt.

„Ich bezweifle, dass es irgendwo anders ist“, murmelte sie.

„Kann doch nicht sein. Ich mein’, denken die denn alle immer nur an das eine?“

„Ach, das verwundert dich jetzt?“, spottete Britta. „Du sagst doch immer: Männer sind halt so.“

„Aber doch nicht so so! Klar ist denen das wichtiger als uns, und das hat ja auch seinen Reiz, ein bisschen spielen, sich ein bisschen jagen lassen, aber ich dachte, das wäre irgendwie … Ich weiß auch nicht, was ich dachte. Ich bin echt enttäuscht.“

„Willkommen in meiner Welt.“

Mit Verve schlug sie ein blaues T-Shirt von Lina aus, auf dem „Girl Power“ stand. Die gesamte Garderobe der Kinder war entgegen der Rollenklischees ausgesucht. Noch liebte Emil seine pinken Shirts, doch die kleine Lina klaute sich diese bereits, wenn niemand darauf achtete.

„Aber Stefan ist doch nicht so“, protestierte ich. „Der hat Respekt vor Frauen. Der sieht dich als gleichwertig. Der macht deinen ganzen … mh … deine aufgeklärten Erziehungsmethoden mit. Oder nicht?“

„Du, ich habe keine Ahnung, was der denkt. Manchmal frage ich mich das schon.“

„Aber doch nicht Stefan.“

„So viel Überstunden, wie der gerade macht – so schlimm kann die Menschenrechtslage in China überhaupt nicht sein.“

Ich schaute sie erstaunt an. Sie zuckte mit den Schultern.

„Was soll das denn heißen?“

„Der arbeitet doch nur mit Kolleginnen, und … Ach, vergiss es. Darum geht's jetzt gar nicht.“

Sie winkte ab. Ich schüttelte den Kopf.

„Britta, ich weigere mich zu akzeptieren, dass alle Männer so sind.“

„Das ist nichts Neues.“

Wieder knallte es laut in der Luft, weil Britta eine Jeans von Emil ausschlug. Ich sagte nichts zu ihrem Kommentar, musterte die tadellos aufgeräumte Ikea-Küche. Wie schaffte Britta das immer, wo die Kinder doch wandelnde Schmutzmaschinen waren? Erst nach einer Weile nahm ich ihren ebenso rätselnden Blick in meine Richtung wahr.

„Was?“, fragte ich.

„Dass mit den komischen Typen bei den Dates ist nicht das Problem.“

„Sondern?“

„Was dir mit dieser Patrizia bei German Air passiert ist, das sollte dir zu denken geben.“

„Hast du mir nicht zugehört? Das tut es."

„Ja, aber du denkst darüber nach, was du falsch gemacht haben könntest. Das ist nicht der Punkt. Henk steckt dahinter. Er hat sie gegen dich aufgehetzt."

„Auch das ist mir klar."

„Das ist dir nicht wirklich klar. Du denkst, das ist ein Einzelfall. Ist es nicht. Das war bei mir damals in der Firma genauso. Das ist ein Muster."

„Was für ein Muster?"

„Die toxische Maskulinität, die solche Kerle in sich haben."

„Och, Britta …"

Jetzt ging das wieder los. Normalerweise warf sie erst abends nach zwei Gläsern Wein mit solchen Begriffen um sich, aber das Aufhängen der Wäsche schien sie anzupeitschen. Wieder schüttelte ich den Kopf und widmete mich meinen Spagetti.

„Nein, jetzt hör mir mal zu", bestimmte Britta. „Es gibt ein männlich definiertes Normensystem. Die Kerle bestimmen, wie der Laden läuft. Wie die Geschlechter zueinander stehen. Wie wir flirten. Welche Rollen wir haben. Bis hin zu der Frage, wer welche Klamotten trägt."

Sie wedelte dabei mit einem der wenigen Kleider, die Lina besaß – weil ihre Oma es ihr geschenkt hatte. Lina liebt es.

„Und in diesem System hat der Pilot die Rolle, die Frauen reihenweise flachzulegen, ohne jegliche Emotion. Und die Stewardess hat die Rolle, unsterblich verliebt zu sein und hysterisch zu werden, wenn sie ihren Traumprinzen nicht bekommt. Das nutzt Henk: Er erzählt herum, dass du durchgedreht bist, weil er dich nicht wollte. Und das Schlimme ist: Alle werden es ihm glauben. Auch die Patrizias dieser Welt."

„Du weißt doch gar nicht, was er ihr gesagt hat", protestierte ich kauend.

Sie stemmte die Hände in die Hüften und drehte sich zu mir.

„Und das ist das nächste Problem. Du verteidigst ihn. Du gehörst zu den Frauen, die den Mist mitmachen. Die das erfüllen, was das männlich definierte System von dir erwartet."

„Britta, ich weiß nicht, ob es dir aufgefallen ist, aber ich bin nicht hysterisch geworden."

„Das nicht. Aber du verbringst dein halbes Leben damit, den beknackten Traumprinzen zu suchen, den es nicht gibt."

Das schmerzte. Gerade, es von ihr zu hören. Sie hatte meine Eltern gekannt. Sie war sogar auf der Diamanthochzeit meiner Großeltern gewesen. Natürlich war es nicht überall so, aber in meiner Familie hatte die große Liebe Tradition. Es gab mein Gegenstück irgendwo da draußen. Ich hatte bis jetzt einfach Pech gehabt oder halt eben an den falschen Stellen gesucht. Das war nicht beknackt. Ich schob den Teller mit den Spagetti weg. Mir war der Appetit vergangen. Britta sagte nichts dazu und wandte sich wieder ihrer Wäsche zu. Für eine Weile war nichts zu hören außer dem gelegentlichen Knallen eines T-Shirts oder einer Hose. Schließlich seufzte Britta und formte das Kopfschütteln in ein Nicken um.

„Okay, okay. Aber … Wie lange willst du das denn noch machen?", fragte sie.

„Was?"

„Deine Suche nach *ihm*."

„Ich hab' doch gerade erst angefangen."

Sie zog als nächstes eine lange Jogginghose aus dem Wäschekorb. Stefans Jogginghose. Sie schaute sich das Kleidungsstück unzufrieden an. Dabei sagte sie: „Ich habe mal recherchiert. Es gibt Leute, die sich ernsthaft mit Telepathie beschäftigen."

„Was?“

„So nennt man das, was du kannst.“

„Ich weiß, Britta“, murrte ich. „Aber warum machst du … Worauf willst du hinaus?“

„Es gibt in Berlin einen anerkannten Neurologen – für das Thema interessieren sich leider nur Männer – auf jeden Fall hat der schon mal eine wissenschaftliche Arbeit darüber geschrieben, dass unter bestimmten Voraussetzungen eine Übertragung von Gedanken möglich sein könnte, und …“

„Ich geh’ da nicht hin, Britta. Wofür soll das gut sein?“

Sie seufzte. Dann ließ sie Stefans Hose knallen und hängte sie auf.

„Und was ist mit deinen Kopfschmerzen?“

„Sind kein Problem.“

Das stimmte nicht ganz. Nach dem frustrierenden Abend hatte ich auch mit einer Ibuprofen die Schmerzen nicht wegbekommen. Ich war erst spät eingeschlafen und am Morgen entsprechend gerädert gewesen. Aber jetzt am Küchentisch bei meiner Freundin spürte ich nichts mehr davon.

„Also einfach immer weiter so?“

„Nicht ganz.“

Britta schaute mich überrascht an.

„Ich habe mir überlegt … Ich provoziere die versauten Gedanken ja irgendwie auch, wenn ich ihnen unvermittelt meine Hand auf den Arm lege oder mich an sie drücke …“

„Klar, am Ende ist die Frau immer selbst schuld“, ging Britta Augen rollend dazwischen.

„Willst du es hören?“

Sie verstummte. Also machte ich weiter.

„Also habe ich überlegt, wie es unverfänglich zu Berührungen kommen kann. Deswegen gehe ich heute Abend tanzen. Ist das nicht toll?“

Ich grinste, denn mir gefiel diese Idee außerordentlich gut. Außer der Möglichkeit, tatsächlich zwangsläufig zu Berührungen zu kommen, würde ich so auch herausfinden, wer tanzen konnte. Ich liebte es zu tanzen. Britta sah meine Verzückung und musste lachen. Noch nicht einmal mit spöttischem Unterton.

„Du bist unverbesserlich", sagte sie.

„Na und?"

„Nein, du … Es tut mir leid, dass ich … Lass dich von mir nicht herunterziehen."

In dem Moment hörte man ein leises Jammern aus dem Kinderzimmer. Lina war aus einem unschönen Traum erwacht. Britta seufzte.

„Mir fehlt deine Unbeschwertheit", gab sie zu. „Vielleicht sehe ich deswegen so oft schwarz. Aber hey, geh tanzen! Hol dir deinen Prinz."

Mit einem Paar nassen Socken in der Hand nahm sie mich in den Arm. Dann löste sie sich und eilte zur ihrer Tochter. Es tat gut, dass meine Freundin am Ende doch immer wieder auf meiner Seite war. Ja, ich würde tanzen gehen.

15

Der Plan mit dem Tanzen erforderte etwas mehr Arbeit als bisher. Ich musste auf der Datingseite alle Profile der interessierten und interessanten Männer durchgehen und die raussuchen, die als Hobby Tanzen angegeben hatten. Das waren gar nicht so viele, so dass es einige Männer in den Recall schafften, die ich an den Tagen zuvor hatte links liegen lassen, weil ihre erste Nachricht etwas dürftig gewesen war. Dabei lernte ich, dass die Antwort „Hi“ auf die Nachricht „Hi“ selten zu geistreichen Unterhaltungen führte. Meistens ging es dann nämlich mit „Schöne Augen“ oder „Sollen wir treffen“ weiter. Doch bei Männern, die schon an Satzzeichen sparten, fühlte ich mich nicht aufgehoben. Einer war dann aber doch dabei, der sich für seine Maulfaulheit entschuldigte – er hatte mein Profil für ein Fake gehalten, weil ich in seinen Augen „zu toll, um wahr zu sein“ war. Damit sammelte er erste Punkte. Als er beim Thema Salsa sogar zu einem sprudelnden Wasserfall wurde, kam er auf meine Tanzkarte. Am Ende hatte ich dann wieder die obligatorischen drei Kandidaten zusammen. Der Abend begann mit Standardtanz in Clärchens Ballhaus. Danach gab es Salsa im Havanna mit besagtem Charmeur, und kurz vor Mitternacht ging ich ins Watergate, wo es dann wohl eher auf Freestyle zu Big Beats hinauslaufen würde. Seit der Schulzeit hatte ich zwar keine Tanzkurse oder Ähnliches absolviert, aber dank meines guten Rhythmusgefühls und meiner Begeisterung ging ich problemlos als passable Tänzerin in diversen Disziplinen durch – letztlich führte ja sowieso der Mann. Wobei ich befürchtete, dass mein Können gar nicht lange auf die Probe gestellt werden würde.

Bei BWL-Student, 28 – sportlich, galant, weltoffen – lag ich mit der Befürchtung richtig. Leider. Denn zum ersten Mal traf ich auf einen Mann, der mich aufrichtig behandelte. Ich hatte lange überlegt, ob ich überhaupt einen jüngeren Mann – noch dazu einen Studenten – treffen wollte, doch er widerlegte schon vor dem ersten Tanz alle Befürchtungen. Er war kein Draufgänger, es gab keine schmutzigen Gedanken, dafür ein charmantes Lächeln, gemeinsame Themen – ich hatte schließlich auch mal BWL studiert. Beim Tanzen vernahm ich dann allerdings, dass es bei ihm „nicht funkte". Er bedauerte das und beschloss, mich nach dem Abend zu blocken. Die kleine Feigheit verzieh ich ihm, weil er immerhin nicht versuchte, mich trotzdem ins Bett zu bekommen. Er tanzte ganz gut, also brach ich nicht sofort ab. Danach kam ich dann allerdings von der Toilette nicht zurück.

Richter, 38 – zielstrebig, unternehmenslustig, humorvoll – hatte lateinamerikanische Wurzeln und war ein begnadeter Tänzer. Seine Gedanken waren ähnlich charmant wie seine Nachrichten, so dass ich wirklich froh war, dass ich ihm trotz des einsilbigen „Hi" eine Chance gegeben hatte. Die Gedanken über meinen „sexy Po" nahm ich ihm nicht übel, das fiel auf jeden Fall noch unter charmant. Dummerweise hatte er ähnliche Gedanken auch über mindestens drei andere Frauen, die mit ihren Partnern um uns herumwirbelten. Da ich wirklich enormen Spaß beim Tanzen hatte, machte ich das eine Weile mit, aber als er dann von der Toilette mit der Telefonnummer einer dieser Damen zurückkehrte und gedanklich bereits das Wochenende mit ihr plante, spürte ich nur noch Kopfschmerzen – zumal es ihn nicht hinderte, auch mich für ein weiteres Date klarmachen zu wollen.

„Was genau suchst du eigentlich auf der Datingseite?“, fragte ich nach dem Tanz.

„Liebe und Leidenschaft“, antwortete er grinsend und noch etwas außer Atem von der letzten Runde.

„Also eine Beziehung?“

Er nickte mit strahlenden Augen, wippte zur Musik, als ob er nicht anders könnte.

„Wobei ich nicht die einzige Frau bin, die dafür in Frage kommt“, stellte ich von den um uns herumtanzenden Paaren ungerührt fest.

Er wippte nicht mehr, sondern schaute mich aufrichtig an. „Doch. Natürlich.“

„Nein, ehrlich, ich verstehe es ja, dass man sich mehrere Leute raussucht. Mache ich ja auch. Man weiß nie, was draus wird.“

„Aber bei dir habe ich ein verdammt gutes Gefühl, Rosa. Ich weiß nicht, ob es dir auch so geht, aber wenn wir tanzen, das ist … wie eins sein. Das ist … so etwas habe ich noch nie erlebt.“

Natürlich sagte er das nicht, ohne sich ans Herz zu fassen. Ich kam mir vor wie in einer Telenovela.

„Das freut mich. Ich frage mich nur, warum du dir dann auf der Toilette die Nummer von einer anderen Frau geben lässt.“

Rums, da ging der Kiefer herunter. Aber ich wollte ihn nicht bloßstellen, das machte schon längst keinen Spaß mehr, ich wollte es wirklich wissen.

„Das … Wie … Das ist ein Missverständnis …“, stotterte er.

„Nee, ist gar nicht schlimm. Ich habe gleich auch noch ’ne Verabredung. Aber ich kapiere einfach nicht, warum du mir das Gefühl gibst, dass ich die Einzige, Wahre, Richtige bin, von Liebe quatschst, obwohl wir uns gar nicht kennen und dich noch zehn andere interessieren. Warum machst du das?“

Normalerweise wäre ich eher gestorben, als einen Typen, der andere Frauen interessanter als mich fand, noch irgendetwas zu fragen. Aber normalerweise war längst vorbei. Es war dann auch gar nicht so peinlich, wie mir früher solch ein offenes Gespräch vorgekommen wäre. Er hatte mittlerweile die Fassung wiedergefunden, atmete tief durch und sagte: „Weil ihr das hören wollt.“

„Wir?“

„Ja, so Frauen wie du.“

„Was sind denn Frauen wie ich? Die Doofen, oder wie?“

„Du hast in deinem Profil stehen, du bist auf der Suche nach der großen Liebe.“

Ich musste lachen.

„Und dann spielst du mir einfach etwas vor, anstatt mein Profil wegzuklicken?“

Dazu sagte er zunächst nichts. Er rollte einfach nur mit den Augen.

„Mädchen, so funktioniert die Welt“, erklärte er schließlich in einem ganz neuen Tonfall. „Männer jagen, Frauen werden gejagt. Komm klar damit, oder lass es bleiben.“

Ich ließ es bleiben. Und ihn stehen.

Als ich eine halbe Stunde später fröstelnd in der Schlange vor dem Watergate stand und auf Startup-Gründer, 30 – temperamentvoll, unkonventionell, sensibel – wartete, war ich komisch drauf. Zum ersten Mal hatte ich keine Lust mehr auf ein Date. Selbst die Aussicht aufs Tanzen zog mich nicht hoch. Da meine Verabredung auch noch zu spät war, beschloss ich, nach Hause zu gehen und mir die Bettdecke über den Kopf zu ziehen. Da stand er vor mir, der Startup-Gründer.

„Sorry", sagte er. „Dafür geht's jetzt schneller. Komm."

Er nahm, ohne meine Antwort abzuwarten, meine Hand und zog mich an der Menschenmenge vorbei zur Tür, wo man ihn mit einem coolen Kopfnicken durchließ. Er war bekannt in dem Laden. Auch drinnen nickten ihm Security oder die Mädels an der Garderobe zu. Er zog mich zielstrebig die Treppen nach unten. Ich ließ es geschehen. Denn das Erste, was er gedacht hatte, war: „Ui, der geht es nicht gut. Wir müssen erst einmal etwas finden, das ihr ein Lächeln auf das wunderschöne Gesicht zaubert."

Der Gedanke erreichte genau das. Ich war angetan von dem Kerl. Seine graue Jeans und sein schwarzer Sweater standen ihm gut, das Schmunzeln, das seine vollen Lippen umspielte, ebenfalls. Er ließ meine Hand bis zur Bar nicht los, weswegen ich dann alles wusste, was er über mein Trinkverhalten dachte. Gar nicht unpassend hatte er analysiert, dass ich sicher schon unterwegs gewesen war, mit Freundinnen oder vielleicht auch mit einem Typen, dass irgendwas nicht gut gelaufen war und dass ich jetzt keinen Weißwein mehr brauchte, sondern etwas Härteres.

„Gin Tonic?", war dann auch das Erste, was er seit der Begrüßung sagte – nachdem wir an der Bar angelangt waren.

„Gerne", antwortete ich.

Er bestellte gleich zwei bei dem Barkeeper, der ihm seine Aufmerksamkeit schenkte, obwohl zig andere Leute etwas bestellen wollten. Auch auf der Tanzfläche war es voll, aber das nahm ich kaum wahr. Ich schaute nur ihn an. Er schaute mich an. Ohne etwas zu sagen. Dafür ballerten uns die Bässe um die Ohren. Er hatte an der Bar meine Hand losgelassen, so dass ich nicht mehr wusste, was in seinem Kopf vorging. Ich vermisste es nicht. Ich hatte gemocht, was er bis dahin gedacht hatte.

Die Getränke kamen, er zahlte – reichlich Trinkgeld inklusive, dann reichte er mir das Glas. Wir stießen an und tranken, ohne uns aus den Augen zu lassen. Bei keinem meiner bisherigen Dates hatte ich dieses Kribbeln verspürt, das durch meinen ganzen Körper ging. Als er mir unvermittelt eine Strähne aus dem Gesicht wischte, spürte ich das bis in meine Lenden. Ich war so froh, dass ich nicht nach Hause gegangen war.

„Tanzen, mh?“, rief er schließlich.

Ich nickte. Er grinste, nahm mir das Glas ab und stellte es zusammen mit seinem auf den Tresen. Dann nahm er wieder meine Hand und zog mich auf die Tanzfläche.

„Genau der richtige Song. Genau die richtige Frau.“

Mehr dachte er nicht. Ich staunte, wie klar und deutlich ich seinen Gedanken hören konnte, obwohl die Musik ansonsten alle Geräusche übertönte. Wir tanzten. Zunächst ohne viel Berührung, wie man halt in einem Club tanzt. Irgendwann kam er näher. Teilweise um mich vor dem Gedränge zu schützen, teilweise, weil er es eben wollte. Ich wollte es auch. Schließlich legte er eine Hand um meine Hüfte, zog mich an sich. Ich umschloss seinen Nacken mit meiner Hand. Dabei passierte etwas Merkwürdiges. Sein Kopf war leer. Ich hörte keine Gedanken, aber ich hörte auch nicht nichts. Es war, als ob in seinem Kopf ein Echo der Musik spielen würde. Es war ein irres Gefühl. Wir pressten uns aneinander, und ich ertappte mich selbst bei Gedanken, für die ich einen Mann aussortiert hätte. Was war denn hier los? Es war nicht das, was ich mir für meine Suche erträumt hatte, es war viel körperlicher, aber ich war dennoch begeistert und musste mir ganz fest vornehmen, dass ich heute Nacht alleine nach Hause gehen würde. Auch bei diesem Typen. Gerade bei diesem Typen.

Als der dritte Song zu Ende war, mussten wir durchatmen. Es schmerzte, dass er sich von mir entfernte. Auch wenn er nun wieder meine Hand hielt und mich zur Bar zog. Dort grinste er mich breit an und zog Luft durch die

Nase ein. Dann dachte er: „Fuck, ich brauche 'ne Line, sonst komm' ich scheiße drauf. Das will ich diesem Supergirl nicht antun."

Nein!

„Hey, ich muss kurz auf Toilette", schrie er gegen die Musik an. „Bin gleich wieder da."

Er blinzelte mir zu und war auch schon verschwunden. Ich schloss die Augen. Das hatte mir jetzt noch gefehlt. Der erste Mann, der bei dieser bescheuerten Suche so etwas wie ein Volltreffer war, brauchte eine Line, um bei Laune zu bleiben. Was für eine Scheiße! Doch ich mahnte mich selbst zur Ruhe. Vielleicht war alles gar nicht so schlimm. Ich hatte in meinem Leben bisher zwar den Kontakt mit Drogen und auch mit Drogenkonsumenten vermieden. Das ließ mich vielleicht zu panisch reagieren. Konnte es nicht auch sein, dass jemand so etwas ausnahmsweise machte, wie ich, wenn ich auch mal zu viel trank? Ich öffnete die Augen und blickte direkt in die des Barkeepers. Deswegen bekam ich mit, dass er mich besorgt angeschaut hatte, jetzt aber auf ein Lächeln wechselte. Spontan beugte ich mich nach vorne, während er einen Drink mixte und rief in sein Ohr: „Kennst du Tim? Der ist oft hier, ja?"

Er nickte.

„Gibt immer viel Trinkgeld", sagte er. „Cooler Typ."

Natürlich hatte ich meine Hand auf seinen Arm gelegt, um vermeintlich besser hören zu können. Doch was er sagte, interessierte mich nicht. Dafür die Gedanken, die seinen besorgten Blick erklärten: „Mädchen, lass die Finger von dem, wenn du nicht auf der Suche nach 'nem Dealer bist. Einem Dealer, der selbst sein bester Kunde ist."

Mehr brauchte ich nicht zu hören. Es war nicht so schlimm, wie ich gedacht hatte. Es war noch weit schlimmer.

„Alles klar", rief ich dem Barkeeper mit einem bemühten Lächeln zu.

Ich ließ ihn los und trat einen Schritt zurück vom Tresen. Der Barkeeper ging mit seinem Drink zu der Frau, die ihn bestellt hatte. Ich stand da, schaute in das funkelnde Licht der Discokugel. Ich hatte Kopfschmerzen. Ich hatte unfassbare Kopfschmerzen.

16

Am nächsten Tag wachte ich zum ersten Mal in dieser Woche auch mit Kopfschmerzen auf. Ich fühlte mich furchtbar, dabei hatte ich gar nicht besonders viel getrunken, selbstredend auch nicht gekokst, und nein, es lag auch kein Mann neben mir im Bett. Ich war nach Tims Outing als Kokaindealer und -konsument schnurstracks nach Hause gefahren. Trotzdem lag ich bleischwer und mit dröhnendem Schädel unter meiner kuscheligen Decke und wollte am liebsten auch den ganzen Tag dort bleiben. Hatte ich es übertrieben, oder lag der Grund für meine Antriebslosigkeit eher in dem bevorstehenden Termin bei German Air?

Am Vormittag musste ich zu Renate Fischer, meiner Chefin. Sie war für das operative Geschäft der Airline zuständig und nur noch einen Rang unter dem CEO. Außer bei meiner Einstellung, beim Abschluss meiner Ausbildung und natürlich direkt nach der Notlandung hatte ich sie noch nie gesprochen. Daher wusste ich nicht, ob es ein gutes oder schlechtes Zeichen war, dass ich an diesem Vormittag einen Einzeltermin bei ihr hatte.

Irgendwie schaffte ich es dann doch noch unter die Dusche und mit gleich zwei Ibuprofen bekam ich die Kopfschmerzen in den Griff. Dennoch stand ich unter Strom, als ich im Vorzimmer von Frau Fischer auf meinen Termin wartete. Umso dankbarer war ich, als die mit einem schneidigen Hosenanzug gekleidete Blondine Ende Vierzig mich mit den Worten begrüßte: „Frau Remberg, wir wollen Sie schnell wieder in der Luft haben.“

Darum ging es dann auch: meinen baldigen Arbeitsantritt. Es gab im Intranet der Airline sogar schon einen neuen Dienstplan, in den ich ab der nächsten Woche wieder eingetragen war. Mir fiel ein Stein vom Herzen. Das lag auch an der herzlichen Behandlung durch meine Chefin, die mir nicht nur zu meinem beherzten Verhalten in der Notsituation gratulierte, sondern auch ankündigte, dass sie sich für eine baldige Beförderung zur Purserin starkmachen wollte. In ihren Augen hatte ich mich in aller Deutlichkeit für eine führende Position in der Kabine empfohlen.

Ich war so erleichtert, dass mir ein Detail im Dienstplan zunächst gar nicht auffiel. Erst, als wir schon beim Small-Talk waren und es in Richtung Verabschiedung ging, schaute ich noch einmal auf mein Exemplar und entdeckte, dass ursprünglich geplante Flüge verändert worden waren. Nämlich genau die, bei denen ich mit Henk als Pilot fliegen sollte. Spontan freute mich das, denn ich konnte gut darauf verzichten, ihm ständig über den Weg zu laufen, aber dann wunderte es mich doch, dass ich aus gleich drei seiner Flüge herausgenommen worden und sonst alles beim Alten geblieben war.

„Im Juni hat sich ja noch einiges geändert“, murmelte ich und beobachtete die Reaktion von Frau Fischer.

„Ja, wir mussten nach der Notlandung etwas schieben“, antwortete sie sofort. „Es fehlt uns für ein paar Wochen ja auch eine Maschine.“

Und wieso musste dann ich auf andere Flüge und andere Tage ausweichen? Nicht er? Es fühlte sich an, als ob ich in der Klasse umgesetzt wurde, obwohl mein Sitznachbar den Stress gemacht hatte. Doch ich hielt meinen Mund. Vielleicht sah ich ja Gespenster. Ich durfte wieder arbeiten, und ich würde bald befördert werden. Was wollte ich mehr?

Mit nicht einmal gespielter Fröhlichkeit verabschiedete ich mich schließlich von Frau Fischer, die mich zur Tür begleitete. Wir wechselten gerade letzte Worte über meine strahlende Zukunft bei German Air, als ich einen vertrauten Geruch wahrnahm. Einen Geruch, den ich einmal sehr gemocht hatte, aber der mir nun die Kehle zuschnürte. Es war Henks Aftershave. Tatsächlich schaute Frau Fischer bereits hinter mich und setzte ein Lächeln auf.

„Herr Seidel, da sind Sie ja schon."

Henk stand hinter mir. Er hatte den Termin nach mir. Ausgerechnet. Natürlich war mir klar gewesen, dass wir uns irgendwann wieder begegnen würden, aber es erwischte mich auf dem falschen Fuß. Ich riss mich zusammen, denn vor Frau Fischer wollte ich mir auf keinen Fall eine Blöße geben. Zuckersüß lächelnd drehte ich mich um. Henk trug seine Pilotenuniform – obwohl er garantiert an diesem Tag nicht fliegen würde. Eine Hand steckte locker in der Hosentasche, aber er zog sie nun heraus und reichte sie unserer Chefin – ohne mich anzuschauen. Erst, als die beiden sich begrüßt hatten, blickte er zu mir. Dabei grinste er, als ob wir die dicksten Kumpel wären.

„Hallo Rosa! Alles gut bei dir?"

„Alles bestens, Henk."

Früher hatte ich es durchaus gemocht, dass Henk nicht mit Berührungen sparte. Ständig legte er einem die Hand auf die Schulter oder den Arm, auch bei ihm nicht so vertrauten Menschen. Dass ich ihm bei unser letzten Begegnung Champagner ins Gesicht geschüttet hatte, hinderte ihn nicht daran, dies nun wieder bei mir zu tun.

„Du kleine Bitch", hörte ich deswegen. „Hast Glück, dass du wieder fliegen darfst."

„Einen schönen Tag noch", sagte er.

„Dir auch, Henk.“

„Aber ich krieg dich noch ran. Ich bin noch nicht fertig mit …“

Weg war die Hand. Weg war Henk. Verschwunden im Büro. Meine Chefin nickte mir noch einmal freundlich zu und schloss die Tür hinter sich. Ich hielt die Luft an, um nicht laut zu fluchen. Das war eindeutig gewesen. Er arbeitete gegen mich. Was für ein Arschloch.

17

„Verletzter männlicher Stolz", fasste Anka zusammen. „Hat die Welt schon in Kriege gestürzt."

„So schlimm wird's hoffentlich nicht werden", murmelte ich. Ich saß ermattet auf meinem Samtsofa und massierte mir die Kopfhaut. Anka hatte mir bei meiner Rückkehr von der Airline im Treppenhaus aufgelauert. Eigentlich hatte sie mich nur nach Stühlen für ihre Party fragen wollen, aber nachdem sie meinen Zustand gesehen hatte, war sie mir in meine Wohnung gefolgt. Die umfassende Aufräumaktion in ihrer Wohnung hatte sie unterbrochen und begutachtete jetzt die Männer, die mir in den letzten Tagen wortwörtlich Kopfschmerzen bereitet hatten. Sie saß am Sekretär vor dem Computer und scrollte sich durch die Liste der blockierten Onlineprofile.

„Das war der Dealer?", fragte sie und zeigte auf den letzten Kandidaten.

Ich hatte ihr all die traurigen Geschichten erzählt.

„Startup-Unternehmer", las sie. „So kann man das auch nennen."

„Wieso ziehe ich eigentlich nur so Nieten an? Oder ist es doch, wie Britta sagt: Männer sind Schweine?"

Anka lachte und schaute zu mir herüber.

„Nein, Süße, du suchst dir die falschen Männer aus."

„Danke", entfuhr es mir frustriert. „Das ist mir auch schon aufgefallen."

„Ich meine das ganz konkret: Du sucht in der falschen Kategorie."

Sie deutete auf den Computer mit den Profilen meiner Pleiten.

„Ja, sorry, die Kategorie Traumprinzen gab es nicht."

Doch Anka machte keine Witze. Sie schaute mich ernst an. Dann deutete sie auf die Liste auf die Bildschirm.

„Das sind die totalen Alphas."

„Was?"

„Anwalt, Unternehmer, Manager und so weiter, auch dein Pilot. Und wenn man sich die Bilder anschaut: Du suchst dir selbstbewusste, markante Typen raus – mit Statussymbolen und großer Klappe."

Sie zeigte auf ein Bild nach dem anderen. Ich war aufgestanden und stellte mich nun zu ihr. Okay, das waren keine Softies. So bewusst war mir das nicht gewesen, aber ich verstand das Problem nicht.

„Ja, 'tschuldigung, aber so einer, der die Zähne nicht auseinander bekommt oder Angst vor Frauen hat ... damit kann ich nichts anfangen."

„Verstehe ich, aber dann darfst du dich nicht wundern, wenn du Typen bekommst, die Frauen als Beute sehen."

Da waren sie wieder: meine Kopfschmerzen. Ich wollte nicht hören, was Anka mir verklickerte. Aber ich wusste auch nicht, was ich entgegnen sollte. Also belehrte sie mich einfach weiter: „Die Jungs hier, die denken nur in Gewinnen und Verlieren, die wollen keine Frau fürs Leben. Die lieben sich selbst. Die wollen vögeln."

Natürlich traf das exakt auf Henk zu, und es war gut möglich, dass es auch zu einigen meiner missratenen Dates passte. Aber ich kannte auch andere Männer. Ich kam mir schon wie eine springende Platte vor, als ich insistierte: „Es sind nicht alle Männer so."

„Aber die Alpha-Männchen, die du dir raussuchst, die

sind so. Sind vielleicht sogar coole Typen drunter. Mit denen man super Sex haben kann, auch mal eine ganze Woche in Paris durchvögeln, aber das ist nicht das, was du suchst."

„Nein", unterstrich ich das Offensichtliche.

„Und das sind vor allem nicht die Männer, deren Gedanken du lesen solltest. Das kann nur in die Hose gehen. Im wahrsten Sinne des Wortes."

„Was für Typen soll ich mir dann deiner Meinung nach suchen? Sozialarbeiter, die unbeholfen in die Kamera schauen? Hippies, die meine Weiblichkeit feiern?"

„Es gibt auch etwas dazwischen."

Ich stöhnte. Irgendwie fehlte mir dafür die Fantasie, besonders mit diesen verdammten Kopfschmerzen.

„Für den Anfang wäre es ja schon mal gut, wenn sie Respekt vor Frauen hätten. Es gibt Alphas, die den haben."

„Und wie finde ich die?"

Ich schaute ratlos zu dem Bildschirm mit den zahlreichen dargebotenen Männern.

„Komm heute Abend zu meiner Party", antwortete meine Nachbarin.

Ich lachte laut. Anka hatte mich schon mehrfach zu der Party eingeladen, für die sie eigentlich gerade ihre Wohnung auf Vordermann bringen sollte. Es wurde in ihren Geburtstag reingefeiert, der günstigerweise auf Christi Himmelfahrt fiel, den anstehenden Feiertag.

„Da kommen doch nur Freaks", wehrte ich ab.

Ankas Freundeskreis bestand aus einer wilden Mischung von Hipstern, Fetischisten und Künstlern, die definitiv andere Themen hatten als ich – beziehungsweise viel zu oft nur ein Thema: Sex. Mit Anka abends alleine bei einem Glas Wein mal Klartext zu reden, fand ich ja durchaus spannend, aber in der großen Runde war das nicht mein Ding. Ich kannte das von ihren Brunchs, und die hatten tagsüber stattgefunden. Ich konnte nur erahnen, was am späten Abend geschah, wenn alle betrunken waren.

„Das sind keine Freaks“, entgegnete Anka schmunzelnd.

„Typen, die mir bei der ersten Begegnung von ihrem Penis-Piercing erzählen?“

Auch das war bei einem Brunch passiert.

„Na ja, aber immer noch besser als Jungs, die dir Vergewaltigungen an den Hals wünschen, oder?“

Sie zeigte auf die Onlineprofile. Ich seufzte. So gesehen hatte sie natürlich recht. Mir graute es davor, wieder Kerle für den Abend auszusuchen – was der eigentliche Plan gewesen war. Eine Verabredung mit Medienanwalt, 34 – weltoffen, zielstrebig, selbstbewusst – war sogar schon ausgemacht.

„Du glaubst, bei deiner Party sind Männer, die für mich interessant sind?“, fragte ich Anka vorsichtig.

„Bestimmt“, antwortete sie. „Und wenn nicht, haben wir beide wenigstens Spaß.“

18

Normalerweise hatte ich kein Problem damit, wenn ich verkuppelt werden sollte. Vielen Menschen bekamen bei der Aussicht auf ein arrangiertes Date Beklemmungen. Ich dagegen fand es wärmer und letztlich auch zielführender, wenn Freunde zwei Menschen zusammenbrachten, als wenn ein Algorithmus dies tat. Zwar waren bei bisherigen Verkupplungsversuchen in meinem Leben keine Volltreffer herausgekommen, aber ich hatte witzige Abende erlebt, und es waren auch Freundschaften entstanden. Ich war immer offen für so etwas.

Als ich am Abend bei Anka vor der Tür stand und in den bereits gut gefüllten Flur blickte, war ich das nicht. Zwar umarmte Anka mich herzlich, aber ich sah die Blicke der Männer und Frauen, die mich musterten. Blicke, bei denen ich mich klein fühlte. Zum ersten Mal wurde mir bewusst, was bei Ankas Freunden das Problem war: Sie bildeten eine eingeschworene Gemeinschaft, und man sah Meilen gegen den Wind, dass ich nicht dazu gehörte. Ich konnte nicht greifen, was es war. Optisch und auch kleidungstechnisch war es eine sehr gemischte Gruppe – vom älteren Herrn im Anzug über eine Frau in wallendem Gewand bis zu einer komplett in (extrem wenig) Lack gekleideten Sexbombe war alles dabei. Es wurde deutsch, englisch und auch in einigen anderen Sprachen gesprochen, ich sah verschiedene Hautfarben und Menschen, deren Geschlecht für mich schwer einzuordnen war. Insofern gab es bei dieser Gruppe gar nicht das eine Kriterium, von dem ich mich so deutlich abhob. Aber vielleicht war es auch genau das: Dass ich so normal war. Na ja, wenn man mal davon absah, dass ich Gedanken lesen konnte.

„Komm mit, ich hol' dir einen Weißwein."

Diese Ansage brachte mich über die Türschwelle. Ich zupfte mein sommerliches Kleid zurecht und folgte Anka in die Küche, in der es natürlich am vollsten war – so gesehen waren diese Menschen auch wieder nicht so anders als andere. Anka kämpfte sich durch die quatschenden Leute und ergatterte eine kühle Flasche Wein. Derweil machte ich eine neue Erfahrung, was meine telepathischen Künste anging. Zwangsläufig berührte ich in der engen Küche diverse Leute. Mal am Arm, mal Rücken an Rücken oder auch an den Oberschenkeln. Wurde ich dabei etwas mehr an einen Mann gedrückt, hörte ich kurze Fetzen von Gedanken.

„Jetzt quatscht der mich hier wieder mit Bernie Sanders zu."

„I need a cigarette."

„Warum stehen auf Partys immer alle in der Küche?"

„Ui, die riecht aber gut."

„Wo kann man hier rauchen?"

Und dann noch irgendetwas auf Spanisch. Zusätzlich hörte ich natürlich auch die Gespräche, das Gelächter aus den anderen Räumen. In meinem Kopf, der sich gerade einigermaßen von den letzten Strapazen erholt hatte, ging es rund wie in einem Straßenbahndepot – Bimmeln, Quietschen, Dröhnen überall.

„Alles okay?", fragte Anka, als sie mir das Glas mit dem Wein reichte.

Mein Gesicht war verzogen, als ob mich grelles Licht geblendet hätte.

„Ist ein bisschen viel gerade", murmelte ich.

Anka nahm mich an der Hand und zog mich mit sich ins Schlafzimmer. Der einzige Raum ohne Menschen, ohne Männer. Dafür herrschte ein heilloses Chaos an Möbeln, die Anka aus den anderen Zimmer dort hineingeschoben hatte, um mehr Platz zu haben. Auf dem Bett lag zudem ein Durcheinander von Klamotten – auch Anka war eine Last-Minute-Bekleiderin.

„Besser?", fragte sie.

Ich nickte. Das war es wirklich. Gierig trank ich von meinem Wein.

„Du hörst die Gedanken von allen Typen gleichzeitig?"

„Mal mehr, mal weniger."

„Auch durch Stoff hindurch?"

„Durch wenig Stoff."

„Egal wo am Körper?"

„Es gibt Abstufungen", erläuterte ich meine Beobachtungen aus den letzten Tagen. „Je näher ich den Mann am Kopf berühre, desto lauter und deutlicher höre ich die Gedanken. Gleichzeitig ist es wichtig, dass Knochen Knochen berühren, verstehst du?"

„Nee."

Sie blickte mich rätselnd an. Ich kam mir vor wie ein Versuchskaninchen.

„Meine Hand am Unterarm funktioniert besser als wenn sich nur unsere Wangen berühren."

Das hatte ich beim Tanzen herausgefunden.

„Es ist, als ob die Knochen die Gedanken leiten. Haut alleine oder Fett leiten nicht."

„Also wenn du den Kerl am Schwanz packst, hörst du seine Gedanken nicht?", hakte Anka nach.

„Das habe ich noch nicht ausprobiert", antwortete ich und musste grinsen.

„In so einem Fall wird es eh nicht viel zu hören geben", vermutete Anka.

Wir mussten beiden lachen. Es ging mir gleich viel besser.

„Apropos: Ich habe einen Kandidaten“, verkündete sie plötzlich.

„Den ich am Schwanz packen soll?“

Ich wusste nicht, wo das herkam. Es war mein erstes Glas Wein für den Abend, aber irgendwie hatte Anka es schon geschafft, mich in eine alberne Stimmung zu versetzen. Normalerweise benutzte ich nie solche Worte.

„Das überlasse ich ganz dir“, antwortete sie cool. „Ich stelle ihn dir einfach nur vor, okay?“

Ich nickte.

„Er ist Fotograf, ein bisschen älter als du. Sieht top aus. Ein Mann, der Frauen gut behandelt.“

„Okay.“

„Sollen wir?“, fragte sie und deutete zur Tür.

Ich nickte erneute. Kaum gelangten wir in den Flur, stand Fritz vor uns.

„Wieso darf sie mit dir ins Schlafzimmer, aber ich nicht?“, fragte er Anka mit gespielter Empörung.

„War nur ’ne schnelle Nummer“, antwortete sie kess. „Das wäre nichts für dich gewesen.“

„Ach so. Na dann.“

Als er zu mir schaute, spürte ich Wärme in meinen Wangen. Sowohl die Vorstellung, gerade mit Anka etwas Erotisches angestellt zu haben, als auch die Überlegung, ob Fritz wirklich ein Genießer im Bett war, machten mich verlegen. Wieso mussten die beiden auch immer so explizit über alles reden?

„Hallo Rosa.“

„Hallo Fritz.“

Er nickte mir freundlich zu und legte mir die Hand auf die Schulter.

„Du bist eine Heldin, habe ich gehört“, sagte er dabei.

„Ich habe getan, was man als Flugbegleiterin tun muss. In dem Moment funktioniert …"

„Das meine ich nicht", unterbrach er mich. „Ich find's klasse, dass du diesem Arschloch den Champagner ins Gesicht gekippt hast."

„Ach so."

Ich lachte verlegen. Was hatte Anka ihm noch alles erzählt? Ich schaute sie verunsichert an.

„Obwohl ein Mann ihr wirklich gut tun würde", hörte ich derweil Fritz denken. „Einfach sich mal freivögeln."

Ich seufzte innerlich. Fritz war also auch einer dieser Typen, die nur eins im Kopf hatten.

„Wobei dir ein Mann echt gut tun würde", sagte er in diesem Moment. „Ich will dir nicht zu nahe treten, aber du wirkst ziemlich verspannt. Sex kann da Wunder bewirken."

Na ja, immerhin sprach er aus, was er dachte, obwohl es das nicht viel besser machte.

„Du trittst ihr zu nahe", ging Anka dazwischen.

„Sorry", sagte er und hob entschuldigend die Hände, womit unsere Verbindung unterbrochen war.

„Außerdem arbeiten wir da dran", ergänzte Anka und nahm meine Hand, um mich weiterzuziehen.

Das störte Fritz nicht. Er folgte uns und flüsterte verschwörerisch: „Wen hast du für sie im Auge?"

„Adnan", zischte Anka leise und deutete ins vor uns liegende Wohnzimmer.

Auch dort war es voll, aber als ein lesbisches Pärchen sich auf den Weg in die Küche machte, gaben sie den Blick auf unser Ziel frei: Ein Mann Mitte Dreißig mit lockigen, dunklen Haaren und Drei-Tage-Bart, der Ankas Schallplattensammlung begutachtete, während er an einem Drink nippte. Kein Model, er war auch etwas klein, aber seine dunklen Augen, sein markantes Kinn und der weiße

Designeranzug sprachen mich durchaus an. Warum also nicht?

„Och, nee", hörte ich Fritz neben mir. „Der ist doch langweilig."

„Fritz!", ermahnte Anka ihn und wandte sich an mich. „Adnan ist nicht langweilig. Er macht Fotoshootings in der ganzen Welt. Das passt doch auch zu deinem …"

„Das wissen wir deswegen so genau, weil er nicht aufhört, davon zu erzählen", ging Fritz dazwischen.

„Mein Schatz", zischte Anka in Fritz' Richtung. „Kannst du mir bitte noch einen Weißwein aus der Küche holen? Jetzt sofort?"

„Okay, okay."

Er hob erneut entschuldigend die Hände, nur um dann noch einmal in meine Richtung lautlos das Wort „langweilig" mit seinen Lippen zu formen, wofür er sich einen Tritt von Anka einhandelte. Dann ging er lachend davon. Ich war hin und her gerissen zwischen Amüsement und Überforderung durch die offene Art, wie hier mein Liebesleben verhandelt wurde. Ich hatte keine Zeit, mich für eins der Gefühle zu entscheiden, denn schon zog mich Anka ins Wohnzimmer, um mich Fotograf, 35 – reiselustig, respektvoll, langweilig – vorzustellen.

Und was soll ich sagen? Er war es wirklich. Alles drei.

Schon nach wenigen einleitenden Sätzen durch Anka redeten wir über sein letztes Fotoshooting in Südafrika. Erfreut fand er heraus, dass ich als Stewardess auch schon herumgekommen war, wenn bisher auch nur in Europa. Er kannte so gut wie jedes meiner Flugziele. Ein wirklich weit gereister Mann, der begeisternd von fremden Ländern und aufregenden Städten berichtete.

Anka hatte sich längst unauffällig verzogen, als ich mit dem gut riechenden Mann zwei frei gewordene Plätze auf dem berühmten Sofa ergatterte, bei dem ich unweigerlich an das nackte Paar Anka und Fritz denken musste. Ich verdrängte den Gedanken und drückte mein Bein an Adnans, so dass ich ganz leise seine Gedanken hören konnte. Ja, er war wirklich respektvoll. Keine Spur von perfiden Plänen, mich sofort ins Bett zu bekommen. Ich trieb es etwas weiter und legte ihm beiläufig meine Hand auf den Oberschenkel, was ihn aber weder nervös machte noch zu Anzüglichkeiten trieb. Ein „Mh, nett" war alles. Auch ein erotischer Biss in meine Unterlippe erweckte in ihm nicht den Triebtäter. Er schaute mir die ganze Zeit fasziniert in die Augen. Gut, doch, so konnten Männer also auch sein.

Ja, er war reiselustig und respektvoll. Aber er war tatsächlich auch langweilig. Durch meine Spielereien mit seinen Gedanken verpasste ich es, aktiv an der Unterhaltung teilzunehmen, so dass er diese gänzlich übernahm. Dabei zählte er auf, in welchen Ländern er schon gearbeitet hatte. Es war wie mit Emil, der mir vom Zoo erzählte. Irgendwo zwischen den Bahamas und Kuba verlor ich den Faden und auch das Interesse. Mein Kopf dröhnte längst wieder, also rückte ich ein Stück weg von Adnan, um keine fremden Gedanken mehr aufnehmen zu müssen – die derzeit sowieso nur um die Geographie in Mittelamerika kreisten. Ich ließ meinen Blick durch den Raum wandern, wo er sich mit dem von Fritz kreuzte, der sich an der Tür mit der Lack-Sexbombe unterhielt, aber von deren Geschichte auch nicht gerade gefesselt wirkte. Er formte unauffällig ein fragendes „Und?" mit seinen Lippen und deutete auf Adnan. Ich konnte nicht anders, als andeutungsweise mit den Augen zu rollen. Fritz grinste. Hatte ich das wirklich gerade getan? Ich wandte mich schnell wieder Adnan zu, denn ich wollte ja auch nicht diejenige sein, die respektlos war. Aus dem Augenwinkel bekam ich mit, wie sich Fritz bei seiner Gesprächspartnerin entschuldigte und zu uns herüberkam.

„Hey, Adnan", grätschte er mitten in dessen Bericht über

die Niederländisch Antillen. „Kann ich Rosa kurz entführen? Bekommst sie gleich wieder. … Anka braucht Gläser. Hast du drüben vielleicht welche?“

Er klang so überzeugend, dass ich im Geiste schon meinen Küchenschrank ausräumte. Ich entschuldigte mich bei Adnan, der sich nach alter Schule sogar erhob, als ich aufstand, dann folgte ich Fritz in den Flur. Doch er ließ mich nicht Richtung Wohnungstür gehen, sondern griff meine Hand und zog mich in die Küche.

„Was ist denn mit den Gläsern?“, fragte ich ihn.

„Ernsthaft?“, entgegnete er und deutete auf eine Ablage mit zahllosen frisch gewaschenen Gläsern.

Ich musste lachen und hörte ihn denken: „Die Hellste ist sie ja nicht.“

Bevor ich mich innerlich darüber empören konnte, drehte er sich zu mir und sagte: „Bist schon ein bisschen naiv, oder?“

Jetzt hatte ich sogar die Erlaubnis, empört zu sein, aber seine direkte Art verwirrte mich mal wieder.

„Wieso?“, gab ich zurück. „Vielleicht habe ich mich ja gerne mit dem Mann unterhalten.“

Daraufhin stöhnte er nur, als ob das undenkbar wäre. Er hatte eine Flasche Wein aus dem Kühlschrank genommen und winkte mich weiter auf den Balkon. Da er nun Flasche und Glas in seinen Händen hielt und ich ihn nicht mehr berührte, war mir nicht klar, was er plante. Wollte er sich selbst ins Gespräch bringen für was auch immer? Ich folgte ihm zögerlich, aber war dann erleichtert, weil er auf Anka zusteuerte, die mit einer Gruppe von Rauchern an dem kleinen Balkontisch saß. Sie stand sofort auf und gesellte sich zu uns ans Geländer.

„Was ist denn los?“, fragte sie.

„Der Typ geht nicht“, antwortete Fritz für mich, während er uns allen Wein nachschenkte.

Anka schaute mich fragend an.

„Na ja, also er war jetzt nicht so spannend, aber vielleicht muss ich ihn besser kennenlernen, um …"

„Es hat nicht gezündet", unterbrach mich Fritz. „Das wird bei dem auch nicht besser. Rosa braucht einen Typen, der rangeht."

Den letzten Satz richtete er an Anka. Es wurde also wieder über mich verhandelt. Immerhin war ich mir mittlerweile sicher, dass Anka Fritz nichts von meiner Superkraft und auch nicht von meiner missratenen Männersuche erzählt hatte, wo die Draufgänger ja gerade das Problem gewesen waren.

„Rosa braucht vor allem einen Mann, der ihr gut tut", stellte Anka entsprechend klar.

„Völlig d'accord. Aber keine Schlaftablette."

„Wen würdest du denn vorschlagen?", fragte Anka Fritz.

„Darf ich vielleicht auch mal …", versuchte ich es, aber Fritz drehte sich bereits um, deutete durch die offene Balkontür in die Küche und sagte: „Was ist denn mit Max?"

Ich folgte den Blicken der beiden und sah einen Typ Mitte zwanzig, der den Chippendales zur Ehre gereicht hätte. Sein Shirt spannte an den Oberarmen und Brustmuskeln. Als er die Arme hob, sah ich sein Sixpack und die tiefhängende Jeans, in der sich ein wohl geformter Hintern befand. Und, ach ja, sein Gesicht war auch attraktiv.

„Nee", sagte Anka sofort. „Der ist dumm."

„Max ist doch nicht dumm", protestierte Fritz. „Der studiert Elektrotechnik und … Okay, er ist ein bisschen dumm, aber …"

Er suchte nach Worten.

„Aber das passt ja dann zu mir", schlug ich eine Ergänzung vor.

„Nein, liebe Rosa", wandte Fritz sich schmunzelnd an mich. „Ich habe nur gesagt, du bist naiv. Aber du hast dich auch verrannt mit deinem Piloten. Du bist total angespannt. Deswegen glaube ich, dass dir jetzt etwas Unkompliziertes gut tun würde. Max ist unkompliziert."

Er zeigte wieder auf den jungen Mann, der soeben herzlich lachte, was zugegebenermaßen sympathisch aussah.

„Rosa sucht ernsthaft einen Mann, Fritz. Einen, mit dem sie sich was aufbauen kann. Unser kleiner Student hier ist zwar lecker und ja, auch unkompliziert, aber ziemlich genau das Gegenteil von einem Mann fürs Leben."

„Echt jetzt?", fragte Fritz unzufrieden. „Was spricht denn gegen einfach mal richtig die Sau rauslassen? Wann hattest du das letzte Mal Sex?"

Er schaute mich durchbohrend an.

„Fritz!", ermahnte ihn Anka.

Ich trank schnell einen Schluck Wein und hoffte, dass die Frage weiterziehen würde. Tatsächlich war es über zwei Jahre her und dann ja auch noch ein ziemlicher Reinfall gewesen. Aber das war nichts, was ich hier auf dem Balkon vor allen Leuten diskutieren wollte. Doch Fritz hatte sich sowieso auf ein Gefecht mit Anka eingelassen.

„Was denn? Du sagst doch immer, wie wichtig guter Sex fürs innere Gleichgewicht ist. Und ich weiß aus zuverlässiger Quelle, dass Max eine Granate im Bett ist."

„Sagt wer?", hakte Anka nach.

„Ilka hatte was mit ihm. Und sie sagt, dass kein Mann sie mit mehr Freude und Ausdauer geleckt hat als er. Und wenn Ilka das sagt …"

Wusch, strömte wieder das Blut in meine Wangen. Bei dem viel zu offen diskutierten Thema hatte ich zu besagtem Max geschaut, der in diesem Moment einen Schluck aus seiner Bierflasche nahm und sie dabei mit seinen vollen Lippen liebkoste. Oder bildete ich mir das ein?

„Schön für ihn", sagte Anka. „Aber das ist wirklich das Letzte, woran Rosa im Moment denkt."

Das stimmte ausnahmsweise nicht ganz. Ich nickte dennoch mit ernster Miene.

„Sie braucht was fürs Herz", stellte meine Nachbarin klipp und klar fest. „Entschuldigt, da sind gerade noch neue Leute gekommen."

Ein asiatisches Pärchen stand in der Küche, zu dem Anka nun ansatzlos eilte. Ich erschrak, weil ich mitten in dieser aufwühlenden Unterhaltung mit Fritz allein gelassen wurde. Schnell leerte ich mein Glas.

„Sorry, ich wollte dich nicht überfordern", entschuldigte Fritz sich und legte mir dabei die Hand auf die Schulter.

„Gott, die ist ja ganz durch den Wind", dachte er. „Ich muss mich ein bisschen zurückhalten."

„Nee, ist ja …", murmelte ich. „Ist ja nett gemeint."

Er nickte.

„Ist es", dachte er. „Ein Jammer, dass sie ihre Körperlichkeit so unterdrückt."

Was für ein arroganter Schnösel! Was sollte das überhaupt heißen? Ich war versucht, ihn zu fragen, aber so etwas Fieses dachte er natürlich nur und …

„Vielleicht liege ich falsch", sagte er plötzlich. „Aber ich habe das Gefühl, du unterdrückst deine Körperlichkeit. Weißt du, was ich meine?"

Okay, so etwas Fieses sagte er auch. Anscheinend war es gar nicht fies gemeint.

„Den erstbesten heißen Kerl anspringen wäre also meine Befreiung?", hakte ich süffisant nach.

„Nein", antwortete er und nahm seine Hand von meiner Schulter. „Es gibt viele Frauen und genauso viele Männer, die mit ihrem Körper nicht im Reinen sind. Denen als Kind schon erklärt wurde: Dieses oder jenes ist bäh. Das ist verboten. Darüber reden wir nicht. Und die schaffen sich dann selbst oft so ein irres Ideal, das aber aus den Medien kommt, aus der Gesellschaft: Männer wollen wie ein Pornostar rammeln, und Frauen wollen nur mit der große Liebe ins Bett – Blümchensex natürlich. Egal, ob sie eigentlich ganz andere Bedürfnisse haben."

„Und du glaubst, meine Bedürfnisse zu kennen?"

„Du hast recht, ich spekuliere. Vielleicht gehe ich auch nur von mir aus. Weißt du, ich steh total drauf, wenn man beim Sex meinen Anus stimuliert ..."

Ich hätte nicht trinken sollen bei diesem Gespräch. Prompt verschluckte ich mich. Fritz musste lachen.

„Sorry."

Er klopfte mir auf den Rücken. Ich hörte kurz, wie er „Die ist ja herzallerliebst" dachte.

„Geht wieder", presste ich hervor. „Danke."

„Sag's, wenn du das nicht hören willst", bot er an, aber plapperte dann ungebremst weiter. „Das ist jetzt ja auch nur ein Beispiel, um was zu zeigen ... Das war wirklich jahrelang ein Problem für mich. Ich steh auf Frauen, aber ich hatte das Gefühl, wenn das eine erfährt – Finger im Po – die hält mich für schwul und was weiß ich was. Aber irgendwann habe ich gelernt, es den Frauen zu sagen. Und seitdem erlebe ich Orgasmen, das ist ... Okay, das war jetzt zu krass, ja?"

Er schaute mich bedauernd an. Ich schnappte immer noch nach Luft. Ich war tatsächlich überfordert, auf so vielen Ebenen.

„Du musst mich echt stoppen. Ich reg' mich bei dem Thema so schnell auf, weil es so verdammt schade ist, wenn Leute keinen guten Sex haben. Und so unnötig. Aber ich halte jetzt den Mund."

Er lächelte mich entschuldigend an und trank von seinem Wein. Ich wusste nicht, was ich sagen sollte. Dabei war ich sonst doch nicht um Antworten verlegen – auch wenn ein Mann es mal mit seinen Sprüchen übertrieb. Aber das Problem war ein anderes. Ich wollte überhaupt nicht, dass Fritz aufhörte zu reden. Ich fand es verstörend, was er sagte, aber auch spannend. Es wäre eine Lüge gewesen zu behaupten, dass ich nicht Ähnliches auch schon gedacht hatte – bei dem, wie ich in meiner Kindheit an das Thema Sex herangeführt worden war oder eben nicht. Und es gab ja auch Gründe, warum ich Anka zwar schräg fand, aber doch so gerne mit ihr quatschte. Nur sie sprach Themen an, mit denen ich sonst alleine blieb. Dass jetzt auch noch ein Mann darüber sprach, offensichtlich ohne Hintergedanken, hob es auf eine neue Ebene. Es interessierte mich, es faszinierte mich, und ja, es machte mich auch ein wenig an. Aber das konnte ich unmöglich sagen.

„Ja, und, mh, wann geht es bei dir mit Fliegen wieder los?", fragte Fritz.

Ich seufzte innerlich. Für einen Moment schaute ich ihn hilflos an, wünschte mir, dass zur Abwechslung mal er meine Gedanken lesen könnte, suchte nach Sätzen, um das verbotene Thema nicht fallen zu lassen, aber fand keine und sagte schließlich: „Ab Montag."

„Ah, cool", entgegnete er. „Ist auch okay für dich?"

„Ja, total okay."

„Schön."

„Ja."

Verdammt. Hatte ich es vor die Wand gefahren? Aber was konnte ich tun? Ich konnte doch schlecht sagen: „Erzähl mir mehr von Fingern im Po." Oder anfangen, meinen Frust darüber rauszulassen, dass ich tatsächlich noch nie von einem Mann bis zum Ende mit dem Mund verwöhnt worden war. Einfach weil es im Bett für mich undenkbar gewesen war, meine Wünsche deutlich zu machen. Was sicher auch daran lag, dass ich nie lange genug mit einem Mann zusammen gewesen war, um das nötige Vertrauen für solch eine Unterhaltung aufzubauen. All das schoss mir durch den Kopf, während wir stumm dasaßen. Vielleicht konnte ich ihm zumindest sagen, dass ich es nicht schlimm fand, was er mir erzählt hatte. Vielleicht würde er dann wieder die Führung übernehmen. Das könnte klappen. Ich setzte ein Lächeln auf und wollte gerade den Mund öffnen, als ich hinter mir hörte: „Ach, hier bist du."

Adnan. Den hatte ich schon vergessen. Er allerdings mich nicht, so dass er sich nun zu uns setzte. Fritz rettete zumindest die Peinlichkeit mit der Lüge, dass wir bis gerade eben noch Gläser abgespült und ihn dann nicht gefunden hätten. Danach entschuldigte Fritz sich zu meinem Leidwesen und ließ mich mit Adnan alleine. Schade. Das war ausgesprochen schade. Ich hatte das Gefühl, eine Gelegenheit verpasst zu haben, die so schnell nicht wiederkommen würde.

19

Von da an entwickelte sich der Abend überhaupt nicht so, wie ich mir das vorgestellt hatte. Mein persönlicher Abend, aber auch die von mir vorher so skeptisch beäugte Party lief ganz anders als angenommen. Es gab zu später Stunde keine Gäste in bizarren Fetischoutfits und auch keine ausufernden Orgien. Keine Ahnung, wieso das meine Assoziation gewesen war, als Anka von einer Party mit ihren Freunden berichtet hatte. Es war im Gegenteil eine herzliche, gut gelaunte Runde, die um Mitternacht unisono für das Geburtstagskind ein Lied sang. Sie wurde mit liebevollen Geschenken und zwei witzigen Reden von Fritz und einer alten Freundin überrascht. Natürlich sparte gerade Fritz nicht mit anzüglichen Sprüchen, und im betrunkenen Zustand sah man auch schon mal Pärchen selbstvergessen knutschen, aber all das war nicht unangenehm. Es war höchstens sexy, erwachsen sowieso und auf eine Art gelassen, die ich nicht kannte. Es herrschte eine durch und durch positive Stimmung, die mir nach den letzten Abenden verdammt gut tat. Ich wollte am liebsten gar nicht gehen.

Andererseits hatte ich nun Adnan an der Backe. Der Fotograf war wirklich zuvorkommend, bemühte sich um mich, wo es ging. Aber seine Reiseberichte wurden leider nicht interessanter, und ich hatte ihn innerlich sowieso schon abgeschrieben. Dummerweise hatte ich ihm aber mit meinen kleinen Tests am früheren Abend Signale gesendet, die ihn hartnäckig bleiben ließen. Ich konnte seine Verwirrung über mein widersprüchliches Verhalten direkt an seinen Gedanken ablesen, denn wir saßen irgendwann wieder eingequetscht zwischen vielen anderen auf der Ledercouch, und ich wurde gleich doppelt beschallt: Von seinen Geschichten und von seinen Überlegungen, welche Geschichten mich noch interessieren könnten.

Mir blieb nichts anderes übrig, als mich mehr und mehr zu betrinken. Dabei hielt ich Ausschau nach einem alternativen Gesprächspartner, aber es gab längst niemandem mehr, der alleine war. Überall standen oder saßen Paare. Nicht zwangsläufig Männlein und Weiblein, aber doch immer zwei, die sich füreinander interessierten. Bei manchen wusste ich nicht, ob sie sich nur für diesen Abend gefunden hatten, oder ob es etwas Ernstes war. Es machte aber auch keinen Unterschied – in den kleinen Gesten, den Flirtereien, den Küssen hier und da. Die Leute waren sich zugewandt, und sie genossen es. Sie zogen Kraft daraus. Ich war neidisch.

Es war schon deutlich nach Mitternacht, als ich Fritz im Flur sah. Ich suchte Blickkontakt, in der Hoffnung, dass er mich noch einmal retten würde. Aber er sah nur Anka, die er im Türrahmen stellte. Er knutschte sie und schob ihr das Knie zwischen die Beine, so dass sie genüsslich brummte. Dann flüsterte sie ihm etwas ins Ohr und zog ihn an der Hand Richtung Schlafzimmer. Ich wollte auch. Ich wollte meine Körperlichkeit befreien. Ja, ich war so weit.

Ich schaute Adnan an, fixierte seine Lippen, aber daraus kamen nur endlose Sätze, mit denen er mir erläuterte, wo es ein wahnsinnig gutes Sushi-Restaurant in Barcelona gab. Wir redeten seit einer halben Stunde über die katalanische Metropole, weil ich den Fehler begangen hatte, sie als eine meiner Lieblingsstädte zu bezeichnen. Der Kerl ergriff jeden

Strohhalm, um unsere Unterhaltung aufrecht zu erhalten. Es war traurig. Ich legte meine Hand erneut auf seinen Oberschenkel, blickte ihm tief in die Augen und lauschte.

„Ah, das findet sie interessant", hörte ich Erleichterung in seinen Gedanken. „Dann findet sie bestimmt auch die Tapas Bar gut. Wie hieß die denn nochmal?"

Ich überraschte mich selbst: Zum ersten Mal wünschte ich mir, dass ein Kerl irgendetwas Schmutziges über mich denken würde. Ich sehnte mich danach. Bei diesem Mann wartete ich vergeblich.

„Ich muss mal", sagte ich mitten in seinen nächsten Satz über besagte Tapas Bar und stand auf.

„Oh, okay. Ich warte hier."

Es klang in meinen Ohren wie eine Drohung. Fast fluchtartig eilte ich in den Flur. Ich blickte zur Wohnungstür. Es frustrierte mich, jetzt einfach zu gehen. Ich würde mich noch nicht einmal von Anka verabschieden können, die sich gerade ihrer Lust hingab. Dagegen bestand mein einziger Höhepunkt im Ausmaße meiner Kopfschmerzen nach der Dauerbeschallung durch Adnan. Also Bett! Ich resignierte. In dem Moment fiel mein Blick auf Max. Der junge Adonis stand nach wie vor in der Küche, mittlerweile vor einer Frau mit knallroten Haaren und langem Kleid, die auf ihn einredete. Dabei ließ er seinen Blick hilflos durch die Gegend wandern, wie ich dies kurz zuvor ebenfalls getan hatte. War das ein Zeichen? Das war ein Zeichen! Ich gab mir einen Ruck und schritt auf das Paar zu. Obwohl es gar nicht mehr so eng war, quetschte ich mich mit einem „Entschuldigung" zwischen den beiden hindurch und legte Max dabei meine Hand auf den muskulösen Oberarm.

„Oh, wow", dachte er. „Die ist doch süß. Wieso kann ich nicht mit der quatschen, sondern hänge jetzt mit dieser Eso-Tante hier fest?"

Volltreffer. Ich ging noch zwei Schritte, drehte mich dann um. Max schaute mir hinterher, während die Eso-Tante ihn weiter beschallte. Er grinste. Ich grinste. Was als Nächstes kam, hatte ich noch nie in meinem Leben gemacht, aber in dieser Woche gab es ja eh eine Menge Veränderungen. Ich wechselte mein inneres Profil in Stewardess, 29 – attraktiv, zielstrebig, rattenscharf – und trat einen Schritt auf die beiden zu.

„Mh, Max, du bist Max, ne? Anka bat mich, neue Gläser zu holen. Ich wohne direkt drüben. Kannst du mir kurz helfen?"

„Klar", antwortete Elektrotechnik-Student, 25 – unkompliziert, lecker, dumm.

Er strahlte mich an. Ich nahm seine Hand und zog ihn mit mir in den Flur.

„Soll ich helfen?", fragte die Rothaarige.

„Nee", sagte Max schneller als ich. „Warte hier. Ich komm' gleich."

„Das wirst du", dachte ich.

„Träum ich das, oder schleppt die mich hier gerade ab?", hörte ich seine Gedanken.

„Eins ist sicher", sagte ich vielsagend. „Das ist kein Traum, Max."

Ich blickte in staunende Augen, während ich die Wohnungstür öffnete. Wir hörten in der Küche die Rothaarige „Hier sind doch noch Gläser" rufen, aber da fiel Ankas Tür bereits hinter uns ins Schloss. So dumm war Max dann auch gar nicht. Er hatte verstanden, was passierte, zog mich an sich und drückte mir seine Lippen auf den Mund. Ein atemloser Kuss folgte, der mich für einen Moment meine Kopfschmerzen vergessen ließ. Von Max hörte ich dabei nur „Wow, wow, wow. Hammer." Irgendwie schaffte ich es, während der Knutscherei meine Wohnungstür zu öffnen. Kaum war die wieder geschlossen, zog Max mir auch schon den Träger meines Kleides herunter. Jetzt wurde es ernst. Ich schluckte und bekam ein komisches Gefühl. Ich war nicht so eine Frau. Im selben Moment ärgerte ich mich über diesen Gedanken. Der junge Kerl küsste mich gierig am Hals. Mein Becken schob sich nach vorne. Sein Oberschenkel drückte dagegen. Ich wollte das.

„Wow, was für eine coole Frau", dachte Max. „Das ist ja voll Porno."

Ich löste mich automatisch von ihm, rang nach Luft und schaute ihn unsicher an.

„Was ist?", fragte er außer Atem.

In dieser Situation war es ja nun mehr als okay, dass er so etwas dachte, trotzdem war da immer noch eine Bremse in mir. Eine Bremse, die eine bestimmte Intimität für Männer reservierte, für die ich weit mehr empfand als für einen Max, mit dem ich noch nicht einmal mehr als fünf Sätze gewechselt hatte. Aber ich wollte es nicht abbrechen. Allein schon, weil ich nach Fritz' Bericht über Max' Fähigkeiten viel zu neugierig war.

„Max, pass auf", sagte ich. „Ich will nicht mit dir schlafen. Das ist … Das kann ich nicht. Aber ich will, dass du mich glücklich machst, und dann werde ich dich glücklich machen. Ist das okay so?"

Er war kurz überrascht, dann grinste er breit.

„Das ist völlig okay so, Ma'am!"

Ich lachte, dann nahm ich seine Hand und zog ihn in mein Schlafzimmer. Dass in seinem Kopf „Hey, ich mache alles, was du willst, Baby" und keine Hintergedanken zu finden waren, machte es leichter. Keine zehn Sekunden später lagen wir zwischen meinen zahllosen Kissen nackt auf dem geräumigen Bett. Wir knutschten und streichelten uns. Wir waren uns so nah, dass ich seine Gedanken immer lauter und immer intensiver hörte – auch wenn sie nicht sonderlich kompliziert waren. Sie steuerten meine

Hand und meinen Mund an die richtigen Stellen. Dumm nur, dass mein Kopf immer mehr schmerzte. Von Straßenbahnen konnte keine Rede mehr sein. Ein ICE bretterte mitten durch mein Gehirn. Als es zu explodieren drohte, drückte ich Max weg von mir. Er verstand es als Aufforderung, sich zwischen meine Beine zu begeben, wohin er sich dann auch küssend vorarbeitete.

Die Kopfschmerzen ließen nur wenig nach, denn natürlich berührten sich unsere Körper nach wie vor an zahlreichen Stellen. Als er unten angekommen war und mit seiner eigenen magischen Fähigkeit loslegte, schüttelte es mich am ganzen Körper – auf angenehme Art und Weise. Die Erregung linderte den Schmerz, ich presste mich gegen Max. Er leistete ganze Arbeit, aber es fiel mir schwer, mich fallen zu lassen. Letztlich lenkte der Vorschlaghammer in meinem Kopf doch zu sehr ab.

„Ich weiß nicht, ob das was wird", sagte ich resignierend. „Ich bin zu betrunken."

„Das wird was", murmelte er. „Wir haben Zeit."

Und er hatte Ausdauer, wie ich ja wusste. Also ließ ich ihn machen. Dabei kam ich dem Geheimnis seiner Ausdauer auf die Spur. In seinen Gedanken.

„Okay, das kann dauern, aber egal. Das schaffen wir. Das hat sie sich verdient. Wie heißt die eigentlich? Ist ja auch egal. Klingt auch eher so, als ob ich danach nach Hause fahren kann. Wäre mir echt nicht unrecht. Wobei: Fahren überhaupt noch Busse? Ich muss mir dringend mal die App von der BVG runterladen. Ach, Scheiße, ich wollte doch dem Alex noch die Metadaten für seine neue App schicken. Das muss ich morgen unbedingt machen. Was war da noch? Ich muss einkaufen, nee, morgen ist Feiertag. Aber ich muss Mama anrufen."

Da war dann Schluss. Nicht nur, weil ich unmöglich einen Typen mit seiner Zunge zwischen meinen Beinen haben konnte, der an seine Mutter dachte, sondern auch weil ich bei dem endlosen Gedankenstrom vor lauter Kopfschmerz schon Flecken sah und mir übel wurde.

„Stopp", rief ich mit letzter Kraft. „Das wird nix. Sorry, du musst gehen. Bitte."

Er schaute erstaunt auf.

„Wie? Jetzt bläst sie mir nicht mal mehr einen?", hörte ich ihn noch denken, dann wurde mir schwarz vor Augen.

20

Professor Doktor Christian Schwarz war eine Koryphäe auf dem Gebiet der Neurologie. Sowohl als Arzt als auch als Wissenschaftler eilte ihm ein exzellenter Ruf voraus, weswegen es so gut wie unmöglich war, einen Termin in seiner Klinik auf dem Campus Charité Mitte zu bekommen. Zumindest sagte Britta das. Dennoch saß ich zwei Tage nach meinem Zusammenbruch in seinem Wartezimmer – mit meiner besten Freundin neben mir. Sie hatte nicht davor zurückgeschreckt, die Bundestagskarte zu ziehen. Das hieß, dass ihr Mann mit Verweis auf seine Chefin bei dem Professor einen kurzfristigen Termin hatte ergattern müssen. Nicht nur das: Stefan passte auch auf die Kinder auf, denn die Kita war an diesem Brückentag geschlossen. Er hatte nur zaghaft protestiert und war mit dem Totschlagargument „Notfall in der Familie" erneut zum Schweigen gebracht worden.

Der Notfall war natürlich ich. Dabei befand ich mich schon gar nicht mehr in Not. In der dramatischen Nacht war ich nach wenigen Minuten wieder erwacht, nach wie vor nackt auf meinem Bett liegend, während ein sichtlich überforderter Max sowie Anka und sogar eine Ärztin bei mir gehockt hatten. Wie es der Zufall wollte, befand sich nämlich eine Notärztin unter Ankas Freundinnen auf der Party. Und wie es der Gott der Peinlichkeiten wollte, war dies die rothaarige Dame aus der Küche gewesen – die Max und ich mit einer schlechten Lüge abserviert hatten, um eins nicht zu tun: Gläser zu holen. Unsere wahre Beschäftigung war ihr angesichts unserer spärlichen Bekleidung natürlich vollkommen klar gewesen, weswegen die darauffolgende halbe Stunde so ziemlich die beschämendste in meinem Leben gewesen war.

Ich hatte sie überstanden. Ohne Max' Berührung hatten sich die Kopfschmerzen bald auf ein Normalmaß reduziert, die Ärztin hatte keine weiteren kritischen Diagnosen gestellt und nur wenige bissige Kommentare abgefeuert. Anka hatte sich rührend um mich gekümmert. Obwohl sie selbst – wie auch Max und ich – um einen Höhepunkt gebracht worden war, hatte sie ihre eigene Party verlassen und war über Nacht zur Sicherheit bei mir geblieben. Dabei war es mir schon wieder so gut gegangen, dass wir uns über Max' Gedanken an seine Mutter in den Schlaf gelacht hatten. Ich war so froh, Anka zu haben.

Ich hatte aber nicht nur Anka, sondern auch Britta, die am nächsten Morgen übernahm, weil Anka zu ihrem Geburtstag von Fritz ein langes Wochenende auf Ibiza geschenkt bekommen hatte und die beiden zum Flughafen mussten. Außerdem hatte sie wirklich genug für mich getan. Britta fand die Ereignisse zwar auch wahnsinnig komisch und für mich untypisch, aber sie ließ seitdem nicht locker damit, dass ich ärztliche Hilfe benötigte. Mit diesen infernalischen Kopfschmerzen war nicht zu spaßen. Deswegen befanden wir uns nun bei dem einzigen Mediziner in Berlin, der sich zumindest theoretisch schon einmal mit dem Thema Telepathie auseinandergesetzt hatte.

Mit Unbehagen betrat ich das Büro des Professors, nachdem wir aufgerufen worden waren. Glücklich war ich nicht damit, meine geheime Superkraft offenbaren zu müssen. Ich fühlte mich wie eine Verurteilte, die zum Schafott ging – im Schlepptau von Britta. Die war wie immer unerbittlich und zog mich förmlich in das Sprechzimmer.

Auf der anderen Seite der Türschwelle war ich erst einmal überrascht. Unter einem Professor, noch dazu einer Koryphäe, stellte ich mir einen alten Mann mit grauen Haaren, Brille und Bart vor, doch vor mir stand ein ausgesprochen attraktiver Mann mit vollem, dunklen Haar, ohne Brille und mit glattrasiertem Kinn, der auf keinen Fall älter als fünfundvierzig sein konnte. Die Ränder seiner mich fixierenden, strahlend blauen Augen zierten sympathische Lachfalten. Er stand von seinem modernen Schreibtisch mit Computer und zahllosen Unterlagen auf und kam uns entgegen. Ein Mann mit Stil: Hemd und Krawatte unter dem weißen Kittel, italienische Designerschuhe, eine edle Armbanduhr am Handgelenk.

„Es gibt also einen außergewöhnlichen Notfall, der sogar den Bundestag beschäftigt?“, fragte er und blickte zwischen Britta und mir hin und her.

„Nein und ja“, entgegnete Britta sofort. „Den Bundestag haben wir vorgeschoben, um diesen Termin zu bekommen. Außergewöhnlich stimmt allerdings, und das ist sogar noch eine Untertreibung.“

Sie funkelte den Professor kampfeslustig an.

„Aha“, sagte er amüsiert zu Britta. „Und Sie sind der mehr als außergewöhnliche Notfall?“

„Nein, ich bin die Freundin. Sie ist der Notfall, Rosa Remberg.“

Also reichte der Mediziner dann doch mir zuerst die Hand und stellte sich vor. Ich nickte ihm zu und wusste nicht, was ich sagen sollte, weil ich von seiner ganzen Erscheinung eingenommen war. Deswegen hörte ich seine Gedanken: „Ob Rosa auch selbst reden kann, oder hat die gerade einen Schlaganfall?“

Ich musste kichern, woraufhin er grinste.

„Süß ist sie ja", dachte er und ließ meine Hand los, um auf die Plätze vor seinem Schreibtisch zu deuten.

„Bitte, setzen Sie sich."

„Danke", sagte ich, und sein Blick besagte: „Na also."

Kurzum: Ich fühlte mich bei den Mann auf Anhieb wohl und hatte alle Bedenken schnell vergessen. Britta und ich setzten uns auf die beiden schwarzen Lederstühle ihm gegenüber.

„Worin bestehen denn Ihre Beschwerden?", fragte er mich.

„Nun ja, also … Kopfschmerzen. Extreme Kopfschmerzen. Vorgestern Nacht hatte ich deswegen sogar Sehstörungen und bin ohnmächtig geworden …"

In dem Moment wurde mir bewusst, dass ich eventuell von den Umständen der Ohnmacht erzählen musste, was mir in Gegenwart dieses Mannes so gar nicht behagte. Mein Schweigen brachte Britta auf den Plan.

„Rosa, du musst es sagen."

„Ja, Frau Remberg, Sie müssen es sagen. Ich weiß zwar nicht was, aber Kopfschmerzen reichen wirklich nicht, um diesen dringenden Termin zu rechtfertigen. In welchen Situationen bekommen Sie denn Kopfschmerzen?"

Ich streckte mich nach vorne und ergriff seine Hände, die er vor sich auf den Schreibtisch gelegt hatte.

„Was kommt jetzt?", dachte er überrascht.

„Es ist am einfachsten, wenn ich es demonstriere", erklärte ich.

„Was?", fragte er.

„Eine Situation, in der ich Kopfschmerzen bekomme."

Er schaute mich skeptisch an und dachte: „Wenn sie meine Hand anfasst, bekommt sie Kopfschmerzen?"

„Nein, nicht durch das Anfassen", antwortete ich laut.

Aus dem Augenwinkel sah ich, wie Britta sich nach vorne beugte und uns beobachtete.

„Die hat jetzt nicht gerade auf meine Gedanken geantwortet?“, dachte er.

„Doch, genau das habe ich getan, Herr Professor.“

„Sie können meine Gedanken lesen?“, fragte er mich – ohne die Lippen zu bewegen.

Er fixierte mich mit scharfem Blick. Ein irrer Moment. Das erste Mal, dass ich direkt mit jemandem kommunizierte, der nur dachte.

„Das kann ich“, bestätigte ich.

„Wow“, dachte er und blickte auf unsere Hände. „Verzeihen Sie mir die Gänsehaut, das hatte ich nicht erwartet.“

„Solange es nur eine Gänsehaut ist“, antwortete ich und grinste ihn an.

Er stieß ein ungläubiges Lachen hervor, blickte zu Britta.

„Sie antwortet auf Ihre Gedanken?“, fragte die.

„Ja, und zwar … genau passend“, sagte er und löste sich von mir.

Er war für einen Moment sprachlos, betrachtete seine Hände, dann meine.

„Sie müssen mich dafür berühren?“, fragte er mich schließlich.

Ich nickte.

„Und Sie hören alles klar und deutlich?“

Ich nickte noch einmal.

„Endlich.“

Er sprang auf und ging im Raum auf und ab.

„Es überrascht Sie nicht?“, fragte ich erstaunt.

„Doch, schon“, sagte er. „Das Ausmaß … die Klarheit … Aber mir war immer klar, dass die Evolution uns dorthin bringen würde.“

„Das heißt, wir können das alle lernen?“, brachte Britta sofort ihre Agenda auf den Tisch.

„Was?“, fragte er sie irritiert. „Nein, weiß ich nicht. Ich … Das … Ich muss das erst einmal verstehen.“

Er setzte sich schnell wieder und griff zum Telefonhörer. Ich legte meine Hand sofort auf seine.

„Ich möchte nicht, dass jemand außerhalb dieses Raums davon erfährt."

Er blickte mich ernst an.

„Das kann ich gut verstehen", dachte er. „Das ist auch nicht meine Absicht. Ich möchte etwas anderes machen."

Ich ließ seine Hand wieder los, er nickte mir dankbar zu und nahm den Hörer hoch.

„Was hat er gedacht?", raunte Britta mir ungeduldig zu.

Ich winkte ab und lauschte seinem Gespräch am Telefon.

„Frau Henkel, verschieben Sie bitte alle meine weiteren Termine heute. … Ja, alle. … Das ist mir egal, dann muss der Borowski das machen. Danke Ihnen."

Schon legte er auf. Wie sehr er sofort auf meine „Problem" ansprang, fühlte sich beängstigend und beruhigend zugleich an. Beängstigend, weil mir vielleicht erst jetzt deutlich wurde, was Britta immer gesagt hatte: Meine Fähigkeit konnte die Welt verändern. Und beruhigend, weil ich mich endlich in versierten Händen wiederfand.

„Okay", sagte Professor Schwarz zu mir. „Berichten Sie mir bitte die ganze Entwicklung. Von Anfang an. Jedes Detail."

21

Der erste Teil meiner Erzählung fiel mir nicht sonderlich schwer. Ich fühlte mich sogar geschmeichelt, weil Professor Schwarz aufmerksam und konzentriert zuhörte und jedes Detail auf einem Notizblock notierte. Er stellte nur wenige Nachfragen und ließ mich auch damit davonkommen, dass ich Henks Gedanken – die ersten, die ich bewusst gelesen hatte – nur als „unangenehm" umschrieb. Doch schließlich hatte ich auch von der endgültigen Bestätigung durch meine Experimente mit Paul („amüsante Gedanken") berichtet und kam allmählich in schwierigere Gefilde.

„Na ja, also ab diesem Zeitpunkt war ich mir sicher, dass ich Gedanken lesen konnte", unterstrich ich das Gesagte und ließ es damit erst einmal gut sein.

„Und dann?", hakte der Arzt nach.

„Seitdem kann ich das."

„Wie haben Sie es seitdem angewendet? Das ist eine Woche her."

Ich schaute zu Britta, die ein bedauerndes Froschgesicht machte.

„Er hat Schweigepflicht, Rosa. Du solltest alles erzählen."

Ich stöhnte. Schwarz blickte mich mit einem ganz leichten Schmunzeln um seine Mundwinkel an. Er sah wirklich gut aus. Verdammt gut. Warum konnte ich nicht von einer sechzigjährigen Frau befragt werden?

„Dann habe ich beschlossen, mich mit Hilfe meiner

neuen Fähigkeit auf die Suche nach dem Mann fürs Leben zu machen. Schließlich konnte ich jetzt Gedanken lesen und würde sofort wissen, wenn ich auf einen nicht geeigneten Kandidaten gestoßen war. Ich habe also online Treffen ausgemacht und … losgelegt."

„Wie viele Männer haben Sie getroffen?", fragte Schwarz.

„Zehn", antwortete ich zaghaft.

Er notierte sich das. Es war mir peinlich. Zehn Männer in weniger als einer Woche. Das warf kein gutes Licht auf mich. Und wir hatten noch nicht einmal über Ankas Party geredet.

„Lassen Sie mich raten", sagte der Professor. „Es war ernüchternd."

„Das war es", sagte ich schnell.

Er grinste. Ich musste auch grinsen. Gehörte das wirklich zur Anamnese?

„Tja, die Gedanken der Männer", murmelte er vielsagend. „Mh, aber Sie haben bei jedem dieser Männer seine Gedanken vernehmen können?"

„Bei jedem Einzelnen."

„Und jedes Mal bekamen Sie Kopfschmerzen?"

Ich nickte.

„Können Sie die Schmerzen beschreiben?"

Ich fasste unweigerlich an die Stelle seitlich am Kopf, von der sie meistens ausgingen.

„Es ist unterschiedlich. Manchmal kommt ein stechender Schmerz hier in der Gegend. Manchmal merke ich erst, nachdem ich eine Weile zugehört habe, dass mein ganzer Kopf dröhnt, als ob ein Zug hindurch fährt. Manchmal pocht es, manchmal ist es ganz diffus."

Nachdem er alles notiert hatte, schaute er auf: „Gut, und welche Situation hat zu den Sehstörungen und der Ohnmacht geführt?"

Och, Menno. Ich schaute wieder zu Britta. Sie zuckte

bedauernd mit den Schultern und verkniff sich gleichzeitig mit äußerster Mühe ein Lachen. Professor Schwarz dagegen wartete geduldig auf eine Antwort. Ich wurde immer nervöser, aber es half ja nichts.

„Ich war vorgestern auf einer Party und habe dort einen jungen Mann kennengelernt, mit dem … Also ich war sehr betrunken, und das ist eigentlich überhaupt nicht meine Art, eigentlich habe ich das noch nie gemacht, so etwas. Also schon, aber nicht so schnell, nachdem wir uns gerade erst … Ich weiß auch nicht, wie …"

„Rosa", ging Britta dazwischen. „Es verurteilt dich niemand. Und wir sind alle erwachsen."

Sie hatte recht. Ich klang wie Paul mit meinen abgehackten Sätzen. Also atmete ich einmal tief durch.

„Okay, der Mann hat mich oral befriedigt, bis mir schwarz vor Augen wurde."

Die gepflegten Augenbrauen von Professor Schwarz schossen in die Höhe. Ich traute mich kaum, ihn anzuschauen. Immerhin lachte er nicht, aber ich hätte eine Menge darum gegeben, in diesem Moment seine Gedanken lesen zu können. Oder vielleicht auch nicht.

„Mh", hakte Schwarz nach. „Sie sind ohnmächtig geworden, weil es so erregend war?"

„Nein, um Gottes Willen, gar nicht. Also … kaum. Er hat dabei so viel gedacht. Und weil wir … weil unsere Körper sich quasi überall berührten, ging das alles direkt in meinen Kopf, und … ich hatte eh schon Kopfschmerzen von dem Typen vorher, der mich zugelabert hatte, aber nicht auf meine Berührungen reagiert hat … Ist das alles wirklich wichtig für Ihre Untersuchung?"

An seinem mitleidsvollen Blick erkannte ich, dass ich eine knallrote Birne haben musste. Er lächelte beruhigend.

„Ehrlich gesagt weiß ich nicht, ob es wichtig ist. Sie sind

der erste Mensch mit telepathischen Fähigkeiten, den ich untersuche."

„Stimmt", entfuhr es mir resignierend.

„Ich würde sagen, wir lassen das mal so stehen und widmen uns dem rein medizinischen Aspekt. Ich würde gerne ein MRT von Ihnen machen und weitere Untersuchungen."

Ich atmete tief durch. Endlich! Das war das gewesen, was ich mir für solch einen Termin vorgestellt hatte. Keinen Seelenstriptease.

„Bitte", stieß ich etwas zu ungeduldig hervor.

Meine Superkraft ermöglichte mir indirekt eine weitere neue Erfahrung: Als Kassenpatientin war ich es gewohnt, dass ich schon für das simple Abholen einer Überweisung eine Stunde Wartezeit einplanen musste, bei meiner Frauenärztin dauerte es für ein Blutabnahme auch schon mal einen halben Tag. Doch in diesem Fall war ich mit dem Chefarzt persönlich durch das Krankenhaus unterwegs, noch dazu auf geheimer Mission. Es war, wie vor der Eröffnung von Disneyland alle Attraktionen abklappern zu dürfen. Röntgenraum, MRT, CT – überall wurden sämtliche andere Arbeiten eingestellt, Patienten halbnackt zurück auf den Flur geschoben und subalterne Mitarbeiter in die Mittagspause geschickt, denn der Chef selbst übernahm sogar die kleinsten Handreichungen und war sowieso der Einzige, der die Untersuchungsergebnisse anschauen durfte. VIP bekam eine ganz neue Bedeutung für mich.

Es fühlte sich aber nicht nur wegen der bevorzugten Behandlung gut an. Nach all den unangenehmen Erfahrungen mit der Telepathie und den Männer schlug das Pendel in die andere Richtung. Ich lernte endlich einen Mann kennen, wie ich ihn mir bisher nur erträumt hatte: Er war ganz für mich da. Nicht nur beim banalen Türaufhalten, sondern auch bei den Untersuchungen und allen weiteren Fragen zur Telepathie. Er hatte schnell verstanden, was mir unangenehm war, worunter ich litt, was ich wollte. Es war manchmal fast so, als ob er meine Gedanken lesen würde und nicht umgekehrt. Das Ganze stets gewürzt mit einer angenehmen Prise Humor. Das Allerbeste war, dass seine Gedanken genauso perfekt waren. Egal, ob er beim Klettern aus der Röhre mit mir scherzte oder ob er mich halbnackt einer gründlichen Untersuchung unterzog – da waren keine Anzüglichkeiten, nichts Befremdendes, nur positive Gedanken. Gut, er hatte den unschätzbaren Vorteil zu wissen, dass ich mithören konnte, wenn wir uns berührten. Aber ich hatte nicht den Eindruck, dass er sich verstellen musste, um mir mit seinen Gedanken zu imponieren. Konnte man das überhaupt?

Entsprechend beseelt wartete ich nach unsere Runde durchs medizinische Disneyland mit Britta in seinem Büro auf seine Rückkehr und schickte unauffällige Blicke durch den Raum, um Anzeichen für eine mögliche Frau Schwarz zu finden.

„Der ist echt nett, mh?“, fragte Britta mich und schaute mich lauernd an.

Ich musste grinsen. Sie daraufhin auch.

„Du flirtest mit ihm“, stellte sie leise fest – nicht ohne kritischen Unterton.

Sie hatte natürlich den gesamten Rundlauf mitgemacht. Auch wenn sie nicht überall mit hineingedurft hatte, konnte ihr gar nicht entgangen sein, wie sehr ich auf meinen Arzt ansprach.

„Ist das schlimm?“, flüsterte ich. „Er hat keinen Ring an seinem Finger.“

„Er ist dein Arzt.“

„Ich mag Ärzte.“

„Er könnte dein Vater sein.“

„Jetzt übertreib mal nicht."

Okay, ja, er war deutlich älter als ich. Aber auch nicht so weit über die Grenze dessen, was ich bei meiner Onlinesuche angegeben hatte. Bisher hatte ich mich weniger für ältere Männer interessiert, aber erstens änderte sich ja eh gerade alles in meinem Leben, und zweitens klang nach meinen Erfahrungen der letzten Woche ein erwachsener Mann mit der nötigen Reife wie ein Heilsversprechen.

„Er flirtet doch auch mit mir?", fragte ich leise.

Britta seufzte.

„Du bist eine Goldader für ihn. Der würde alles tun, damit du glücklich bist."

„Oh, wie schrecklich, ein Mann, der alles tun würde, damit ich glücklich bin."

„Ja, aber nicht aus dem Motiv, dass du …"

Britta stockte, denn in diesem Moment öffnete sich die Tür und der Professor kam zurück. Ich grinste Britta noch einmal kurz an, denn ich merkte, wie mein Herz einen kleinen Hüpfer machte, als ich ihn wiedersah. Ich hatte den Mann vermisst, dabei war er nur zehn Minuten unterwegs gewesen, um die Untersuchungsergebnisse zu verifizieren.

Er setzte sich nun mit einer dicken Kladde an seinen Platz, in der sich besagte Ergebnisse befanden, und schaute mich an. Er hatte wirklich faszinierende Augen.

„Das klingt jetzt im ersten Moment schlimmer, als es ist, aber ich will auch nicht lange drum herum reden: Sie haben einen Gehirntumor."

Und er hatte auch eine wirklich schöne Stimme. Sprach er ernst, lag sie eine Oktave tiefer, was ein angenehmes Vibrieren auslöste, wenn es direkt neben meinem Ohr geschah – so wie bei der Untersuchung mit dem Stethoskop. Mist, jetzt hatte ich vor lauter Schwärmen verpasst, was er gesagt hatte.

„Entschuldigung?“, hakte ich nach.

Ich blickte zu Britta, die aus irgendwelchen Gründen blass geworden war.

„Natürlich kann man das noch nicht mit Bestimmtheit sagen“, erklärte Schwarz mit seiner wundervollen Stimme. „Aber mit großer Wahrscheinlichkeit ist er gutartig.“

„Wer?“

„Der Tumor.“

„Welcher Tumor?“

Ich kam mir vor, als ob ich zwei Stunden Gespräch verpasst hätte. Besonders, weil Britta nun auch noch ihre Hand auf meine Schulter legte. Was war denn hier los? Ich blickte Schwarz hilfesuchend an. Er beugte sich nach vorne und nahm meine Hand in seine. Wie schön. Mein Puls schlug schneller. Dann hörte ich seine Gedanken: „Sie haben einen Gehirntumor. Er ist bestimmt gutartig. Und ich werde alles dafür tun, dass es Ihnen gut geht. Das verspreche ich.“

Jetzt kam es an.

„Oha“, entfuhr es mir.

22

Gehirntumore bekamen in meiner Welt nur furchtbar alte Leute oder Helden in berührenden Filmdramen. Eins war dabei stets gewiss: Sie hatten nicht mehr lange zu leben. Sobald die Diagnose gestellt wurde, waren alle betroffen, und man begann, sich auf das Ende vorzubereiten. Lang gehegte Wünsche wurden erfüllt, oder man fuhr ans Meer, um es ein letztes Mal zu sehen.

Mein erster Gedanke war absurderweise, dass mir eine Autofahrt zur Ostsee nicht reichen würde. Es musste schon der Pazifik sein, an den ich tatsächlich immer schon gewollt hatte, aber es selbst in meiner Karriere als Stewardess nie geschafft hatte – weil ich mit German Air nur europäische Ziele anflog. Neuseeland! Es musste Neuseeland sein. Ich würde meine Sachen verkaufen und mich zur Not mit einem Schiff aufmachen in das Land meiner Träume. Ja, eine Schiffspassage, das wäre …

„Rosa!“, hörte ich Brittas Stimme in der Ferne.

Sie saß immer noch neben mir im Büro von Professor Schwarz. Wollte sie mit? Gerne. Aber das würde mit den Kindern nicht klappen, viel zu aufwühlend. Ob man Stefan das auch noch als Familiennotfall unterjubeln konnte? Wobei: Was war ein Notfall, wenn nicht ein Gehirntumor?

„Hörst du überhaupt zu?“, fragte mich Britta.

„Gehirntumor“, sagte ich und zuckte hilflos mit den Schultern.

„Ja, aber es ist nicht so schlimm, wie du denkst. Hör doch mal zu.“

Sie deutete auf Schwarz, der mich nach wie vor zugewandt anblickte.

„Zweidrittel aller Gehirntumore sind gutartig, das heißt, der Patient kann mit passender Therapie vollständig gesunden.“

„Aha.“

Das war mir neu.

„Ihr Tumor befindet sich an einer Hirnhautschicht – wir nennen diese Tumore Meningeom – und diese sind zum allergrößten Teil gutartig. Ihrer ist zudem so klein, dass es überhaupt keinen Grund zur Panik gibt. Hätten wir ihn nicht entdeckt, hätten Sie problemlos bis ins hohe Alter damit leben können.“

„Ich muss nicht ans Meer?“, hörte ich mich fragen.

„Was wollen Sie denn am Meer?“

„Ich meine … Ich werde nicht sterben?“

„Wir werden alle sterben“, antwortete er mit einem Lächeln. „Aber Sie werden nicht an diesem Tumor sterben.“

Ich atmete tief durch. Erst jetzt spürte ich, wie schockiert ich eigentlich gewesen war. Man sollte sein medizinisches Wissen nicht aus Filmen zusammentragen.

„Das können Sie jetzt schon so sicher sagen?“, hakte Britta skeptisch nach. „Muss man da nicht Gewebeproben entnehmen oder so?“

Sie hatte ihre Gesichtsfarbe zurückgewonnen, war dennoch sichtlich mitgenommen von der Diagnose.

„Zur absoluten Gewissheit wäre ein Biopsie notwendig, das stimmt. Aber das würde bedeuten, dass wir ein Loch in die Schädeldecke bohren und Gewebe entnehmen müssten, was ich unter den derzeitigen Umständen zurückstellen würde.“

Guter Mann. Ich wollte kein Loch in meinem Schädel haben.

„Wieso?", fragte Britta.

Erstmals schaute Professor Schwarz direkt zu meiner besten Freundin.

„So eine Biopsie birgt Risiken, und die stehen in keinem Verhältnis zu dem, was man jetzt schon deutlich sieht: Es ist ein harmloser Tumor. Der zudem keine akuten Beschwerden hervorruft."

„Rosa hat wahnsinnige Kopfschmerzen."

„Nur, wenn sie ihre Fähigkeit benutzt."

Das hatte er ausführlich mit mir besprochen und sogar getestet. Er blickte mich nun wieder an.

„Dafür gibt es eine ganz einfache Therapie: Nutzen Sie die Fähigkeit sparsam."

„Das wollte ich sowieso", sagte ich.

Meine bescheuerte Suche nach dem Traummann mit Hilfe der Telepathie war vorbei. Meine erotischen Experimente mit jungen Männern sowieso, diese hätten gar nicht erst beginnen sollen.

„Abgesehen davon", fuhr er fort. „Wir werden Sie engmaschig kontrollieren, dadurch auch Wachstum oder andere Entwicklungen sofort erkennen. Uns wird nichts entgehen."

Ich nickte. Erleichterung machte sich breit. Ich war gar nicht so enttäuscht, dass ich doch nicht nach Neuseeland kommen würde.

„Haben Sie am Wochenende schon etwas vor?", fragte der Professor mich.

Huch. Das überraschte mich dann aber schon. Auch wenn ich verstand, dass keine akute Gefahr bestand, war ich gedanklich noch nicht ganz von der Schippe herunter und alles andere als offen für ein Date. Klar, fand ich den Neurologen, 45 – attraktiv, gebildet, einfühlsam – spannend, aber wir hatten uns doch gerade erst kennengelernt. Ich schaute verunsichert zu Britta, die aber – entgegen ihrer früheren Einwände – auf meine Antwort wartete, als ob es ganz normal wäre, sich in solch einer Situation zu verabreden.

„Was haben Sie denn … vor mit mir?“, fragte ich, um Zeit zu gewinnen.

„Ich würde Sie gerne einigen Tests unterziehen. Am Wochenende ist es hier vergleichsweise ruhig.“

„Ach so.“

Ich musste jetzt endlich anfangen, mich zu konzentrieren. Er wollte mich weiter untersuchen, testen. Das war natürlich passender als ein Date.

„Ja, ich habe noch nichts geplant.“

Ursprünglich hätte ich mit Stopover in Budapest fliegen sollen, weswegen das Wochenende tatsächlich noch frei war. Er nickte zufrieden und griff wieder zum Telefon.

„Frau Henkel, stornieren Sie bitte meinen Flug nach Lissabon heute Abend und auch das Hotel. … Nein, ich werde am Wochenende im Büro sein. … Das ist lieb, aber das müssen Sie nicht. Danke.“

„Sie streichen meinetwegen Ihren Urlaub?“, fragte ich beeindruckt.

„Nur ein Surfwochenende – das läuft nicht weg. Und ganz ehrlich: Ich tue es gerne.“

Er lächelte mich breit an. Auch ich konnte endlich wieder lächeln. Tumor hin, Tumor her. Die Aussicht auf ein Wochenende mit Professor Schwarz war eine gute Nachricht.

23

„Das gefällt mir nicht“, sagte Britta und nahm die letzten Stufen zu ihrer Wohnung mit Schwung.

„Meinst du, ich bin happy mit dem Tumor?“, entgegnete ich außer Atem.

Nicht zum ersten Mal bewunderte ich Britta dafür, wie locker sie die drei Stockwerke meisterte – normalerweise auch noch mit Kindern und Einkäufen behängt.

„Das meine ich nicht. Das gefällt mir natürlich auch nicht, aber dieser Professor … Der nimmt das nicht ernst.“

Sie schloss ihre Wohnungstür auf, während ich Luft einsog, um antworten zu können.

„Er hat seinen Urlaub für mich abgesagt.“

„Für dich als Versuchskaninchen. Aber nicht für dich als Patientin.“

Ich stöhnte. Wieso musste sie immer überall Probleme sehen?

„Außerdem ist es unprofessionell, mit dir zu flirten. Wir brauchen eine Frau, die sich mit dem Thema auskennt.“

„Du willst noch zu einem anderen Arzt?“, fragte ich entgeistert.

„Ärztin. … Rosa, wir brauchen eine zweite Meinung. Das ist dir klar, oder?“

„Und was ist mit meiner Meinung?“

Die Frage ging unter, denn Emil und Lina hatten ihre Mutter gehört und kamen aus dem Kinderzimmer gestürmt. Britta knuddelte die beiden, während auch Stefan – erschöpft, aber gut gelaunt – im Türrahmen zum Kinderzimmer erschien. Der fast zwei Meter große, kräftig gebaute Mann mit den lockigen, braunen Haaren strahlte mal wieder große Ruhe aus. Daran änderten auch die Schokoladenflecken auf seinem Hemd nichts – er trug fast immer Hemden, fast immer fanden sich daran Spuren der Kinder.

„Der Arzttermin hat ganz schön lange gedauert", stellte er fest. „Alles okay, Rosa?"

„Gehirntumor, aber gutartig", machte ich es kurz.

„Oh, mein Gott."

Stefan kam sofort zu mir, während Britta ergänzte: „Gutartig ist noch nicht sicher. Wir brauchen dazu eine zweite Meinung."

Als Stefan mich in den Arm nahm, hörte ich unweigerlich seine Gedanken.

„Manchmal könnte ich Britta echt eine klatschen. Kann sie Rosa nicht erst mal die Hoffnung lassen?"

Ich nickte ihm dankbar zu. Er löste sich schon wieder.

„Deswegen bist du bei dieser Party ohnmächtig geworden?", fragte er mich.

Ich nickte verlegen. Sein Wissensstand war unvollständig. Er kannte weder die genauen Umstände besagter Ohnmacht, noch wusste er von dem kleinen Mitbringsel des Tumors. Diese beiden Themen vermeidend, berichtet ich eine kurze Fassung dessen, was der Arzt über meinen Tumor zu berichten gehabt hatte. Derweil kämpfte sich Britta mit ihren Kindern am Jeanszipfel in die Küche vor. Kaum hatte ich geendet, rief sie: „Hast du noch gar nicht gekocht?"

Stefan verzog das Gesicht. Er eilte zur Küchentür, in der Britta mit in die Seiten gestützten Händen erschien.

„Ich wusste ja nicht, wann ihr kommt", stammelte ihr

Mann. „Und … ich … wir … Sollen wir nicht einfach 'ne Pizza bestellen?"

„Nicht dein Ernst."

„Britta, es war ein harter Tag mit den Kids, und …"

Tödlicher Blick. Sehr tödlicher Blick. Stefan sah ihn und versuchte zu retten, was zu retten war: „Ich weiß, du meisterst solche Tag am laufenden Band. Aber wir haben eine kleine Krise mit China, und ich musste zwischendurch noch telefonieren, und …"

Er stoppte, denn Britta war mitten in seiner Erklärung in die Küche abgedreht.

„Ich mache schnell was", hörte ich sie sagen. „Rosa, sollen wir einen Wein trinken? Lina, Finger weg! Weißwein? Machst du einen auf?"

Das Letzte war offensichtlich für mich bestimmt. Stefan stand mit hängenden Schultern da. Als ich an ihm vorbei in die Küche ging, legte ich ihm kurz meine Hand auf den Arm. Er schaute mich mit einem traurigen Lächeln an, fast abwesend. Er war in Gedanken bei Britta.

„Wenn sie so ist, hat's keinen Sinn, mit ihr zu reden. Ich muss Geduld haben. Geduld."

Die Kinder wuselten derweil um Britta herum, die wie im schnellen Vorlauf Sachen aus Kühl- und Küchenschrank zusammenstellte, um daraus etwas zu essen zu zaubern. Ich bekam eine kalte Flasche Wein in die Hand gedrückt und auch einen Öffner. Gleichzeitig hängte sich Emil an mein Bein.

„Rosa, willst du mein Raumschiff sehen?"

Seine Frage hörte ich kaum, denn sie ging unter in seinen brodelnden Gedanken: „Ganz alleine gebaut. Rosa, das Raumschiff. Das muss sie sehen. Was hat sie da in der Hand? Was macht sie da? Wieso kommt sie nicht? Das Raumschiff ist so schön. Was kocht Mama? Ich habe Hunger. Raumschiff. Oh, Rosa macht Flasche auf. Ich will Flasche aufmachen. Ich kann schon Flaschen aufmachen."

„Emil“, rief ich, von plötzlichen Kopfschmerzen geplagt. „Kannst du ein bisschen weggehen?“

Britta erkannte sofort, was das Problem war. Plötzlich hatte sie eine dritte Hand und konnte neben dem Knoblauchschneiden auch noch Emil wegziehen.

„Stefan, kannst du die Kinder rausnehmen. Du siehst doch, was hier los ist. Nein, Emil, Rosa kann jetzt nicht. Wir gucken nachher Raumschiff. Stefan, bitte.“

Stefan und Emil gehorchten. Kaum hatte Brittas Mann die zwei kleinen Racker eingesammelt und aus der Küche gebracht, schloss Britta die Tür hinter ihm. Sie schüttelte unzufrieden den Kopf und hackte auf eine Zwiebel ein, als ob die für das gesamte Leid der Welt verantwortlich wäre. Bei mir hätte dieses Tempo zu mindestens zwei verlorenen Fingerkuppen geführt, aber Britta schaute nicht einmal richtig hin. Ich hatte nun endlich den Wein geöffnet, schenkte zwei Gläser ein.

„Er hatte einen harten Tag mit den Kids“, wiederholte sie Stefans Verteidigung und stieß ein ungläubiges Lachen hervor.

„Du musst ihm auch mal eine Chance geben, sich zu erklären“, entgegnete ich vorsichtig.

Sofort blickte sie auf – die Augen hinter Sehschlitzen verborgen. Unklar, ob diese den Zwiebeldämpfen geschuldet war oder ihrer Kampfeslust.

„Hat er das gedacht?“, fragte sie mich gedämpft.

„Nein, aber …“

„Was hat er denn gedacht?“

„Ich weiß es nicht.“

„Du hast ihn berührt, Rosa.“

Sie stand mit dem Küchenmesser in der Hand vor mir. Nicht gerade eine Ermutigung, sich mit ihr anzulegen. Außerdem spürte ich mittlerweile die Folgen der zerkleinerten Zwiebel in meinen Augen.

„Was hat er gedacht?“, bohrte sie weiter.

„Dass er dich sehr liebt, auch wenn man manchmal nicht mit dir reden kann.“

Sie war kurz überrascht, musste dann aber grinsen.

„Lügnerin.“

Ich reichte ihr das Glas mit dem Wein. Wir prosteten uns zu, tranken beide einen Schluck. Britta legte das Messer zur Seite.

„Sag einmal, könntest du nicht wirklich mal … etwas herausfinden?“, fragte sie mich vorsichtig.

„Was meinst du?“

„Ihn in ein Gespräch über andere Frauen verwickeln, seine Kolleginnen, diese Ann-Kathrin vor allem. Von der redet er echt viel, und …“

Sie stockte, weil sie meinen kritischen Blick sah.

„Was? Ich wüsste es halt gerne, wenn da was ist.“

„Dann frag ihn.“

„Och, Rosa, das … Vergiss es. War ’ne doofe Idee.“

Das Messer war wieder da. Sie hackte weiter. Es trieb ihr die Tränen in die Augen. Zumindest hoffte ich, dass es nur die Zwiebeln waren. Schließlich sagte sie: „Tumore sind eher etwas für Neurochirurgen. Ist der Schwarz nicht. Ich habe letztens etwas über eine Neurochirurgin in Hamburg gelesen. Dr. Shafi, Jordanierin, sehr engagierte Feministin. Vielleicht sollten wir mal Kontakt zu der aufnehmen.“

Einerseits war ich froh, dass Britta das Thema wechselte, denn die Vorstellung, Stefan heimlich nach einer möglichen Affäre auszuhorchen, behagte mir überhaupt nicht. Andererseits gefiel mir das neue Thema auch nicht besser.

„Ich würde gerne das Wochenende abwarten“, stellte ich fest und wischte mir über die gereizten Augen.

„Du willst diese Tests echt mit dir machen lassen?“

„Du hast doch immer gesagt, dass wir mehr über meine Fähigkeit herausfinden müssen.“

„Ja, aber … da wusste ich auch noch nicht, dass du einen Tumor hast."
„Gutartig."
„Sagt Schwarz – ohne Biopsie."
„Britta!", rief ich sauer. „Kannst du bitte mal aufhören? Ich weiß, dass du frustriert bist, aber lass das jetzt nicht an mir aus."
„Frustriert? Ich mache mir Sorgen um dich."
„Kein Grund, überhaupt nicht auf das einzugehen, was ich möchte. Es ist mein Kopf."
Britta stieß einen genervten Seufzer aus und wischte sich die Tränen aus dem Gesicht.
„Okay, dann gehen wir halt morgen wieder hin."
Sagte es und versetzte einer weiteren Zwiebel einen tödlichen Hieb. Auch ich weinte längst. Dennoch nahm ich meinen Mut zusammen und sagte: „Ich möchte nicht, dass du mitkommst."
Sie riss den Kopf hoch.
„Du kannst sowieso nichts machen, und … und ich glaube, dass ein Wochenende mit Stefan dir besser tun würde."
Sie lachte spöttisch, schüttelte den Kopf.
„Uns allen", ergänzte ich.
Denn mir graute es davor, sie als Anstandsdame neben mir sitzen zu haben. Sie stoppte das Kopfschütteln, blickte mich kritisch an.
„Wie du willst, Rosa."
Ich trank einen Schluck Wein und suchte ihren Blick. Sie schaute verbissen auf ihre Küchenarbeit. Sie war getroffen.
„Es tut mir leid", sagte ich leise und wischte mir erneut die Tränen weg. „Ich bin dir total dankbar für heute. Aber ich muss auch mal etwas alleine machen. Deswegen liebe ich dich nicht weniger, Britta."
Sie blickte mich endlich an, taxierte mich einen Moment

mit stummer Miene und sagte: „Aber deswegen musst du doch nicht gleich heulen."

Ich musste lachen. Auch vor Erleichterung, dass sie kein großes Ding draus machte.

„Guck dich mal an", gab ich zurück.

Sie lachte auch, und wir nahmen uns in die Arme. Heulend wie zwei kleine Mädchen. Gott sei Dank war wieder alles gut. In dieser Zeit meine beste Freundin zu verlieren, hätte ich nicht überlebt.

24

„Wir fischen im Trüben“, sagte Professor Schwarz, als er mir gegenüber Platz nahm. „Es gibt in der gesamten Geschichten der Neurologie keine Referenz für das, was wir an diesem Wochenende machen werden. Deswegen bitte ich Sie um Geduld und auch um Verständnis für vielleicht unorthodoxe Experimente.“

Aus meiner Sicht galt unorthodox bereits für das erste Experiment, mit dem der Professor und ich am Samstagvormittag starteten. Ich saß in einem fensterlosen Raum an einem schlichten, leeren Tisch und hatte zahllose Elektroden an meinem Kopf kleben, die mit einer Art Badehaube zusammengehalten wurden. Die abgehenden Kabel führten in einen Computer, der neben dem Tisch aufgebaut war und die Aktivitäten meines Gehirns aufzeichneten – ein Elektroenzephalogramm oder kurz EEG. Auch wenn Schwarz vorsichtig, fast zärtlich die Elektroden mit einem übelriechenden Kleber an meiner Kopfhaut befestigt hatte, kam ich mir albern vor. Wieso in aller Welt hatte ich am Morgen zwei Stunden damit verbracht, mich für diesen Tag ansprechend, aber auch nicht zu aufdringlich herzurichten? Alleine die Zeit, meine Haare zu waschen, zu föhnen und zu frisieren war vollkommen überflüssig gewesen. Man hätte allerdings auch drauf kommen können, dass mein Kopf an diesem Wochenende einiges erleben würde.

„Ich bitte Sie, meine Hände zu nehmen, und dann unterhalten wir uns – von meiner Seite aus nur mit Gedanken. Wenn irgendetwas unangenehm ist oder die Schmerzen zu stark werden, sagen Sie das bitte. Wir können jederzeit abbrechen."

Ich nickte. Er legte seine Hände auf den Tisch. Gepflegte Hände. Dieses Mal ohne eine Uhr. Er hatte auch auf Kittel und Krawatte verzichtet, saß mir im Hemd gegenüber, weswegen man fast das Gefühl haben konnte, wir wären wirklich bei einem Date. Na ja, wenn man die zahlreichen Geräte, die auf uns gerichtete Kamera und die lustige Badehaube übersah.

Ich nahm seine Hände und lächelte ihn abwartend an.

„Können Sie mich verstehen?", dachte er.

„Sehr gut", antwortete ich.

Seine Augen blitzten, seine Nasenflügel bebten. Auch wenn er versuchte, es sich nicht anmerken zu lassen, so begeisterte ihn meine Superkraft jedes Mal aufs Neue.

„Wie geht es Ihnen?", fragte er mich in Gedanken.

„Gut", sagte ich. „Noch keine Kopfschmerzen. Ich komme mir nur etwas merkwürdig vor mit dem Ding auf dem Kopf. Ich sehe wahrscheinlich ziemlich albern aus."

Er widersprach mir nicht. Na toll. Dafür dachte er: „Haben Sie Fragen zu dem Verfahren?"

„Ja", sagte ich. „Ich wüsste gerne, ob Sie wirklich davon überzeugt sind, dass mein Tumor gutartig ist."

Das war keine spontane Frage. Ich hatte die halbe Nacht über Brittas Skepsis gegrübelt und mich dann doch noch in eine Panik hineingesteigert, was meinen Tumor anging. Was man in solchen Situationen auf keinen Fall machen sollte, ist eine Befragung von Google über die eigene Krankheit. Natürlich hatte ich es trotzdem getan und kaum eine Internetseite gefunden, auf der nicht von einer Biopsie die Rede gewesen war, um den Tumor zuverlässig einordnen zu können. So ungerne ich auch ein Loch in meinem Kopf haben wollte, die Unsicherheit war gepflanzt. Besonders weil Brittas Sorge sich nicht von der Hand weisen ließ: War dem Wissenschaftler Schwarz meine Besonderheit wichtiger als dem Arzt Schwarz meine Gesundheit? Daher hatte ich beschlossen, ihn mit einer überraschenden Frage auf die Probe zu stellen – während ich mit seinen Gedanken verbunden war.

„Das bin ich“, dachte er, ohne zu zögern.

„Eine Biopsie ist dafür nicht nötig?“

„Nein.“

„Sollte der Tumor nicht irgendwann entfernt werden?“

Das stand bei Google als „Therapie“ Nummer Eins – selbst bei gutartigen Tumoren. Bei meinem Professor war davon bisher nicht einmal die Rede gewesen.

„Wenn er wächst oder Probleme bereitet, dann ja“, kam die prompte Antwort. „Aber wir müssen das nicht überstürzen.“

„Das sagen Sie nicht nur, weil Sie erst Experimente mit mir machen wollen?“

„Nein.“

Ich sagte nichts weiter, sondern schaute ihn abwartend an. Das hatte sich bisher als sichere Methode erwiesen, frei laufende Gedanken einzufangen. Schwarz ließ keine lange Pause entstehen.

„Was kann ich tun, damit Sie sich wohler fühlen?“, dachte er. „Sollen wir Kollegen hinzuziehen?“

Ich schüttelte den Kopf. Lauschte. Es kam für einige Sekunden kein weiterer Gedanke.

„Ich fühle mich wohl“, sagte ich schließlich. „Jetzt noch etwas mehr.“

Der Professor lächelte. Er hatte sehr wohl verstanden, dass dies ein Test war. Ein Test für ihn.

„Gut“, dachte er. „Sollen wir jetzt darüber nachdenken,

wo wir heute Mittag essen gehen? Die Kantine ist nicht besonders gut."

Ich musste lachen. Dann redeten wir tatsächlich über das Mittagessen. Wir redeten auch generell darüber, was ich gerne aß. Wir redeten über seinen geplatzten Urlaub, über das Surfen und Portugal. Wenn ich reden sage, dann meine ich natürlich, dass ich sprach und er dachte. Er hielt es konsequent durch, fast zwanzig Minuten. Das Erstaunliche dabei war: Es war die bisher längste Phase, die ich in den Gedanken eines Mannes vertieft verbrachte, aber dennoch bekam ich zunächst nur milde Kopfschmerzen. Als es unangenehm wurde, erkannte Schwarz dies und brach von alleine ab. Er lobte mich für meine Tapferkeit und nahm interessiert zur Kenntnis, dass ich selbst nach dieser langen Zeit nicht einmal annähernd so starke Schmerzen hatte wie nach zehn Sekunden Emil an meiner Hand. Er erklärte es sich vorläufig damit, dass er lange Pausen beim Denken gemacht hatte und vielleicht auch etwas weniger energiegeladen war als mein kleiner Freund.

Das stimmte nur zum Teil, denn der Professor hatte neben einer nicht zu beschreibenden Geduld auch einen endlosen Antrieb, mich und mein Phänomen kennenzulernen. Er strotzte nur so vor Energie. Den ganzen Tag über wich er nicht von meiner Seite. Wir unterhielten uns viel – über Telepathie, seine Forschung, aber auch ganz banal über uns selbst. Ich erfuhr beim Mittagessen in einem authentischen italienischen Restaurant unweit des Krankenhauses, dass er seit drei Jahren geschieden war. Er sprach respektvoll von seiner Frau, aber es klang durch, dass sie eine schwere Zeit hinter sich hatten. Auf meine Nachfrage gestand er, dass sie sich letztlich wegen unterschiedlicher Ansichten in der Kinderfrage getrennt hatten. Ich spürte für einen Moment Enttäuschung, bis er spezifizierte, dass es seine jüngere Frau gewesen war, die keine Kinder hatte haben wollen – obwohl dies zu Beginn ihrer Ehe eigentlich anders abgemacht gewesen war. Nun trauerte er den verlorenen Jahren nach, weil er eigentlich nicht so ein alter Vater sein wollte. Mein Herz ging auf. Er wechselte bald das Thema.

Im Anschluss gab es Untersuchungen in für mich neuen Krankenhausabteilungen, so wurde zum Beispiel meine Seh- und Hörfähigkeit geprüft (alles top), aber wir machten natürlich auch noch weitere Experimente. Wobei nur wenige mit dem Gedankenlesen zu tun hatten – Schwarz wollte mich nicht überfordern. Stattdessen wurde mein Gehirn vermessen.

Dafür führte Professor Schwarz mich Gott sei Dank nicht wieder in den EEG-Raum – meine Frisur hatte ich mittags auf der Damentoilette mühsam wieder in Form gebracht – sondern zwei Türen weiter. Dort wurde ich auf einen thronartigen Stuhl gesetzt, über dem an der Decke ein massiver Klotz hing. Mein Kopf passte genau dort hinein – ohne verklebte Elektroden. Diese enorme Gerätschaft nannte sich Magnetenzephalograph – MEG – und beschäftigte sich mit der magnetischen Aktivität meines Gehirns, was laut Professor Schwarz noch präzisere Beobachtungen zuließ als die Messung der elektrischen Aktivitäten am Vormittag. Mit zahlreichen Tests konnte so herausgefunden werden, welche Gehirnströme bei welchen Stimulationen reagierten. Am Ende hatten wir sozusagen eine Landkarte meines Gehirns – so etwas besaß sicher nicht jeder von sich.

Während der vielen Tests erklärte mir der Professor alles, was ich wissen wollte, laberte mich aber auch nicht zu. Kurzum: Ich fühlte mich rundum wohl. Und auch, wenn ich am späten Nachmittag erschöpft war, erschrak ich, als er plötzlich den gemeinsamen Tag für beendet erklärte. Dass wir schon acht Stunden gemeinsam „gearbeitet“ hatten, war mir gar nicht aufgefallen. Ich war versucht, ihn zu fragen, ob wir nicht am Abend essen gehen sollten, bis mir einfiel, dass solch eine Frage – wenn überhaupt – von ihm kommen müsste. Immerhin bot er an, mich nach Hause zu bringen – ein Chefarztservice, den selbst Privatpatienten nicht allzu oft erleben dürften. Als er sich an der Haustür verabschiedet hatte, spürte ich für einen Moment eine unbeschreibliche Leere in mir. Nach einer Überdosis Aufmerksamkeit kam ich in meine stille Wohnung zurück. Anka war auf Ibiza, und mit Britta hatte ich zwischendurch telefoniert – ihre skeptischen Nachfragen konnte ich nun gar nicht gebrauchen. Und überhaupt: Es war keine Freundin, nach der ich mich in diesem Moment sehnte. Ich fühlte mich so einsam wie lange nicht mehr.

Dennoch war es die richtige Entscheidung gewesen, den Abend nicht in den Länge zu ziehen. Denn kaum, dass ich meine Beine hochgelegt hatte, schlief ich auch schon auf meinem bequemen Samtsofa ein.

25

„Haben Sie schon mal einen Intelligenztest gemacht?“, war einer der ersten Sätze, die ich am nächsten Morgen von Professor Schwarz zu hören bekam.

Das hatte ich nicht. Natürlich fragte er, weil er einen mit mir machen wollte. Zum ersten Mal an diesem Wochenende löste ein Test bei mir ein unschönes Gefühl aus. Ich hatte zwar ein gutes Abitur gemacht und auch meinen BWL-Bachelor mit einer passablen Note hinbekommen – doch eher durch Fleiß und gute Mitarbeit. Schon früh hatte ich gelernt, dass unterhaltsames Drauflosreden stets besser ankommt, als zu schweigen – auch wenn man faktisch die Antwort nicht weiß. Natürlich hatte ich bei männlichen Lehrkräften mit meinem bezaubernden Augenaufschlag noch andere Vorteile gehabt. Also war ich das Gefühl nie losgeworden, dass meine akademischen Erfolge erschummelt waren. Solch ein Test barg die Gefahr, dass aus diesem Gefühl Gewissheit werden konnte.

„Intelligenztests sind umstritten“, erklärte mir mein Professor, als er mich in seinem Büro an einem Tisch mit vorbereiteten Unterlagen hatte Platz nehmen lassen. „Sie bilden nur einen Teilbereich der eigenen Fähigkeiten ab, sind von vielen Faktoren beeinflusst und gelten nicht immer als objektiv. Mich interessieren daran auch eher Teilaspekte, also messen Sie dem Test bitte keine allzu große Bedeutung bei.“

Er bereitete mich auf ein schlechtes Ergebnis vor. Wie immer sachlich bis charmant. Ich riss mich zusammen, denn ich war ja kein Teenager mehr und würde auch mit einem manifestierten niedrigen IQ überleben können. Bisher hatte das doch auch geklappt. Ich hatte andere Qualitäten. Mit so viel Engagement wie auch am Vortag stürzte ich mich in die Aufgaben, von denen es zahlreiche gab. Es ging um Sprachverständnis, logisches Denken, Gedächtnis und vieles mehr. Zwei Stunden bearbeitete ich einen Arbeitsbogen nach dem anderen – stets unter der geduldigen Aufsicht von Professor Schwarz, der die erfüllten Aufgaben sofort auswertete. Nachdem ich ihm den letzten Bogen gegeben hatte, fühlte ich ein nervöses Kribbeln.

„Und?", fragte ich gut gelaunt. „Reicht es für ein Studium der Nuklearphysik?"

Er lachte, war noch einen Moment mit dem Papier beschäftigt und blickte dann auf.

„Wenn Sie das interessiert, warum nicht?"

„Nee, jetzt mal ehrlich."

„Meines Wissens gibt es kein Studium, bei dem die Aufnahme nach IQ entschieden wird."

Er nahm meine Frage ernst, dabei wollte ich doch nur meine Unsicherheit überspielen.

„Wie auch immer: Wie klug bin ich denn jetzt?"

„Das kann man auch mit so einem Test nicht so genau …", setzte er an.

„Wie hoch ist mein IQ?", unterbrach ich die unwürdigen Vorreden.

Zum ersten Mal erlebte er mich gereizt. Entsprechend skeptisch musterte er mich.

„118", sagte er schließlich.

„Und das ist …?", hakte ich nach.

„Überdurchschnittlich intelligent. Kurz vor begabt."

Er verschaukelte mich.

„Sie verschaukeln mich."

„Warum sollte ich das tun?"

Er zeigte mir das Ergebnis. Auf dem Papier stand 118 und eine Skala daneben zeigte, dass ich damit klar jenseits des Durchschnitts lag – positiv jenseits wohlgemerkt.

„Sind Sie unzufrieden?", forschte Schwarz nach. „Ich hatte beim letzten Mal, als ich den Test gemacht habe, einen Punkt weniger."

Er grinste mich breit an. Das traf mich noch überraschender als das Ergebnis an für sich. Ich wusste nicht, was ich sagen sollte. Schwarz wurde ernster, suchte meinen Blick.

„Sie haben ein anderes Ergebnis erwartet?"

Ich nickte.

„Ein schlechteres?"

Ich nickte wieder.

„Warum?"

„Ich weiß nicht … ich …"

Ich wusste es wirklich nicht.

„Lassen Sie mich raten", sagte er mit Zorn in seiner Stimme. „Weil man Ihnen das eingeredet hat. Kann das sein?"

„Nein", widersprach ich schnell, doch im selben Moment sah ich meinen Vater vor mir.

Wie er dasaß mit meinem Zeugnis, lachend, und sagte, dass ich meinem Lehrer ja wohl ordentlich schöne Augen gemacht hatte für solch gute Noten. Ich sah ihn, wie er die Tür schloss, als er meinem großen Bruder etwas am Computer erklärte. Das war nichts für mich. Ich erinnerte mich, wie überrascht er mich angeschaut hatte, als ich ihm wenige Monate vor dem Unfall von meinem Studienwunsch BWL erzählt hatte. Wie er gefragt hatte, ob ich nicht etwas zu mir Passenderes machen wollte. Grundschullehrerin, das hatte ich doch immer werden wollen. Das stimmte sogar.

Mit acht. Papa war ein großartiger Vater gewesen. Immer für mich da. Seine bedingungslose Liebe hatte mich geschützt und gestärkt – auch für die furchtbaren Zeiten. Ich war mir immer sicher gewesen, dass nicht zuletzt sie mich zu einer selbstbewussten Frau gemacht hatte. Doch in diesem Moment mit meinem IQ-Test in der Hand erkannte ich, dass das nur die halbe Wahrheit war. Ich war immer seine „Schöne" gewesen, seine „Süße" und manchmal auch seine „Lustige". Sein „Kluger" jedoch war mein Bruder gewesen. Ja, Felix war klug, sehr sogar, er hatte bereits mit Anfang Dreißig seinen Doktortitel bekommen und arbeitete seit einigen Jahren an der berühmten Uni in Berkeley. Aber es war in meiner Familie nie jemand auf die Idee gekommen, dass es vielleicht zwei kluge Kinder geben könnte. Meine Mutter schon mal gar nicht – die fand es überhaupt überflüssig, dass ich studieren wollte. Wie gesagt: Ich hatte doch andere Qualitäten.

„Vielleicht ist das ein guter Zeitpunkt, um mal eine Frage aufzuwerfen, die ich mir seit Längerem stelle", hörte ich Professor Schwarz, den ich schon fast vergessen hatte.

Professor Schwarz, der wohlgemerkt einen IQ unter dem meinigen hatte. Ein Professor. Eine Koryphäe.

„Sind Sie gerne Flugbegleiterin?"

Das riss mich aus meinen unglücklichen Gedanken.

„Mh, wieso?", fragte ich zurück.

„Verstehen Sie mich nicht falsch. Das ist sicher kein leichter Job, das haben Sie gerade ja erleben müssen. Aber ich frage mich, ob Sie dafür nicht überqualifiziert sind."

„Diese Frage stellen Sie sich schon seit Längerem?", hakte ich ungläubig nach.

Ihn hatte das Testergebnis nicht überrascht. Er hatte mich nicht als süßes Dummchen gesehen. Er hatte mich überhaupt nicht als Dummchen gesehen.

„Na ja, falls Sie eines Tages wegen des Tumors einer Operation unterzogen werden müssen, dann wird es mit dem Fliegen schwierig – zumindest für eine Weile. Aber nachdem ich Sie ja nun ein bisschen kennengelernt habe, fände ich dies nicht allzu schade. Allenfalls für die Passagiere."

Er grinste kurz, wurde dann gleich wieder ernster.

„Aber es wäre kein Verlust für Sie. Sie können mehr."

Das konnte ich vielleicht wirklich. Aber was ich nicht konnte, war, mit dem Kompliment umgehen. Mit der Situation. Mit der Erkenntnis, dass ich mich mein Leben lang kleiner gemacht hatte, als dies notwendig gewesen war – zumindest, wenn es um meine Intelligenz ging. Ich musste mir die Hand vor den Mund halten, damit der Professor mein bebendes Kinn nicht sehen konnte.

„Ich hoffe, ich bin Ihnen nicht zu nahe getreten."

„Nein", sagte ich schnell. „Ganz im Gegenteil. Also … Auch wenn es gerade nicht so aussieht. Es tut mir gut. … Vielleicht können wir eine kleine Pause machen?"

„Das wollte ich auch gerade vorschlagen."

Wir machten eine Pause. Eine Mittagspause. Wieder in dem kleinen Restaurant, in dem man den Professor herzlich begrüßte. Er bohrte nicht in meiner Wunde, mied das Thema Intelligenz. Doch das hatte den gegenteiligen Effekt. Ohne gefragt zu werden, erzählte ich von meinen Eltern. Kritisch. Das tat ich sonst nie. Es kam mir vor wie Verrat, nachdem sie so früh und unnötig aus dem Leben gerissen worden waren.

„Was ist denn passiert?", hakte Schwarz nach.

„Ein LKW-Fahrer hat das Stauende übersehen und den Wagen meiner Eltern auf den nächsten LKW geschoben. Mein Vater ist sofort gestorben. Meine Mutter zwei Tage später."

Schwarz legte seine Hand auf meine, direkt auf Mamas Ring.

„Es tut mir so leid“, hörte ich.
„Darum geht’s jetzt nicht“, stieß ich hervor. „Es vergeht kein Tag, an dem ich diesen LKW-Fahrer nicht verfluche, aber das macht meine Eltern nicht zu Heiligen.“
Der Professor nickte. Er war bei mir. Sonst hätte ich meine eigenen Gedanken nie ausgesprochen: „Sie haben mich geliebt. Sie haben mich gefördert. Aber sie haben mir auch das Gefühl gegeben, dass übermäßige Intelligenz nicht gerade mein Problem war.“
Ich erinnerte mich an immer mehr Begebenheiten – die mich als kleineres Mädchen durchaus frustriert hatten, aber die später so normal geworden waren, dass ich sie nicht einmal mehr in Frage gestellt hatte. Während ich von meiner Mutter in die Geheimnisse des perfekten Käsekuchens eingeweiht worden war, hatten mein Vater und mein Bruder mit dem Chemiebaukasten experimentiert. Solche Sachen. Kleinigkeiten oft, aber in der Summe viel zu viele. Während die frische gemachte Pasta mit Fenchel und Pinienkernen fast kalt wurde, wechselte ich zwischen Frust, Wut und Erleichterung. Schwarz hörte sich das alles geduldig an und sagte schließlich: „Das ist das Patriarchat. Ihre Eltern waren bestimmt wundervolle Menschen, aber sie hatten dasselbe verinnerlicht wie so viele: Hübsch, gefühlvoll, kinderlieb, das sind die Frauen. Intelligent, kämpferisch, versorgend, das sind die Männer.“
Sollte man es glauben? Britta hatte solche und ähnliche Sätze schon hunderte Male zu mir gesagt. Ich hatte sie an vielen Stellen in den Medien gelesen und gehört. Ich stimmte irgendwie sogar zu, ja, klar. Aber in diesem Moment begriff ich zum ersten Mal, was das für mich selbst bedeutete. Es gefiel mir nicht.

26

Am Nachmittag stand eine neue Runde Gedankenlesen an – dieses Mal gleich unter dem klobigen, aber frisurschonenden MEG. Schwarz setzte sich schräg neben mich und ließ mich seine Hände nehmen. Er erkundigte sich gedanklich nach meinem Wohlbefinden. Mir ging es nach dem fordernden, aber vor allem aufwühlenden Vormittag sehr gut. Es war, als ob eine Kraft freigesetzt worden war. Ich wusste noch nicht, in welchen Richtung sie sich manifestieren würde, aber ich wusste, dass sie sich nicht wieder einfangen ließ. Auch Schwarz war offener geworden. Er dachte nicht mehr nur in wohl gewählten Sätzen, sondern plauderte geradezu. Mir fiel außerdem auf, dass er bei einem Gang zur Toilette sein Hemd ausgezogen hatte und mir nun in einem schwarzes T-Shirt gegenübersaß. Dadurch sah man, dass sich das regelmäßige Surfen für ihn auszahlte. Der Mann war für sein Alter erstaunlich fit. Ich machte ihm testweise ein Kompliment, was aber wieder nicht zu unangemessenen Gedanken führte, sondern nur zu einem Lächeln. Auch mit dem Ding auf dem Kopf fühlte ich mich schon bald wieder wie bei einem geselligen Sonntagsbrunch. Doch plötzlich kündigte mein Professor eine „Verschärfung" des Experiments an. Er erklärte, dass er versuchen wollte, mehr darüber herauszufinden, wie die Gedanken von einem Körper in den anderen gelangten. Ehe ich verstand, was das bedeutete, fragte er: „Ist es in

Ordnung, wenn Sie mich an verschiedenen Körperstellen anfassen?"

Ich musste unweigerlich an Ankas Spekulation über das In-die-Hand-Nehmen des besten Stücks eines Mannes denken und spürte, wie ich errötete.

„Klar, kein Problem", sagte ich schnell und verdrängte den Gedanken, denn darum ging es ja nun wirklich nicht.

Nein, darum ging es nicht. Er ließ mich verschiedene Stellen an seinem Arm anfassen und auch seinen Nacken. Das erklärte dann auch, warum er leichter bekleidet war. Wir testeten zudem die Resonanz, wenn sich Stoff zwischen meiner Hand und seiner Haut befand. Schließlich setzte er sich direkt vor mich, damit ich ihm die Hände auf den Kopf legen konnte. Ich roch die Minze in seinem Atem, fühlte seine weichen Haare, denen er am Morgen sicher genau so viel Pflege hatte zukommen lassen wie ich den meinigen. Seine Haut war gegerbt von der Sonne – er surfte regelmäßig. Es ließ ihn nicht gealtert aussehen, eher weltmännisch und erfahren.

„Gibt es einen Unterschied in der Wahrnehmung?", fragte er mich gedanklich mit Seitenblick auf den Monitor neben uns.

„Die Gedanken sind deutlicher. Immer wenn ich näher an den Kopf komme, wird es nicht unbedingt lauter, aber klarer. Als ob man das Taschentuch vom Mikrofon nimmt."

„Würde es noch intensiver, wenn wir Kopf an Kopf wären?"

„Ich bin nicht sicher. Das hatte ich bei meinen … Tests nicht so oft."

„Darf ich?", dachte er.

Ich wusste nicht, was er meinte, aber er durfte sowieso alles. Ich nickte. Also lehnte er sich nach vorne und legte seine Stirn an meine. Mein Puls beschleunigte. Ich sah seine Lippen direkt vor meinen. Ich war froh, dass er nicht meine Gedanken lesen konnte.

„Gibt es jetzt einen Unterschied?", fragte er.

„Nicht in der … Klarheit, wenn man das so nennen kann. Es ließ sich ja auch kaum noch steigern."

„Aber?", fragte er. „Können Sie es beschreiben? Ich denke jetzt einfach mal ein bisschen weiter, damit Sie eine Chance haben, es genauer zu fassen."

Es gab einen Unterschied. Aber der war mir unheimlich. Ich hatte das Gefühl, seine Nähe zu spüren. Nicht seine körperliche, die war ja offensichtlich. Sondern ich wusste plötzlich, dass er mich mochte. Dass er etwas für mich empfand. Dass ihn die Situation dort in dem nüchternen Krankenhauszimmer mindestens genauso aufwühlte wie mich. Aber es waren keine Worte, die mir das vermittelten, sondern eine diffuse Welle von Wärme und Nähe. Vielleicht täuschte ich mich aber auch, und es war mein eigenes Gefühl, das ich auf ihn projizierte. Eins spürte ich aber genau: „Der Kopfschmerz nimmt zu."

Schwarz zog seinen Kopf zurück. In mir schrie es „Nein", denn ich hätte den Schmerz zu gerne weiter ertragen für das, was er mit sich brachte. Auch wenn wir uns nun nicht mehr berührten, saß Schwarz noch sehr nah vor mir.

„Gab es sonst einen Unterschied?", fragte er.

„Ich bin nicht sicher", antwortete ich wahrheitsgemäß.

„Es gibt einen erkennbaren Ausschlag bei den Messungen." Er deutete auf den Monitor neben sich. Dabei wirkte er wissenschaftlich cool. Ganz anders, als es kurz zuvor in seinem Kopf ausgesehen hatte. Vielleicht hatte ich mir das doch nur eingebildet.

„Es war schon anders. Aber ich kann es nicht beschreiben. Es tut mir leid."

Wir blickten uns einen Moment stumm an. Dann nickte er.

„Okay, dann machen wir mal eine Pause."

Ich durfte meinen Kopf aus dem überdimensionalen Helm ziehen und mich aus dem Sortiment an Getränken erfrischen, das er für mich in dem ultramodernen Untersuchungsraum aufgebaut hatte. Wie immer hatte er alles dafür getan, dass ich mich wohl fühlte – es gab sogar Maracujasaft, meinen Lieblingssaft, den ich am Vortag nebenbei erwähnt hatte. Keine Ahnung, wo er den am Samstagabend noch aufgetrieben hatte. Mein aufmerksamer Gastgeber beschäftigte sich eine Weile mit den Aufzeichnungen, wollte dann aber das Thema vertiefen, welche Berührungen zu welcher Wahrnehmung führten. Um mich nicht weiteren Kopfschmerzen auszusetzen – oder um weitere intensive Moment zu vermeiden? – befragte er mich über meine Erfahrungen bei meinen vermeintlichen Dates. Ich hatte ihm bereits erzählt, dass ich an den Abenden mit den Online-Männern von leichten Berührungen irgendwann auf das Tanzen gewechselt war, nun fragte er nach den konkreten Handgriffen, Berührungspunkten, aber auch nach den gelesenen Gedanken. Ich hatte längst genügend Vertrauen zu ihm gefasst, dass ich dieses Mal alle teils auch widerlichen Gedanken zitierte – soweit ich sie nicht verdrängt hatte. Er hörte sich das eine Weile an, machte sich Notizen, schaute mich dann forschend an.

„Das wirft kein gutes Licht auf meine Geschlechtsgenossen."

„Das stimmt. Ich hatte Pech bei der Auswahl. Es sind ja nicht alle so."

„Denken Sie das?"

„Nicht?"

„Garantiert würden nicht alle einer Frau eine Vergewaltigung an den Hals wünschen, aber ich vermute, dass doch ein großer Teil Männer bei einer Frau, die sie anziehend finden, schneller explizite Gedanken hat, als Sie das annehmen würden."

„Ein großer Teil?“, hakte ich skeptisch nach.

„Ich bin kein Psychologe, aber ich würde sagen: Alle, die im geschlechtsreifen Alter sind und sich für Frauen interessieren.“

Er zuckte mit dem Schultern, als ob das nun einmal die traurige Wahrheit wäre.

„Sie aber nicht“, entgegnete ich und konnte mir ein herausforderndes Grinsen gerade so verkneifen.

Auch er blieb komplett ernst, als er sagte: „Sie wissen ja nicht, was ich denke, wenn Sie mich nicht berühren.“

Der Spruch saß. Mein Atem stockte, ich schaute auf den Boden, damit er mein entzücktes Lächeln nicht sah. Neben der Andeutung von „expliziten Gedanken“ seinerseits hatte er indirekt auch zugegeben, dass er mich anziehend fand.

„Aber das sind nur Gedanken und keine Taten“, ergänzte er – unklar, ob er sich selbst meinte oder meine Dates. „Auch wenn ich diese Männer nicht verteidigen kann und will: Sollte man wirklich nach ihren Gedanken über sie urteilen?“

„Ich urteile ja nicht generell über sie“, erklärte ich. „Für mich fallen sie nur als Mann meiner Träume durchs Raster.“

„Ein Mann, der bei Ihrem Anblick an Sex denkt, fällt automatisch durch das Raster?“

Bei seinem provozierendem Blick wurde mir schummrig. Ich hielt ihm stand. Auch wenn er wie der wissenschaftlich interessierte Professor zu klingen versuchte, war ich mir sicher, dass die Lachfalten an seinen Augen zuckten.

„Das Komische ist doch, dass ich solche Gedanken nicht habe“, wich ich einer direkten Antwort aus. „Selbst wenn mir ein Mann gefällt.“

„Sie haben solche Gedanken vielleicht später, in anderen Zusammenhängen. Männer und Frauen funktionieren unterschiedlich. Männer sind nachweisbar durch optische

Reize erregbar. Frauen eher durch Geschichten, Charaktere, Handlungen. Bei denen braucht es Zeit. Der Unterschied liegt in unserer Natur."

„Gut, dann bin ich in Zukunft ein bisschen nachsichtiger", versprach ich.

Er nickte zufrieden, wandte sich wieder seinen Auswertungen zu. Ich zögerte, aber nicht zu lange, denn ich hätte die nächste Frage nicht gestellt, wenn der kleine magische Moment längst vorbei gewesen wäre: „Was denken Sie denn, wenn ich Sie nicht berühre?"

Endlich musste auch er grinsen. Wohlgemerkt: Er grinste zuerst, dann schaute er von dem Bildschirm zu mir auf. Bei dem Anblick seines Gesichts wusste ich, was er damit gemeint hatte, dass Frauen durch andere Reize erregbar waren. Für einen Moment blickten wir uns nur an. Dann stand er auf und holte sich einen Orangensaft – ohne auf meine Frage zu antworten.

„Wie sieht es mit den Kopfschmerzen aus?", fragte er schließlich. „Meinen Sie, wir können noch einmal über die Gedanken kommunizieren?"

„Sehr gerne."

Die Kopfschmerzen waren verschwunden. Sie hätten mich aber auch nicht davon abgehalten, mich erneut mit ihm zu verbinden. Ich wurde schon fast süchtig nach diesen intensiven Momenten. Er stellte sein Glas zur Seite und geleitete mich zu meinem Platz unter dem Monsterhelm. Als ich angeschlossen war, setzte er sich vor mich und zögerte einen Moment. Dann zog er seine Schuhe und seine Socken aus.

„Ich habe die Füße heute Morgen gründlich gewaschen", erklärte er dabei. „Wenn Sie möchten, mache ich das auch noch einmal …"

Er schaute mich unsicher an. Ich musste lachen.

„Sie wollen, dass ich Sie an den Füßen anfasse?"

„Es wäre das am weitesten von meinem Kopf entfernte Körperteil."

Ich blickte nach unten. Der Mann hatte sogar schöne Füße. Ähnlich gebräunt wie der Rest von ihm, gepflegte Nägel, lange, wohlgeformte Zehen.

„Ich glaube, ich komme auch so mit Ihren Füßen klar."

Er schmunzelte. Dann zog er einen weiteren Hocker herbei, stellte ihn zwischen uns und hob seinen rechten Fuß darauf. Ich legte meine Hand vorsichtig auf den Spann.

„Auch das ist ein Experiment, für das es keine Vorbilder gibt", hörte ich wie aus der Ferne seine Gedanken.

„Das macht Sie zu einem Pionier", antwortete ich.

„Uns", dachte er.

Ich sagte nichts, lächelte ihn nur an.

„Dieses Lächeln", vernahm ich von ihm und dann ganz schnell: „Mh, ja, Sie hören also offensichtlich auch bei der großen Entfernung die Gedanken. Aber … mh … wie …"

Es war das erste Mal, dass ich ihn in Gedanken stottern hörte. Bis dahin war mir nicht bewusst gewesen, dass dies überhaupt möglich war. Aber ich hatte ihn ja auch ertappt bei einem sicher nicht für mich bestimmten Gedanken.

„Es klingt nicht so klar", half ich ihm. „Wie vom anderen Ende des Raums."

„Okay, okay, verstehe", sagte er laut und blickte ziellos auf seinen Bildschirm.

„Jetzt aber aufgepasst", dachte er dabei.

„Wieso aufgepasst?", fragte ich ihn und begann, das Spiel zu genießen.

„Nein, das war nicht …", sagte er und schaute mich verlegen an.

Er zog seinen Fuß zurück. Ich blickte ihn fragend an. Er suchte nach Worten. Schließlich atmete er tief durch. Entschlossen nahm er meine Hand und legte sie wieder auf seinen Fuß.

„Wissen Sie, es ist ein Tabu in der Medizin, Gefühle für eine Patientin zu entwickeln“, dachte er, und ich spitzte meine Ohren, auch wenn es gar nichts zu hören gab. „Das kann man als Arzt auch kontrollieren. Selten ist man so viel mit einer Patientin zusammen, dass dies eine Rolle spielen würde. Es ist aber natürlich was anderes, wenn man intensiv Zeit miteinander verbringt, und vor allem, wenn die Patientin die eigenen Gedanken lesen kann. Dafür gibt es kein Verhaltensmuster. Seien Sie mir deswegen bitte nicht böse, wenn meine Gedanken … Spuren von Zuneigung enthalten.“

„Glauben Sie wirklich, dass ich Ihnen deswegen böse bin?“, fragte ich mit deutlich erhöhter Herzfrequenz.

„Ich würde Sie ungern als Patientin verlieren“, dachte er und wirkte verletzlich – eine Seite, die ich von ihm nicht kannte.

Ich nahm meine Hand von seinem Fuß und schlüpfte mit dem Kopf aus dem Gerät über mir. Er blickte mich irritiert, geradezu besorgt an.

„Es ist unfair, dass Sie nicht sehen können, was ich denke“, sagte ich.

„Was denken Sie denn?“

Ich schob seinen Fuß zur Seite und beugte mich nach vorne.

„Ich denke: Wann küsst er mich denn endlich?“

Mein Professor war überrascht, aber auch nur für eine Sekunde. Dann strahlten seine Augen. Er beugte sich nach vorne. Ich öffnete leicht meine Lippen. Die seinigen berührten sie und zündeten das Feuerwerk. Obwohl wir uns nur mit unseren Mündern und Zungen berührten, hörte ich ihn denken: „Oh mein Gott.“

Danach waren die Gedanken ausgeschaltet. Es war nur noch ein Gefühl, das sich von ihm auf mich übertrug. Zuneigung war dafür ein viel zu niedliches Wort. Es war Begierde, Leidenschaft, eine Explosion der Gefühle. Er legte seine Arme um mich, zog mich zu sich. Auch ich hielt ihn und spürte ein vielfaches Echo unseres Kusses. Erst nach einem zeitlosen Moment voller Nähe fühlte ich die Kopfschmerzen. Ich versuchte, sie zu ignorieren, während er mich auf seinen Schoß hob. Er war genauso erregt wie ich. Doch als er begann, meinen Hals zu küssen, und damit noch ganz andere Feuerwerke zündete, hielt ich seinen Kopf fest. Er blickte mich an.

„Kopfschmerzen?"

Ich nickte. Er löste sich von mir, aber ich ließ ihn nicht zu weit weg.

„Das tut mir leid", dachte er.

„Nein, nein", sagte ich schnell. „Es ist wunderbar. Es ist alles wunderbar. Aber ich denke, wir müssen es langsam angehen."

Er lächelte und nickte.

„Wir haben alle Zeit der Welt", dachte er, und ich gab ihm dafür einen Kuss auf seine Stirn, bevor ich aufstand, um tief durchzuatmen.

Wir blickten uns an, beide mit einem verknallten Grinsen.

„Ist das wirklich so ein großes Tabu?", fragte ich ihn „Können Sie da Ärger bekommen?"

„Selbst wenn. Das wäre mir egal. Ich will das."

„Ich auch", hauchte ich.

„Ich glaube, dann können wir uns jetzt auch duzen", sagte er, und ich musste laut lachen.

„Ja, das können wir, Christian. Ich heiße Rosa."

„Ich freue mich sehr, dich kennenzulernen, Rosa."

27

„Und dann?"

Anka stand mit einem Bündel schmutziger Wäsche in ihrem Schlafzimmer vor mir und schaute mich an wie nach einem Cliffhanger ihrer Lieblingsserie. Ich musste lachen.

„Dann haben wir noch zwei Experimente gemacht, und eben hat er mich nach Hause gefahren."

„Langsam, langsam", protestierte sie. „Details, mehr Details. Komm mit!"

Ich folgte ihr durch die Wohnung ins Bad, wo sie die Wäsche in die Waschmaschine stopfte. Sie war nach ihrer Rückkehr von dem langen Wochenende auf Ibiza schnurstracks zu mir gekommen, um alle Neuigkeiten über den Tumor zu erfahren. Dass ich für den Tumor Entwarnung geben konnte, es aber eine amouröse Entwicklung mit meinem Professor gab, machte sie nur noch neugieriger. Sie wollte alles über den neuen Mann in meinem Leben hören. Möglichst bevor Fritz kam – den sie zum Essen holen geschickt hatte –, denn ihr Fuck-Buddy wusste nach wie vor nichts über meine spezielle Fähigkeit. Ich würde in seiner Gegenwart nicht offen erzählen können. Und wollen.

„Ehrlich gesagt: Ich weiß nicht, worum es bei den letzten Experimenten ging. Ich hatte nur Augen für ihn. Und wir … wir haben ganz schön rumgemacht. Wahrscheinlich kann er die Testergebnisse für nix gebrauchen."

Ich kicherte wie ein Teenager. Genauso fühlte ich mich. Auf gute Art und Weise.

„Rumgemacht?", hakte Anka nach, während sie die Waschmaschine einstellte. „Mit Klamotten runter und so?"

„Nein! Was denkst du denn? Wir waren im Krankenhaus und … So schnell geht das bei mir nicht. Außerdem küsst er so toll – was will ich denn mehr?"

„Och, ich wüsste da schon ein paar Sachen …"

Sie grinste und ging zurück ins Schlafzimmer. Ich folgte erneut. Beim Gehen hatte ich das Bedürfnis kleine Sprünge zwischen meinen Schritten zu machen, so verzückt war ich. Es war so schön, dass Anka das mit mir teilte – anders als Britta, die ich nach meiner Rückkehr nach Hause kurz angerufen hatte. Sie hatte mir erst Christian madig gemacht und dann nur über ihre Sorgen wegen Stefan und „seiner Ann-Kathrin" geredet, weswegen ich einen leeren Akku vorgetäuscht hatte. Ich konnte an diesem Abend keine negative Energie ertragen. Ich konnte ja nicht einmal aufhören zu grinsen.

„Du bist richtig verknallt", stellte Anka fest.

„Ich habe noch nie so intensive Tage mit einem Mann erlebt und … Er kann mir nicht einmal etwas vormachen."

Ich strahlte. Anka lachte. Sie nahm mich spontan in die Arme.

„Du weißt, dass ich an die ganze Traummannnummer nicht glaube", sagte sie. „Aber vielleicht bekehrst du mich."

Sie löste sich von mir, um ihren Bikini aus dem Koffer zu holen – ein Hauch von Nichts.

„Und wie war dein Wochenende?", fragte ich mit entsprechendem Unterton.

„Oh, wir haben viel gevögelt", antwortete sie begeistert. „Heute früh konnte ich kaum laufen."

„Okay", sagte ich lachend. „So genau wollte ich es jetzt auch nicht …"

„Ich weiß."

Sie grinste mich an und packte weiter ihren Koffer aus.

„Es war wirklich schön. Anders als bei dir, aber auch intensiv. Und so entspannend."

Sie lächelte in der Erinnerung daran – was mich noch mehr in meiner rosaroten Wolke schweben ließ.

„Wird das bei euch jetzt auch ernster?"

Anka lachte.

„Das hat damit nichts zu tun, Süße. Das sind andere Kategorien."

Ich verstand nicht, was sie meinte. Nach wie vor wollte ich nicht akzeptieren, dass sie mit der Monogamie abgeschlossen hatte und sich nicht auch danach sehnte, den einen Menschen in ihrem Leben zu haben, der ihr die Welt bedeutete. Natürlich war es bei mir und Christian noch nicht ganz so weit, aber das Glücksgefühl war bereits so laut und bunt, dass ich es für nichts hätte hergeben wollen. Wieso wollte Anka das nicht? Ich konnte nicht nachhaken, denn sie hatte ihrem Koffer einen schwarzen Samtbeutel entnommen, aus dem sie im nächsten Moment einen eindeutig geformten Gegenstand aus lila Silikon zog. Während sie ein Fach auf der Rückseite des Geräts öffnete und mit Batterien von ihrem Nachttisch versorgte, wechselte sie thematisch zurück zu mir: „Und wenn ihr euch küsst, geht das mit den Gedanken so richtig ab, ja?"

„Mh?", fragte ich abgelenkt von dem lila Stab in ihrer Hand, den sie so selbstverständlich handhabte.

„Die Batterien sollte man beim Flug nicht drin haben", erklärte sie, als ob das die Frage wäre, die mich beschäftigte.

„Ich weiß", antwortete ich. „Ich bin Stewardess."

„Stimmt", antwortete sie mit einem Schmunzeln. „Warum guckst du dann so überrascht?"

„Ich dachte, ihr hätte so viel … Wofür hast du denn den noch gebraucht?"

„Wir benutzen den zusammen beim Sex. Als kleine Zugabe."

„Oh."

Ich errötete, als ich mir die beiden bei entsprechenden Aktivitäten mit dem Gerät vorstellte. Ich musste dringend damit aufhören, mir immer alles vorzustellen.

„Rosa, du bist so süß. Von Frau zu Frau: Bring deinen kleinen Freund mal ins Spiel, wenn das mit dem Arzt eine Stufe weitergeht. Das bewirkt Wunder."

„Meinen kleinen Freund?", hakte ich nach, weil ich es wirklich nicht verstand.

„Du hast keinen Vibrator?"

„Oh, nein, nee … äh …"

„Du hattest jahrelang keinen Sex, aber auch keinen Vibrator?", fragte Anka ungläubig. „Du machst alles per Hand?"

Was meine Gesichtsfarbe anging, konnte ich mit jeder Tomate konkurrieren, auch den reifen. Da war ich mir sicher. Ich wusste außerdem nicht, was ich sagen sollte.

„Rosa, sag mir nicht, du machst es dir nie selbst?"

„Doch", sagte ich schnell. „Aber … also …"

Ich wusste immer noch nicht, was ich sagen sollte. So detailliert waren wir bei unseren bisherigen Gesprächen noch nie gewesen – zumindest nicht auf meiner Seite. Niemanden ging das etwas an, was ich da tat oder auch nicht. Allerdings hatte ich nun eine Frau vor mir, die mich schon nach einer äußerst misslungenen Sexattacke auf einen ihrer Freunde gerettet hatte. Und wenn ich ganz ehrlich war, machte mich der Stab in ihrer Hand neugierig. Anka sah es. Sie reichte ihn mir.

„Den kann ich empfehlen", sagte sie. „Zuverlässig, fühlt sich gut an, mehrere Stufen – ist für jeden was dabei. Und als Bonus für dich: Das Ding hat keine Gedanken. … Keine Angst, er ist sauber."

Ich nahm das Ding in die Hand und fand mich ungezogen und wild. Das Silikon fühlte sich nicht so kühl an, wie es aussah. Natürlich auch nicht wie das Original, aber durchaus angenehm in der Hand.

„Ich schenke die gerne einen zum Geburtstag", sagte Anka, während sie aufstand und mit ihren Schuhen aus dem Koffer in den Flur ging.

Derweil drehte und wendete ich den Vibrator in meiner Hand. Am unteren Ende, also dem ohne angedeutete Eichel, entdeckte ich einen herzförmigen Knopf. Ich konnte es mir nicht verkneifen. Als ich drauf drückte, vibrierte das Ding los – stärker, als ich es erwartet hatte.

„Huch", entfuhr mir.

Ich hörte Anka im Flur lachen. Es klingelte. Natürlich. Fritz musste in dem Moment mit dem Essen vom Asia-Imbiss kommen, in dem ich mit dem vibrierenden Ding in der Hand dastand. Ich wollte es schnell wieder ausschalten und bloß loswerden. Doch auf meinen Knopfdruck hin intensivierte sich die Vibration auch noch. Beim nächsten Drücken wedelte das Ding herum, so dass es mir fast aus der Hand glitt, dann wedelte es in die andere Richtung, und bei den nächsten Betätigungen des Herzknopfs erfolgten rhythmische Vibrationen – in allen Variationen und Tempi. Aber eins tat das verdammte Ding nicht: Ausgehen.

„Na, das ist doch mal eine Begrüßung", hörte ich Fritz' Stimme.

Er stand mit einer Plastiktüte, aus der es nach Tom Kha Gai duftete, vor mir in der Schlafzimmertür. Tomaten waren ein Dreck gegen mich. Ich entdeckte Anka hinter ihm und blickte sie um Hilfe flehend an.

„Ich bekomme das Ding nicht aus."

„Das Problem kommt mir bekannt vor", sagte nicht Anka, sondern Fritz mit schmunzelndem Seitenblick auf seine Freundin.

Er reichte ihr das Essen und befreite mich von dem Vibrator.

„Lange drücken ist das Geheimnis."

Er hielt das kleine Herz gedrückt und endlich verstummte das Brummen. Ich atmete tief durch. Ich erwartete weitere zotige Sprüche von Fritz, aber er schaute mich mit einem ganz anderen Blick an. Einem Blick, den ich nicht einordnen konnte. Nicht unangenehm, aber viel zu ernst für die Situation.

„Darf ich dich mal in den Arm nehmen?", fragte er.

„Äh."

Erschien nur mir das unpassend – mit dem Ding in der Hand? Wollte er mich bei den „Freunden der schwingenden Vibratoren" willkommen heißen?

„Ich habe ihm von deinem Tumor erzählt", erklärte Anka, bevor mein Kopf vor Ratlosigkeit explodierte.

„Ach so. Ja."

Fritz hatte auf Genehmigung gewartet, sich nähern zu dürfen. Als ich nun nickte, nahm er mich in den Arm. Es tat gut, auch wenn er den Vibrator noch in der Hand hielt. Natürlich hörte ich sein Gedanken: „Ein bisschen was Positives in ihrem Leben wär doch auch mal schön."

Ich musste schon grinsen, bevor er es dann mehr oder weniger auch genauso sagte: „Du brauchst was Positives in deinem Leben."

Er hatte sich wieder von mir gelöst, und wir blickten beide zwangsläufig auf den Vibrator in seiner Hand.

„Etwas, das nicht aus Silikon ist", ergänzte er daraufhin.

Wir blickten uns mit lachenden Augen an, und ich konnte mich einfach nicht zurückhalten: „Da könnte sich bald etwas tun."

„Aha. Max?"

„Um Gottes Willen, nein."

Die Tomate war schnell zurück – als mir nämlich einfiel, dass wir seit dem ereignisreichen Abend nicht mehr miteinander geredet hatten. Ich hatte Fritz nach dem Notfall zwar nicht gesehen, aber natürlich war ihm Anka aus dem Schlafzimmer geholt worden, so dass er alle Details kannte.

„Ich hatte das Gefühl, dass er dich nachhaltig beeindruckt hat“, verteidigte Fritz seine Annahme.

„Indem er sie bis zur Bewusstlosigkeit leckt?“, fragte Anka.

„Es ist mein Arzt“, ging ich schnell dazwischen, um dieses leidige Thema loszuwerden.

Die Ablenkung gelang. Fortan ging es nur noch um Christian. Während Anka zu Ende auspackte und Gott sei Dank auch den Vibrator in ihrem Nachttisch verschwinden ließ, hörte Fritz sich meinen um entscheidende Details gekürzten Bericht über das Wochenende interessiert an. Hatte er sich am Anfang noch aufrichtig für mich gefreut, warf seine Stirn zum Ende hin immer mehr Falten.

„Er hat Sonntags deinen Tumor untersucht? Bist du Privatpatientin?“

„Nein, aber es ist halt … ein außergewöhnlicher Tumor und …“

„Und er wollte dich ja ins Bett kriegen“, vollendete Fritz meinen Satz.

„Nein, er ist nicht so einer. Er hat sich einfach verknallt, genau wie ich.“

„Dachtest du das bei Henk nicht auch?“

„Es ist anders“, betonte ich.

Dabei klang ich wütender, als ich wollte – weil ich Fritz nicht verraten konnte, wieso ich mir so sicher war. Oder konnte ich ihn vielleicht doch in mein kleines Geheimnis einweihen? Er wusste ja auch so schon mehr über mich als die meisten Menschen.

„Es klingt wirklich anders, Fritz“, schritt Anka ein. „Wir

sollten uns für sie freuen. Du hast doch gerade selbst gesagt, dass sie …"

„Ja, ja", ging er dazwischen. „Ich will mich ja auch für sie freuen. Aber ein fünfzehn Jahre älterer Mann, der auch noch ihr Arzt ist – das klingt nach einem ungesunden Machtgefälle. Das ist nicht das, was sie braucht."

Jetzt ging das wieder los. Fritz wusste offensichtlich exakt, was gut für mich war, dieser aufgeblasene Kerl. Ich verwarf meine Überlegungen, ihn in irgendwelche Geheimnisse einzuweihen, und kürzte das ganze Thema ab.

„Wie auch immer: Ich muss ins Bett. Ich fliege morgen wieder und muss um vier aufstehen."

„Sorry, ich wollte dich nicht verletzen", sagte Fritz sofort und legte mir kurz entschuldigend die Hand auf den Arm.

„Sie soll doch einfach nur glücklich sein", dachte er.

„Ich bin glücklich", schoss es aus mir heraus. „So glücklich wie lange nicht."

Fritz war irritiert. Na klar, ich hatte auf seine Gedanken geantwortet. Da er die Hand wieder weggenommen hatte, wusste ich nicht, was er darüber dachte.

„Und ich bin müde", ergänzte ich. „Also … Wir sehen uns."

28

Den Vier-Uhr-Wecker hatte ich noch nie als positive Seite meines Jobs angesehen. Er gehörte dazu, wenn man den frühen Umlauf hatte, war aber in der Regel eine Qual. An diesem Montagmorgen jedoch machte mich der Wecker glücklich. Ich war froh, wach zu sein. Ich war froh, an Christian denken zu können.

Bestens gelaunt verschönerte ich mich an meinem Schminktisch für den Tag, mit einem Hochgefühl fuhr ich beschienen von der aufgehenden Sonne mit der S-Bahn nach Schönefeld, fast tänzelnd betrat ich den Crew Raum. Dort empfingen mich dann auch noch meinen Kolleginnen und Kollegen wie eine Königin. Fast hatte ich die Ereignisse bei meinem letzten Flug vergessen, aber nun wollte jeder noch einmal hören, was passiert war. Jeder wollte mich herzen oder – wie mein heutiger Pilot Ingo – mir auf die Schulter klopfen. „Respekt, Respekt", dachte er dabei, und sein Co-Pilot Steffen ergänzte beim Umarmen, was für eine tolle Frau ich war. Bei der obligatorischen Sicherheitsbesprechung hing meine Crew bei jedem Wort an meinen Lippen – ich war über Nacht eine Autorität geworden, eine Heldin. Vor dem ersten Start kam dann auch noch eine SMS von Christian: „Seit gestern Abend meine Gedanken zu lesen, wäre sehr eintönig, denn ich denke nur an dich. Ich vermisse dich. Gute Flüge!" Ich schmolz. Kurzum: Mein erster Arbeitstag nach der Notlandung hätte gar nicht besser beginnen können.

Dennoch wendete sich in den nächsten achtundvierzig Stunden das Blatt. Länger dauerte es nicht, um trotz aller Euphorie zu erkennen, dass meine Zeit als Flugbegleiterin vorbei war.

Es war nicht die Arbeit über den Wolken, die mir ohne Triebwerksausfall bald langweilig und trotzdem unnötig stressig vorkam, wenn wir aufgrund Versäumnisse anderer verspätet landeten.

Es waren nicht die Gedanken genervter Passagiere, die ich beim Gedränge am Ausstieg lesen konnte, und die nicht gerade von Respekt meiner Berufssparte gegenüber zeugten. Anzügliche Gedanken waren dabei schon fast das positive Highlight.

Es war auch nicht der Betrunkene, der sich auf dem Nachmittagsflug nach Barcelona beim Start auf sich, seinen Sitz und seinen Sitznachbar übergab und dann auch noch wollte, dass ich alles sauber machte. Nachdem ich das freundlich abgelehnt hatte, weil es nicht zu meinen Aufgaben zählte, war ich in seinen Gedanken nur noch „die Schlampe", während mindestens zwei andere Passagiere mich für eine „hohle Nuss" und eine „völlig überforderte Mieze" hielten, weil ich beim Einsteigen den Zustand des Mannes nicht erkannt hatte – dabei hatte er sich vollkommen unauffällig auf seinen Sitz begeben. Es war auch nicht der Geruch für den Rest des Fluges.

Selbst die Einsamkeit, die ich abends in meinem Hotel in Barcelona zum ersten Mal so intensiv spürte, war es nicht. Ich vertrieb mir die Zeit mit einem Besuch des Sushi-Ladens, den Adnan mir auf der Party bei Anka empfohlen hatte – somit war sein Endlosmonolog also doch noch für etwas gut, denn das Sushi war famos. Außerdem telefonierte ich vor dem Einschlafen eine Stunde mit Christian, was für diese Zeit die Einsamkeit annullierte, auch wenn das Einschlafen danach umso schwerer fiel.

Es war auch nicht das, was Pilot Ingo bei unserer Rückkehr nach Berlin am nächsten Mittag beim Händeschütteln dachte: „Also, wenn sie wirklich so durchgeknallt ist, wie Henk sagt, dann verbirgt sie es verdammt gut." Natürlich tat das weh. Weniger, weil es eine weitere Beleidigung von Henk war, sondern weil es die Gewissheit brachte, dass er mich vor seinen Kollegen schlecht machte. Doch es war am Ende nicht besonders überraschend und gab nicht den Ausschlag.

Selbst die Stellenanzeige am schwarzen Brett gab diesen noch nicht. Ich stand mindestens fünf Minuten davor und spielte im Kopf durch, ob der ausgeschriebene Job in der Crew Control nicht etwas für mich sein könnte. Doch ich wusste, dass eine Flugbegleiterin nie direkt versetzt wurde in diesen Bereich – der die Einteilung und vor allem die tägliche Betreuung der gesamten weltweit in der Luft befindlichen Crew verantwortete. Also machte es nach wie vor nicht „Klick".

Nein, das war es alles nicht. Es war Christian.

Mein Professor stand in Schönefeld völlig überraschend vor dem Ausgang für das Flugpersonal und wartete auf mich. Mit einem Strauß Blumen. Meine Kehle schnürte sich vor Rührung zu, als ich sein Lächeln sah, meine Knie wurden weich, als er mich küsste, und mein Herz ging auf, als ich seinen einzigen Gedanken vernahm: „Endlich."

Er hatte schon fast eine Stunde gewartet, weil er zwar wusste, wann mein letzter Flug landete, aber nicht, wann ich rauskommen würde. Trotzdem hatte er sich früher im Krankenhaus verabschiedet. Er wäre sogar glücklich gewesen, wenn er mich einfach nur nach Hause hätte fahren dürfen, aber natürlich stimmte ich sofort zu, gemeinsam Essen zu gehen.

Als wir in seinem alten, aber gepflegten Saab Cabrio saßen und vom Parkplatz fuhren, kam der entscheidende Moment. Alle Begrüßungszärtlichkeiten waren ausgetauscht, alle „Du bist der Wahnsinn“ waren gesagt worden. Ich begann von meiner Arbeit zu erzählen. Ich begann mit der Stellenanzeige, die ich eben noch gesehen hatte, und mit meinen Gedanken darüber, dass ich – wie Christian ja auch gesagt hatte – vielleicht wirklich mal darüber nachdenken sollte, wie es beruflich bei mir weiterging. Am Boden, in einer besser bezahlten Anstellung, mit Aufgaben, die mehr Verantwortung bedeuteten.

„Was spricht gegen dieses Crew Control?“, fragte er. „Das klingt spannend.“

„Das ist sogar sehr spannend – du musst alle Flüge im Auge behalten und deren Probleme lösen. Aber die nehmen keine Flugbegleiterinnen, ist eher ein Männerjob, und …“

Er bremste scharf. Ich stockte.

„Fehlt dir eine Qualifikation dafür?“, fragte er. „Das richtige Studium oder Flugzeiten?“

„Nein, theoretisch passt das, aber …“

Ich stockte erneut. Dieses Mal, weil mir das „aber“ nicht mehr ganz so klar war. Hinter uns hupte jemand.

„Du würdest gerne in der Crew Control arbeiten?“, fragte Christian.

„Na ja, schon, aber … Was machst du?“

Unter weiterem Hupen der Wagen hinter uns wendete er und fuhr zurück zum Hauptgebäude von German Air. Ich staunte.

„Deine Chefin hat gesagt, sie würde sich für deine Beförderung stark machen“, erklärte er.

„Ja, aber zur Purserin oder … Du meinst, ich soll … Jetzt?“

„Natürlich jetzt. Keiner in der gesamten Fluggesellschaft hat solche Nerven bewiesen wie du. Du bist eine Heldin, die müssen dir eine Chance geben. Die werden dir eine Chance geben. Sonst sind sie verrückt."

Er gab Gas. Er war es. Mein Mann war der entscheidende Faktor. Ohne ihn hätte ich mich nie um diesen Job beworben.

Ohne ihn hätte ich nicht zwanzig Minute später vor meiner Chefin Renate Fischer gestanden – mit der von der Wand abgerissenen Anzeige in der Hand. Sie war von ihrem gläsernen Schreibtisch aufgestanden und mir entgegengekommen – auf den High Heels, mit denen sie so sicher ging, als ob es Mokassins wären.

„Crew Control?", fragte sie überrascht. „Haben Sie also doch ein Problem mit dem Fliegen?"

„Nein, überhaupt nicht. Es ist andersherum: Durch die Notlandung habe ich gemerkt, dass mehr in mir steckt."

Und durch meinen Mann. Okay, er war noch nicht wirklich mein Mann, aber es fühlte sich einfach gut an, so über ihn zu denken.

„Sie haben keine Erfahrung im Management."

„Ich habe Erfahrung in der Luft, ich kenne die Airline sehr gut, ich habe Nerven aus Stahl. Den Rest kann ich lernen."

Schon immer hatte ich selbstbewusst auftreten können, selbst wenn ich mich gar nicht so gefühlt hatte. Aber in diesem Moment stimmte jedes Wort, das ich sagte. Meine neu gefundene Kraft kam bei Fischer an.

„Wenn Sie bereit sind, einen Test an der Software zu machen, mit der sie in der Crew Control arbeiten, dann …"

„Ich bin bereit, jeden Test zu machen, glauben Sie mir."

Fischer nickte beeindruckt.

„Gut, dann … dann freue ich mich auf Ihre schriftliche Bewerbung, und ich werde mich – wie versprochen – für Sie einsetzen."

Ich strahlte. Mein Leben nahm eine positive Wendung nach der anderen.

„Aber Frau Remberg", ergänzte meine Chefin mit bedeutungsschwangerer Miene. „Das ist kein Selbstläufer. Sie werden nicht der einzige Bewerber sein. Und die letzte Entscheidung liegt nicht bei mir. Die treffen Herr Kuttner und unsere Personalabteilung."

„Das ist mir klar. Ich will ja nur eine faire Chance."

„Die bekommen Sie."

29

Christian bekam einen dicken Knutscher. Mehr als das. Ich sprang auf ihn, als ich nach dem Gespräch mit meiner Chefin zu ihm zurückkehrte. Er knallte mit dem Rücken vor das Cabriodach und ließ sich lachend von mir abknutschen, während er mich mühelos auf seinen Händen trug. Ich kannte diesen Mann erst seit wenigen Tagen, aber es fühlte sich an, als ob wir seit Ewigkeiten verbunden wären.

Er dachte dasselbe, während unsere Münder sich immer und immer wieder fanden, dort auf dem Parkplatz vor dem Hauptgebäude der Airline. Ich konnte nicht genug von ihm bekommen. Mir war egal, dass alle uns sehen konnten. Niemand sollte mich als „Psycho" sehen oder „durchgeknallt" nach der Geschichte mit Henk, die ja offensichtlich die Runde machte. Alle sollten wissen, dass ich einen viel besseren Mann gefunden hatte. Einen wahren Traummann.

Mit dem ich im Anschluss einen wahren Traumabend verbrachte. Er hatte nirgendwo reserviert, weil er mich spontan abgeholt hatte, aber er wollte auch gar nicht in eins der Luxusrestaurants, mit denen andere versucht hatten, mich zu beeindrucken. Stattdessen landeten wir bei einem alteingesessenen Italiener in Charlottenburg – wo wir einen für das Personal reservierten Tisch neben der Küche bekamen. Wir mussten nicht einmal bestellen, der

Chefkoch ließ uns Probierportionen von allen Leckereien bringen, die er für würdig erachtete. Es war das beste Essen, das ich je gegessen hatte. Trotzdem war es nur eine Nebensache, denn Christian und ich plapperten ohne Unterlass, ohne die Hände voneinander lassen zu können. Das führte dazu, dass ich einen wilden Mix aus seinen Gedanken und gesprochenen Worten abbekam. Eine Art zu kommunizieren, die uns nicht nur Spaß machte und für uns wie geschaffen schien, sondern die absolut einzigartig auf der Welt war. Ich erfuhr noch viel mehr über meinen neuen Mann, über seine unglückliche Ehe, über sein Glück, doch noch einmal jemanden gefunden zu haben. Und auch über seinen Wunsch nach Kindern. Natürlich stellte er fest, dass es viel zu früh war, über so etwas zu reden, aber ich befand mich ja nun einmal in seinen Gedanken, und dort war dieser Wunsch nicht zu verdrängen. Ich konnte ihn beruhigen: Ich wollte Kinder. Nicht sofort. Mein Leben stand Kopf, und ich wollte erst einmal mehr wissen über meine Fähigkeit, über meinen Tumor, und ja, auch versuchen, den neuen Job zu bekommen. Er war vollkommen auf meiner Seite, sah es genauso. In zwei oder drei Jahren wäre er auch noch nicht zu alt für Kinder und ich dann beruflich so gefestigt, dass ich mir eine Auszeit nehmen könnte. Bis dahin würde sich auch zeigen, wohin der Weg bei meinem Tumor und seinen Folgen führte.

Das kleine Restaurant nannte Christian schlicht sein „Wohnzimmer“, denn er verbrachte regelmäßig Abende dort. Es befand sich in Laufentfernung von seinem Apartment im obersten Stock eines schicken Altbaus am Savignyplatz. Er hatte mir auf dem Weg zum Abendessen das Haus gezeigt, aber war nicht einmal in Gedanken davon ausgegangen, dass wir nach dem Essen dort oben landen würde.

Wenn ich ehrlich war: Nach dem Essen war ich bereit, dort zu landen. Ich war überglücklich. Ich war von den zahllosen Küssen bis in die Haarspitzen erregt. Ich war angenehm betrunken. Meine Kopfschmerzen hielten sich in Grenzen. Ich wollte ihn. Doch er konnte ja nicht meine Gedanken lesen, also bestellte er ein Taxi, mit dem er mich artig nach Hause brachte. Ich vernahm in seinem Kopf Bedauern darüber, dass wir die Nacht nicht gemeinsam verbringen würden, aber er riss sich zusammen, um mich nicht unter Druck zu setzen. Er stieg dadurch in meiner Achtung nur noch mehr.

„Ich hatte eine wunderbaren Tag", dachte er zum Abschied, als wir in enger Umarmung vor meinem Haus standen.

„Das wollt ich doch gerade sagen", protestierte ich.

„Die Gedanken sind schneller", antwortete er.

Wir grinsten uns an. Wir küssten uns. Er ging.

Als ich beseelt das Treppenhaus zu meiner Wohnung hochstieg, fiel mein Blick unweigerlich auf die Wohnungstür von Anka. Ich erinnerte mich an das Gespräch mit ihr über ihren „kleinen Freund". Irgendwo ploppte der Gedanke auf, dass ich an diesem Abend gar nicht so unglücklich über solch ein Gerät wäre – schließlich stand mein ganzer Körper in Flammen, und ich sehnte mich nach Entspannung. Aber vielleicht konnte ich ja meinem Ritual frönen: Trotz später Stunde noch ein Bad einlassen, Kerzen aufstellen, ein Glas Rotwein dazu, leise Beyonce hören und im warmen Wasser …

„Du musst mir helfen."

Ich schrie vor Schreck auf. Jemand war in meine intimsten Gedanken eingedrungen. Zumindest fühlte es sich so an. Aber es war nur Britta, die auf den Stufen nach oben gesessen und auf mich gewartet hatte.

„Sorry", murmelte sie kleinlaut.

Erst jetzt sah ich, dass sie geweint hatte.

„Was ist denn mit dir los?", fragte ich sie erschrocken.

„Mit geht's beschissen. Wieso ist dein Handy aus? Können wir erstmal in die Wohnung gehen?"

Es war schon nach elf. Keine Uhrzeit, zu der Britta sich normalerweise von ihren Kindern entfernte.

„Ich hatte es aus, weil ich … weil ich mit Christian essen war und …"

Ich stoppte mich selbst, denn sie sah nicht aus, als ob sie etwas über mein Liebesglück hören wollte. Ihr eigenes war brüchig. Als wir uns bei einem weiteren Glas Wein – aber ohne Bad, Kerzen und Beyonce – in die Küche gesetzt hatten, erzählte sie mir ungewöhnlich wirr, dass mit Stefan etwas vorgefallen war. Sie hatte es nicht ertragen und war aus der Wohnung geflohen. Unter dem Vorwand, sich mit mir zu treffen, war sie davongelaufen. Aber da sie mich nicht erreicht hatte, hatte sie alleine in der Kneipe an der nächsten Straßenecke gesessen – den Abend mit einem labbrigen Schnitzel und schlechtem Weißwein verbracht. Dabei hatte sie ein paar arbeitslose Alkoholiker und einen ehemaligen Kriminalkommissar, der jetzt furchtbare Poesie schrieb, kennengelernt.

„Beim dritten Gedicht, das er rezitiert hat, bin ich gegangen", erzählte sie mit Grauen in den Augen. „Seitdem sitze ich auf der Treppe und warte auf dich. Ich wollte nicht nach Hause, bevor das … du …"

„Was? Was kann ich für dich tun? Was ist denn überhaupt passiert?"

„Ann-Kathrin."

Das war nicht gerade überraschend.

„Stefan hat wirklich was mit ihr?"

„Sieht danach aus."

„Sieht danach aus?"

„Er löscht ihre Nachrichten."

Sie sagte das in einem Tonfall, als ob damit alles klar wäre. Mir war nichts klar.

„Wie? Was heißt das?"

Sie schaute mich mit fatalistischem Blick an und trank von ihrem Wein. Dann ließ sie endlich die Katze aus dem Sack: „Sie schreiben sich regelmäßig, er liest es, aber er löscht auf seinem Handy manche Nachrichten. Das würde er doch nicht machen, wenn er nichts zu verbergen hätte."

„Vielleicht will er Speicherplatz sparen."

Britta schickte mir einen tödlichen Blick.

„Dann löscht er doch nicht nur ausgewählte Nachrichten", fuhr sie mich an. „Er löscht die Nachrichten, in denen es um die beiden geht. In dem sie … was weiß ich, was sie ihm schreibt."

Das klang tatsächlich nicht gut. Es wunderte mich trotzdem, dass Britta nur wegen seines Chatverlaufs das Weite gesucht hatte. Moment mal.

„Woher weißt du das überhaupt?"

Plötzlich sprang sie auf und marschierte in der kleinen Küche hin und her – wie ein angeschossener Tiger im Käfig.

„Das ist die Scheiße. Ich vertraue ihm nicht mehr. Deswegen mache ich so etwas. Ich wollte nie die Frau sein, die heimlich sein Handy nimmt und seine Nachrichten liest. Das ist keine Basis für eine Beziehung. Aber jetzt bin ich diese Frau. Das will ich nicht, Rosa."

„Okay, okay."

Sie setzte sich vor mich, nahm meine Hände.

„Ich hab's einmal zufällig über seine Schulter gesehen. Dass er was gelöscht hat. Das hat mir so einen Schreck eingejagt, und dann lag das verdammte Ding da, und ich weiß doch seinen Code – mein Geburtstag, sehr clever – also … Ich bin sonst so nicht. Aber …"

Sie stöhnte.

„Und wie kann ich dir jetzt helfen?"

„Ich brauche Gewissheit. Ich kann meine Ehe nicht aufs

Spiel setzen wegen eines Verdachts, so dubios das auch sein mag. Wir haben Kinder."

„Ja, das ist klar, aber was …"

In dem Moment verstand ich es. Wie immer etwas später – was mich früher darin bestätigt hatte, dass ich nicht besonders klug war. Aber daran lag es nicht. Ich war einfach keine Frau für Intrigen.

„Du willst, dass ich seine Gedanken lese."

„Einmal nur", antwortete meine beste Freundin und blickte mich flehend an.

„Britta …", gab ich gequält von mir, aber ich sah natürlich auch, dass sie in einer echten Notsituation war. „Wie soll das denn überhaupt gehen?"

„Keine Ahnung … Also … morgen könntest du zu uns zum Essen kommen. Aber ich verspäte mich mit den Kids, und wenn du mit ihm alleine bist, bringst du das Gespräch auf Ann-Kathrin und hörst mal, was in seinem Kopf passiert …"

„Dafür, dass du keine Ahnung hast, ist der Plan schon ganz schön weit ausgearbeitet."

„Es geht um meine Ehe. Meine Familie. Mein Leben."

Es erschütterte mich, dass sie wirklich ernsthaft über eine Trennung nachdachte. Ich hatte Britta und Stefan immer als symbiotisches Paar erlebt. Gut, in der letzten Zeit hatte es Probleme gegeben, aber ich konnte mir Britta ohne Stefan überhaupt nicht vorstellen. Zumal er sie anhimmelte und liebte, alles für sie tat. Wahrscheinlich sah sie Gespenster, oder es war alles nicht so schlimm, nicht so wichtig, dass man wirklich von einem Betrug sprechen konnte. Stefan doch nicht. Letztlich gab es nur eine Möglichkeit, das aus der Welt zu schaffen.

„Na gut", sagte ich und wurde in der nächsten Sekunde überschwänglich in den Arm genommen.

30

Die Crew Control von German Air saß ebenfalls am Flughafen Schönefeld. Das Herz dieser wichtigen Schnittstelle für alle Flüge der Airline bestand aus einem Großraumbüro mit zahllosen Monitoren. Teilweise waren um einen einzigen Schreibtisch fünf Monitore drapiert, so dass man weder den Ficus dahinter noch den Blick aus der großer Fensterfront zu den Startbahnen genießen konnte. Eine Handvoll Leute überwachte auf diesen Bildschirmen das Tagesgeschäft, alle German-Air-Flugzeuge am Boden und in der Luft, reagierte auf kleine Probleme und große Krisen. Zumeist war das Wetter der Feind, aber auch alle anderen Umstände, die zu Verspätungen führen konnten.

Als ich mir am nächsten Tag auf Anraten meiner Chefin dort einen ersten Eindruck verschaffte und Unterlagen über die benutzte Software abholte, bestand die Schicht nur aus Männern. Natürlich kannte ich die Leute in der Crew Control, weil wir als Flugbegleiterinnen regelmäßig mit ihnen zu tun hatten. Daher wusste ich, dass es mindestens eine Frau in dem Team gab. Trotzdem wirkte ich erst einmal wie ein Fremdkörper mit meinem Businesskleid und den dezenten High Heels. Ich eiferte mit dem Outfit meiner Chefin nach, aber die Jungs an den Rechnern waren doch eher wie bei einer Computerspiel-Convention gekleidet. Als das Team erfuhr, dass ich mich um die freie Stelle bewerben wollte, schrie man nicht gerade

„Hurra". Ein jüngerer Mitarbeiter mit Glatze und durchdringendem Blick schaute mich von seinem Schreibtisch aus sogar ausgesprochen skeptisch an. Es gab – wie in allen Airlines – so etwas wie eine natürliche Feindschaft zwischen Crews und Crew Control, denn bei Problemen tendierten beide dazu, die Schuld der anderen Seite zuzuschieben. Es war einfacher, wenn es einen Sündenbock für eine Verspätung gab. Ich hatte allerdings nie ernsthaft Probleme bei der Kommunikation mit unserer Crew Control gehabt.

„Sie weiß aber schon, dass das hier ein echter Stressjob ist", sagte der Glatzkopf zu seinem Supervisor Herrn Kuttner, während ich direkt daneben stand. „Schichtdienst, Krisenmanagement, da bleibt keine Zeit, sich die Fingernägel zu lackieren."

„Das mache ich ja morgens zu Hause", kam ich seinem Chef mit einer Antwort zuvor.

Ich lächelte den Glatzkopf zuckersüß an. Er blickte nun doch einmal zu mir. Angestrengt.

„Hier braucht man Nerven aus Stahl", belehrte er mich – offensichtlich davon überzeugt, dass ich solche nicht hatte.

Der Supervisor übernahm dieses Mal die Antwort.

„Ulf, darf ich vorstellen? Das ist Rosa Remberg, die Flugbegleiterin, die letzte Woche bei der Notlandung allein die Kabine gemanagt hat."

Das Gesicht von Ulf: Unbezahlbar. Hinter ihm lachte ein Kollege, der mir auf Anhieb sympathisch war.

„Ich muss jetzt mal weitermachen", murmelte Ulf. „Der 15 Uhr aus Mailand hat Verspätung."

Ich genoss den kleinen Triumph. Dieser Job würde in vielerlei Hinsicht eine Herausforderung werden. Eine Herausforderung, auf die ich mich freute.

Entsprechend gut gelaunt marschierte ich am Büro von

Renate Fischer vorbei, um meine Bewerbung abzugeben. Die Sekretärin nahm sie mit einem ermunternden Lächeln entgegen. Alles war gut. Bis ich auf dem Flur Henk über den Weg lief. Er schlenderte in seiner Pilotenuniform wie zufällig vorbei, obwohl er ohne einen Termin in diesem Bereich des Gebäudes eigentlich nichts zu suchen hatte.

„Hallo Rosa", flötete er übertrieben freundlich. „Alles gut bei dir?"

Da Fischers Sekretärin in Hörweite saß und weitere Angestellte auf dem Flur unterwegs waren, spielte ich die Scharade mit.

„Hallo Henk. Ja, alles gut."

Ich wollte weiter Richtung Aufzug. Da spürte ich seine Hand auf meiner Schulter.

„Nicht so schnell, Bitch", hörte ich seine Gedanken.

„Ich hab' gehört, du willst in die Crew Control, mh?", sagte er weit netter.

Deswegen lungerte er also vor dem Büro herum. Ich war erstaunt, wie schnell sich das herumgesprochen hatte. Henk war in der Airline eben gut vernetzt. Ich drehte mich zu ihm, wodurch er mich losließ.

„Ja, und wenn du dann irgendwelche Wünsche hast, was deinen Dienstplan angeht", verkündete ich mit einem süßlichem Lächeln. „Ich hab' immer ein offenes Ohr für dich. Weißt du doch."

Henk grinste. Er verstand die kleine Drohung, die ich mir nicht hatte verkneifen können.

„Wie nett von dir", entgegnete er. „Dann mal viel Erfolg bei der Bewerbung."

Wie immer konnte er seine Finger nicht von mir lassen und legte sie noch einmal auf meinen Arm. Lange genug, um seinen nächsten Gedanken mitzubekommen: „Gregor wird sie sich ganz genau anschauen. Hehe."

Dann drehte er ab und ging davon. Ich stand einen Moment irritiert da. Nicht, weil er tatsächlich „Hehe“ gedacht hatte wie ein Schurke in einem Cartoon, sondern weil bei dem Namen „Gregor“ meine Synapsen ins Rollen kamen. Sie rollten in eine nicht so schöne Richtung, denn ich erinnerte mich schließlich, dass der Personalchef der Airline Gregor Maier hieß, und ich erinnerte mich vor allem daran, wie Henk bei unserem Abendessen nebenbei erwähnt hatte, dass er mit diesem Mann befreundet war. Verdammt. Das klang nicht gut. Nach einem kurzen Besuch bei XING mittels Handy hatte ich Gewissheit darüber, dass Henk und Maier beide aus Braunschweig stammten, wo sie im selben Jahr an derselben Schule Abitur gemacht hatten – die Freundschaft ging also tiefer als ein paar Bier nach Feierabend. Dass ich das bisher nicht auf dem Schirm gehabt hatte, zeigte einmal mehr, wie wenig ich für Intrigen geeignet war. Aber das konnte doch jetzt nicht ernsthaft meine Bewerbung gefährden? Die zweithöchste Managerin der Airline unterstützte mich, und ein Personalchef traf sowieso nicht solch eine Entscheidung. Er hatte Einfluss, okay, aber er konnte doch schlecht in Diskussionen mit seinen Vorgesetzten sagen: Die hat einen unserer Piloten abblitzen lassen, nehmt die nicht für den Job. Oder?

Die neue Erkenntnis machte mich immerhin so unruhig, dass ich noch am S-Bahnhof Christian anrief, aber er ging nicht an seine Handy – natürlich, er war auf einer Tagung beziehungsweise sogar der Gastgeber für eine solche. Mit Bedauern hatte er mir am Abend zuvor erläutert, dass in den nächsten Tagen in der Charité ein Neurologen-Kongress stattfand, bei dem er stark eingebunden war. Da ich danach wieder Dienst hatte, würden wir uns erst am Sonntag wiedersehen können. Das war bereits schmerzhaft für mich gewesen, obwohl ich darüber lachen musste, dass ich plötzlich nicht mehr ohne diesen Mann leben konnte, den ich eine Woche zuvor noch nicht einmal gekannt hatte. Doch nach der Begegnung mit meinem Cartoon-Bösewicht fehlte mir mein Professor wirklich, seine warme Stimme, beruhigende Worte. Er rief leider auch nicht zurück. Also musste ich mit meinem schlechten Gefühl in die Stadt fahren, direkt zu Brittas Wohnung. Zu unserer „Verabredung“ – die mir nun noch schwerer im Magen lag.

31

„Komm rein. Britta ist noch nicht da."

Stefan hatte mir die Wohnungstür mit dem Ellbogen geöffnet, weil seine Hände mit einem undefinierbarem Zeug verklebt waren. Er trug wieder ein bekleckertes Hemd, hatte die Ärmel hochgekrempelt, was ihn dynamisch wirken ließ. Die Finger in die Höhe haltend, eilte er zurück in die Küche, während ich mein „Oh, dann verspätet sie sich wohl", murmelte, um bloß nicht unseren geheimen Plan zu offenbaren. Natürlich war solch ein sinnloser Spruch der beste Weg, genau das zu tun, doch Stefan hörte mir eh nicht mehr zu.

Nachdem ich das Jackett meines Businesskleides an der Garderobe neben die Regenjacken der Kinder gehängt hatte, folgte ich Stefan in die Küche, wo er seine Hände tief in einer Schüssel mit Hackfleisch und anderen Zutaten versenkt hatte. Aus der Teigmasse formte er Hackbällchen. Die Küche sah aus wie ein Schlachtfeld – Eierschalen, Zwiebelreste, benutztes Geschirr, Verpackungen und Kartoffelschalen lagen zwischen Burgerbroten, einem Salatkopf und diversem anderen Belag, den man für gelungene Burger benötigte. Das Chaos war ein untrügliches Zeichen dafür, dass Papa heute kochte. Britta beherrschte die Kunst „sofort wegräumen" wie kein anderer. Sie organisierte sämtliche Ablageflächen wie eine Generalin. Eine siegreiche Generalin.

„Bin ganz froh, dass sie noch nicht da ist", murmelte Stefan, ohne aufzuschauen. „Ich wollte alles fertig haben. Aber ich bin wieder so lange im Bundestag hängengeblieben."

„Es gibt Burger", stellte ich erfreut fest.

„Das Einzige, was ich kann. Und sie liebt es."

Er lächelte mich freudig an. Das tat gut. Das sah nach einem bemühten und liebevollen Ehemann aus. Keinem, der seine Frau betrog. Ich wollte den Quatsch schnell hinter mich bringen, also stellte ich mich zu ihm an den Küchenschrank und hielt das Thema „Arbeit" geschickt warm.

„Ihr habt gerade viel zu tun, mh?"

„Ja, diese Menschenrechtlerinnen aus China sind ja hier", plauderte er beim Bällchenrollen. „Du glaubst gar nicht, was für ein Balanceakt das ist, keine diplomatische Krise auszulösen. Meine Chefin nimmt kein Blatt vor den Mund, aber für die Chinesinnen ist das lebensgefährlich. Man hat das Gefühl, dass deren Geheimdienst uns rund um die Uhr überwacht – die haben ja angeblich neueste Technologie."

Nichts im Vergleich zu meiner Technologie. Ich legte ihm beiläufig meine Hand auf die Schulter.

„Aber du hast doch fitte Kolleginnen, oder?"

„Klar, wir sind ein super Team."

„Du arbeitest echt nur mit Frauen?"

„Ja", sagte er lachend und wandte sich ab, um sich die Hände zu waschen und eine Pfanne zu holen. „Genau das macht es zu so einem guten Team. Sehr kommunikativ, keine Ellbogen, keine Ego-Shooter."

Ich wartete, bis er sich neben mich an den Herd gestellt und die Pfanne mit Bratöl gefüllt hatte, um ihm dann wieder die Hand auf die Schulter zu legen.

„Aber ist das nicht auch riskant?", fragte ich provozierend. „Du alleine mit so vielen Frauen?"

Ich grinste ihn vielsagend an. Er musterte mich überrascht.

„Was wird das denn jetzt?“, fragte er sich in Gedanken, doch laut sagte er: „Riskant für wen?“

„Ist da keine Frau dabei, die du interessant findest?“

„Nein. Also selbst wenn … Ich bin doch glücklich mit Britta.“

Ich schwieg, um seinen Gedanken freien Lauf zu lassen, aber es kam nun ein „Worauf will sie hinaus?“

Er entzog sich mir, um einen Pfannenwender von den Haken an der Wand zu nehmen. Es reichte mir noch nicht. Er sollte ganz konkret an Ann-Kathrin denken müssen. Doch wenn ich sie erwähnte und alles ganz harmlos war, wusste er, dass Britta mich auf ihn angesetzt hatte. Das konnte es nicht sein. Ich hatte keine Ahnung, wie ich zu meinem Ziel kommen sollte. Meine Befragungskünste hätten nicht einmal für eine Kinderpolizei gereicht. Irgendetwas musste ich aber doch versuchen. Während er die Hackfleischbällchen in die Pfanne legte und sie mit dem Wender platt drückte, schob ich mich näher an Stefan heran. Mittlerweile konnte ich auch ganz gut die Gedanken lesen, wenn ich die Männer nur Bein an Bein berührte – selbst mit Stoff dazwischen.

„Britta muss das ja gar nicht wissen“, sagte ich. „Sie hat selbst mal früher zu mir gesagt, dass sie eine bedeutungslose Affäre ihrem Typen verzeihen könnte – solange sie nichts davon erfährt.“

Das hatte sie wirklich, egal, wie unlogisch das klang. Ich lauschte, ob ihn diese Steilvorlage an Ann-Kathrin denken ließ. Er schaute nur in die Pfanne vor sich, wo die Patties lautstark brutzelten und einen Appetit machenden Geruch verströmten. Dabei dachte er: „Kaum vorzustellen, dass Britta das ernst meint. So wie sie mir wegen Ann-Kathrin auf die Nerven geht.“

Na also. Endlich. Er blickte mich an, ich lächelte einfach nur und wartete weitere Gedanken ab. Jetzt musste es doch kommen.

„Ausgerechnet Ann-Kathrin", vernahm ich. „Die ist ja nun wirklich die Letzte, mit der ich was anfangen würde."

Bingo! Da war es. Ich musste mich zusammenreißen, damit ich nicht freudig in die Hände klatschte. Schnell drehte ich mich um und murmelte „Mh, ist es eigentlich noch zu früh für Wein?"

Während ich zum Kühlschrank eilte und diesen öffnete, malte ich mir aus, wie erleichtert Britta sein würde. Vielleicht gab ihr das endlich einen Schub, um sich generell zu entspannen. Stefan war ein Guter, verdammt noch mal. Mit der Weißweinflasche in der Hand drehte ich mich um und stand direkt von ihm. Er war mir gefolgt. War er so scharf auf den Weißwein? Nein, das war es nicht. Er war scharf auf mich. Das verstand ich allerdings erst, als seine Lippen gierig die meinigen berührten und er mich mit dem Rücken gegen den Kühlschrank presste. Oh, nein! Er war doch kein Guter.

„Britta wird es nie erfahren", dachte er, während er versuchte, mit seiner Zunge meine Lippen aufzubohren.

Ich war so perplex, dass ich die Weinflasche fallen ließ. Sie zersprang mit einem lauten Klirren auf dem Boden. Ich duckte mich weg und hüpfte zur Seite.

„Was machst du?", entfuhr es mir entsetzt.

Er staunte mich mit offenem Mund an – in einer sich breitmachenden Pfütze Weißwein stehend.

„Aber ich dachte … du wolltest es."

Das hatte er nicht gedacht. Das hätte ich doch gehört. Auf keinen Fall hatte er das gedacht. Ich war empört.

„Wie kommst du denn darauf?"

„Du … du warst doch gerade so zutraulich, deine Hände und … dein Ausschnitt", stotterte er mit Blick auf mein Dekolleté, das zugegebenermaßen ohne Jackett Einblicke gewährte. „Und dieses Gerede, dass Britta es nicht wissen muss … Ich dachte … Ich … Scheiße."

Ich ließ mein Verhalten der letzten Minuten Revue passieren. Man konnte es tatsächlich auch anders interpretieren. Ich Idiotin.

„Da hast du echt was missverstanden", sagte ich gequält.

„Habe ich? Ich meine, du warst so unglücklich nach der Sache mit dem Piloten und … hey, wem mache ich was vor? Mit Britta ist es schwierig gerade. Ich dachte, wir könnten uns gegenseitig trösten. Eine bedeutungslose Affäre."

Was für ein Horror! Stefan hatte keine Affäre mit Ann-Kathrin, dafür wollte er eine mit mir haben. Wie sollte ich Britta das erklären?

„Ich bin ihre beste Freundin."

„Ja, aber du hast doch gerade selbst gesagt, dass …"

„Ich will keine Affäre mit dir. Wollte nie eine. Okay?"

„Was sollte das denn gerade alles?"

Er deutete verzweifelt hinter sich zum Herd, wo das Fleisch in der Pfanne verdächtig qualmte. Auch mein Schädel qualmte bei der Frage, wie ich aus dieser Situation herauskommen konnte. Es gab nun keinen anderen Weg mehr, als zumindest einen Teil der Wahrheit preiszugeben.

„Britta hat gesehen, wie du eine Nachricht von Ann-Kathrin gelöscht hast. Sie macht sich Sorgen, dass zwischen euch was ist. Und ich dachte, ich helfe ihr, wenn ich etwas herausfinde, denn das ist ja wirklich komisch, aber ich …"

„Wegen des chinesischen Geheimdienstes", unterbrach er mich.

„Was?"

„Ich lösche manche Nachrichten von Ann-Kathrin, weil wir nicht wissen, ob der Geheimdienst Zugriff auf unsere Handys hat. Wenn es zum Beispiel um den Aufenthaltsort einer Dissidentin geht oder so. Sie darf darüber eigentlich gar nicht schreiben, aber sie ist leider nicht besonders … clever."

Er zuckte mit den Schultern.

„Oh, okay", murmelte ich.

Es wurde immer peinlicher. Es gab eine banale Erklärung. Er machte sogar noch die Dummheit der angeblich begehrten Kollegin wett und rettete damit Leben. Ich wollte im Boden versinken.

„Wieso schickt Britta dich vor? Wieso fragt sie mich nicht?"

„Sie hat mich nicht geschickt", erwiderte ich schnell. „Das … das war meine Idee. Das war alles meine Idee. Auch das mit dem … Anfassen. Das … das … das Fleisch brennt an."

Ich wusste nicht mehr, was ich sagen sollte. Gott sei Dank reagierte Stefan auf die Ablenkung. Doch als er zu der Pfanne hechten wollte, rutschte er auf dem Weißwein aus und landete auf dem Küchenboden. Mit den Armen mitten in den Scherben der Flasche. Er schrie auf und fluchte. Dann schaute er mich mit Tränen in den Augen an. Allerdings waren es keine Tränen des Schmerzes.

„Das darf Britta auf keinen Fall erfahren, Rosa. Ich flehe dich an."

Der Mann meiner besten Freundin saß in einer Mischung aus Weißwein, Scherben und seinem eigenen Blut weinend auf dem Boden, während im Hintergrund eine Stichflamme aus der Pfanne hochschoss – nachdem ich ihn so scharf gemacht hatte, dass er eine Affäre mit mir wollte. Nein, diese Befragung war nicht so gelaufen, wie ich mir das vorgestellt hatte.

32

„Papa braucht Pflaster?"

Das fragte die süße Lina, die neben ihrer Mutter in der Badezimmertür stand, wo ich auf dem Badewannenrand sitzend Stefans Arme versorgte. Wir hatten die Scherben raus- und die Wunden ausgewaschen, als Britta mit den Kids nach Hause gekommen war.

„Glaub nicht, dass da ein Pflaster reicht", antwortete Britta ihrer Tochter konsterniert.

Von einer Blutspur zwischen Küche und Bad begrüßt zu werden, hatte auch sie sich so nicht vorgestellt. Immerhin funktionierte ich gut in der Aufregung rund um die kleine Katastrophe. Ich verband nicht nur den überforderten Stefan mit zahllosen Mullbinden, sondern erzählte nebenbei auch die perfekte Lügengeschichte über die Ereignisse. Im Grunde war meine Version nicht so weit von der Wahrheit entfernt: Die Flasche war mir aus der Hand gefallen und Stefan dann auf dem nassen Boden ausgerutscht. Lediglich den Grund für das Fallenlassen der Flasche ließ ich bei dem Bericht aus.

„Es tut mir so leid", sagte ich nicht zum ersten Mal.

Auch das meinte ich so. Alles tat mir leid. Vor allem, dass ich Britta anlügen musste. Ich tat es nicht nur für Stefan, der in Gedanken immer noch darüber rätselte, warum ich mich so nah an ihn geschmiegt hatte. Ich log auch nicht aus Scham – ich hatte ja nun wirklich nichts von ihm gewollt. Nein, ich tat es für die Beziehung der beiden, denn mir klang noch in den Ohren, wie Britta gedachte, mit einer Affäre umzugehen. Dass ich das mit meinem ungeschickten Vorgehen dann auch noch ausgelöst hätte – nicht auszudenken!

Als ich die Arme fachmännisch verbunden hatte, sprang Stefan umgehend auf.

„Ich muss mir was anderes anziehen", stellte er mit Verweis auf sein beflecktes Hemd und die in Mitleidenschaft gezogene Hose fest.

Er flüchtete, konnte weder Britta noch mich ansehen. Sie legte ihm auf dem Weg nach draußen den Arm auf die Schulter, aber er blieb nicht stehen.

„Ist er sauer auf dich?", fragte sie mich.

„Auf mich? Wieso? Ach so, nee, hoffe nicht."

Ich klang nicht glaubwürdig. Britta durchbohrte mich mit einem entsprechenden Blick.

„Lina? Emil? Wolltet ihr nicht Lego spielen?"

Die Kinder gehorchten und tobten davon. Britta kam zu mir ins Bad, lehnte die Tür hinter ihr an.

„Hast du was herausgefunden?", fragte sie verschwörerisch.

„Er hat nichts mit Ann-Kathrin."

„Echt? Sicher?"

„Er weiß, dass du es vermutest, aber der Gedanke ist für ihn völlig absurd. Er findet sie ziemlich dumm."

„Und warum löscht er die Nachrichten?"

„Weil er Angst hat, dass der chinesische Geheimdienst sie lesen könnte."

„Der chine …"

Sie stockte. Glaubte sie das nicht? Dabei war das absurdeste Detail ausnahmsweise sogar die Wahrheit. Britta schaute mich einen Moment lang sprachlos an, dann entfuhr ihr der tiefste Seufzer, den ich je bei ihr gesehen hatte. Doch, sie glaubte es. Sie glaubte alles.

„Ich bin das Problem", sagte sie gequält. „Nicht er. Ich bin viel zu lieblos. Ich mein', er verblutet hier fast, und ich stehe wie so ein Depp in der Tür, weil ich bloß nicht zu nett zu ihm sein will, er könnte ja … Och, Mann."

Sie drehte plötzlich ab und eilte zur Badezimmertür. Dort stoppte sie noch einmal, um zu mir zu blicken.

„Danke, Rosa. Du hast mich gerettet."

Na ja. Ich sagte nichts, sondern entlockte lediglich meinem Gesicht ein debiles Lächeln. Britta war eh schon auf dem Weg zu ihrem Mann, um ihn zu umsorgen, zu bemitleiden und weiterhin aus ganzem Herzen zu lieben.

Sie war so voller Schuldgefühle, dass sie dann auch gleich noch die Sauerei in der Küche wegmachte, dabei die restlichen Burger briet und ihren Mann auf der Couch im Wohnzimmer platzierte, wo sie ihn mit einem Glas seines Lieblingsweins versorgte. Sie verwandelte sich in eine regelrechte Doris-Day-Kopie. Das alles nur wegen eines falschen Verdachts. Der richtige Verdacht peinigte derweil Stefan und mich. Er konnte seine gequälten Blicke immerhin noch auf die zerstochenen Arme zurückführen. Doch mir blieb nichts anderes übrig, als die beste Freundin zu geben, die mindestens so erleichtert war wie Britta selbst.

„So, jetzt erzähl doch mal von deiner neuen großen Liebe", eröffnete Britta das Gespräch, als die ganze Familie schließlich am perfekt gedeckten Esstisch saß, und wir die frisch gebratenen Leckereien vor uns hatten.

„Rosa hat eine neue Liebe?", fragte Stefan mit einem tropfenden Burger in der Hand.

„Das weißt du ja noch gar nicht", flötete Britta. „Emil, setz dich richtig hin."

„Nein, das weiß ich noch nicht", antwortete Stefan mit einem Blick zu mir.

Er machte ein sauertöpfisches Gesicht. Klar, wenn er das gewusst hätte, hätte er mich nicht knutschend gegen den

Kühlschrank gepresst. Ich hatte wirklich alles falsch gemacht, was man nur ... In dem Moment geschah etwas mit mir. Ich sah Stefans vorwurfsvollen Blick und dachte: ‚Bin ich eigentlich bescheuert? Wieso bin ich diejenige, die sich die ganze Zeit Vorwürfe macht und sie auch noch gemacht bekommt?'

„Ja, ich habe eine neue Liebe", sagte ich selbstbewusst. „Einen tollen, respektvollen Mann, wie ich ihn noch nie erlebt habe."

„Wirklich?", fragte Britta mit der ihr eigenen Skepsis bei dem Thema.

Aber auch Stefan hörte stirnrunzelnd zu. Während ich meinen Burger mit den liebevoll auf dem Tisch drapierten Zutaten belegte, erklärte ich: „Ja, das ist er. Er baut mich auf. Er hat mir bewiesen, dass ich gar nicht so dumm bin, wie ich immer dachte. Dass es die anderen sind, zumeist Männer, die mich dumm halten ..."

Britta stoppte beim Belegen von Linas Burger und wollte etwas sagen, aber ich kam erst richtig in Fahrt.

„Und wenn ein Mann mich blöd anbaggert oder bedrängt, dann ist das nicht meine Schuld, auch wenn ich noch so sexy gekleidet bin, wenn ich vielleicht sogar mal eine Hand auf seine Schulter lege oder über Sex rede. Das heißt nämlich alles nicht, dass ich das auch will. Wenn ich Sex will, dann sage ich *Ich will Sex,* oder ich ziehe mich vor dem Kerl ..."

Ich stoppte mich selbst, denn mein Blick fiel auf Emil, der neben mir saß und interessiert zuhörte. Dadurch hatte Britta endlich die Chance, etwas zu sagen.

„So kenne ich dich ja gar nicht."

„Ich werde offensichtlich von vielen missverstanden. Aber das ist nicht meine Schuld. Oder?"

Ich blickte Stefan direkt an. Er blickte verlegen auf die krummen Gürkchen in seiner Hand.

„Natürlich nicht", murmelte er.

„Das hat dieser Arzt alles gesagt?", fragte Britta irritiert. „Lina, jetzt iss mal. Wie seid ihr denn darauf gekommen?"

Das holte mich aus der Situation mit Stefan heraus. Er hatte mich längst verstanden und kaute sichtlich daran. Dabei war noch gar nicht zur Sprache gekommen, dass er der Verheiratete in diesem Szenario war. Ich wandte mich an Britta.

„Wir haben viel über Männer und Frauen geredet. Wie mich die Erwartungen der Gesellschaft an mich als Frau klein halten, wie ich mich selbst klein mache. Mein Leben lang habe ich mich bremsen lassen. Vor allem von Männern. Er hat mir total die Augen geöffnet."

Das wiederum öffnete Brittas Mund. Sie staunte mich an. Ich strahlte, denn ja, Christian hatte ein Umdenken in mir ausgelöst – andernfalls hätte ich mir den Rest meines Lebens Vorwürfe für die Situation mit Stefan gemacht und sie ihm nicht postwendend um die Ohren gehauen.

„Äh, Rosa, das sage ich dir ungefähr, seit wir in der siebten Klasse zum ersten Mal Eis essen waren."

Sie war empört. Der Frau konnte man auch nichts recht machen.

„Dann freu dich doch", antwortete ich und drückte den oberen Bun auf meine perfekte Burgerkreation.

Britta machte eine Fratze.

„Nicht dein Ernst, dass ausgerechnet ein Mann dir das sagen muss, damit du es kapierst."

Ich seufzte.

„Deswegen ist es jetzt nichts wert?", fragte ich gereizt. „Ich bin ihm dankbar. Er hat mich sogar so sehr gepusht und unterstützt, dass ich mich jetzt um einen anderen Job …"

Weiter kam ich nicht, denn mitten in meinem Satz ging es plötzlich neben mir los: „Rosas Burger ist so schön. Viel schöner als meiner. Meiner ist doof. Ich will Rosas Burger. Mama macht die nicht so schön. Ich will Rosas Burger. Der ist schön."

Emil war auf der Holzbank so nah an mich heran gerückt, dass wir uns berührten. Seine Gedanken strömten wie eine Maschinengewehrsalve in meinen Kopf, während er begierig meinen Burger fixierte.

„Einen anderen Job?", hakte Britta nach.

„Rosas Burger ist bestimmt sehr, sehr lecker. Meiner ist doof. Ich will Rosas Burger. Ich …"

„Moment!", rief ich.

Dann nahm ich Emils in der Tat kümmerlichen Burger nur bestehend aus Brot, Fleisch und Ketchup und tauschte ihn gegen meinen aus.

„So", sagte ich zu dem Kleinen. „Gut jetzt? Dann kannst du bitte wieder ein bisschen rüberrutschen und essen, okay?"

„Danke", murmelte Emil und rutschte tatsächlich weg.

Alle schauten mich befremdet an. Ich war wohl laut geworden und natürlich hatte keiner außer mir das Stakkato gehört, das dazu geführt hatte.

„Hast du wieder in meinen Kopf geguckt?", fragte Emil in die entstandene Stille.

Brittas Augenbrauen schossen hoch. Stefan runzelte die Stirn.

„Ja, das habe ich", sagte ich schnell zu Emil. „Du weißt doch, dass ich zaubern kann."

So liebevoll, wie es ging, streichelte ich ihm über den Kopf. Dabei gab ich ein „Ach, Kinder, sind sie nicht herrlich"-Lachen in Stefans Richtung von mir.

„Rosa ist manchmal sehr spannend", dachte der Kleine.

Dazu muss man wissen, dass „spannend" sein Synonym für „gruselig" war – denn wenn ein Film „spannend" wurde, rannte er aus dem Zimmer oder versteckte sich hinter dem Sofa. Das war natürlich nicht die Wirkung, die ich auf den kleinen Jungen haben wollte. Andererseits sollte er ja mit Respekt vor Frauen groß werden, und da war das vielleicht ein Anfang. Ich drückte meinen Rücken durch und sagte zu Britta: „Ich bewerbe mich für einen Job in der Crew Control. Den bekommen normalerweise keine Flugbegleiterinnen, aber das kann sich ja ändern. Oder?"

„Natürlich", sagte Britta und sonst nichts.

„Aber?"

Denn sie hatte ihr „Aber"-Gesicht aufgesetzt.

„Nichts aber. Mit dir ist wirklich etwas passiert. Du sagst neuerdings noch nicht einmal mehr *Stewardess*, sondern *Flugbegleiterinnen*."

Das war mir noch gar nicht aufgefallen. Aber es stimmte. Stewardess erschien mir altmodisch und irgendwie auch abwertend.

„Besser spät als nie", antwortete ich.

Britta lächelte und hob ihr Glas. Wir stießen darauf an – schneller, als Stefan sein Glas ebenfalls erheben konnte. Tja.

33

Noch am selben Abend bestellte ich mir von Wein und Übermut angetrieben den von Anka empfohlenen „kleinen Freund“ im Internet. Mir fehlte nicht nur Christian. Ich hatte zusätzlich Sorge, dass es angesichts der komplizierten Gemengelage mit Kopfschmerzen und seltenen Treffen noch dauern konnte, bis ich meine Erfüllung mit ihm finden würde. Ich wollte nicht warten. Das pure Bestellen war mir schon wie eine Revolution vorgekommen. Früher hätte ich mich dafür geschämt, früher hätte ich mich allein schon bei dem Gedanken an Masturbation schlecht gefühlt, wenn es da doch einen Mann gab. Wie Betrug wäre es mir vorgekommen. Aber Anka hatte mich längst gelehrt, dass es das nicht war. Und Christian gab mir das Gefühl, dass er dies auch nicht so sehen würde. Er wollte, dass ich glücklich war, und vielleicht machte mich der kleine Freund ja wirklich glücklich.

Die nächsten zwei Tage hatte ich noch frei, und Christian war auf seiner Tagung. Trotz diverser Telefonate vermisste ich ihn. Wenigstens hatte ich aber nun genügend Zeit, um mich mit der Software vertraut zu machen, die ich für das Bewerbungsgespräch beherrschen musste. Fischer hatte mich per Mail für den kommenden Montag zu einem solchen eingeladen und noch einmal darauf hingewiesen, dass ich in Bezug auf das Programm getestet werden würde. Doch daran würde es nicht scheitern.

Denn ich machte einen kleinen Abstecher zu German Air und lauerte unserem IT-Experten Paul in der Cafeteria auf. Es benötigte nicht viel Augenaufschlag, bis er zustimmte, mir eine Trainingsversion der Software im Intranet der Airline freizuschalten. In unser schickes Intranet konnte ich mich auch von zu Hause aus einloggen, sodass mein heimischer Computer fast wie ein Betriebscomputer funktionierte – mit der Software, die ich kennenlernen musste. Ich stürzte mich noch am selben Nachmittag in die Arbeit. Auch den gesamten nächsten Tag über bearbeitete ich fiktive Unwetter, technische Probleme oder sogar vom Radar verschwundene Flugzeuge. Das Programm ließ sich nicht gerade intuitiv bedienen. Ich war froh über diese Übungszeit, aber es war dann auch nicht so kompliziert, dass ich mehr Zeit benötigte. Ich war ja nicht dumm. Am Abend ging ich zufrieden mit mir nach einem kurzen Telefonat mit Christian früh zu Bett. Denn am nächsten Tag würde mich der Vier-Uhr-Wecker erneut heimsuchen.

Der gesamte Umlauf – inklusive einer Übernachtung in Brüssel – bestätigte mich in meiner Entscheidung, zu neuen Ufern aufzubrechen. Es passierte nichts Schlimmes. Wir waren nicht einmal verspätet, so dass ich mein neues Wissen über die Abläufe in der Crew Control hätte in der Praxis testen können. Dennoch oder vielleicht auch gerade deswegen schleppte sich das Wochenende extrem langsam dahin. Briefing, Einstieg, Service, Ausstieg, Pause, und dann ging es wieder von vorne los. Mir kam es längst komisch vor, dass mich das früher nicht mehr genervt hatte. Schon bald war meine ganze Arbeit nur noch davon geprägt, dass ich den Abend mit Christian herbeisehnte und mindestens genauso sehr mein Bewerbungsgespräch am Montagnachmittag. Ich war in jeglicher Hinsicht fällig.

Entsprechend überschwänglich sprang ich Christian einmal mehr an, als er mich am frühen Sonntagabend am

Flughafen erwartete. Ich knutschte ihn platt und freute mich wie blöd, dass seine Gedanken nur aus Verzückung und Sehnsucht bestanden. Die grinsenden Menschen um uns herum nahm ich erst wahr, als er mich wieder abgestellt hatte und wir Händchen haltend zu seinem Saab schlenderten. Ich quatsche ihn voll mit meinem langweiligen Wochenende und meinen Plänen, und er antwortete in Gedanken. Wie hatte ich das vermisst.

Natürlich berichtete ich ihm auch von meinem Abend bei Britta und Stefan. Es brannte mir unter den Nägeln. Nicht nur, weil ich alles mit ihm teilen und vor ihm keine Geheimnisse haben wollte, sondern auch, weil er nun einmal der Experte für eine wichtige Frage war. Nachdem er mich – wie nicht anders erwartet – gleich mehrfach darin bestätigt hatte, dass Stefan derjenige war, der sich für seinen Übergriff zu schämen hatte, und sonst niemand, haute ich raus, was mich seit dem Abend beschäftigte: „Sein Begehren, sein Wunsch mich zu küssen, das war überhaupt nicht in seinen Gedanken vorgekommen. Klar, ich habe ihn nicht durchgängig angefasst, aber das muss sich doch aufgebaut haben. Hätte ich nicht zumindest eine Andeutung mitbekommen müssen? Ein Gedanke über mein Dekolleté, das ihn ja offensichtlich verrückt gemacht hat, oder über das, was die Berührungen bei ihm ausgelöst haben. Wie kann das sein?"

Wir saßen bereits im Auto, weshalb ich Christians Gedanken nicht vernehmen konnte, als er mich stumm angrinste. Es wirkte schelmisch, was mich irritierte.

„Was?", fragte ich und griff ihn am Arm, weil er nicht antwortete.

„Du kannst loslassen", sagte er lachend. „Ich erklär's dir. Aber ich kann so nicht Auto fahren."

Er deutete auf meine Hand. Also ließ ich ihn los, sodass er in den nächsten Gang schalten konnte. Wir waren bereits auf der Auffahrt zur Autobahn.

„Es überrascht dich überhaupt nicht“, stellte ich fest.

„Nein, es ist mir auch schon aufgefallen. Du kannst nicht alle Gedanken hören.“

„Was? Man kann seine Gedanken vor mir verbergen?“

„Darum geht es nicht. Aber ... wir denken ja nicht nur in Sätzen, in Wörtern. Ein großer Teil unserer Gedanken formiert sich in Bildern oder in Erinnerungen an Geräusche, Gerüche, sogar an Gefühle. Wenn ich zu dir sage: Erinnere dich mal an unsere erste Begegnung, wirst du nicht denken *Wir saßen in einem Sprechzimmer an einem Schreibtisch*, sondern du hast das Bild vor Augen. Nicht wahr?“

Ich nickte. Natürlich war es so. Ich blickte aus dem Autofenster und sah nicht die vorbeirauschenden Schallwände, sondern Christians Büro vor mir. Die ganze Situation, als ich ihn mit Britta besucht hatte. Als ich zum ersten Mal sein wunderschönes Gesicht gesehen hatte. Es waren stumme Bilder.

„Wenn Männer in solchen Bildern denken, kannst du das nicht wahrnehmen. Du hörst – oder wie auch immer man das nennen soll – nur Gedanken in ausformulierter Form.“

„Das heißt, Stefan hat nicht konkret daran gedacht, dass er mich küssen will, sondern ... es sich nur vorgestellt.“

„Würde zur Situation passen. Denn er durfte es nicht denken. Er wollte es nicht denken. Zumindest am Anfang, weil ihm klar war, dass ein Kuss unmöglich war. Es waren also erst einmal unterbewusste Vorstellungen oder auch nur Emotionen. Sie wurden schließlich so stark, dass sie sein Handeln dominierten.“

„Er konnte also nichts dafür?“, fragte ich mit einem unguten Gefühl.

„Doch, natürlich. Auch Bilder denkt man bewusst. Und ich bin mir sicher, kurz bevor er dich geküsst hat, waren da ganz klare Gedanken, bei denen er sich hätte anders entscheiden können.“

Ja, so musste es sein. Diese neue Erkenntnis löste mehr als ein Rätsel, das ich in den zwei Wochen seit der Notlandung und dem Beginn des Mysteriums Telepathie gehabt hatte.

„Deswegen höre ich nichts, wenn ich intim mit einem Mann werde – wie bei diesem Max. Oder wenn du mich küsst. Ihr denkt dann in Bildern."

Christian nickte mit einem Grinsen.

„Seit wann weißt du das?", fragte ich.

„Ich ahne es, seit ich mir bei unserem ersten Test vorgestellt habe, dich zu küssen. Es war einfach über mich gekommen, aus dem Nichts, als ich auf deinen Lippen geschaut habe, während wir verbunden waren. Es war mir extrem peinlich, aber du hast es nicht mitbekommen."

„Du hattest also die ganze Zeit Hintergedanken", stellte ich mit einem kessen Unterton fest.

„Gefühle", antwortete er ernst. „Es waren Gefühle."

Ich lächelte ihn schweigend an. Er wirkte verlegen, schaute auf die Fahrbahn vor sich. Ich gab ihm einen Kuss auf die Wange.

„Du bist ja süß, Christian."

„Ärgert dich das nicht?"

„Nein, es freut mich. Ich hatte doch dieselben Gedanken. Und bei mir waren es nicht nur Bilder."

Er lachte. Dann legte er mir beim Fahren die Hand auf den Oberschenkel. Ich vernahm keinen Gedanken, nur ein diffuses, sehr warmes, angenehmes Gefühl. Auch das war eins der Rätsel, die es nach wie vor gab: Ich spürte manchmal Gefühle, die nicht meine eigenen waren. Kam das durch die Bilder, die ich nicht sah? Waren es Übersetzungen der Bilder?

„Was stellst du dir vor?", fragte ich.

„Ich stelle mir dich nackt vor", dachte er.

Ich lachte und schaute ihn herausfordernd an, als er die

Hand wieder wegnehmen musste, um zu schalten. Wir steuerten auf die Ausfahrt in Charlottenburg zu.

„So etwas machst du also heimlich?“, fragte ich mit provozierendem Unterton.

„Immer wieder.“

„Reicht dafür deine Fantasie, oder muss ich den Bildern auf die Sprünge helfen?“

„Ich wäre für jede Hilfe dankbar.“

Jetzt war ich es, die eine Menge Bilder im Kopf hatte.

„Fahr schneller“, befahl ich.

Christian lachte und trat aufs Gas.

34

Mit Christian zu schlafen, war die irrealste Erfahrung, die ich in meinem gesamten Leben bis dahin gemacht hatte. Und ich war immerhin die Frau, die Gedanken lesen konnte.

Mit seinem nackten Körper auf mir, mit ihm ihn mir, mit seinen Berührungen von Kopf bis Fuß bekam der Begriff Verschmelzen eine völlig neue Dimension. Ich sah ihn, hörte ihn, roch ihn, spürte ihn, fühlte ihn, aber ich tat all dieses auch noch einmal aus seiner Perspektive. Ich war er. Der Mann ließ sich fallen, ließ sich gehen. Ich vernahm seine Gedanken. Und – ich weiß nicht, ob es an unserem Gespräch im Auto lag – ich hatte sogar das Gefühl zu sehen, was er vor seinem inneren Auge sah. Er sah uns. Von außen, von oben, von innen. Und ich war immer dabei. Es war ein absoluter Traum, eine Rückkopplung von Leidenschaft, Begierde und Ekstase.

Leider führte die Rückkopplung aber auch zu Kopfschmerzen. Wie immer waren sie in Christians Gegenwart nicht so schlimm wie bei anderen Männern oder gar bei zwei Sekunden im Kopf von Emil. Doch während wir auf einen perfekt synchronisierten Höhepunkt zurasten, ließ sich der Schmerz nicht mehr ausblenden. Der Druck gegen meine Schädelwand war so stark, dass ich dachte, mein Kopf würde in dem Moment platzen, wenn ich kommen würde. Aber was soll ich sagen? Es war mir egal. Ich wollte nicht stoppen, ich konnte nicht stoppen. Ich bewegte mich rasend unter ihm und presste mich nur noch fester an seinen Körper, als es schließlich geschah.

Mein Kopf blieb heil. Ich verlor auch nicht das Bewusstsein. Es blieb trotzdem ein zweischneidiges Schwert. Mein Glück wurde überlagert von Übelkeit und Flecken vor den Augen. Ich drückte Christian fast unsanft von mir – er reagierte sofort und gab mir Raum, auch wenn er selbst gerade erst einen Glücksmoment erlebte hatte. Ich hätte ihm gerne gegönnt, diesen zu genießen. Es ging nicht.

„Der Kopf?", fragte er, außer Atem nackt vor mir sitzend.

„Geht schon wieder", log ich.

„Es tut mir leid."

„Um Gottes Willen. Das war wunderwunderschön. Das … es geht schon wieder."

Ich strahlte ihn an, zog ihn zu mir. Er küsste mich, blieb mit dem Rest des Körpers auf Distanz. Er war wirklich aufmerksam. Besorgt betrachtete er mein Gesicht.

„Du bist ganz blass. Ich hol' dir was zu trinken."

Ich nickte nur, war zu erschöpft zum Protestieren. Auch wenn es mir das Herz brach, dass unsere körperliche Liebe ihm Sorgen bereitete. Sie sollte doch den gegenteiligen Effekt haben.

„Erzähl mir mehr über das Denken", bat ich ihn, als er wiederkam und mir ein Glas Wasser reichte.

Ich wollte nicht nur das schlechte Gefühl verdrängen, sondern wirklich mehr erfahren. Auch wenn er mir bei all unseren Versuchen immer erklärt hatte, was er mit ihnen herausfinden wollte, so wusste ich bisher erstaunlich wenig über die Gehirnvorgänge beim Denken. Und auch darüber, was er denn nun eigentlich für Ergebnisse erzielt hatte. Es wunderte mich, dass ich bisher nicht nachgehakt hatte. War ich zu sehr mit mir selbst beschäftigt gewesen? Oder hatte ich es mal wieder nicht als Teil meiner Rolle gesehen, tiefer in die Materie einzutauchen? Hatte ich das Gefühl gehabt, den wissenschaftlichen Kram würde ich sowieso nicht verstehen?

Dabei war das gar nicht so schwer. Erstens war ich ein intelligenter Mensch, und zweitens lag die Koryphäe für das Thema neben mir im Bett. Niemand konnte besser und geduldiger erklären als Christian. Ich fand eine angenehme Position auf seinem nackten Oberschenkel, gar nicht weit entfernt von seinem besten Stück, wo ich meinen Kopf ausruhen und ihm gleichzeitig nah sein konnte. Während ich nackt dort lag, hin und wieder von ihm gestreichelt wurde und an die Decke seines Schlafzimmers blickte, entführte er mich in die Welt der Gedanken. Ich erfuhr den Stand der Forschung, von dem man zusammenfassend sagen kann, dass man letztlich nicht viel darüber wusste, wie Gedanken entstanden und vor allem wie unser Gehirn sie steuerte. In aufwändigen Versuchen war es lediglich gelungen, einige Abläufe nachzuvollziehen. Man hatte beobachtet, welche Gedanken welche Hirnregionen aktivierten. Man hatte gesehen, wie Neuronen „feuerten" und neue Synapsen bildeten, wenn man gedanklich eine bestimmte Information und Erfahrung verarbeitete. Man konnte sogar vorhersagen, wie ein Proband – dessen Gehirn man ausführlich beobachtet und vermessen hatte – bei einem bestimmten, einzelnen Impuls reagieren würde. Aber da bei jedem Menschen die Landkarte des Gehirns ein Unikat war – ähnlich wie der Fingerabdruck, nur viele Male komplexer – würde es auf technischer Ebene in absehbarer Zeit und mit den vorhandenen Möglichkeiten nicht möglich sein, auch nur einfache Gedankengänge spontan herauszulesen.

„Es ist mir ein vollkommenes Rätsel, wie du das machst", gab Christian zu, als er mit seinem kleinen Vortrag geendet hatte. „Du misst ja nicht die Gehirnströme oder bildest magnetische Abbilder. Es funktioniert über Berührung der Knochen. Das ist … ein Mysterium."

„Sind Frauen nicht eh ein Mysterium?“

Sein Körper bebte kurz vor Lachen.

„Das ist ja auch schön, aber im Fall der Telepathie würde ich mir schon wünschen, mehr zu verstehen. Guck, es gibt keinerlei Auffälligkeiten bei all meinen Untersuchungen, wenn man von der Existenz des Tumors absieht. Aber wer weiß? Am Ende hat der überhaupt nichts damit zu tun. Es ist noch nicht einmal die Gehirnregion um ihn herum betroffen, wenn du Gedanken liest. Es ist …“

Er seufzte. Ich drehte mich zu ihm. Er war frustriert.

„Können wir weitere Tests machen?“, fragte ich ihn.

Er nahm meine Hand und zog mich zu sich hoch. Vor den nächsten Sätzen zögerte er.

„Ehrlich gesagt, stoße ich mit meinem Wissen und meinen Möglichkeiten an Grenzen. Was mir helfen würde, wäre Kollegen hinzuziehen. Ich hatte bei der Konferenz sehr spannende Gespräche …“

„Du hast jemandem von mir erzählt?“, ging ich erschrocken dazwischen.

„Nein! Nein, ich habe nur, theoretisch, also ohne Details …“

„Christian!“

„Mensch, es war doch nur ein Kollege“, entfuhr ihm ein Gedanke, den er eher nicht hatte preisgeben wollen.

Huch!

„Es tut mir leid, Rosa“, sagte er schnell. „Das ist ein sehr versierter und vertrauenswürdiger Wissenschaftler aus Japan. Er weiß auch gar nicht genau, wer du bist. Aber ich musste das einfach mal … Weißt du, mit Theorie komme ich da nicht weit. Ohne die Katze aus dem Sack zu lassen. Verstehst du?“

„Mir gefällt es aber ganz gut im Sack.“

Christian lächelte, streichelte mir über die Haare. Ein wenig fühlte es sich wirklich so an, als ob er sein Kätzchen streicheln würde. Ich zog das Bettlaken an mir hoch, denn ich fühlte mich plötzlich nackt.

„Sei mir nicht böse, bitte", dachte er.

Ich war nicht böse. Überrascht eher. Natürlich verstand ich ihn, ich sah sein Problem, aber ich fühlte mich gestresst bei dem Gedanken, dass ich nun doch zu dem Zirkuspferd werden könnte, vor dem Anka gewarnt hatte.

„Aber sag es sonst bitte niemandem", bat ich ihn.

„Mach ich nicht."

„Weißt du, das geht mir zu schnell. Ich muss jetzt erst mal das mit dem neuen Job hinbekommen und ..."

Ich wusste nicht, was „und", aber ich wusste, dass ich Zeit brauchte.

„Natürlich", sagte Christian sofort. „Wir haben alle Zeit der Welt."

Er küsste mich auf die Stirn meines begnadeten Kopfs. Ich lächelte und kuschelte mich fester an ihn. Dann sagte er: „Ich habe Hunger."

„Ich auch", sagte ich verführerisch und blickte an seinem nach wie vor nackten Körper hinab.

Er lachte laut und sprang auf.

„Jetzt wird erst was gegessen. Sonst wirst du wirklich noch ohnmächtig."

Schon verschwand sein knackiger Po aus dem Schlafzimmer. Ich bedauerte es.

35

Erst zum Abendessen hatte ich die Möglichkeit, Christians Wohnung genauer in Augenschein zu nehmen. Wir hatten uns bei der Autofahrt vom Flughafen nach Charlottenburg gegenseitig so aufgeheizt, dass wir aus dem Aufzug direkt ins Schlafzimmer gestürmt und übereinander hergefallen waren. Dabei war seine Wohnung durchaus sehenswert. Eine typische Berliner Altbauwohnung mit einem langen Flur, von dem zur Straße hin drei große Räume abgingen, während auf der anderen Seite ein riesiges Bad, das sogenannte Berliner Zimmer mit einer modernen Essküche sowie von diesem abgehend ein weiterer Flur lagen. Über den hinteren Flur gelangte man außer zu einem zweiten Bad und einer geräumigen Abstellkammer vor allem zu dem Schlafzimmer, das ich bisher nur aus der Perspektive des zwei mal zwei Meter großen Bettes kennengelernt hatte. Vielleicht war es sogar noch größer. Alles in der Wohnung war groß. Die Küchenzeile mit den Designergeräten, der Doppelkühlschrank, der massive Esstisch für mindestens zehn Leute, die Sofalandschaft, die Regale mit zahllosen Büchern, sogar die Badewanne hatte kein Normalmaß. Wahrscheinlich war das einfach so, wenn man alleine auf 150 Quadratmetern lebte. Ich war beeindruckt. Von den handverlesenen Möbeln skandinavischer Designern, von den überdimensionalen Gemälden oder Fotografien an den Wänden, die sicher allesamt Originale waren, von der in der Decke verborgenen Leinwand und dem passenden Beamer, wodurch sich die Abwesenheit eines Fernsehers erklärte. Aber ganz besonders war ich von den Wänden und Decken in den drei vorderen Zimmern beeindruckt, durch die sich die Wohnung dann doch von einer normalen Altbauwohnung unterschied. Offensichtlich hatte man die Decke über der obersten Etage entfernt, sodass die Wände bis in den Dachstuhl reichten. Die Fenster waren der enormen Höhe angepasst und so stand ich mitten im üppigen Licht der tiefstehenden Sonne, als ich nur in das Bettlaken gewickelt durch die Wohnung streifte.

„Was verdient man eigentlich so als Neurologe?", fragte ich Christian, als er mit einem Glas Wein zu mir kam.

Er lachte nur und reichte mir das eiskalte Glas, dessen Inhalt garantiert aus dem Weinkühlschrank stammte, den ich ebenfalls in der Wohnküche entdeckt hatte. Wir prosteten uns zu und tranken. Ein sehr guter Weißwein, natürlich. Auch wenn ich bisher nicht daran gezweifelt hatte, dass Christian ein guter Fang war: Nach der kleinen Runde durch sein Reich gab es dazu keine Fragen mehr.

Das I-Tüpfelchen war, dass der Mann auch noch gerne kochte. Und dass er gut kochte. Ich beging zwar den Fehler, nach der Möglichkeit einer Essenslieferung – Sushi oder Pizza – zu fragen, denn ich wollte so bald wie möglich mit ihm zurück in das Zimmer am Ende des hinteren Flurs. Aber Christian war in diesem Fall wie Britta und empfand bestelltes Essen als Frevel. Er verzieh mir allerdings die Frage und überzeugte mich mit den kleinen Leckereien, die er flink zubereitete. Wir quatschten uns in der wohlig warmen Küche fest, wo der Weißwein floss und die Häppchen nicht weniger wurden. Aber das war ja das Tolle: So sehr ich diesen Mann auch begehrte, ich redete gerne mit ihm, hörte ihm gerne zu, war einfach gerne bei ihm. Längst nestelte ich regelmäßig an Mamas Ring herum, wenn Christian mir nah war. Dass dies so schnell nach Henk wieder möglich sein würde, verdankte ich nur meiner neuen Fähigkeit – wenn auch auf anderem Wege als von mir geplant. Ich verdankte es aber auch Christian, der alles richtig machte.

Schließlich forderte der lange Tag, der für mich morgens um vier in Brüssel begonnen hatte, seinen Tribut, und ich schlief fast am Küchentisch ein. Christian rettete das Weinglas, das mir aus der Hand glitt – auch das unterschied ihn von anderen Männern – und befahl, dass wir ins Bett gehen sollten.

„Au ja!", rief ich.

Doch als wir dann aneinander geschmiegt dort lagen, fielen mir die Augen schneller zu, als ich ihn küssen konnte. Er schmunzelte, und ich hörte noch seine Gedanken, dass ja morgen auch noch ein Tag sei. Dann ergab ich mich. Ohne mich abzuschminken, kuschelte ich mich an ihn und schlief bei seinem endlosen Gedankenstrom von Komplimenten für meinen aufregenden Körper ein.

Am nächsten Morgen wachte ich von alleine früh auf. Mein aufregender Körper war das so gewohnt. Aber der Professor schlief um sechs noch tief und fest, was er sich ja nun wirklich auch verdient hatte. Die Sonne fiel bereits durch einen Schlitz in den langen Vorhängen auf ihn, so dass ich mir meinen Mann in Ruhe anschauen konnte. Ein schöner Mann. Natürlich älter als die anderen Exemplare, die ich schon einmal so hatte betrachten können. Die Haut gegerbt, Falten hier und dort, auch mal ein kleines Speckröllchen, aber ich liebte alles an ihm. Unweigerlich zog ich Christian die Decke ein Stück weg, um ihn auch weiter unten zu betrachten. Im Moment war seine Pracht entspannt zwischen den Beinen zusammengerollt, aber ich wusste, dass sie Entwicklungspotential hatte. Bei dem Gedanken musste ich kichern. Mir wurde warm am ganzen Körper. Ja, den da unten mochte ich auch. Ich sehnte mich nach ihm. Ich hatte solchen Appetit wie lange nicht mehr. Appetit auf Leidenschaft zwischen den Laken. Auch wenn die Kopfschmerzen ein echtes Problem waren. Aber vielleicht mussten wir einfach experimentieren. Es gab Stellungen, bei denen er mich nicht am ganzen Körper berührte. Auch wenn ich es mit viel Nähe schöner fand, konnte so eine andere Position auch seinen Reiz haben. Männer mochten das doch sowieso gerne. Ich blickte zu Christians Gesicht hoch, das in dem Moment eher auf friedliche Träume hinwies als auf ungezügeltes Begehren. Träume? Bei dem Stichwort wurde ich neugierig. Vorsichtig rückte ich näher an ihn heran und legte ihm behutsam meine Hand auf den Kopf. Ich lauschte und stellte fest, dass man Träume nicht hören konnte. Natürlich. Auch sie waren keine formulierten Gedanken. Doch es war auch nicht nichts, das ich vernahm. Es gehörte eher wieder zu der Kategorie Gefühle, wie ich sie in intensiven Momenten beim Gedankenlesen verspürte. Es fühlte sich an wie Begehren, aber kein körperliches, eine Sehnsucht, ein Wunsch nach Erfüllung. Träumte er von uns? Von einer Familie? Ich wollte mehr wissen und drückte mich an ihn. Doch dabei übertrieb ich es. Bevor ich mehr über dieses Gefühl herausfinden konnte, hörte ich „Huch, da ist aber jemand früh wach“ in seinen Gedanken.

Er hatte die Augen geöffnet und grinste mich an.

„Sorry, ich wollte dich nicht wecken.“

„Du wolltest meine Träume ausspionieren.“

Ich war mir nicht sicher, ob das ein flapsiger Spruch oder Kritik sein sollte.

„Ist das schlimm?“

„Nein, spannend. Hast du etwas mitbekommen?“

„Nur ein diffuses Gefühl. Was hast du geträumt?“

Er zögerte, zuckte mit den Schultern.

„Ich weiß es nicht. Ich vergesse meine Träume. Aber das wäre auch mal ein interessanter Versuch."

Er lenkte ab. Warum? War ihm der Traum unangenehm? Im nächsten Moment gelang die Ablenkung, denn er küsste mich. Doch bevor das Folgen haben konnte, richtete er sich auf und blickte zu dem alten Messingwecker auf seinem Nachttisch.

„Wir haben noch Zeit", sagte ich verführerisch.

Er grinste mich an. Ich robbte näher zu ihm. Aber er küsste mich nur noch verhalten. Bei einem kleinen Seitenblick nach unten stellte ich fest, dass er nicht in allen Körperregionen erwacht war. Also stoppte ich.

„Willst du nicht?"

„Ich will dir nicht weh tun", sagte er bedrückt.

„Ich komme damit klar."

„Du bist gestern sehr weit gegangen, und ich bin nicht sicher, ob du in so einer Situation noch die Kontrolle hast."

„Du bist ganz schön beeindruckt von dir selbst, mh?"

Er lachte, wurde aber schnell wieder ernster – ohne etwas zu sagen.

„Na ja, es liegt ja eigentlich nur an den Berührungen", versuchte ich es vorsichtig.

„Es wird wohl kaum ohne gehen", witzelte er.

„Nein, aber …"

Ich merkte, wie mir die Röte ins Gesicht schoss. Ich war nicht geübt darin, offen über solche intimen Dinge zu sprechen. Auch wenn ich längst nackt mit dem Mann im Bett lag. Sex hatte für mich immer einen Zauber gehabt, der im Unausgesprochenen lag. Doch mit diesem Prinzessinnenkram kam ich jetzt nicht weiter. Ich wünschte mir Ankas Abgeklärtheit, doch unter dem amüsierten und gleichzeitig auch distanzierten Blick von Christian kamen mir nicht die Worte über die Lippen, an denen es mir sowieso mangelte. Also versuchte ich es nonverbal. Ich ging auf alle viere, streckte ihm meinen Po entgegen und blickte ihn verführerisch an. Was tat er? Er lachte und tätschelte meine Pobacke. Nicht die Reaktion, die eine Frau sich in dieser Situation erhofft.

„Wir sollten das dosiert angehen. Ich weiß immer noch zu wenig über deine Kopfschmerzen. Mh?"

Auch wenn er die Stimme am Ende anhob, war da keine Frage in seinem Satz, denn im nächsten Moment stand er schon auf. Allerdings nicht, um mich wild von hinten zu nehmen, sondern um sich nach wie vor ohne Erregung auf den Weg ins Bad zu machen. Wahrscheinlich war dies das erste Mal in der Menschheitsgeschichte, dass ein Mann die Kopfschmerzen der Frau vorschob, um nicht mit ihr schlafen zu müssen.

36

Bis zu diesem Morgen hatte ich es wohltuend entspannend gefunden, einen deutlich älteren Mann an Land gezogen zu haben. Doch nun fragte ich mich zum ersten Mal, ob das nicht auch Nachteile hatte. Nein, ich hatte keine Sorge, dass es Christian an Potenz mangeln könnte – das Gegenteil hatte er längst bewiesen. Aber es irritierte mich nachhaltig, dass er nicht genauso vor Begierde strotzte, wie ich es tat. Wir standen ganz am Anfang unserer Beziehung, wir waren frisch verknallt, wenn man seinen Gedanken Glauben schenken durfte, fand er mich so heiß wie das Innere der Sonne, aber trotzdem hatte er keine Mühe, sich zurückzuhalten. Ich dagegen war plötzlich ein dauererregtes Etwas, das liebend gerne massive Kopfschmerzen auf sich nehmen wollte und sich sogar zum Deppen machte, nur damit er mich erlöste. Und das als Frau. Konnte so etwas überhaupt sein? Es war doch immer meine geheime Superkraft gewesen – bevor ich die wahre Superkraft bekommen hatte – dass ich mich und damit auch die Männer kontrollieren konnte.

Natürlich nahm ich Christian das nicht übel. Er war den ganzen Morgen über reizend, versorgte mich mit einem üppigen Frühstück und selbstgemahlenem Kaffee, flirtete mit mir und machte mir Komplimente. Er küsste mich auch, aber das machte das Leben für mich nicht leichter. Ich war froh, dass ich vor dem Bewerbungsgespräch noch genügend Zeit hatte, um nach Hause zu fahren. Ich war noch froher, als ich in meinem Briefkasten die Benachrichtigung fand, dass ein Päckchen für mich bei dem alten Herrn Herbst im Erdgeschoss abgegeben worden war.

„Das ist aber ein kleines Paar Schuhe", witzelte der freundliche Mann, bei dem ich ansonsten Zalando-Kartons aus der Wohnung schleppte.

„Macht aber trotzdem glücklich", erklärte ich ihm frech und nahm den kleinen Karton mit „neutraler Verpackung", wie es mir beim Bestellen versprochen worden war.

So kam es, dass ich zwei Stunden später nicht nur fein herausgeputzt, sondern auch völlig befriedigt zu meinem Termin bei German Air kam. Es passte dazu, dass ich nun auch mein berufliches Glück selbst in die Hand nehmen wollte. An diesem Tag würde mich niemand stoppen können. Auch nicht Gregor Maier – Personalchef und alter Kumpel von Henk – der mich mit einem Pokerface in seinem Büro im obersten Stock des Airlinegebäudes empfing. Für die herausgestellte Position in der Firma wirkte er noch etwas jung, in dem gut sitzenden Anzug deswegen jedoch nicht unbedingt fehl am Platz. Er war längst nicht so attraktiv wie Henk, der hohe Haaransatz, das kreisrunde Gesicht kein Hingucker, aber er hatte mit regelmäßigem Sport und geschickter Kleiderwahl etwas aus sich gemacht. Der selbstbewusste Blick seiner fast schwarzen Augen zeigte, dass er das wusste.

„Sie haben jetzt erst einmal eine halbe Stunde Zeit, Ihre Fähigkeit mit der Crew-Control-Software zu beweisen, danach setzen wir uns dann mit Frau Fischer und Herrn Kuttner zusammen."

Er kam direkt zur Sache. Mir war es recht. Ich wollte nicht länger als notwendig mit ihm alleine sein, denn ich roch förmlich, dass Henk ihn gegen mich aufgehetzt hatte. Natürlich ließ der Personalchef sich das nicht anmerken, war freundlich, aber auch distanziert. Anders als

Henk neigte er nicht zu Berührungen. Außer einem kurzen Händeschütteln, bei dem ich nur ein „Aha" aus seinen Gedanken hatte vernehmen können, gab es nichts, das mich in ihn hineinschauen ließ. Aber ich war exzellent vorbereitet, strotzte vor neu gewonnenem Selbstbewusstsein und wusste meine Chefin genauso auf meiner Seite wie ich mich mit dem Chef der Crew Control Kuttner wohlgefühlt hatte. Ich würde niemandem eine Chance geben, mich nicht für diese Stelle zu nehmen.

„Ich muss Ihnen leider mitteilen, dass wir uns für jemand anderen entschieden haben."

„Bitte, was?"

Mir fiel fast mein Handy aus der Hand. Ich stand am frühen Abend bei Edeka an der Kasse, als mich der am Ende des Bewerbungsgesprächs versprochene Anruf von Renate Fischer erreichte. Nach einem Nachmittag, der so perfekt gelaufen war, dass ich keine Sekunde gezögert hatte, selbst in dieser Situation ans Handy zu gehen. Es konnte ja nur eine gute Nachricht sein. Hatte ich gedacht.

„Ich verstehe nicht", stammelte ich.

„Es tut mir leid, Frau Remberg", hörte ich die professionell ruhige Stimme am anderen Ende der Leitung. „Sie haben uns nicht vollends überzeugt."

Ich hatte ein brillantes Einstellungsgespräch geführt. Locker, auf den Punkt, ich hatte Fischer und Kuttner sogar zum Lachen gebracht und selbst die Giftpfeile von Gregor – von wegen mangelnde Erfahrung, mangelnde Führungsqualitäten – mühelos pariert. Wie konnte das nicht überzeugend gewesen sein?

„Aber Sie haben doch gesagt, Sie setzen sich für mich ein", entfuhr es mir hilflos.

„Also jetzt telefonieren oder bezahlen, Püppchen", raunte ein Anzugträger hinter mir.

Ich schickte ihm einen bösen Blick, aber er rollte nur mit den Augen und schaute mir auf den Po. Während ich der Kassiererin wahllos Geld in die Hand drückte, hörte ich Frau Fischer sagen: „Ich habe Ihnen auch gesagt, dass mein Einfluss Grenzen hat. Und Ihre Performance mit der Software hat leider gezeigt, dass jemand mit Erfahrung in der Crew Control – wie der Bewerber, den wir nun genommen haben – Ihnen schon noch etwas voraus hat."

„Was ist das Problem mit meiner Performance? Ich habe keinen einzigen Fehler gemacht."

Davon war ich überzeugt. Die Aufgabenstellungen bei dem kleinen Test hatte ich nicht einmal als besonders herausfordernd empfunden. Frau Fischer seufzte.

„Das haben Sie leider doch. Dagegen konnte ich dann auch nicht mehr argumentieren. Ich bin aber nach wie vor gerne bereit, mich für Sie als Purserin stark zu machen …"

Das Weitere hörte ich nicht mehr. Ich stand vor meinen Einkäufen in der Ablagefläche hinter der Kasse, mit meinen Restgeld in der Hand unter den anzüglichen Blicken des Kerls hinter mir und fühlte den Schlag in meinen Magen. Nicht weniger war es. Der Schlag schmerzte. Oh ja. Er machte mich wütend. Wütend auf mich selbst. Denn natürlich waren Giftpfeile während des Gesprächs nicht alles gewesen, was Gregor im Köcher gehabt hatte. Er hatte das Ergebnis meines Tests manipuliert. Ganz einfach.

„Danke, Frau Fischer", sagte ich schließlich, als es am anderen Ende der Leitung still geworden war. „Vielen Dank. Einen schönen Abend noch."

Ohne ihre Antwort abzuwarten, drückte ich das Gespräch weg. Ich fühlte die gesamte Ungerechtigkeit der Welt.

„Du stehst im Weg, Püppchen."

Ich drehte meinen Kopf zur Seite und fixierte den Anzugträger.

„Wer hat Ihnen eigentlich erlaubt, mich zu duzen?“, fragte ich ihn.

Bevor er antworten konnte, redete ich mit leiser Stimme weiter, jedes Wort so scharf geschliffen wie ein japanisches Küchenmesser.

„Und wer hat Ihnen erlaubt, sich so aufzuführen, als ob Ihnen der Laden hier gehört? Und wer hat Ihnen überhaupt erlaubt zu leben? Eine Frau, oder? Dann haben Sie verdammt noch mal Respekt.“

Meine Wut prasselte so massiv auf den überraschten Mann herab, dass er verlegen seinen Blick senkte, sich seine Zigaretten und das Snickers aus der Ablage griff und machte, dass er davonkam. Das freute mich. Einer war erledigt, die anderen würden folgen.

37

Henks Flug aus Marseille landete am nächsten Nachmittag um 14:20 Uhr in Schönefeld. Der Flug war pünktlich, was ich mittels meines Computers mühelos feststellen konnte, weil ich die Crew-Control-Software ja aus dem Effeff zu bedienen wusste. Deswegen stand ich an diesem sonnigen Frühlingstag ebenso pünktlich auf dem Vorfeld, wo die Boeing 737 eine Außenposition zugewiesen bekommen hatte. Geduldig wartete ich neben dem schwarz-gelben Follow-Me-Auto, dessen Fahrer ich mit einer rührenden Geschichte zu meiner Mitnahme überredet hatte. Als die Passagiere mit den Pendelbussen verschwunden waren, verließ auch die Crew das Flugzeug. Henk wie immer als Letzter. Alle machten sich auf den Weg zu dem Kleinbus, der die Crew zum Terminal bringen sollte. Doch Henk schaffte es nicht bis zu dem Wagen. Ich stellte mich ihm in den Weg. Niemand hatte beobachten können, wie sich die im Hauptgebäude der Airline noch so freundliche Flugbegleiterin in eine hysterische Furie verwandelt hatte. Diese schrie Henk an: „Du steckst dahinter! Du willst mich fertigmachen! Aber das lass' ich mir nicht gefallen, Henk. Das lass ich mir nicht gefallen!"

Meine Stimme überschlug sich. Henk stand staunend vor mir, ließ aber bereits sein überhebliches Grinsen erkennen. Genau, wie ich es mir vorgestellt hatte, als ich am Vorabend diese Situation mit Anka geübt hatte.

„Rosa, was ist los?“, fragte er überrascht.

Sein Co-Pilot und die Kolleginnen aus der Kabine schauten verblüfft zu uns herüber. Ich ignorierte sie und konzentrierte mich ganz auf Henk.

„Jetzt tu nicht so, du arrogantes Arschloch. Was hast du Gregor bezahlt, damit er mich abschießt?“

Wie sich das für eine hysterische Frau gehörte, hatte ich ihn kurz vor dieser Frage am Arm gepackt und rüttelt diesen heftig. Henk lachte spöttisch.

„Drehst du jetzt komplett durch?“

Ich antwortete nicht, sondern krallte mich nur noch fester in den Ärmel seiner Uniform. Das ließ ihm genügend Zeit zum Denken.

„Ich weiß nicht, ob man die Kiste Chateau-Lafite echt als Bezahlung bezeichnen sollte – war doch eher ein Dienst unter Freunden.“

„Er hat meinen Test manipuliert“, keifte ich. „Ich habe keine Fehler gemacht. Das weiß ich genau.“

„Komischerweise waren es dann doch fünf Fehler“, dachte er süffisant, aber er sagte: „Ich weiß überhaupt nicht, wovon du redest. Würdest du mich jetzt bitte loslassen.“

Er riss den Arm weg. Ich griff wieder danach.

„Nee, damit kommst du nicht durch“, rief ich. „Dieses Mal nicht. Damit gehe ich nach ganz oben.“

„Gerne“, dachte er. „Wenn die sehen, was für ein Wrack du bist, fliegst du gleich ganz raus.“

„Ich werde dich fertigmachen. Dich und Gregor. Ihr habt das letzte Mal eine Frau missbraucht.“

Das schrie ich besonders laut, um ihn vor den anderen zu provozieren. Es funktionierte besser als erwartet. Dieses Mal riss er sich nicht nur los, sondern packte mich seinerseits so fest am Arm, dass es schmerzte.

„Pass mal auf, Rosa“, fuhr er mich an. „Das ist jetzt nicht

mehr lustig. Wir gehen sofort zur Fischer. Du, ich und Gregor."

Hervorragend. Jetzt war es sogar noch seine Idee.

„Lass uns das machen", giftete ich zurück. „Und euren Spielchen ein Ende setzen."

Das war eigentlich nur so dahingesagt, um ihn weiter zu provozieren. Doch während er mich mit einem bedrohlichen Blick anstarrte, mit dem er mir zum ersten Mal wirklich Angst machte, vernahm ich noch einen weiteren Gedanken: „Weiß sie was von Uschi? Quatsch, kann sie nicht. Die Frauen, die Gregor *befördert* hat, werden ja wohl die Klappe halten, und …"

Weg war seine Hand.

„Du kannst gerne mit uns zum Hauptquartier fahren", zischte er süffisant und ging zum Crew-Bus.

Ich atmete tief durch. Auch wenn alles mehr oder weniger nach Plan gelaufen war, hing ich an seinem letzten Gedanken. Ich erinnerte mich, dass „Uschi" schon früher in seinen Gedanken aufgetaucht war. Im Zusammenhang mit dem Versuch, mich ins Bett zu kriegen. Was hatte das alles zu bedeuten?

„Oder auch nicht", rief er und zog die Tür des Kleinbusses hinter sich zu.

Ich hatte zu lange gezögert und musste nun selbst schauen, wie ich zurück zum Hauptgebäude kam. Es war keine Zeit für Gedanken, die ich nicht verstand. Ich musste mit dem arbeiten, was er mir vor die Füße gelegt hatte.

Das tat ich keine zwanzig Minuten später im Büro von Renate Fischer. Henk war ganz nach Männerart in die Offensive gegangen und hatte selbst um ein Gespräch gebeten. Noch während ich das Büro unserer Chefin betrat, hörte ich, wie er davon sprach, dass er solche haltlosen Vorwürfe – noch dazu vor Kolleginnen und Kollegen – nicht stehen lassen konnte. Deswegen musste er der Vorgesetzten ihre wertvolle Zeit stehlen. Und ja, Gregor Maier war unterwegs, den hatte Henk selbst gerufen.

Fischer musterte mich irritiert, als ich mich zu den beiden stellte. Ich war auf der Frauentoilette gewesen, hatte mein für den Auftritt auf dem Vorfeld zerstörtes Make-up und auch meine Haare gerichtet und mehrfach ganz tief durchgeatmet, um nun die Ruhe selbst zu sein. Zumindest äußerlich, tief innen drin war ich ein Nervenbündel. Aber Unsicherheit zu überspielen, war für mich nie ein Problem gewesen. Das gehörte sozusagen zum Inventar. Henk nahm meine Verwandlung nicht wahr, fuhr seinen Film, in dem er verkündete, dass er solch üble Nachrede und Hysterie in den acht Jahren, die er für German Air arbeitete, noch nie erlebt hatte.

„Frau Remberg", wandte sich Fischer in einer kurzen Atempause von Henk an mich. „Was ist denn los?"

„Sollen wir nicht auf Herrn Maier warten?", fragte ich mit lässiger Freundlichkeit – aber innerlich flehend, dass Henks Kumpel möglichst bald auftauchen würde.

Henk blickte mich zum ersten Mal an. Irritation in seinem Blick. Offensichtlich erkannte er mich nicht wieder, wie ich dort aus dem Ei gepellt und die Hände hinter dem Rücken ganz ruhig abwartete. Er hatte keine Zeit, aus meinem Auftritt schlau zu werden, denn nun erschien tatsächlich der Personalchef. Ich atmete innerlich durch.

„Da ist er ja", stellte Fischer fest. „Danke, Herr Maier. Es geht offensichtlich um die Bewerbung von Frau Remberg. Was ist das Problem?"

Sie schaute mich an. Ich blickte freundlich zu Henk.

„Henk, willst du nicht anfangen?", bat ich ihn höflich.

Das brachte ihn endgültig aus dem Konzept.

„Häh? Du wolltest doch …"

„Also gut", unterbrach ich ihn. „Wenn du dich nicht traust."

Ich wandte mich direkt an Gregor.

„Henk hat ein schlechtes Gewissen und wollte offenlegen, dass er Sie mit einer Kiste Chateau-Lafite bestochen hat, damit Sie aus meinem fehlerfreien Software-Test einen mit fünf Fehlern machen."

Henks Kinn klappte herunter und Gregor machte das einzig Richtige. Er blickte postwendend seinen Kumpel an und rief: „Bist du bescheuert?"

Ich lehnte mich innerlich zurück und genoss den nächsten Moment. Es war, wie beim selbst verschuldeten Zerfall des römischen Reichs zuzuschauen. Innerhalb von wenigen Sekunden.

„Ich hab' ihr das nicht ...", empörte sich Henk. „Sie muss in der Newton Bar gewesen sein."

Er riss seinen Kopf wieder zu mir herum und machte einen Schritt auf mich zu. Ich blieb mit vor der Brust verschränkten Armen unbeweglich stehen.

„Du kranke Bitch. Du stalkst mich immer noch. Du ..."

„Herr Seidel!", ging unsere Chefin plötzlich energisch dazwischen, weil Henk mir bedrohlich nahe kam.

Es war, als ob er deren Anwesenheit für eine Sekunde vergessen hätte. Für eine fatale Sekunde. Das kapierte er nun auch.

„Das stimmt natürlich nicht", sagte er schnell zu Fischer. „Niemand hat irgendjemanden bestochen. Das ist völliger Quatsch."

„Sie hatte wirklich fünf Fehler."

„Ja, kann sein, aber damit habe ich doch nichts zu tun. Und Gregor auch nicht."

„Woher weiß ich das dann so genau?", fragte ich unfassbar ruhig.

„Weil du mich stalkst", fuhr er mich sofort wieder an. „Sie ist die Durchgeknallte."

Damit wandte er sich wieder an Fischer, die es mir

mittlerweile nachgetan und die Arme vor der Brust verschränkt hatte.

„Herr Seidel, wenn Sie Frau Remberg in diesem Zusammenhang vorwerfen, Sie zu stalken, dann geben Sie damit zu, dass Sie sich tatsächlich über eine Manipulation mit Herrn Weber unterhalten haben."

Ich hätte es nicht besser formulieren können. Trotzdem war der Gedanke für Henk zu hoch. Er schaute hilflos zu Gregor, der etwas klüger war und bereits fluchend den Kopf senkte.

„Das kann sie gar nicht wissen, weil …", stammelte Henk. „Nein, das stimmt ja alles gar nicht. Sie hat sich das ausgedacht."

„Ich dachte, ich stalke dich."

Wieder schoss er diesen beängstigenden Blick auf mich ab, der eigentlich alleine schon eine Körperverletzung war.

„Das ist ein abgekartetes Spiel", stieß er hervor. „Du willst mich reinlegen. Du … Das wirst du bereuen."

„Jetzt ist aber Schluss", ging Fischer endgültig dazwischen. „Herr Seidel, Herr Maier, verlassen Sie bitte mein Büro. Ich werde mich bei Ihnen melden."

„Frau Fischer", setzte Gregor deutlich gefasster an. „Herr Seidel ist verwirrt. Wir haben nicht über …"

„Raus", rief sie.

Gregor resignierte. Es gab nichts mehr zu retten. Er wandte sich zur Tür. Doch Henk knickte nicht etwa peinlich berührt ein, weil er bei einer Ungeheuerlichkeit ertappt worden war. Nein, er fixierte mich mit seinem Mörderblick und rührte sich nicht von der Stelle. Ich hatte noch nie wirklich Angst vor einem Mann haben müssen. Vielleicht auch ein Grund, warum ich dieses waghalsige Manöver in Angriff genommen hatte. Doch in diesem Moment war ich mir nicht sicher, ob ich das unbeschadet überstehen würde. Dabei kam die Gefahr nicht – wie bei der Planung mit

Anka angenommen – von meiner Chefin, die mir nicht glauben würde, sondern von der plumpen rohen Gewalt, die Henk ausstrahlte. Gott sei Dank packte Gregor ihn am Arm und zog ihn aus dem Büro.

Fischer schloss die Tür hinter den beiden und wandte sich dann an mich.

„Waren Sie wirklich in dieser Bar?“, fragte sie mich.

„Zufällig“, antwortete ich nickend. „Ich stalke ihn nicht.“

Sie seufzte aus tiefem Herzen.

„Das tut mir alles sehr leid, Frau Remberg.“

Sie legte mir die Hand auf die Schulter. Ich war am Ziel. Auch wenn es eines Tricks bedurft hatte, hatte sie die Wahrheit erkannt. Sie glaubte es nicht nur, es bestürzte sie auch. Ihre Zugewandtheit ermutigte mich, jetzt nicht aufzuhören.

„Das ist noch nicht alles“, sagte ich.

Fischer runzelte die Stirn und wartete geduldig ab, was ich noch zu sagen hatte.

„Ich habe es nicht richtig hören können, aber es gab da Andeutungen, dass Herr Maier oder vielleicht auch beide zusammen, ihre Position bei Frauen ausgenutzt haben. Also Beförderungen für … sexuelle Gefälligkeiten.“

„Bei welchen Frauen?“

„Ich weiß es nicht. Der Name Uschi ist gefallen. Mehr nicht. Ich weiß auch nicht, wie das gelaufen ist. Es waren nur Halbsätze, aber … nachdem, was wir gerade erlebt haben, kann ich mir das sehr gut vorstellen. Die beiden haben zwei Gesichter.“

Das war die Wahrheit. Ich empfand es wirklich so. Und auch wenn Henks Gedanken nur Fragmente gewesen waren und ich mir den Teil mit den sexuellen Gefälligkeiten hatte zusammenreimen müssen, war ich mir sicher, dass sie ein ganz krankes Ding laufen hatten.

„Okay, mh“, entfuhr es Fischer. „Eins nach dem anderen.

Ich muss jetzt erst einmal dafür sorgen, dass Sie die Stelle bekommen, die Ihnen zusteht."

Ich spürte den Kloß in meinem Hals.

„Es war in der Tat der Test, der den Ausschlag gegeben hat", erklärte sie. „Der andere Bewerber war gut, aber Herr Kuttner hätte es durchaus mit Ihnen versuchen wollen. Und was Herrn Maiers Votum angeht, wissen wir ja jetzt, was wir davon zu halten haben."

Ich nickte. Sie ging zurück zu ihrem Schreibtisch. Tatendurstig.

„Ich versuche, das noch heute zu klären. Nicht leicht, wir haben dem anderen Bewerber schon zugesagt, aber das ist nicht Ihr Problem. Und ich muss natürlich mit Herrn Grewe reden."

Dem CEO von German Air. Die Tage von Henk und Gregor in dieser Firma waren gezählt. Es hätte gar nicht besser laufen können.

„Wir werden das richten", betonte Fischer. „Wir werden das wieder in Ordnung bringen."

Also ließ sich diese kaputte Welt manchmal doch noch heilen.

38

Dieses Mal dauerte es keine Stunde, bis sich Renate Fischer erneut meldete. Ich saß noch in dem von Anka geliehenen Wagen auf dem Weg in die Stadt, als meine Chefin mich per SMS fragte, ob ich vielleicht noch in der Nähe wäre und noch einmal zu ihr ins Büro kommen könnte. Oh ja, ich konnte.

Beinahe wäre ich zur Geisterfahrerin geworden, doch letztlich wendete ich an der nächsten Ausfahrt auf die richtige Seite der Stadtautobahn und düste zurück nach Schönefeld. Per Handy hatte ich bereits mit Anka den Erfolg gefeiert. Am Abend zuvor hatten wir nach der offensichtlich manipulierten Absage mit der Glut meiner Empörung einen Plan geschmiedet, der nun fast noch besser aufgegangen war, als ich es erhofft hatte. Anka hatte mir mehrfach telefonisch High Fives gegeben, aber sie teilte auch meine Sorge, dass ich in Henk nun erst recht eine zerstörerische Kraft erweckt hatte, vor der ich mich in Acht nehmen musste. Doch sie hämmerte mir auch einen Satz ein, den ich in meinem bisherigen Leben viel zu selten verwendet hatte: „Dann ist es halt so.“ Keine Schuldgefühle, weil ich einen Mann provoziert hatte. Keine Vorsicht, weil es als Bumerang zurückkommen konnte. Keine Angst, weil man von Angst zerfressen nicht leben konnte.

Wie getragen von einem der Laufbänder in größeren Flughäfen schwebte ich wenig später durch das German-

Air-Gebäude direkt zu Fischers Büro. Auch wenn ich keine Angst hatte, Henk oder Gregor noch einmal zu begegnen, war ich froh, dass von den Männern nichts mehr zu sehen war. Mit weit weniger zittrigen Beinen als am frühen Nachmittag betrat ich das Büro meiner Chefin.

Sie sprang sofort von ihrem Bürostuhl auf und kam mir mit einem breiten Lächeln entgegen. Es entspannte mich ungemein. Warum konnte ich nicht nur mit Frauen zusammenarbeiten?

„Vielen Dank, Frau Remberg“, begrüßte sie mich. „Ich habe gute Nachrichten, die ich Ihnen persönlich überbringen wollte. In zwei Wochen, ab dem ersten Juli, sind Sie unsere neue Mitarbeiterin im Crew Control. Man freut sich dort auf Sie.“

Ich strahlte von einem Ohr bis zum anderen.

„Das ging aber schnell“, sagte ich anerkennend.

„Es waren sich alle sofort einig, dass dies die einzig richtige Konsequenz ist. Es wird uns ein wenig kosten, weil wir den anderen Bewerber ebenfalls einstellen werden, obwohl frühestens in einem halben Jahr eine weitere Stelle frei wird, aber das ist dann nun einmal der Preis.“

‚Dann ist es halt so‘, dachte ich.

Vielleicht konnten Fischer und ich ja Freundinnen werden.

„Vielen Dank“, sagte ich aus tiefem Herzen.

Wir lächelten uns verbunden an.

„Und was haben Sie mit Herrn Seidel und Herrn Maier gemacht?“, fragte ich übermütig.

„Die bekommen natürlich eine Abmahnung.“

„Eine was?“

Es war wie immer: Zuerst ging ich davon aus, dass ich zu dumm war, um die Antwort zu verstehen.

„Na, die werden natürlich beide abgemahnt. Schriftlich. Sie haben morgen einen Termin bei …“

„Sie werden nicht entlassen?“, ging ich dazwischen, weil

ich nun verstanden hatte, dass ich nicht zu dumm für ihre Antwort gewesen war, sondern allenfalls zu naiv.

Fischers Lächeln bekam einen Riss, aber sie hielt es dennoch wacker in ihrem Gesicht.

„Das wäre ja ein bisschen übertrieben. Die beiden Kollegen haben sich noch nie etwas zuschulden kommen lassen."

„Und was ist mit dem, was ich Ihnen noch gesagt habe? Dass sie Frauen unter Druck setzen, um …"

„Das ist zu vage", unterbrach sie mich.

„Was ist mit dieser Uschi?"

„Wir haben keine Uschi oder Ursula in unserer Firma. Ich habe es überprüft. Und ich muss auch sagen: Mit solchen Vorwürfen müssen Sie vorsichtig sein, wenn Sie sie nicht beweisen können."

Ich musste in diesem Moment so dämlich geschaut haben wie Henk, als ich ihn wenige Stunden zuvor an gleicher Stelle vorgeführt hatte. Mir fehlten die Worte. Denn dieses Mal stand eine Frau vor mir, die mir diesen Blödsinn erzählte.

„Glauben Sie das selbst? Finden Sie es in Ordnung, dass zwei Männer, die lügen und manipulieren, um eine Kollegin zu mobben, mit einem Klopfen auf die Finger davonkommen?"

Sie seufzte, ging plötzlich zurück zu ihrem Schreibtisch, um sich dort hinzusetzen. Ihr dämliches Lächeln hatte sie aufgegeben.

„Frau Remberg", begann sie, und es klang wie: ‚Schätzchen, jetzt hör mir mal gut zu!'

„Sie können sich aufrichtig freuen über das, was Sie heute erreicht haben. Ich habe da schon ganz andere Sachen erlebt. Sie haben sich mit mächtigen Kräften angelegt, und Sie haben gewonnen. Glückwunsch! Aber Sie sollten Ihr Glück nicht überstrapazieren. Das sage ich als Freundin zu Ihnen."

Dummerweise wollte ich aber nun doch nicht mehr ihre Freundin sein.

„Mächtige Kräfte?“, fragte ich sie.

Was sollte das heißen? Wir waren doch nicht bei Harry Potter. Aber sie antwortete nicht, sondern seufzte nur. Dabei war mir die Antwort auf diese Frage längst klar.

„Sie meinen Männer. Die gesamte Führungsriege besteht aus Männern. Abgesehen von Ihnen hat bei German Air niemand etwas zu sagen, der keinen Penis besitzt.“

Oh mein Gott, hatte ich das wirklich gesagt? Ich klang wie Britta und verwendete eine Sprache wie Anka. Aber es stimmte. Es stimmte ganz einfach. Fischer widersprach nicht einmal. Es war so viel Wut in mir. Wut, die kaum zu bändigen war.

„Also“, begann meine Chefin jetzt auch noch in einem unangenehm jovialen Tonfall. „Freuen Sie sich über Ihren neuen Job. Feiern Sie und …“

„Was mussten Sie eigentlich machen, um in Ihre Position hier zu gelangen?“

Aha. Auch sie hatte einen tödlichen Blick auf Lager. Mit diesem fixierte sie mich. Für einen Moment herrschte absolute Stille in ihrem Büro. Ich bekam selbst etwas Schiss vor mir und meiner großen Klappe.

„Ich tue jetzt mal so, als ob ich den letzten Satz nicht gehört hätte“, erklärte Fischer spitz. „Aber ich warne Sie … im Guten … Wenn Sie nicht zügig an Ihrer Einstellung arbeiten, sind Sie hier schneller raus, als Sie Verleumdungsklage sagen können. Ich wünsche Ihnen noch einen schönen Abend.“

Sie stand auf, stöckelte mit erhobenem Haupt an mir vorbei und öffnete mir die Bürotür. Mir war die Munition ausgegangen. Deswegen ging ich. Aber in Gedanken war ich schon längst auf der Suche nach einer Lagerhalle voller großkalibriger Geschosse.

39

„Fritz."

„Wie Fritz?"

„Das ist sein Thema. Missstände in unserer Gesellschaft. In Politik und Wirtschaft. Rassismus, Bestechung, Überwachung und auch Sexismus. Hast du nie etwas von ihm gelesen?"

Ich wusste natürlich, dass Fritz Journalist war, aber ich hatte keine Ahnung, dass er die Antwort auf meine Frage war, was ich gegen die noch längst nicht geschlossene Wunde tun konnte. Für Anka war es naheliegend.

„Du meinst, der Sexismus bei German Air wäre etwas für die Medien?", hakte ich nach.

„Der einzige Weg, wie du etwas aufbrechen kannst. Du musst es öffentlich machen. Von deinem Job kannst du dich dann allerdings verabschieden."

Ich war mir nicht mehr sicher, ob ich den noch wollte. Es fühlte sich falsch an, in einer Firma zu arbeiten, die Mitarbeiter wie Henk und Gregor deckte. Die noch nicht einmal einen Versuch unternahm herauszufinden, was die beiden noch verbrochen hatten – verbrochen an den eigenen Mitarbeiterinnen. Ich war nach Henks Gedanken überzeugt davon, dass das Spielchen mit mir nur die Spitze des Eisberges war. Wer war Uschi? Noch während meiner erneuten Fahrt in die Innenstadt war ich im Geiste Erlebnisse der letzten zwei Jahre bei German Air durchgegangen.

Kolleginnen, die in Henks Gegenwart von einem Moment auf den anderen ungewöhnlich nervös wurden oder ihm aus dem Weg gegangen waren. Damals hatte ich dem nicht viel Bedeutung beigemessen. Meistens hatte ich geglaubt, dass zumindest die eine Hälfte der Frauen ihn toll fand und deswegen so überkandidelt wirkte. Und die anderen? Na ja, er war arrogant und hielt sich für den Größten. Das mochte halt nicht jede. Dass er diesen Frauen etwas angetan haben könnte, oder dass sie um seine Verbindung zu Gregor wussten, der ihrer Karriere schaden konnte, war mir damals nicht einmal im Entferntesten in den Sinn gekommen. Jetzt bekam ich es überhaupt nicht mehr aus dem Kopf. Konnte ich unter den Umständen weiter im Hauptquartier von German Air ein- und ausgehen?

„Sprich doch mal mit Fritz", schlug Anka vor, die mein Grübeln eine Weile schweigend verfolgt hatte. „Ganz unverbindlich."

Wir saßen in meiner Küche an dem kleinen Tisch. Einmal mehr hatte meine Nachbarin mich im Treppenhaus abgefangen, weil sie neugierig auf das Ergebnis meines zweiten Treffens mit Fischer gewesen war. Sie hatte sogar eine Flasche Prosecco hinter dem Rücken gehabt, um mit mir zu feiern – ganz den Empfehlungen meiner Chefin folgend. Wir tranken den Prosecco zwar, aber wir feierten nicht. Anka war ebenso empört über die Ignoranz meiner Firma, wenn es auch bei ihr schon bald ein fatalistisches Schulterzucken gab. So war die Welt nun einmal.

Es klingelte. Ich ging durch den Flur, um die Wohnungstür zu öffnen. Draußen stand ein Strauß Blumen. Begleitet von Christian. Der Strauß war so absurd groß, dass ich lachen musste.

„Ich weiß jetzt nicht, ob ich ihn dir als Glückwunsch schenke oder zur Aufmunterung oder …"

Er blickte mich verunsichert an. Natürlich. Nach meinem ersten Auftritt in Schönefeld hatte ich ihm eine euphorische Nachricht gesendet, aber bei seinem Rückruf nicht rangehen können. Als er mich später endlich erreicht hatte, war ich gerade aus der kalten Dusche gekommen und hatte während der Fahrt mit Ankas Auto nur kurz meine Wut herausgeschleudert, bevor ich wegen eines überholenden Polizeiwagens hatte auflegen müssen.

„Komm rein", sagte ich freudig. „Dann kannst du auch Anka kennenlernen. Und meine Wohnung."

Bisher hatte er mich nur bis zur Haustür bringen dürfen.

„Das freut mich, aber ehrlich gesagt wüsste ich lieber erst einmal, was los ist."

Auch das ließ sich einrichten. Ich machte ihn in der Küche mit Anka bekannt, versorgte die herrlichen Rosen und berichtete in kurzer Form, was an diesem Tag passiert war. Anka saß schweigend daneben und beobachtete interessiert die Reaktionen meines Mannes. Während ich das unrühmliche Ende nacherzählte, kam alles wieder hoch, so dass ich irgendwann nur noch fluchte und schimpfte. Christian nahm mich wortlos in die Arme.

„Was für eine Scheiße", murmelte er, während er genau dasselbe dachte.

Seit der zweiten Begegnung mit Fischer war ich gefasst und wütend gewesen. Erst in Christians Armen spürte ich, welche Kraft dies gekostet hatte. Seine Nähe, seine Wärme, auch seine Stärke, das tat gut. Ich schmiegte mich an ihn.

„Wenn du willst, bleibe ich heute Nacht bei dir", dachte er und schaute mich dabei an.

„Das wäre sehr schön."

„Moment", sagte er und löste sich von mir.

Er zückte sein Handy und ging sich bei Anka entschuldigend aus der Küche, um ein Abendessen mit den wegen des Symposiums angereisten Kollegen abzusagen. Das gab meiner Nachbarin die Chance, mich anzugrinsen.

„Guter Mann, schicker Mann."

Ich grinste. Sie stand auf.

„Ich würde mal sagen, heute Nacht ist mit Kopfschmerzen zu rechnen. Ausnahmsweise empfehle ich das sogar."

Ich boxte sie empört auf den Arm, aber war natürlich ganz ihrer Meinung.

„Du kannst ruhig noch bleiben", sagte ich.

„Nein, nein. Denk wegen Fritz nach. Wir können ja morgen noch einmal drüber reden."

„Sie gehen schon?", fragte Christian, der bei ihrem letzten Satz zurückgekehrt war. „Ich hoffe, nicht meinetwegen."

„Doch", antwortete Anka frech. „Jemand muss Rosas Männerbild zurechtrücken, und das können Sie besser als ich. Hoffe ich."

„Ich werde mich bemühen."

Die beiden lächelten sich an. Dann begleitete ich Anka noch zur Tür und verabschiedete sie. Als ich die Tür wieder geschlossen hatte und mich umdrehte, reichte Christian mir seine Hand.

„Soll ich etwas kochen?", fragte er.

„Ich würde lieber eine Pizza bestellen."

„Natürlich", sagte er grinsend. „Alles, was du möchtest."

„Wirklich? Alles?"

Er nickte. Ich nahm die gereichte Hand und zog ihn daran in mein Schlafzimmer.

„Verstehe", dachte er.

Als wir dieses Mal miteinander schliefen, war es anders. Ich war anders. Ich hatte immer noch Wut in mir und gleichzeitig Sorge, dass Christian sich wieder in Zurückhaltung üben würde. Also war ich fordernder, aktiver als je zuvor. Ich überraschte mich selbst, wenn ich seine Hand an die richtigen Stelle legte oder ihn durch die Gegend schob, um die beste Position für mich zu finden. Früher war das undenkbar gewesen. Früher war es mein wichtigstes Ziel gewesen, dass der Mann glücklich war. Dass ich ihn verrückt machte. Sein Begehren war meine Belohnung – das hatte ich mir nicht eingebildet, das hatte ich tatsächlich so gefühlt. Ich war überglücklich gewesen, wenn ich in seinen Augen gesehen hatte, wie er zum Höhepunkt kam. Ich liebte diesen Gesichtsausdruck tiefer Befriedigung, die Macht, ihn schenken zu können. Das war immer noch so. Aber gerade an diesem Tag reichte es mir nicht mehr. Es gab auch noch mich und meine Bedürfnisse. Ich hatte es satt, darauf zu warten, dass der Mann mir meine Wünsche von den Augen ablas, dass er alles richtig machte. Denn wenn ich ehrlich war, geschah dies doch eher selten. Also half ich mit.

Es irritierte Christian. Ich hörte es in seinen Gedanken. Er wusste manchmal nicht, ob ich ihn stoppte oder ermutigte. Er wusste manchmal nicht, was überhaupt los war. Denn beim ersten Mal hatte ich das nicht getan. Beim ersten Mal waren wir allerdings beide so erregt gewesen, dass alles von alleine passiert war. An diesem Tag war mein Kopf nicht frei, und Christian war nach wie vor blockiert durch die Angst, Schmerzen auszulösen. Dabei waren diese mein geringstes Problem. Es wurde verbissener Sex, ein echter Kraftakt. Es tat trotzdem gut. Denn ich bekam, was ich wollte.

Wirklich schön wurde es allerdings erst, als wir eine Stunde später leicht bekleidet auf dem Samtsofa im Wohnzimmer kuschelten, den letzten Prosecco tranken und die bestellte Pizza mampften. Endlich waren wir uns wirklich nah. Wir streichelten und fütterten uns. Wir waren ein Paar und keine Einzelkämpfer mehr.

„Was ist da eben passiert?“, hörte ich irgendwann in seinen Gedanken.

„Es tut mir leid. Ich komme gerade nicht klar mit so vielem und … Ich brauchte das einfach. Sorry."

„Völlig in Ordnung. Aber du hast kein Problem mit uns?"

„Nein, um Gottes Willen."

Er war erleichtert.

„Ich muss etwas unternehmen – bei der Airline", erklärte ich. „Ich kann das nicht so stehen lassen."

„Das versteh' ich", antwortete Christian. „Was meinte deine Freundin mit diesem Fritz? Was kann er machen?"

Während ich ihm von Ankas Vorschlag berichtete, mit Hilfe von Fritz die Vorkommnisse bei German Air an die Öffentlichkeit zu bringen, verdüsterten sich seine Gedanken spürbar. Er dachte keine Sätze, aber ich wurde immer besser darin, auch die Gefühle klarer deuten zu können.

„Das gefällt dir nicht", stellte ich fest.

„Na ja. Wie willst du ihm das erzählen, ohne von deiner Gabe zu berichten? Du hast als Beweis nur die Gedanken."

„Ich hatte eh schon mal überlegt, ihn einzuweihen. Er ist ein enger Freund und …"

Ich stockte, weil Christian mich ungläubig anblickte. Er wirkte geradezu entsetzt.

„Er ist Journalist, Rosa. In der Sekunde, in der er das erfährt, wird ihm die Airline vollkommen egal sein. Du bist eine Sensation. Mit der Telepathie kann er einer der bekanntesten Journalisten der Welt werden."

So hatte ich es noch nicht gesehen. Es passte nicht zu meinem Bild von Fritz. Aber ich musste zugeben, dass ich ihn noch nie als Journalist wahrgenommen geschweige denn erlebt hatte. Für mich war er ein grundehrlicher Typ, der Freund von Anka, aber am Ende war er natürlich auch nur ein Mann.

„Wenn du wirklich mit deiner Gabe an die Öffentlichkeit gehen willst, mach es selbst. Schreib ein Buch darüber, und du wirst nie wieder für diese sexistische Airline arbeiten müssen."

„Darum ging's doch jetzt gar nicht", widersprach ich. „Ich will die Telepathie nicht öffentlich machen. Das weißt du. Ich will, dass sich bei German Air etwas ändert. Ich will Gerechtigkeit."

Christian seufzte und streichelte mir eine Strähne aus dem Gesicht.

„Ich fürchte, da wirst du nicht weit kommen", dachte er. „So ein Männerbund ist ein geschlossenes System, eine Festung. Du siehst es doch: Sogar die einzige Frau in einer Machtposition erhält das System aufrecht. Ich würde ihre Drohung ernst nehmen: Du wirst daran kaputt gehen, wenn du dagegen kämpfst. Deine einzige Chance ist zu schweigen oder auszusteigen."

„Ich kann nicht schweigen", stellte ich entschlossen fest, denn seine Warnung bestärkte mich nur noch darin, die Sache nicht so stehen zu lassen.

„Dann verlass die Airline", war sein Fazit. „Du findest etwas Besseres. Und du hast auch noch mich. Ich verspreche dir, ich bin für dich da."

Die Selbstverständlichkeit hinter dem Satz klang wundervoll. Ich glaubte es. Natürlich. Ich hatte einen Mann an meiner Seite, der mich auffing. Emotional, aber sicher auch finanziell. Vor wenigen Wochen noch ein Traum. Doch in diesem Moment fühlte es sich nicht richtig an. Eher schal. Wenn es an diesem Tag noch etwas gebraucht hatte, um mir zu zeigen, dass mein Leben Kopf stand, dann war es dieses neue Gefühl.

„Lass uns früh schlafen gehen", sagte ich, um die Unterhaltung zu beenden.

Er nickte und drückte mich fest an sich. In seinem Kopf: Sorge, Wärme und ein gewaltiges Gefühl, das ich nicht einordnen konnte. Wahrscheinlich war es Liebe.

40

Mein neuer Chef Joachim Kuttner empfing mich überaus freundlich, als ich am nächsten Tag zu einer ersten Besprechung unserer künftigen Zusammenarbeit in der Crew Control auflief. Der Fünfzigjährige mit Stoppelhaar und bis ganz nach oben zugeknöpftem Hemd stellte mir alle anwesenden Kollegen namentlich vor. Es waren wieder nur Männer in dieser Schicht, der unangenehme Glatzkopf von meinem ersten Besuch – Ulf – war auch dabei. Doch selbst der bemühte sich um so etwas wie ein Lächeln. Ich durfte schon einmal probesitzen an einem der Schreibtische mit den zahlreichen Bildschirmen. Dann gab es ein kleines Problem mit dem hereinkommenden Flug aus Porto – eine kränkelnde Flugbegleiterin, die aber eigentlich noch zwei weitere Flüge vor sich hatte. Ich wusste, welche Kollegin auf Stand-by war, sodass ich spontan helfen konnte. Dafür wurde ich dann gefeiert, als ob ich einen Absturz verhindert hätte. Kurzum: Es war gruselig. Die waren alle viel zu nett. Gleichzeitig wurde aber natürlich kein Wort darüber verloren, welche miesen Erlebnisse ich wegen meiner Bewerbung hinter mir hatte – Erlebnisse mit zwei unserer geschätzten Kollegen.

Vor der Besprechung meines ersten Dienstplans – bei dem man sich natürlich komplett nach mir richten konnte – musste ich einen Moment warten, weil Kuttner in der Crew Control gebraucht wurde. Also rief ich Britta zurück, von der ich an diesem Morgen bereits zwei Anrufe verpasst hatte. Sie war über die Ereignisse der letzten Tage nur fragmentarisch im Bilde, und ich vermutete, dass sie die Details erfahren wollte. Doch zunächst ging es um etwas anderes.

„Kannst du heute Abend bei uns babysitten?“, fragte sie.

Ich zögerte, weil ich eigentlich mit Christian verabredet war, bevor ich am nächsten Tag einen meiner letzten Umläufe als Flugbegleiterin fliegen sollte. Ohne den Abend würde ich ihn erst am Wochenende wiedersehen.

„Weißt du“, fuhr Britta fort. „Stefan und ich wollen ist Kino. Wir müssen einfach mehr Zeit für uns haben. An der Beziehung arbeiten und …“

„Selbstverständlich pass’ ich auf die Kids auf.“

Wie konnte ich da „Nein“ sagen? Mein schlechtes Gewissen befahl mir, alles zu tun, damit die beiden glücklich wurden.

„Super, du bist ein Schatz. Lina, das ist Müll!“

Ich musste das Handy vom Ohr wegnehmen, weil Britta den letzten Satz laut geschrien hatte. Damit war dann auch klar, was das Kreischen im Hintergrund zu bedeuten hatte: Britta war mit Lina auf dem Spielplatz.

„Kannst du um 18 Uhr hier sein? Nicht in den Mund! Lina!“

„Klar.“

„Danke! Das ist echt super. … Wo bist du denn jetzt?“

„Bei German Air. Ich lerne meinen neuen Arbeitsplatz kennen.“

„Du machst echt weiter?“

Sie sagte es zwar zugewandt, ohne Vorwurf, traf aber trotzdem meinen wundesten Punkt.

„Ich weiß es noch nicht“, gab ich zurück. „Ich weiß einfach nicht, was ich machen soll.“

„Gibt es keine Gleichstellungsbeauftragte bei der Airline? Die müssen doch eine haben. Leg das weg!“

„Du, Britta, ich muss jetzt hier mal weitermachen. Ich bin um sechs bei euch, okay?“

Wir verabschiedeten uns, und ich saß die nächsten Minuten mit schlechtem Gefühl auf meinem Stuhl an einem der unbenutzten Crew-Control-Plätze, denn natürlich musste ich nicht „weitermachen“. Ich hatte keine Kraft gehabt, mir gute Ratschläge von Britta anzuhören. Im Grunde stimmte es auch nicht, dass ich nicht weiterwusste. Ich hatte Möglichkeiten. Wer, wenn nicht ich? Ich starrte nämlich auf einen der vielen Bildschirme, der die in den nächsten Stunden startenden Flüge ankündigte. Einen dieser Flüge würde unser Musterpilot Henk Seidel steuern. Das bedeutete, dass er sich in diesem Moment im selben Gebäude wie ich aufhielt und darüber nachdachte, wie er weiteren Frauen das Leben schwer machen konnte.

„Ich muss mich kurz frisch machen“, flötete ich Kuttner über die Schreibtische hinweg zu, als ich spontan das Großraumbüro der Crew Control verließ. „Bin gleich wieder da.“

Henk sah mich nicht kommen. Er saß in der Cafeteria, spielte auf seinem Handy herum und wartete auf seinen Startschuss für den nächsten Flug. Er wirkte nicht souverän, eher abweisend, wo er doch sonst Everybody’s Darling war und keine Plauderei mit Kollegen und vor allem Kolleginnen ausließ. Ihn so zu sehen, gab mir keine Genugtuung, aber ich hatte auch kein Mitleid. Das Thema war noch nicht durch. Ich sammelte meine Kräfte, erkämpfte mir ein freundliches Lächeln und setzte mich zu ihm. Er erschrak geradezu, als er sah, wer sich da neben ihm materialisiert hatte.

„Henk, das ist alles ein bisschen doof gelaufen“, sagte ich und legte ihm freundschaftlich die Hand auf die Schulter. „Aber ich fände es schön, wenn wir in Zukunft professionell miteinander umgehen könnten.“

„Du kleine Bitch", dachte er. „Das würde dir so gefallen."

„Soll heißen?", zischte er durch seine Zähne und scannte mit einem schnellen Blick die Umgebung.

„Das ist doch bestimmt wieder irgendein Trick, diese verdammte Stalkerin."

Er hatte Angst vor mir. Ich empfand es als Fortschritt. Es gab mir die nötige Coolness für meine nächsten Sätze.

„Im Grunde heißt es nur: Jeder macht seinen Job. Wenn wir uns begegnen, sind wir nett. Du erzählst nirgendwo schmutzige Geschichten über mich. Und ich beschäftige mich nicht weiter damit, was du sonst noch so alles mit den Frauen in dieser Firma anstellst."

Sein Blick war sofort wieder bei mir – eindeutig aufgeschreckt.

„Was weiß sie noch?", dachte er.

„Wie? Sonst noch alles?"

Ich machte eine „Na-komm"-Fratze, sagte aber sonst nichts.

„Weiß sie was von Uschi? Hat sie mein Profil gehackt? Nee, dafür ist sie zu doof. Ich muss die Nachrichten trotzdem aus dem Intranet löschen. Gregor auch."

„Du siehst Gespenster", sagte er cool, als ich einfach nicht auf seine Frage antworten wollte. „Ich war sauer auf dich. Das war alles. Das ist jetzt gegessen. Lass uns professionell miteinander umgehen."

„Ey, was ist das für eine kranke Tante. Bin ich froh, dass ich die nicht gefickt habe. Auch wenn's schade um die Punkte ist, aber die wär' ich doch nie wieder losgeworden."

„Gut, professionell ist gut", sagte ich mitten in seine Gedanken, weil ich anstelle von Beleidigungen doch lieber mehr über Uschi hören wollte.

Doch in diesem Moment stand er auf, sodass der Kontakt zwischen uns abriss.

„Ja, also … ich muss jetzt los. Schönen Tag noch."

„Wünsche ich dir auch. Und, mh … Guten Flug, ja?"

Ich lächelte sogar. Henk versuchte es ebenfalls. Dann eilte er ziellos davon. Ich fluchte innerlich. Viel weiter war ich nicht gekommen. Vielleicht hatte ich mir sogar meine einzige Chance auf handfeste Beweise für das Treiben der Männer verbaut, weil er diese nun baldmöglichst löschen wollte. Letztlich blieb mir maximal ein Tag, um es zu verhindern. Denn spätestens dann würde er von seinem Umlauf zurückkommen und genügend Zeit haben, alles aus dem Intranet zu löschen. Offensichtlich schickten Gregor und er sich dort private Nachrichten – auf die man als fremder User natürlich nicht zugreifen konnte. Der Gedanke kam von ganz alleine: Als User nicht. Aber als Administrator.

Auch wenn man sich in der Crew Control sicher schon über meinen ausgedehnten Toilettenbesuch wunderte, besuchte ich umgehend die IT-Abteilung. Paul brach sich fast das Bein, als er mich auf ihn zusteuern sah und von seinem Arbeitsplatz aufspringen wollte. Sich das schmerzende Knie reibend, begrüßte er mich aufgeregt. Die anderen ITler – durchgängig Männer – schauten mit offenen Mündern von ihrer Arbeit an den Computern auf. In manchen Abteilungen brauchte es dringend mehr Frauen.

„Hey, hallo Rosa“, rief Paul zu laut. „Was für eine … Du warst ja noch nie … Wie geht's?“

„Gut, danke. Ich habe ein bisschen Zeit totzuschlagen, da wollte ich dir noch mal danken für deine Hilfe letztens mit der Software. Ich hab die Stelle bekommen. Yeah!“

Ich jubelte wie ein Cheerleader und drückte den armen Paul.

„Oh, wie gut sie riecht“, dachte er. „Ich werde wahnsinnig.“

„Ohne deine Hilfe hätte ich das nicht geschafft.“

Er nickte verlegen, schaute mich dann von unten an – und das, obwohl er einen Kopf größer war.

„Hab gehört, dass die dich erst verarscht … Also das hat mich echt wütend … So darf man nicht mit Frauen umgehen."

Ich war beeindruckt. Nicht nur, weil er den letzten so wichtigen Satz zu Ende gebracht hatte. Sondern weil Paul der erste Mann im Unternehmen war, der erste Mensch sogar, der mich auf den offensichtlichen Skandal ansprach und ohne zu zögern meine Seite einnahm. Ich war mir sicher, dass er dies nicht nur tat, weil er auf mich stand.

„Ja, das war eine Sauerei", antwortete ich entsprechend offen. „Besonders, was Henk sich da geleistet hat. Das hätte ich nie von ihm gedacht."

„Ich auch nicht", antwortete Paul sofort.

„Wirklich nicht? Angeblich hat er sich ja mit Gregor im Intranet das Maul über mich zerrissen. Also nur in den privaten Nachrichten … Kannst du die nicht lesen?"

„Das würde ich niemals …", schob Paul diesen Vorschlag sofort weit von sich.

„Kannst mir ja Henks Passwort verraten, dann mache ich es", sagte ich und lachte laut.

Er lachte nicht mit. Vielmehr wirkte er überfordert von der Richtung, die das Gespräch so schnell nahm.

„Das kann ich nicht machen", antwortete er gepeinigt.

„Das war ein Witz, Paul", sagte ich cool. „Natürlich machst du das nicht. Du verrätst überhaupt keine Passwörter."

Er nickte erleichtert. Ich hatte ihn in einen ersthaften Gewissenskonflikt gebracht. Aber auch ich wollte nicht, dass er das Passwort offen verriet. Das wäre viel zu auffällig gewesen. Und es war ja auch gar nicht notwendig.

„Ich wette, bei ihm ist es irgendsoein Macho-Song. Mr. Loverman oder so."

Wieder lachte ich über meinen eigenen Witz. So sehr, dass ich mich an Pauls Arm festhalten musste. Der entscheidende Moment war gekommen. Man muss dazu wissen, dass Paul derjenige war, der die Passwörter für das Intranet vergab. Er fragte neue Mitarbeiter immer nach ihrem Lieblingssong und nahm dann die Anfangsbuchstaben der ersten Songzeile als Passwort. So bekam man eine vor Hackern sichere Buchstabenfolge, musste sich aber letztlich nur den Song merken. Oder an den Song denken.

„Nee, schlimmer", dachte Paul. „Blurred Lines. Aber nicht der Anfang, sondern diese ekelige Zeile. Hätte wissen müssen, was das für ein Kerl ist …"

Ich wusste zwar nicht auf Anhieb, wovon Paul sprach beziehungsweise dachte, aber mir reichte es für den Anfang. Als sein unsicherer Blick zu meiner Hand auf seinem Arm wanderte, nahm ich sie schnell weg, bevor ihn wieder die Angst vor einer Erektion dominieren würde.

„Lass uns nicht zu viele Gedanken an den Idioten verschwenden", sagte ich. „Ich bin auf jeden Fall froh, dass du mir geholfen hast, und auch, dass du auf meiner Seite bist."

Das meinte ich so. Schließlich wiesen seine Gedanken Paul immer mehr als aufrechten Mann aus. Es war nicht alles verloren, was die Männerwelt anging.

41

„Danke, Rosa. Dass du das machst, ist echt nett von dir."

Stefan stand im Flur und zog seine Jacke an. Er meinte natürlich nicht nur das Babysitting, zu dem ich soeben erschienen war, sondern dass ich die Klappe gehalten hatte, was unsere Begegnung in der Küche anging. Entsprechend unterwürfig blickte er mich an.

„Kein Problem", murmelte ich, obwohl es schon ein Problem war.

Aber im Moment eben ein kleineres als das, weswegen ich darauf brannte, die Kinder schnell ins Bett zu bekommen. Schon erschien Britta aus dem Kinderzimmer – mit Lina und Emil im Schlepptau.

„So, Essen ist fertig, Bolognese, damit wirst du keine Probleme haben, lieben sie, nur noch warm machen. Lina, nicht hinschmeißen, mach's gleich in den Müll. In den Bioeimer. Nach dem Essen Zähne putzen nicht vergessen. Schlafanzüge liegen bereit. Du kannst was vorlesen, ‚Lotta kann fast alles' ist gerade hoch im Kurs. Emil, lass das. Aber um acht sollten sie schlafen. Wenn was ist, ruf an, ich lass' das Handy an."

Das hatte sie ohne Luft zu holen rausgehauen. Ich bekam eine ungefähre Vorstellung davon, woher Emil seine Maschinengewehrgedanken hatte.

„Alles klar", sagte ich schmunzelnd. „Habt einen schönen Abend. Und lasst euch Zeit, okay?"

Ich schaute insbesondere Britta an, die reichlich gestresst wirkte. Das sollte sie nicht an solch einem Abend. Sie atmete tief durch und nickte.

„Danke."

Das kam aus tiefem Herzen.

Als die beiden endlich weg waren, spielte ich erst einmal eine Runde Nachlaufen mit Emil. Eigentlich war das nicht geplant gewesen, aber bei meinem Versuch, ihm und seinen Stakkatogedanken aus dem Weg zu gehen, entwickelte er Spaß daran, mir erst recht hinterherzurennen. Fast wie seine erwachsenen Artgenossen. Mir war allerdings alles lieb, was die kleinen Racker müde werden ließ. Natürlich kam ich nicht ohne Gedankensalven durch den Abend, aber meine Kopfschmerzen hielten sich in Grenzen, und als Emil ermüdete, ermüdeten auch seine Gedanken. Beim Zubettgehen – um halb acht wohlgemerkt – kuschelte er sich sogar an mich und drückte seine Wange an meine, ohne dass mein Kopf dröhnte.

„Rosa ist so weich", dachte er. „Schön. … Schön."

Dann schlief er ein, und ich hatte für einen Augenblick das Gefühl von Luftballons und kleinen Bären umgeben zu sein – ganz, als ob die Tapeten und Stofftiere lebendig geworden wären. War das Emils Traumwelt? Es war ein verspieltes Gefühl, das ich genoss. Endlich kehrte auch bei mir ein wenig innere Ruhe ein, obwohl mir ja eigentlich etwas unter den Nägeln brannte.

Im nächsten Moment sprang ich auch schon auf. Ich deckte Lina in ihrem Piratenbett zu – sie war schon während der Geschichte von Lotta eingeschlafen. Dann machte ich mich auf den Weg in das „Arbeitszimmer" von Britta.

Das Zimmer konnte ich immer nur in Anführungsstrichen Arbeitszimmer nennen, denn diese setzte Britta jedes Mal in die Luft, wenn sie von dem Zimmer sprach. Sollte heißen: Hier hatte sie seit Ewigkeiten nicht mehr gearbeitet. Das kleine Zimmer mit der ausladenden Bücherwand hatte es zwar geschafft, weitestgehend von Attacken der Kinder verschont zu bleiben – anders als sonst überall flogen keine Spielzeuge oder Knetgummireste herum – doch es wurde faktisch nur noch zum Googeln von Kinderarztöffnungszeiten und Ähnlichem verwendet. Und natürlich, um die Wäsche dort zu trocknen. Ich arbeitete mich an dem Wäscheständer vorbei zum Schreibtisch mit dem leicht veralteten Computer. Dieses Mal war die Kochwäsche dran gewesen. Eine Hälfte des Ständers war fein säuberlich mit Unterhosen behangen, der Größe nach geordnet: Boxershorts von Papa, bequeme Schlüpfer von Mama, kleine und winzig kleine Höschen der Kinder. Ein idyllisches Familienbild – das aber auch eine Aussage über das Liebesleben der Eltern enthielt. Ich hoffte, dass Britta an diesem Abend verführerischere Wäsche trug und diese auch zum Einsatz kommen würde.

Natürlich hatte ich Britta gefragt, ob ich den Computer benutzen durfte, „um mir die Zeit zu vertreiben". Die Wahrheit hatte ich vor Stefan nicht sagen wollen. Wenn ich ehrlich war, auch nicht vor Britta, denn mein Vorgehen war zwar politisch in ihrem Sinne – da es gegen „toxische Männlichkeit" gerichtet war – aber legal fragwürdig. Britta war allerdings auch jemand, der fest an das Rechtssystem glaubte und in allem so korrekt war, wie sie die Wäsche aufgehängt hatte. Sie würde einen belästigenden Mann garantiert anzeigen, aber ihm gleichzeitig auch eine Nummer für einen Strafverteidiger überreichen.

Deswegen hatte ich trotz Brittas Freigabe des Computers ein schlechtes Gewissen, als ich auf die Seite des Intranets von German Air surfte. Dort gab ich in die Suchmaske Henks Namen ein und blickte nun auf das Feld mit dem Passwort. In einem zweiten Tab öffnete ich Google, über das ich schnell den Text von „Blurred Lines" fand.

Den Song von Robin Thicke hatte ich damals ganz nett gefunden, aber ich konnte mich nicht an den Text erinnern. Was an ihm so schlimm sein sollte, dass selbst Paul von „ekelig“ sprach, wusste ich nicht. Doch bei der Google-Suche ploppten sofort zahlreiche Presseartikel auf, die von Empörungen über den sexistischen Inhalt des Songs und auch des dazugehörigen Videos berichteten. Offensichtlich ging es im Text um einen Mann, der eine Frau gegen ihren Willen „nehmen“ will. „I know you want it“ – also „Ich weiß, du willst es“ reichte da als Begründung. Und was Paul mit „ekeliger Zeile“ meinte, fand ich auch schnell in den Artikeln über das Lied. An einer Stelle hieß es: „I'll give you something big enough to tear your ass in two.“ Zu Deutsch: „Ich gebe dir etwas genügend Großes, um deinen Arsch entzweizureißen.“

Das passte zu Henk. Zu dem wahren Henk, nicht dem, in den ich mich einmal verliebt hatte. Ich tippte mit vor Aufregung zitternden Fingern „Igysbettyait“ in das Feld für das Passwort ein. Einmal tief durchatmen, klick. Henks Profil erschien. Noch einmal ganz, ganz tief durchatmen.

Ich sah seinen aktuellen Dienstplan, laut dem er nach einem Stopp in Glasgow nun auf dem Weg nach München war, von wo er den letzten Flug des Tages nach Paris steuern würde. All das wusste ich schon. Ich klickte auf den Bereich mit den privaten Nachrichten. Schon der oberste Name in der Liste war der von Gregor Maier. Betreff: Uschi. Da war sie. Die Wahrheit. Mein Finger kreiste über dem Mauspad. Trotz allem, was ich mit diesem Mann erlebt hatte, hatte ich ein schlechtes Gewissen. Drang ich nicht vielleicht doch in etwas ein, das mich nichts anging? Komischerweise hatte ich diesen Gedanken so gut wie nie gehabt, wenn ich meine telepathischen Fähigkeiten nutzte. Warum dann jetzt? Oder hatte ich Angst, dass ich Sachen erfahren würde, die schmerzen könnten?

„Ich hab' Durst."

Es zerriss mich fast. Mein Puls explodierte. Dabei war es nur die kleine Lina, die sich auf ihren nackten Füßchen angeschlichen hatte und mit Schlafschaf im Arm neben mir stand.

„Oh, mein Gott", stammelte ich. „Hast du mich erschreckt."

Lina interessierte das nicht. Sie schaute auf den Bildschirm vor mir.

„Machst du da?"

„Ja, was mache ich da? Gute Frage."

Ich blickte zu der süßen Mini-Frau, die noch nichts davon ahnte, was ihr in einigen Jahren bevorstand. Auch wenn Britta sich redlich bemühte, dass sie nicht mit so merkwürdigen Rollenbildern aufwuchs wie ich, würde sie wohl kaum Männern wie Henk aus dem Weg gehen können. Dafür gab es von diesen einfach viel zu viele. Aber war nicht genau das der Punkt? Dass wir nicht nur wieder auf die Frauen schauen durften? Darauf, wie wir sie erzogen?

„Ich mache etwas, das mir gut tut", antwortete ich auf Linas Frage, die mit dieser kryptischen Antwort komischerweise vollauf zufrieden war.

Nachdem ich sie mit Wasser versorgt und zurück ins Bett gelegt hatte, eilte ich entschlossen an den Computer und öffnete ohne zu zögern die Unterhaltung zwischen Henk und Gregor. Die Unterhaltung über Uschi.

Es war eine Unterhaltung über den Zeitraum von fast zwei Jahren – begonnen, kurz nachdem Gregor bei German Air angefangen hatte. Hier und da ging es auch mal um eine berufliche Frage oder eine Verabredung zum Squash spielen, aber ansonsten ging es nur um Uschi. Seitenlang. Doch Uschi war keine Frau, besser gesagt Uschi war nicht eine Frau, sondern Uschi war Henk und Gregors Name für ein Spiel, das sie nun seit fast zwei Jahren spielten. Ein Spiel, in dem die beiden Männer Punkte sammelten für jede Frau, mit der sie Sex hatten. Je nach vorher festgelegtem „Schwierigkeitsgrad“ gab es ein bis zehn Punkte. Gregor führte derzeit mit 172 zu 154. Dieser deutliche Rückstand war auch der Grund, warum Henk so scharf auf die zehn Punkte gewesen war, die es für mich gegeben hätte.

42

Tschock!

Keine zwanzig Meter von mir entfernt landete mit einem satten Knall eine Axt am Rande der überdimensionalen Zielscheibe. Ich zuckte unweigerlich zusammen. Fritz verzog keine Miene, denn er war in den Ausdruck des Chats zwischen Henk und Gregor vertieft. Ich stand mit ihm an einer improvisierten Bar in der großen Lagerhalle, die gleich fünf mit Eisengitter voneinander getrennte Wurfbahnen beherbergte. Auf den Bahnen herrschte Hochbetrieb. Männer und Frauen um die Dreißig schleuderten Äxte oder Beile durch die Luft, als ob sie ein keltisches Dorf einnehmen wollten. Sie waren allerdings keine archaischen Krieger, sondern einfach nur Hipster, die einem neuen Trendsport frönten.

Tschock!

Wieder hatte eine Axt ihr Ziel erreicht. Fast genau in der Mitte des mit Kreisen bemalten Bretts an der Wand – es erinnerte entfernt an eine Dartscheibe. Der bärtige Werfer mit passendem Holzfällerhemd jubelte. Die zierliche Frau neben ihm nickte anerkennend. Auf ihrem schwarzen T-Shirt stand „Axpert“. Sie war offensichtlich seine Trainerin.

„Und warum heißt das Spiel Uschi?“, fragte Fritz, während er durch die zahlreichen Papiere blätterte.

Das riss mich aus meinen Beobachtungen in dieser mir völlig fremden Welt. Eine Welt, in der Fritz seine Abende verbrachte oder zumindest diesen. Ich hatte ihn von Britta aus angerufen und beim Axtwerfen mit Freunden erreicht. Da die Lagerhalle in Friedenau in der Nähe von Brittas Wohnung lag, war ich sofort nach der Heimkehr des Pärchens zu ihm gefahren. Bis zu meiner Ankunft im „Axzess!“ hatte ich geglaubt, dass ich ihn in Sachen Äxte falsch verstanden oder er mich veräppelt hatte. Das hatte er nicht.

Tschock!

„Steht in den ersten Nachrichten“, erklärte ich sachlich. „Am Anfang war's nur eine einmalige Sache. Eine Frau aus einer Bar, die sie gemeinsam kennengelernt hatten. Und dann ging's darum, wer sie rumkriegt. Aber sie hatten beide den Namen der Frau nicht verstanden, weswegen sie unter *Uschi* lief. Als sie dann das Spiel angefangen haben, fanden sie das so lustig, dass sie es nach ihr benannt haben. Herumbekommen hat übrigens Henk sie, wie er generell die meisten Frauen abbekommen hat. Aber eben meistens welche, die nur wenige Punkte bringen. Gregor spielt taktisch cleverer.“

Fritz schaute mich so besorgt an, als ob ich eine Axt im Kopf stecken hätte.

„Was ist?“, fragte ich.

„Friss das nicht in dich rein. Das ist eine kranke Scheiße. Die darf dich wütend machen. Die darf dich verdammt wütend machen.“

„Es ist noch nicht ganz angekommen“, murmelte ich.

Er hatte gut beobachtet. Ich unterdrückte meine wahren Gefühle. Dabei war ich dermaßen aufgebracht, dass ich gar nicht wusste, wohin mit der ganzen negativen Energie. Mein Hals war so verspannt, als ob mir seit der ersten Lektüre in Brittas Wohnung jemand eine Schlinge darum gelegt hätte. Meine Kiefer schmerzten vom Zusammenpressen. Ich hatte zwei Stunden mit diesem Dreck vor dem Computer gesessen – bis endlich Britta und Stefan gekommen waren. Sie waren so gut gelaunt und auch angetrunken gewesen, dass ich kein Wort über meine Entdeckung gesagt hatte. Ich hoffte, dass sie in ihrem Bett lagen und sich liebten. Die Welt brauchte mehr Liebe.

Ploing!

Der Wurf war ordentlich daneben gegangen und rasselnd in einem seitlichen Eisengitter gelandet.

„Du musst jetzt erst einmal ein Bier trinken", insistierte Fritz.

Ich mochte kein Bier, aber in der aus Holzkisten gebauten Bar gab es mit Alkohol nur Craft Beer aus der Flasche. Also nickte ich. Fritz holte mir eins davon. Die Papiere lagen vor mir auf dem aufrecht stehenden Holzfass, das als Tisch diente. Als Letztes hatte Fritz die Seite gelesen, auf der es um mich gegangen war.

„Diese Rosa ist garantiert eine ganz frigide", hatte Henk seine Einschätzung abgegeben. „Die lässt sich nur mit Liebe ficken. Außerdem ist sie viel zu selbstbewusst. Das wird eine ganz harte Nummer. Zehn Punkte."

„Aber sie ist auch ein bisschen doof", hatte Gregor eingewandt. „Acht."

„Quatsch. Weißt du, was ich der alles vormachen muss, bis die mich ranlässt? Das dauert Wochen. Am Ende muss ich die noch heiraten. Und einmal angestochen wird man sie nicht mehr los."

Das hatte Gregor überzeugt. Zehn Punkte. Als Fritz mit dem Bier zurückkam, riss ich es ihm aus der Hand und trank, ohne mit ihm anzustoßen. Das Bier war bitter, aber das passte ja. Fritz sah, was ich noch einmal gelesen hatte.

„Arschlöcher", sagte er nur.

„Es ist ja gar nicht, wie sie über mich reden. Geschenkt. Aber ich bin auf diesen Kerl reingefallen. Auf so einen Kerl. Und ich wäre auch mit ihm ins Bett gegangen, wenn ich nicht …"

Ich stoppte mich selbst, denn ich hatte noch die Worte von Christian in den Ohren: Ein Journalist war der letzte Mensch, dem ich von meiner geheimen Superkraft erzählten sollte. Trotzdem stimmte es: Ohne seine Gedanken zu kennen, hätte ich Henk die zehn Punkte geliefert. Und würde jetzt immer noch weinend in der Ecke sitzen, weil ich nicht verstanden hätte, warum ich danach abgeschossen worden war. Was nützte mir mein toller IQ, wenn ich im Grunde doch eine naive Trulla war?

„Wenn nicht was?", hakte Fritz nach.

„Wenn ihr mich nicht gewarnt hättet", schob ich vor und lenkte ab. „Okay, also, kannst du daraus irgendwas machen? Einen Artikel?"

Er antwortete nicht, sondern trank noch einmal von seinem Bier. Das sah nicht nach Zustimmung aus. Ich kam noch mieser drauf, als ich das ohnehin schon war.

„Was ist das Problem?", fragte ich ungeduldig. „Klarer geht es doch wohl nicht."

„Zwei Probleme", sagte Fritz. „Erst einmal sind das private Nachrichten, die du auch noch illegal besorgt hast. Die darf ich gar nicht veröffentlichen, außer wenn ein enormes öffentliches Interesse besteht."

„Die missbrauchen ihre Machtposition bei einer der größten deutschen Airlines. Natürlich ist das von öffentlichem …"

„Und das ist das zweite Problem", unterbrach er mich. „Ich lese hier in den meisten Fällen, dass sie Frauen verführt haben – auf schäbige Weise, mit pubertärem Hintergrund und einer Frauenverachtung, dass ich kotzen möchte. Aber das ist nicht illegal."

„Verführt?", fuhr ich ihn an. „Das ist nicht dein …"

„Illegal wird es erst, wenn sie die Frauen genötigt haben. Es gibt Hinweise, dass vor allem Gregor Beförderungen in Aussicht gestellt oder sogar vergeben hat. Das sind die Fälle, an die wir ranmüssen."

„Ranmüssen?"

„Wir müssen die Frauen finden und zum Reden bekommen. Wir brauchen mindestens eine, am besten mehrere."

„*Wir* heißt, du hilfst mir? Du willst etwas daraus machen?"

„Natürlich", sagte Fritz. „Ich kann nichts versprechen. Die Welt ist ganz schön düster in manchen Ecken. Aber du bist nicht allein."

Die Schlinge um meinen Hals lockerte sich immerhin so weit, dass ich den Kloß darin spüren konnte. Wenn Fritz mich jetzt auch noch in den Arm nahm … Na toll. Er nahm mich in den Arm. Schon spürte ich die Tränen. Noch mehr als seine Unterstützung baute mich allerdings auf, was er in diesem Moment dachte.

„Da haben die Pisser sich mit der falschen Frau angelegt."

Er löste sich wieder und sagte: „So, und jetzt wirfst du ein paar Äxte."

Ich musste lachen und wischte mir meine Tränen weg.

„Ich weiß nicht. Ich kann so ein Ding doch nicht mal hochheben."

„Beim Axtwerfen kommt es nicht auf Kraft an, sondern auf Präzision und Geschmeidigkeit. Die hast du. Außerdem ist ja wohl klar, was du dir in der Mitte der Zielscheibe vorstellst."

Ich grinste und folgte ihm zu der Wurfbahn, an der seine Freunde noch zugange waren. Fritz wies mich ein, dann stand ich da mit der Axt. Sie lag fest in meiner Hand. Es fühlte sich gut an. Ich zielte und warf. Exakt in besagte Mitte.

Tschock!

Ein ungemein befriedigendes Geräusch.

43

Fritz ließ mich nicht allein. Noch am selben Abend entwarf er zwischen Axtwürfen und Craft Beer einen Schlachtplan, mit dem wir aus unserem auf dunklen Pfaden erlangten Wissen einen hieb- und stichfesten Artikel machen konnten. Er arbeitete regelmäßig für große deutsche Zeitungen, bei denen er solch eine Enthüllung unterbringen konnte – wenn sie überzeugend war. Dafür lag Arbeit vor uns.

Ich musste am nächsten Tag wieder fliegen, aber ich gab ihm meinen Zugang zum Intranet von German Air. Darin würde er Mitarbeiterlisten finden, auch Organigramme, Stellenausschreibungen und vieles mehr, mit dem er eventuell Namen aus Henks und Gregors Spiel zuordnen konnte. Bis zu meiner Rückkehr einen Tag später wollte Fritz sich tief in diese und alle weiteren auffindbaren Informationen über die Airline graben. Meine Aufgabe war es, derweil einen ersten Kontakt zu einer betroffenen Frau aufzunehmen. Denn wie der Zufall es wollte, flog ich in meinem Umlauf mit einer der erwähnten Frauen. Wobei es natürlich kein allzu großer Zufall war bei fast sechzig Frauen, die betroffen waren, die meisten davon Mitarbeiterinnen unserer Airline. Darunter Flugbegleiterinnen wie meine mit mir fliegende Kollegin Noelia, deren Name so selten war, dass nur sie mit folgendem Austausch in den Uschi-Papers gemeint sein konnte.

„Was ist mit Noelia?“, fragte Henk. „Fliege morgen mit ihr – inklusive Übernachtung in Rom.“

„Stadt der Liebe, was?“, kam die Antwort von Gregor. „Das ist doch das Moppelchen mit den blonden Locken? So wie die dich immer in der Cafeteria anglotzt, wird das ein leichtes Spiel.“

„Sie hat einen Freund.“

„Na gut. Drei Punkte. Wenn du es direkt morgen schaffst, vier.“

Einen Tag später kam kurz vor Mitternacht die Antwort von Henk: „Eingelocht! Und wow, die ist eine richtige Sau im Bett. (Auf ihrem nackten, fetten Arsch getippt.)“

Henk tippte also wirklich auf den Hinterteilen seiner Bettgenossinnen SMS. Fritz hatte es von Anfang an gewusst.

Als wir uns zur Crewbesprechung vor dem ersten Flug trafen, konnte ich nur zynisch lachen. Noelia hatte allenfalls ein breites Becken und soweit ich das in dem Uniformrock sehen konnte, einen durchschnittlich großen Po. Dass so etwas bereits unter „Moppelchen“ und „fetter Arsch“ lief, deutete auf noch weit mehr Probleme dieser Männer als die offensichtlichen hin. Noelia – vielleicht zwei oder drei Jahre älter als ich – ertappte mich bei der Begutachtung ihrer Rückseite. Ich murmelte etwas von einer Fluse auf ihrem Rock und wischte kurz darüber, während ich die Röte in meinem Gesicht spürte. Sie fand es aufmerksam, sodass wir einen guten Start für unseren Umlauf hatten.

Noch geduldiger als sonst beantwortete ich unterwegs all ihre Fragen zu meiner Notlandung, die nach wie vor mit jeder Kollegin und jedem Kollegen Thema war, sobald sie mich sahen. In diesem Fall half es, unser freundschaftliches Verhältnis zu stärken. So war es dann nicht schwer, sich abends in Amsterdam in der Hotelbar mit ihr zu verabreden. Auch nicht schwer war es, das Thema auf Henk zu lenken. Nicht nur, weil er den legendären Flug gesteuert hatte, sondern weil natürlich die Gerüchte über unsere „Fehde“ die Runde machten. Noelias Hals verspannte sich, als ich über Letzteres berichtete. Sie sagte nichts dazu, nippte viel zu oft an ihrem Drink. Als ich dann so einfühlsam wie möglich andeutete, dass es ja auch Gerüchte über sie und Henk gab, war der Abend ganz schnell beendet. Sie wies das weit von sich, Gerüchte halt, sie war glücklich verlobt und leider nun plötzlich hundemüde. Mit unserer Freundschaft war es dann auch schon wieder vorbei – für den Rest des Umlaufs ging sie mir aus dem Weg, sofern man das in einem Flugzeug in zehn Kilometer Höhe tun konnte. Fritz hatte mir eins eingebläut: Ich durfte bloß nicht zu schnell offenlegen, was wir wussten – denn es konnte immer auch sein, dass die betroffene Frau eher zu den Männern laufen und ihnen alles erzählen würde, als sich uns gegenüber zu öffnen. Also beließ ich es mit Noelia dabei.

Natürlich war ich frustriert, aber ihr verstörter Gesichtsausdruck beim Thema Henk trieb mich nur noch stärker an, diesen Fieslingen das Handwerk zu legen. Ich hatte Christian schon von Amsterdam aus gebeten, mich nicht am Flughafen abzuholen. Denn ich wollte sofort zu Fritz. Christian war nicht begeistert – vor allem warnte er mich erneut vor dem Journalisten und dessen möglichen Eigeninteressen. Aber letztlich verstand er natürlich, warum ich das alles tun musste.

Fritz wohnte in einer Remise in einem Kreuzberger Hinterhof. Vorbei an zahllosen Fährrädern ging es zu einem einstöckigen Bau, der früher mal als Stallung oder Lagerraum gedient haben musste. Durch die Fenster konnte ich bereits den großen Raum sehen, der Küche, Ess- und Wohnbereich enthielt. Darüber gab es eine Galerie, auf der man ein geräumiges Bett ausmachen konnte. Fritz stand in der Tür zum Hof – die ebenfalls aus Glas war – und begrüßte mich mit einem „Das ging aber schnell".

Er hatte wohl damit gerechnet, dass ich erst nach Hause fahren und mich von dort melden würde. Deswegen war er noch damit beschäftigt, seine Wohnung zu putzen. Als ich sie betrat, sah ich den Putzeimer samt Wischmopp. Fritz hatte die Stühle auf den Esstisch gestellt – rundherum war das Parkett noch feucht.

„Machst du extra für mich sauber?", konnte ich mir nicht verkneifen, als wir uns mit Küsschen auf den Wangen begrüßten.

„Das hättest du wohl gerne", dachte er und sagte dann: „Das hättest du wohl gerne."

Wie immer hatte ich bei Fritz keine Zeit, irritiert über seine Gedanken zu sein, weil er sie offen aussprach.

„Nee", sagte er und stellte meinen Trolley an die Garderobe. „Bei der Hausarbeit kann ich am besten nachdenken. Dann lass' ich meine Finger vom Handy und anderen Ablenkungen."

Sagte es und wies mir einen Sessel zu, auf dem ich warten sollte, bis er fertig war. Ich gehorchte.

„Worüber denkst du denn nach?"

„Mit welchen Frauen wir anfangen."

Er deutete hinter mich auf die Wand, die ich bis dahin noch nicht wahrgenommen hatte. Mir klappte das Kinn herunter. Dort hingen meterweise Styroporplatten, an denen unser ganzes Projekt visualisiert worden war. Fritz hatte so viele Namen aus dem Uschi-Chat wie möglich Frauen zugeordnet und die meisten davon sogar mit Fotos verbunden – aus dem Intranet, von Facebook oder Ähnlichem. Die Frauenbilder hatte er kreisförmig um Bilder von Henk und Gregor drapiert – je nachdem, wessen Opfer sie geworden waren. Ich zählte bei jedem Kreis mindestens zwanzig Frauen und war mir sicher, dass es noch weit mehr gab, die sich aber nicht zuordnen ließen.

„Wenn man von zwölf Uhr dem Uhrzeigersinn folgt, erhält man die zeitliche Abfolge“, erklärte Fritz. „Füße hoch.“

Das Letzte war für mich bestimmt, denn er musste um meinen Vintage-Sessel herumwischen. Ich gehorchte erneut und nahm dabei meinen Blick nicht von der Wand. Ein Foto von mir hatte Fritz Gott sei Dank nicht aufgehängt. Das letzte im Kreis rund um Henk war ein Bild der Reporterin Hana, die ihm auf ihrem Wasserbett kurzfristig noch ein paar Punkte gebracht hatte.

„Och, komm, die hatte doch schon das Höschen feucht, als sie dich vorhin interviewt hat“, kommentierte Gregor Henks „Anfrage“ aus dem Taxi auf dem Weg zur Newton-Bar. „Ein Punkt, okay, zwei wegen Promi-Bonus.“

„Einen mehr, wenn ich sie dazu bekomme, dass sie mir auf der Toilette einen bläst?“

„Na gut.“

Dank Gregors Großzügigkeit stand bei Hanas Foto nun eine kleine Drei. Ich war mir nicht sicher, ob wir die Punktezahl wirklich für unsere Recherche brauchten. Sie machten alles nur noch bitterer. Aber es stand auch noch mehr auf den kleinen Kärtchen, die Fritz zu jeder Frau gepinnt hatte. Was genau, konnte ich von meinem Sessel aus nicht entziffern.

„Darf ich näher an die Wand herangehen?“

„Wenn der Boden trocken ist.“

Natürlich. Ich kam mir vor wie in meiner Kindheit, als meine Mutter plötzlich mit dem Wischmopp in mein Zimmer eingefallen war und meinen Bewegungsraum per Dekret auf einen Quadratmeter eingefroren hatte. Es war immer meine Mutter gewesen. Meinen Vater konnte ich mir mit einem Mopp in der Hand überhaupt nicht vorstellen. Ich musste innerlich lachen bei dem Gedanken.

Fritz hingegen führte den Stab mit großer Selbstverständlichkeit. Das löste bei mir widersprüchliche Gefühle aus: Auf der einen Seite fand ich es wahnsinnig unmännlich, auf der anderen Seite aber auch cool. Nicht zum ersten Mal misslang es mir, Fritz in eine Schublade einzuordnen.

„Was bedeuten die roten Kreise?", fragte ich.

Einige Frauen, vor allem bei Gregor, waren mit einem Filzstift umrandet worden.

„Das sind die Frauen, bei denen eine Beförderung oder Ähnliches eine Rolle gespielt haben könnte. Die sind für uns interessant. Ich würde jetzt aber als Erstes gerne noch einmal alle Namen mit dir durchgehen, die ich nicht zuordnen konnte."

Schon waren wir mitten in der Arbeit. Wir gingen den Uschi-Chat komplett durch, Fritz erläuterte mir, wie er wen zugeordnet hatte. Der Boden war bald trocken, sodass ich auch die Karteikärtchen lesen konnte. Fritz hatte erstaunlich viel über die Frauen herausgefunden. Ich ergänzte, was ich wusste. Letztlich konnten wir acht weitere Fotos an die Wand pinnen. Einmal, weil ich die drei Julias anhand der fiesen Beschreibungen oder Zusammenhänge den richtigen Personen zuordnen konnte. Mehrfach, weil ich wusste, wer sich hinter Spitznamen verbarg. Und einmal auch, weil ich die beschriebene Frau vom Reinigungspersonal des Flughafens zufällig kannte, über die Henk in dem Chat ganz besonders eklig herzog – aber dennoch für sie zwei Punkte kassiert hatte.

Vieles ließ sich allerdings nicht auflösen. Schon allein, weil es immer wieder Lücken in dem Chat gab. Es war nämlich nicht so, dass Henk und Gregor sämtliche Frauen nur im Intranet diskutiert hatten. Die beiden Männer trafen sich regelmäßig und verhandelten dann natürlich auch weiter. Insgesamt fünf Mal machte der „Spielstand" einen Sprung, ohne dass wir überhaupt eine Nachricht darüber fanden, warum. Einige andere Male gab es in den Nachrichten nur die Festlegung, was eine Frau wert war, aber dann las man nie wieder etwas von ihr. Andersherum gab es auch mal protzige Berichte über einen Erfolg bei einer Frau, die zuvor nicht erwähnt worden war. Nicht immer wurden Namen genannt oder diese ließen sich nicht klar zuordnen. Wie auch, bei über tausend Mitarbeiterinnen der Airline und angesichts des Umstands, dass nicht alle betroffenen Frauen bei German Air arbeiteten? Mit „die heiße Kellnerin von gestern“ konnten wir natürlich überhaupt nichts anfangen.

Genauso rätselten wir darüber, wer „Maverick“ war. Der Name fiel ab und zu im Chat – ein Kollege, der ganz offensichtlich über das fiese Spiel Bescheid wusste und unsere beiden Männer anfeuerte. Bei dem Gedanken, dass man auch noch ungestraft vor seinen Kumpels mit so einem Dreck angeben konnte, wurde mir übel.

Natürlich war unsere Arbeit belastet von dem ekligen Hintergrund, der uns an jeder Stelle ansprang. Dennoch gelang es mir irgendwann, das auszublenden und mich auf unser Ziel zu konzentrieren. Dann machte es fast Spaß. Zumindest war es faszinierend, Fritz zuzuschauen, wie er mit flinken Fingern auf seinem Computer binnen Sekunden Informationen und passende Bilder fand, wie scharf und schnell er analysierte, was rund um eine Frau geschehen sein musste. Und wie er zielsicher die Frauen herauspickte, die uns für einen Artikel eine Hilfe sein konnten.

Es war bereits nach neun, als ich das erste Mal auf die Uhr schaute. Und das auch nur, weil Fritz zur Tür ging, um die Pizza entgegenzunehmen, die er irgendwann nebenbei auch noch online bestellt haben musste, während ich in eine Recherche vertieft gewesen war. Fritz verschwand mit den Kartons Richtung Küchenzeile. Ich schaute mich in dem großen Raum um. Tisch, Sofa und Schreibtisch – allesamt Design-Klassiker mit einer gewissen Patina – waren übersät mit Ausdrucken, die Styroporwand bis in die letzte Ecke gefüllt mit Informationen über die Frauen, aber auch über die beiden Männer und die gesamte Airline. Ich kam mir vor wie in einem Thriller, in dem die Sondereinheit auf der Suche nach dem Killer war. Nur, dass wir die Killer schon kannten, aber ihre Taten bisher leider als Kavaliersdelikte galten.

Fritz brachte die Teller mit den Pizzen und auch zwei Gläser Wein, die wir uns verdient hatten. Ich staunte nicht schlecht, weil er mit einer Quattro Stagioni meine Lieblingspizza bestellt hatte.

„Woher wusstest du …"

„Hast du mal bei Anka gegessen."

Ich war beeindruckt. Das musste Monate her gewesen sein. Letztlich war es aber nur ein weiterer Beleg für das, was ich in den letzten Stunden erlebt hatte: Der Mann hatte eine Auffassungsgabe und ein Gedächtnis wie eine Maschine. Er kannte die Namen und Geschichten meiner Kolleginnen längst besser als ich. Er befand sich so tief in der Materie, wie man das nur konnte. Aber auch er hatte noch eine Menge Fragen. Eine davon stellte er mir, als ich mir gerade ein viel zu großes Stück Pizza in den Mund geschoben hatte.

„Was bei deiner Bewerbung passiert ist", begann er, „muss der Aufhänger in dem Artikel sein. Das ist bisher der konkreteste Hinweis von Machtmissbrauch."

Ich nickte kauend. Mir war längst klar, dass ich in dem Artikel mit Namen und allem vorkommen musste – auch wenn das mein Ende bei German Air bedeuten würde. Es war okay für mich. Es würde nicht zuletzt ein wichtiges Argument sein, um andere Frauen zu überzeugen, das Gleiche zu tun.

„Du musst mir noch einmal genau erklären, woher du das mit dem Chateau-Lafite und die ganze Absprache zwischen den Männern wusstest. Du hast sie in einer Bar belauscht? Welche Bar?"

Ich war dankbar, dass ich so viel Pizza in meinem Mund hatte, denn es gab mir einen Moment, um mich zu sammeln. Ich log Fritz nicht gerne an. Nicht nur, weil ich ihn mochte, sondern auch, weil ich stets das Gefühl hatte, dass er mich durchschaute. Als ich behauptet hatte, dass ich Henks Passwort anhand seines Lieblingslieds erraten hätte, war Fritz' stummer Blick länger als nötig auf mir haften geblieben. Das hatte sich nicht gut angefühlt.

„In der Newtonbar", sagte ich und stopfte mir schnell das letzte Pizzastück komplett in den Mund.

„Du warst zufällig an dem Abend nach dem geplatzten Bewerbungsgespräch in derselben Bar wie die beiden? Das soll ich dir glauben?"

Er klang nicht böse, dennoch wurde mir mulmig. Während ich viel zu lange auf einer Artischocke herumkaute, überlegte ich, ob die Wahrheit nicht vielleicht doch besser war. Ich wusste aber, dass der Abend dann eine Wendung nehmen und es überhaupt nicht mehr um die Frauen gehen würde. Die Telepathie zog viel zu viele Fragen nach sich, und ja, es war die weit größere Sensation.

„Na gut", sagte ich also mit bedrückter Miene, nachdem ich heruntergeschluckt hatte. „Es war kein Zufall. Ich wusste, dass es Henks Lieblingsbar ist – er war ja auch mit dieser Journalistin dort. Ich bin hin, weil ich ihm die Meinung sagen wollte. Ich war mir sicher, dass er seine Finger da drin hatte. In der Bar war es so voll, dass sie mich nicht haben kommen sehen und dann hatte ich es schon gehört, das mit dem Lafite. Ich dachte: *Okay, höre ich doch mal weiter zu. Vielleicht kann ich was Besseres machen, als ihn nur beschimpfen.*"

Ich lächelte so unschuldig, wie es ging. Fritz' Stirn blieb in Falten. Leider hatte ich nicht einmal mehr Pizza.

„Warum hast du ihm am nächsten Tag dann noch mal auf dem Vorfeld aufgelauert?“

„Ich wollte, dass die Beschwerde bei Fischer von ihm ausging. Und dass er mich für hysterisch hielt, dass er mich unterschätzte.“

„Du wirst oft unterschätzt“, stellte Fritz fest.

Ich nickte. Er schaute mich mit einem Blick an, den ich nicht einordnen konnte. War er meiner Lüge auf der Spur? Doch es war gar kein kritischer Blick, er war viel, viel positiver. Ich war versucht, meine Hand nach seinem Arm auszustrecken, um in seinen Kopf zu blicken. Ich hatte vergessen, dass ich vor Fritz saß. Er sagte, was er dachte.

„Du bist eine verdammt starke Frau. Ich bewundere dich.“

Ja, das war der Blick gewesen. Bewunderung. Die Härchen an meinem gesamten Körper stellten sich hoch. So etwas von einem Mann zu hören, den ich eben selbst noch bewundert hatte, entfachte etwas in mir, das ich nicht mit Fritz in Verbindung bringen wollte – aus zahllosen Gründen. Umso wichtiger war es, dass er im nächsten Moment aufstand und unsere Teller in die Küche brachte. Die kleine Pause war vorbei.

„Gut, dann lass uns mal festlegen, wie wir jetzt vorgehen.“

44

Wir gingen so vor: Wir erstellten eine Liste mit den Frauen, die uns bei einem Artikel möglicherweise weiterhelfen konnten. Das waren vor allem die Frauen, die mit Beförderungen oder Versetzungen in Verbindung gebracht werden konnten. Wir priorisierten die Liste. Oben standen die, bei denen es bereits Hinweise darauf gab, dass sie Probleme mit einem der Männer hatten. Ab dem nächsten Tag arbeitete ich die Liste der Reihe nach ab. Ich rief die Frauen an, lauerte ihnen bei German Air auf oder verabredete mich mit ihnen zu einem Kaffee. Sobald ich merkte, dass ihnen das Thema zu unangenehm oder es gar nicht so negativ besetzt war – auch das gab es – vertiefte ich nicht weiter und gab schon gar nicht preis, was wir wussten. Leider waren diese Fälle in der Überzahl.

Es gab auch Erfolge. Gleich die erste Frau auf der Liste war ein Treffer – aber sie stand auch deswegen ganz oben, weil ihre Mithilfe erwartbar gewesen war. Die Mitarbeiterin beim Bodenpersonal – Marcella – hatte sich schon mehr als einmal innerhalb der Airline über Henk beschwert, nachdem er sie massiv angebaggert und sie ihn hatte abblitzen lassen. Sie war einer der – leider selteneren – Fälle im Nachrichtenaustausch, bei denen die Männer keine Punkte hatten sammeln können. Dabei hätte sie wegen ihrer vorher schon bekannten großen Klappe und dem nicht zu übersehenden Selbstbewusstsein sogar sieben Punkte gebracht. Bei ihr konnte man aber auch gut erkennen, wie perfide das System Henk/Gregor funktionierte: Sie hatten die Frau im Nachhinein durch gezielt gestreute Gerüchte, dass sie lesbisch sei, so diskreditiert, dass selbst ich mich bei der ersten Erwähnung ihres Namens wunderte, warum Henk sie überhaupt angepeilt hatte – als bekannte Lesbe. Erst jetzt verstand ich, dass es andersherum gewesen war. Sie hatten sie in der Firma zur Lesbe, noch dazu zu einer frustrierten, männerhassenden gemacht, weil sie nicht mitgespielt hatte und es wagte, sich über die Herren zu beschweren. Als ich Marcella (und ihren Freund) zu Hause besuchte, war sie kaum überrascht über „Uschi", aber doch reichlich verbittert. Da sie vor einigen Monaten die Airline im Streit verlassen hatte, stand für sie nichts auf dem Spiel. Ich brauchte keine fünf Minuten, um sie zur Unterstützung bei Fritz' Artikel zu überreden. Sie berichtete gerne, wie Henk sich immer wieder an sie herangewanzt und sie hinterher schlecht gemacht hatte. Ein schneller Erfolg, der uns motivierte. Andererseits war es bei Marcella nie um eine mögliche Gegenleistung im Job gegangen, Henk hatte sie nicht einmal angefasst, also würden wir auf ihrem Fall alleine keinen Skandal aufbauen können.

Eher möglich gewesen wäre dies mit Alexandra, eine sympathische Purserin, unter deren Leitung ich gerne flog, weil sie schlagfertig, aber auch verbindlich war. Es war kein Problem, sich abends zu einem Glas Wein mit ihr in einer Bar zu verabreden. Sie kam dann sogar von alleine auf das Thema Henk und Gregor – wegen der kursierenden Gerüchte rund um mich – und ich kapierte bald, dass ihr etwas unter den Nägeln brannte. Noch bevor ich überhaupt Andeutungen über „Uschi" machen konnte, offenbarte sie mir ihre Geschichte mit Gregor. Er hatte sie vor gut einem Jahr angebaggert. Sie fand ihn gar nicht unattraktiv und war auch mit ihm essen gegangen. Aber als er sie dann am Ende küsste und mit ihr nach Hause wollte, ging ihr das alles zu schnell. Alexandra wollte den Abend beenden, aber plötzlich fing er damit an, dass er sich für ihre vorzeitige Beförderung stark machen konnte, wenn sie doch nur etwas lockerer wäre. Es war ganz klar und explizit ein Deal. Sie hatte sich darauf eingelassen, weil sie das zusätzliche Geld gut gebrauchen konnte und vielleicht nach einigen weiteren Abenden sowieso mit ihm ins Bett gegangen wäre. Seitdem war sie Purserin. So richtig gut hatte sie sich dabei aber nie gefühlt, und das war nun – nachdem sie von meiner Geschichte gehört hatte – wieder hochgekommen. Als ich ihr dann erzählte, dass sie Gregor mit dieser Nacht fünf Punkte gebracht hatte, fiel sie aus allen Wolken. Alexandra regte sich tierisch über Uschi auf, fand es toll, was ich plante, aber dummerweise war sie in einer Sache klipp und klar: Wir konnten ihre Geschichte allenfalls unter falschen Namen und mit verfremdeten Details verwenden, und auch nur, wenn wirklich niemand erkannte, dass es um sie ging. Sie würde niemals öffentlich gegen Gregor aussagen. Nicht nur, weil sie ihren Job liebte, sondern auch, weil sie nicht die Frau sein wollte, die sich nach oben gevögelt hatte.

Das war natürlich auch das Problem der anderen Frauen, die wir mit einer möglichen Beförderung als Gegenleistung für Sex in Verbindung bringen konnten. Zwei gaben es zwar indirekt sogar zu, aber wollten nicht weiter mit mir darüber reden, geschweige denn irgendwas für einen Zeitungsartikel zu Protokoll geben. Der Rest schwieg sich von Anfang an über ihre Beziehung zu Gregor oder Henk aus. Und dann war da noch Patrizia. Ja, auch Patsy war Teil des Spiels gewesen. Sie war sogar eine der allerersten Opfer. In diesem Fall hatte Gregor für sie vier Punkte kassiert. Ihre Bewerbung als Flugbegleiterin hatte damals auf der Kippe gestanden, weil sie im Gespräch mit dem Personalchef eine Panikattacke in ihrer Jugend erwähnt hatte. Er hatte ihr dazu geraten, diese nicht noch einmal zu erwähnen, und angeboten, sie für „ein Date am Abend" ebenfalls zu vergessen. Henk hatte fünf Monate später sogar versucht, ebenfalls für Patrizia Punkte zu kassieren, aber da war sie den Männern schon als „Schlampe" bekannt und Gregor der Meinung, dass keine Frau doppelt gezählt werden konnte. Immerhin hatte er sich gefreut, dass die Freunde nun auch „Schwanzschwager" waren – nur einer von vielen Ausdrücken aus der Männerwelt, die ich in den letzten Wochen neu kennengelernt hatte. Als ich versucht hatte, Patrizia – die mittlerweile beim Bodenpersonal ihren Dienst tat – auf das ganze Thema anzusprechen, hatte sie erneut Reißaus genommen.

Es war zum Haareraufen. Nach fünf Tagen und einem weiteren Umlauf mit Stopover in Kopenhagen hatte ich die Liste abgearbeitet, und wir waren nicht viel weiter als zu Beginn. Dafür vernachlässigte ich meine Lieben. Britta komplett. Immerhin erlebte meine beste Freundin so etwas wie einen zweiten Frühling mit Stefan – am Telefon deutete sie an, dass sie jeden Tag früh ins Bett gingen, „aber nicht, um zu schlafen". Also war die peinliche Aktion mit Stefan in ihrer Küche letztlich für etwas gut gewesen. Mein schlechtes Gewissen wurde erleichtert. Ein wenig.

Was Christian anging, war es aber nicht so einfach. Wir sahen uns kaum. Nach den aufwühlenden Tagen und abendlichen Diskussionen mit Fritz lohnte es sich meist nicht mehr, zu Christian zu fahren – wo doch mindestens einer von uns früh aufstehen musste. Ich vermisste ihn. Seine Nähe, die Nächte. Er schaffte es, mich mit kleinen Aufmerksamkeiten und regelmäßigen Nachrichten spüren zu lassen, dass er mich ebenfalls vermisste – ohne dabei Druck auszuüben. Eine hohe Kunst, die nicht viele Männer beherrschten.

„Du bist ein Traummann“, sagte ich zu ihm am Telefon, als ich einmal mehr auf dem Weg vom Flughafen zu Fritz war, wo wir meine letzten erfolglosen Gespräche auswerten und das weitere Vorgehen besprechen wollten.

„Ich mache nichts, was nicht selbstverständlich wäre“, antwortete Christian.

„Das machst du für alle Frauen?“, foppte ich ihn.

„Nein, nur für die, die ich liebe.“

Mir stockte kurz der Atem. Auch auf der anderen Seite der Leitung war es auffällig still.

„Mh“, kam dann vorsichtig von Christian. „Ich hab’s ausgesprochen. Das war nicht geplant.“

Er klang heiter, aber auch unsicher.

„Ich liebe dich auch“, sagte ich sofort und griff instinktiv nach Mamas Ring.

„Du musst das nicht …“

„Nein, Christian, es ist so. Ich habe mich noch nie bei einem Mann so geborgen gefühlt wie bei dir. Und dass … und dass du das so nebenbei – fast aus Versehen – sagst, das macht alles nur noch echter. Ich sag’ ja: Du bist ein Traummann.“

„Du bist eine Traumfrau.“

„Ich gucke, dass wir das heute Abend schnell klären, und dann komme ich zu dir, okay?“

„Gerne.“

„Du musst mir das noch mal genauer sagen, das mit der Liebe.“

„Klar. Ich kann’s dir auch zeigen.“

Das erotische Brummen in seiner Stimme drang vom Handy bis in meine Lenden.

„Ich beeile mich“, hauchte ich.

Dass Anka bei Fritz war, freute mich dann gleich umso mehr. Denn auch sie war dort, weil sie auf einen kurzen

Abend vor der Styroporwand hoffte und dann mit Fritz im Bett auf der Galerie landen wollte. Natürlich interessierte sie unsere Arbeit, wobei sie aber auch Dämpfer verteilte. Sobald eine Frau freiwillig mit einem der Kerle ins Bett gegangen war, ohne berufliche Versprechungen oder Druck, winkte sie ab – egal wie eklig Henks und Gregors Sprüche dazu waren.

„Macht Frauen nicht zu Opfern, die keine sind", insistierte sie. „Ich war auch schon mit Typen im Bett, über die ich mir hinterher das Maul zerrissen habe. Darum kann es nicht gehen."

„Was erzählst du denn über mich?", fragte Fritz sofort.

„Dir stelle ich überall die besten Führungszeugnisse aus. Sei unbesorgt."

Die beiden grinsten sich an. Aber das half uns natürlich nicht. Es bestätigte nur, dass wir zu wenig in der Hand hatten. Denn es hatte sie gegeben, die Fälle, die eindeutig Missbrauch waren. Die das Muster zeigten. Die Frauen schämten sich nur leider dafür und schwiegen.

Wieder und wieder gingen Fritz und ich alles durch. Wir landeten stets bei denselben Fragen: Können wir irgendeine der angesprochenen Frauen doch noch zum Reden bekommen? Können wir noch jemand anderen ansprechen? Vor allem aber: Wer verbirgt sich hinter den Fragezeichen an der Wand? Von denen gab es immer noch fast zehn – durch die Lücken in den Nachrichten. Auch in der Frage, wer Maverick war, waren wir nicht weitergekommen. Ich hatte mich sogar noch einmal in Henks Profil eingeloggt, ob er dort mit einem Maverick Nachrichten austauschte – aber der Name tauchte nirgendwo auf. Andererseits hatte Henk mittlerweile den gesamten Chat mit Gregor gelöscht – also garantiert auch Unterhaltungen mit anderen über Uschi. Wir standen auf allen Seiten vor Sackgassen.

Nach mehreren Stunden erfolgloser Diskussion stellten wir

erschrocken fest, dass Anka auf dem Sofa eingepennt war. Es war fast Mitternacht, wir musste alle am nächsten Tag arbeiten. Als sie kurz darauf erwachte und sich nach Hause verabschiedete, musste ich zugeben, dass ich es auch nicht mehr zu Christian schaffen würde. Mit schwerem Herzen schrieb ich ihm eine Nachricht. Er hatte Verständnis.

„Sorry, das wollte ich nicht", sagte ich auch zu Fritz, als Anka abgedüst war.

„Nicht so schlimm", winkte er ab. „Das Problem ist, dass wir uns im Kreis drehen."

Es machte mich mürbe. Ich wollte endlich vorankommen. Ein Ergebnis. Auch damit wir alle unsere Leben wieder leben konnten. Fritz und Anka. Christian und ich.

„Ich gehe noch einmal zu den Frauen, bei denen wir sicher sind, aber die nicht reden wollten", beschloss ich, denn ich wollte mich nicht mehr länger im Kreis drehen. „Ich erzähle denen alles über Uschi – egal, ob …"

„Dann macht es die Runde", unterbrach mich Fritz. „Das haben wir doch jetzt schon hundert Mal besprochen."

„Dann ist es halt so", brachte ich meinen neuen Lieblingssatz. „Damit muss ich klar …"

„Es geht nicht nur um dich. Willst du, dass Gregor bei Alexandra auf der Matte steht? Dann dürfen wir sie nicht einmal mehr mit Decknamen erwähnen."

„Wir haben sonst keine Möglichkeit. Dir reichen ja Alexandra, Marcella und ich nicht."

„Nein, das reicht wirklich nicht für einen Artikel."

Irgendetwas an dem Tonfall, in dem Fritz das sagte, behagte mir nicht. Er klang zum ersten Mal resignierend.

„Was heißt das? Du willst aufgeben?"

Er seufzte, anstatt mir sofort zu widersprechen. Panik gesellte sich zu meinem Frust und meiner Müdigkeit.

„Du willst aufgeben", rief ich erzürnt. „Fritz, du hast mir versprochen, dass …"

„Ich weiß, was ich dir versprochen habe. Ich will nicht aufgeben, aber vielleicht brauchen wir eine Pause."

„Nicht dein Ernst. Sag doch gleich, dass du keinen Bock mehr …"

„Das ist es nicht, Rosa. Bleibt jetzt bitte mal ruhig."

„Ich bin ruhig", zischte ich verdammt ruhig, bedrohlich ruhig. „Aber ich kann nicht glauben, dass du mich jetzt auch …"

„Ich lasse dich nicht im …"

„Und ich kann vor allem nicht glauben, dass du mich am laufenden Band unterbrichst", platzte es nun gar nicht mehr ruhig aus mir heraus. „Ich kann keine drei Sätze sagen, ohne dass du reingrätschst. Nicht nur heute. Das machst du immer. Wo ist denn da der Respekt vor Frauen, von dem du immer quatschst?"

Das hatte sich so lange in mir aufgestaut, dass es nun mit einer Vehemenz aus mir herausgeschossen kam, die mich selbst erstaunte. Noch mehr erstaunte mich Fritz' Reaktion. Er sagte zerknirscht: „Es tut mir leid. Ich weiß, ich bin furchtbar, was das angeht. Bitte sag es mir, ermahn mich. Sorry."

Fritz war anders. Anders als alle Männer, die ich kannte. Die gewohnte Reaktion auf so einen harschen Angriff war in meiner bisherigen Lebenserfahrung immer eine genauso harsche und zumeist auch unfaire Verteidigung. Im besten Fall wurde abgelenkt, meistens doch eher relativiert oder ich gleich als hysterisch abgetan. Deswegen vermied ich solche frontalen Kritiken. Aber dass ein Mann sich sofort und auch aufrichtig entschuldigte, hatte ich tatsächlich noch nie erlebt. Es hinterließ mich für den Moment sprachlos.

„Was wolltest du sagen?", fragte Fritz zugewandt.

„Ich will nicht, dass wir aufhören zusammenzuarbeiten", antwortete ich ganz ehrlich.

Er nickte. Er lächelte sogar. Er dachte kurz nach – oder vielleicht wartete er auch ab, ob ich noch weiterreden wollte. Schließlich sagte er: „Okay, lass es uns ausprobieren. Sag den Frauen die Wahrheit über Uschi. Egal, welche Konsequenzen das hat. Wir kommen sonst nicht weiter.“

45

Es hatte Konsequenzen.

Zunächst einmal neue Enttäuschungen. Die zögerlichen Frauen blieben nicht nur zögerlich, obwohl ich ihnen alles über Uschi erzählte. Zwei baten mich, sie nie wieder anzusprechen. Patrizia beschimpfte mich lautstark. Von wegen, es wäre dann wohl wirklich wahr, was Henk erzählte: dass ich eine durchgeknallte Stalkerin sei. Sie fühlte sich nun ebenfalls gestalkt und drohte mit Polizei und Anwälten – weil ich sie auf dem Flur unsere Zentrale angesprochen hatte. Nach dieser kalten Dusche hatte ich ein ganz übles Gefühl, denn nun würde es sicher nicht mehr lange dauern, bis sich Fritz' Sorge bewahrheitete und die Männer Wind von der Sache bekamen.

Als ich am nächsten Nachmittag nach einem eintägigen Umlauf wieder in die Zentrale von German Air kam und eine weitere Kollegin ansprechen wollte, rechnete ich jederzeit mit einem aus einer Ecke hervorspringenden Henk, der mich zur Rede stellen würde. Dabei hatte ich mit einem Blick ins Intranet sichergestellt, dass er in der Luft war, während ich mich im Gebäude befand. Aber es gab ja auch noch Gregor. Ich war ein Nervenbündel, als ich durch die offenen Flure huschte. Während ich mir in der Cafeteria einen Kaffee holte, hatte ich das Gefühl, dass zahllose Blicke auf mir ruhten, dass die Kolleginnen und Kollegen über mich tuschelten und dass alle Bescheid wussten. Natürlich beobachteten sie mich seit der Notlandung sowieso mehr als früher, aber an diesem Tag war es anders. Beängstigender.

„Hallo Rosa!"

Ich drehte mich zur Seite und kippte mir beim unweigerlich folgenden Zusammenstoß den soeben aus der Espressomaschine geholten Kaffee über meine Hose.

„Oh, sorry, das wollte ich nicht."

Die zarte Stimme kam von Isabel, eine Mitarbeiterin vom Bodenpersonal. Ihr Blick brach mir das Herz. Die Frau brach mir sowieso regelmäßig das Herz, seit vor gut einem Jahr ihr Mann überraschend gestorben war. Er war wegen einer harmlosen Blinddarm-OP ins Krankenhaus gekommen, wo er dann an einem Krankenhauskeim innerhalb weniger Tage gestorben war. Der absolute Horror.

„Nicht schlimm", sagte ich schnell.

„Doch, doch. Komm mit auf die Toilette. Ich mach' das raus."

Sie ließ mir keine Wahl, nahm mich an der Hand und zog mich mit. Die Toilette war nicht weit, also ließ ich es geschehen.

„Ich kaufe dir natürlich einen neuen Kaffee", sagte sie, während wir die Frauentoilette betraten.

„Quatsch. Das war doch meine eigene Schusseligkeit."

„Das war es nicht", sagte Isabel bedeutungsschwanger und schloss die Tür hinter sich.

Sie warf einen Blick in die Kabinen, eine nach der anderen. Sie waren leer. Derweil stand ich mit meinem Kaffeefleck auf der Hose rätselnd da. Was sollte das? Sie hatte mich absichtlich angerempelt? War das nicht die klassische Situation, mit der Entführungen begannen? Als sie zu mir kam, ging ich innerlich in Kampfstellung, so paranoid war ich wegen Henk und Gregor. Hatten sie Isabel geschickt?

„Ich wollte alleine mit dir reden, ohne dass es jemand mitbekommt."

„Gab's da keinen anderen Weg?", fragte ich unsicher.

„Ich weiß es nicht. Ich weiß gerade gar nichts."

Sie seufzte, dann knöpfte sie ihre Hose auf. Als sie diese herunterließ, staunte ich. Sie war unzweifelhaft eine attraktive Frau, aber ich konnte mich nicht erinnern, irgendwelche Signale gesendet zu haben, dass mich das interessierte. Oder war das die Falle?

„Du kannst meine Hose anziehen", sagte sie, weil sie meinen ratlosen Blick sah. „Wir müssten die gleiche Größe haben."

Das machte zwar etwas mehr Sinn, als das, was ich angenommen hatte – zumal wir beide die gleiche Uniformhose trugen. Aber dennoch schaute ich mich nach der versteckten Kamera um, die uns bei solch einer Aktivität filmen könnte, damit der belastende Film dann ins Intranet gestellt wurde.

„Stimmt es, dass du Frauen suchst, die gegen Gregor Maier aussagen?", fragte Isabel.

„Wie kommst du darauf?"

Ich zog weder meine Hose aus, noch war ich bereit, irgendetwas preiszugeben.

„Zwei Kolleginnen haben sich darüber unterhalten. Es soll ein … Spiel geben, bei dem er zusammen mit einem Piloten Frauen verarscht? Willst du die Hose nicht?"

Sie stand untenrum nur mit Slip und Schuhen bekleidet vor mir und hielt mir die Hose hin. Ich schaute ihr in die Augen. Diese Frau wirkte verwirrt, vielleicht sogar verzweifelt. Warum machte sie das?

„Was hast du damit zu tun?", fragte ich sie. „Mit Herrn Maier und … dem Spiel?"

„Es gibt also eins?"

Jetzt war ich mir sicher: Es war Verzweiflung. Warum

auch immer sie das alles abzog, sie wollte mir nichts Übles. Also nickte ich. Ihre Augen wurden feucht, aber sie ließ keine Träne laufen. Wenn, dann wäre es eine Träne der Wut gewesen. Ich hatte das Gefühl, mir selbst ins Gesicht zu schauen. Ihr Name war nie in den Nachrichten der Männer vorgekommen, trotzdem war ich mir nun sicher: „Du bist eins unserer Fragezeichen."

„Was?"

Ich ließ nun auch meine Hose herunter.

„Gregor Maier und Henk Seidel haben zig Frauen zu Sex verführt, überredet oder genötigt, um damit Punkte für ein krankes Spiel zu sammeln. Viele Frauen konnten wir identifizieren. Einige nicht. Sie sind unsere Fragezeichen."

„Wer sind *wir*?"

„Ein Journalist und ich."

Isabel stand vor mir mit ihrer Hose in der Hand. Ich hielt meine in der Hand. Sie nickte. Eine Träne lief. Aber die konnte sie sich leisten, denn ich sah Hoffnung in ihren Augen. Hoffnung, die der bloße Hauch einer Andeutung, dass jemand etwas gegen Gregor unternahm, ausgelöst hatte. Dann nahm sie mich in die Arme. Ich war froh, dass niemand hereinkam, während wir halbnackt aneinandergeschmiegt dort standen. Ich war noch froher, dass ich ihr helfen konnte. Dass ich das konnte, fühlte ich sofort. Sie war nicht nur eins der Fragezeichen, sie war die Frau, die unseren Artikel zum Leben erweckte.

„Erzähl mir, was passiert ist", sagte ich.

Das tat sie, während sie den Fleck aus meiner Hose wusch, den Stoff unter den Handtrockner hielt und die Hose dann auch noch anzog – obwohl ich sie gerne wieder zurückgenommen hätte. Erst recht nach dem, was ich nun erfuhr. Isabel war bis zu dem Tod ihres Mannes auch Flugbegleiterin gewesen. Ich hatte nicht gewusst, dass sie zwei kleine Kinder hatte. Einen Vierjährigen und eine Sechsjährige – um die sich der freiberufliche Grafiker stets gekümmert hatte, wenn sie geflogen war. Mit seinem Tod hatte sie nicht nur ihre große Liebe und den Vater ihrer Kinder verloren, sondern auch ihre Kinderbetreuung. Natürlich auch das zweite Einkommen, sodass sie nicht einfach ihren Job bei German Air hatte kündigen können. Sie hatte dringend eine Versetzung in einen Bereich mit geregelten Arbeitszeiten gebraucht. Auftritt Gregor. Er hatte ihr „unkomplizierte" Hilfe versprochen, was er bei einem Abendessen bei sich zu Hause mit ihr hatte besprechen wollen – er hatte sogar versprochen, für sie zu kochen.

„Natürlich wollte ich nicht mit ihm ins Bett", sagte sie mit matter Stimme. „Der Gedanke allein … zwei Wochen nach dem Tod von Karsten, völlig absurd. Aber der hat mich an diesem Abend so verrückt gemacht … So eine Mischung aus Fürsorge und subtilen Drohungen – von wegen, dass ich gar keine Arbeit mehr haben würde. Ich kann das gar nicht mehr nachvollziehen, aber ich hatte irgendwann das Gefühl, wenn ich nicht mit ihm schlafe, dann verliere ich alles. Damals war mir eh egal, was mit mir oder meinem Körper geschah. Ich war ganz woanders. Und er immer so: *Das ist doch auch Trost. Das ist doch auch Trost.* Sogar noch, als er auf mir lag. Das war das Schlimmste. Weißt du, ich stand neben uns. Ich konnte uns sehen. Da liegt diese zur Leiche erstarrte Frau auf diesem roten Sofa, und er macht sein Ding auf ihr und quatscht von Trost. Das Bild bekomme ich nicht mehr aus dem Kopf."

Nun war es auch in meinem. Ich stellte fest: Meine Wut ließ sich noch steigern. Wir standen immer noch auf der Damentoilette an die Waschbecken gelehnt und blickten uns an.

„Ich mein': Warum macht ein Mensch so etwas?", fragte mich Isabel aufgebracht. „Ich war das pure Elend und kein bisschen dabei. Wieso macht er das?"

Den letzten Satz schrie sie fast.

„Für zehn Punkte", antwortete ich.

Ich hatte mit den Zeitangaben längst rekonstruiert, dass Isabel der uns nicht erklärliche Zehner-Sprung auf dem Konto von Gregor gewesen sein musste. Zehn Punkte, die es sicher dafür gegeben hatte, dass sie gerade die Liebe ihres Lebens verloren hatte. Zehn Punkte gab es nicht oft für eine Frau. Den Männern war also vollkommen klar gewesen, dass es völlig undenkbar, unangebracht und unmenschlich war, sie zu „verführen". Gregor hatte es trotzdem getan. Für zehn Punkte. Isabel wusste überhaupt nicht, was sie dazu sagen sollte. Sie lachte. Wahrscheinlich war das die gesündeste Reaktion. Dann sagte sie: „Der Witz ist, ich hätte mit einem normalen Antrag bei wem auch immer die Versetzung sofort bekommen. Habe ich hinterher erfahren. Und selbst wenn nicht: Dann hätte ich einfach die Airline gewechselt, Bodenpersonal wird immer mal wieder gesucht. Ich war bestens qualifiziert. Es war vollkommen überflüssig. Wie bescheuert war ich?"

„Er hat dich an deinem verwundbarsten Punkt missbraucht. Dich trifft keine Schuld. Hörst du?"

„Habe ich jetzt auch kapiert", sagte Isabel erstaunlich gefasst. „Als ich gehört habe, dass ich nicht die Einzige war … Dass ich nicht mehr alleine bin. … Ich will, dass ihr darüber schreibt. Dass alle die Wahrheit erfahren. Dass diese Schweine fertiggemacht werden."

„Das werden sie", versprach ich ihr.

46

Noch am selben Nachmittag lernte Fritz Isabel kennen. Wir trafen uns nach Isabels Dienstschluss bei ihm zu Hause. Er sprach lange mit ihr, einfühlsam, ohne sie zu unterbrechen, aber auch gründlich, ganz der Journalist. Sie beantwortete tapfer alle Fragen, auch die vielen schmerzhaften, nahm keine der angebotenen Pausen an. Sie wollte alles loswerden. Wortwörtlich. Sie hatte vor diesem Tag aus Scham noch nie über den Abend mit Gregor gesprochen und dankte Fritz, denn sie hatte das Gefühl, dass sie nun ein Stück weit den Horror in ihren Erinnerungen loslassen konnte, nachdem er ihn protokolliert hatte.

Er versprach, alles noch am selben Abend aufzuschreiben und ihr zu geben, bevor es veröffentlicht werden würde. Isabel lehnte Essen und Wein ab, denn sie musste zu ihren Kindern, den Babysitter ablösen. Sie verließ uns fast gelöst.

Als sie weg war, spürte auch ich eine tiefe Erleichterung. Endlich würde es losgehen. Fritz hatte in den letzten Tagen immer wieder mal an dem Artikel gearbeitet, aber nun würde er die endgültige Fassung erstellen. Er saß lange Zeit mit seinen Notizen stumm da, blätterte vor und zurück, las, dachte nach. Irgendwann verunsicherte es mich. Denn es sah nicht nach dem Aufbruch aus, den ich empfand.

„Was ist?“, fragte ich.

Er schaute mich an. An seinem Blick sah ich, wie sehr er

selbst hasste, was er nun sagte: „Ich bin nicht sicher, dass das reicht."

„Bitte was?"

Er lachte voller Bitterkeit.

„Ja, ich weiß, es klingt absurd, aber …"

Er verstummte.

„Du verarschst mich."

Er schüttelte den Kopf.

„Rosa, bei unseren Artikel gibt es eine Gegenseite. Zu der zählen Leute wie dieser Gregor. Ein Mann, der so etwas wie mit Isabel macht, wird alles tun, um den Artikel zu bekämpfen. Und er wird nicht alleine kommen. Die Fraktion der Leute, die bei so etwas schreien: ‚Alles Unterstellung, die Frau wollte es und lässt jetzt ihren Männerhass raus', diese Fraktion ist verdammt groß. Es gibt sie selbst in der Redaktion, wo der Artikel abgenommen werden muss."

„Du willst mir nicht jetzt, nach der ganzen Suche, der ganze Arbeit, dem ganzen Scheiß, den wir erfahren haben – du willst mir nicht jetzt sagen, dass du den Artikel nicht unterbekommst?"

„Das will ich nicht. Er muss aber hieb- und stichfest sein. Ich glaube Isabel jedes Wort, aber es wird ganz schnell Aussage gegen Aussage stehen. Sie sagt es selbst: Bei der Versetzung hatte Gregor letztlich nicht einmal die Hände im Spiel."

„Aber das ist doch noch viel perverser: Er lässt sie im Glauben, dass es so ist, aber …"

Ich verstummte, denn ich verstand in diesem Moment, was Fritz mir sagen wollte. Ich verstand es, weil ich mir sicher war, dass es auch mir hätte passieren können.

„Sie werden sagen", stellte ich fest. „Wenn sie so doof ist, selbst schuld."

Fritz seufzte, stand dann aber auf und ging zu seinem Schreibtisch.

„Genau so darf es halt nicht rüberkommen", erklärte er. „Es wird viel auf den Artikel ankommen."

Entschlossen setzte er sich vor seinen Computer. Ich ging zu ihm und legte ihm meine Hand auf die Schulter.

„Dann habe ich keine Sorgen", sagte ich. „Du wirst einen großartigen Artikel schreiben."

„Mehr davon", dachte er und ich musste bereits schmunzeln, bevor er es aussprach.

Dann begann er mit der Arbeit.

Eine Weile schaute ich Fritz beim Schreiben zu. Doch er war abgetaucht, und meine Anwesenheit lenkte ihn allenfalls ab. Ich konnte nichts mehr tun. Es lag nun allein in seiner Hand. Also verabschiedete ich mich leise und machte mich auf den Weg nach Hause.

Ich verstand seine Sorgen, aber ich glaubte fest daran, dass er das hinbekommen würde. Wer, wenn nicht Fritz? Ich hatte mittlerweile andere Artikel von ihm gelesen und natürlich auch die Sachen, die er bisher über Uschi formuliert hatte. Er schrieb großartig. Präzise, messerscharf, aber auch mit so viel Gefühl, dass einen jeder Satz berührte. Er schaffte es, ein neutraler und unbestechlicher Beobachter zu sein, aber gleichzeitig tief in die beschriebenen Themen einzutauchen. Da es oft umstrittene Themen waren, auch Enthüllungen oder Skandale, war dies umso erstaunlicher. Wie auch er selbst ein ganz erstaunlicher Mann war. Während ich mit Ankas Auto im Sonnenuntergang nach Schöneberg fuhr, ertappte ich mich dabei, wie ich mir Fritz als meinen Mann vorstellte. Es war nur ein abstrakter Gedanke. Ich war glücklich mit Christian und Fritz' Einstellung zu festen Beziehungen hinlänglich bekannt. Aber mit ihm gemeinsam für etwas zu kämpfen, fühlte sich so anders an als alles, was ich bisher erlebt hatte. Ich fühlte mich stark neben ihm. Ich war ich selbst – auf die bestmögliche Art und Weise. Ich hoffte, dass wir auch nach der Veröffentlichung des Artikels Freunde sein würden. Gute Freunde. Natürlich nicht so wie Anka und er. Natürlich nicht.

Als ich in unserem Haus die Treppen hoch kam und Ankas Tür sah, dachte ich an die denkwürdigen Begegnungen mit Fritz. Die in vielerlei Hinsicht aufregenden Gespräche. Über Finger im Po und Vibratoren. Während ich meine Wohnungstür aufschloss, musste ich schmunzeln. Deswegen sah ich die Hand an der Tür erst spät. Die Hand, die hinter mir aus dem Nichts kam. Sie stieß die Tür weit auf und mich in die Wohnung. Wieder einmal hatte mir jemand im Treppenhaus aufgelauert. Aber dieses Mal war es keine verzweifelte Britta und auch keine neugierige Anka. Nein, es war ein wütender Henk.

Er schlug die Tür hinter uns zu und stand plötzlich alleine mit mir in meinem halbdunklen Flur. Er trug seine Pilotenuniform, kam direkt vom Flughafen. Mein Mund trocknete schlagartig aus, der Boden unter mir bestand nicht mehr aus festem Material. Ich musste mich an der Wand festhalten, während ich kaum seine Augen ausmachen konnte.

„Na, wie ist das, wenn jemand unerwünscht in deine Privatsphäre eindringt?“, zischte der Mann, in den ich einmal verliebt gewesen war.

„Geh bitte“, stieß ich hervor.

„Das habe ich dich auch gebeten. *Verschwinde aus meinem Leben. Lauer mir nicht auf! Dring nicht in Wohnungen von Freundinnen ein, um zu spannen. Verfolg' mich nicht in Bars.* Aber du hörst nicht. Du hackst meinen Account – wie auch immer du das mit deinem beschränkten Gehirn hinbekommen hast. Und du verbreitest Lügen über mich. Aber du gehst nicht. Du gehst einfach nicht.“

Während er das pointiert von sich gab, kam er ganz

langsam näher. Ich stand bereits mit dem Rücken an der Wand, wusste nicht, wohin mit mir. In Griffweite befand sich nichts, mit dem ich ihn würde abwehren können. Doch selbst wenn: Wie hätte ich etwas greifen können ohne Kontrolle über meine Hände?

„Wie fühlt sich das an?", fragte er.

Ich hatte Angst. Pure Angst. Natürlich hatte ich mir in den letzten Tagen ausgemalt, dass es zu solch einer Begegnung kommen könnte. Aber ich hatte sie mir nicht annähernd so lähmend vorgestellt. So aussichtslos. Ich dachte an Isabel. Ich dachte an ihre Beschreibung, wie sie sich selbst gesehen hatte. Auf dem Sofa liegend unter Gregor. Ich sah mich – unter Henk. Wie er sich dann doch noch seine zehn Punkte holte. Mit Gewalt, wie sie nur einem Mann zur Verfügung stand.

Als er mich am Arm packte, war ich mir sicher, dass es das war. Dass ich nun bezahlen würde für meinen Kampf. Doch dann hörte ich Henks Gedanken. Natürlich. Meine geheime Superkraft hatte ich nicht verloren. Sie funktionierte auch in dieser Situation von ganz allein. Zum ersten Mal seit unserem Kuss nach der Notlandung mochte ich Henks Gedanken.

„Nur Angst machen, Henk. Mehr ist sie nicht wert. Nur Angst machen."

„Wie fühlt sich das an?", wiederholte er mit Biss in der Stimme.

Doch seine Gedanken hatten ihn – mal wieder – entlarvt. Der Biss in seiner Stimme war zahnlos. Seine bedrohliche Körperhaltung war eine Pose, die ich durchschaute.

„Du machst mir Angst", hauchte ich mit der Stimme einer Fünfjährigen.

Denn auch, wenn ich diese gerade in den Griff bekam, wusste ich, dass ich nur auf eine Art und Weise die Kontrolle über die Situation behalten konnte: indem ich mitspielte. Indem ich für Henk das verschreckte, arme Weibchen gab. Ein letztes Mal.

„Bitte tu mir nichts“, flüsterte ich.

Er lachte höhnisch.

„Jetzt macht sie mich aber scharf“, dachte er. „Wenn sie drum bettelt, dann ficke ich sie. Aber nur, wenn sie wirklich drum bettelt.“

Was für ein ekliger Kerl. Glaubt er ernsthaft, dass das im Bereich des Denkbaren wäre? Ich blickte ihm direkt in die Augen. Das irritierte ihn und wendete die Gedanken.

„Das sieht nicht nach Betteln aus. Henk, reiß dich zusammen. Darum bist du nicht hier.“

„Ich warne dich“, sagte er. „Wenn ich noch einmal mitbekomme, dass du mir oder Gregor hinterherschnüffelst, dann wird es unangenehm. Für dich und jede Frau, mit der du geredet hast. Hast du das verstanden?“

Ich nickte schnell und schaute verlegen zu Boden. So, wie ich es schon als Mädchen gelernt hatte, wenn ich ausgeschimpft wurde.

„Reicht das? Kapiert sie das wirklich?“

Er ließ mich los, sodass ich die Antwort auf diese Frage nur erahnen konnte. Dann wendete er sich um und ging zur Tür. Bevor er sie öffnete, sagte er noch: „Und ganz nebenbei: Kein Mensch wird euch glauben, was ihr euch da zusammenfantasiert über irgendein Spiel oder so einen Quatsch. Also erspar dir die Demütigung. Oder glaubst du ernsthaft, dich nimmt jemand ernst?“

Mit diesen Worten öffnete er meine Wohnungstür, ging nach draußen und verschwand. Die Tür fiel von allein ins Schloss. Ich rieb mir mein glühendes Handgelenk und blickte Henk lange hinterher. Dann sagte ich laut in den leeren Flur: „Doch. Genau das glaube ich sehr ernsthaft.“

47

„Sex-Skandal bei German Air – Hat die Frauenverachtung System?"

Die Überschrift hatte Fritz nicht zu verantworten, diese dachte sich eine andere Abteilung aus. Der gesamte Artikel stammte jedoch aus seiner Feder. Es war ein bombastischer Artikel. Ich liebte jeden Satz darin. Als er endlich online stand, las ich ihn gleich noch dreimal durch. Ich saß auf einem der riesigen Barhocker in Christians Küche vor seinem Laptop, hatte einen wohlschmeckenden Espresso neben mir und einen Teller mit nicht angerührten Sandwiches – die mein Liebster mir gemacht hatte, bevor er ins Krankenhaus gefahren war.

Nach der Attacke von Henk hatte ich erst Fritz angerufen – der versprach, dass der Artikel keine vierundzwanzig Stunden später erscheinen würde – und dann Christian, der mich keine vierundzwanzig Minuten später bei mir zu Hause abgeholt hatte. Seitdem wohnte ich in seinem kleinen Palast im fünften Stock mit Blick über Berlin.

Das mit den vierundzwanzig Stunden hatte Fritz nicht ganz einhalten können, denn am nächsten Tag musste der Artikel durch einige Hände gehen. Nicht nur Isabel hatte ihn absegnen müssen – das dauerte keine halbe Stunde – sondern auch die Rechtsabteilung der Berliner Tageszeitung, an die sich Fritz gewandt hatte. Was den

Weg der Veröffentlichung anging, war er in letzter Sekunde umgeschwenkt: Er war nicht zu der auflagenstarken, überregionalen Zeitung gegangen, für die er hin und wieder arbeitete und welche die größte Wucht entfaltet hätte. Denn bei dieser Redaktion konnte er sich nicht sicher sein, ob sie bei der Faktenlagen auf das Thema so anspringen würden, wie er sich das wünschte. Deswegen waren wir bei der kleineren, aber eindeutigen moderneren und politisch links verorteten Zeitung gelandet – auch wenn das weniger Reichweite und gewisse Vorurteile gegenüber dem Artikel mit sich brachte. Fritz hoffte darauf, dass andere Medien den Skandal aufgreifen würden, wenn er erst einmal öffentlich war.

Die Zeitung hatte den Artikel mit Kusshand angenommen, aber trotzdem waren auch hier rechtlichen Prüfungen notwendig gewesen. Außerdem hatte man auf eine Stellungnahme der Airline bestanden, aber die Frist dafür so kurz gesetzt, dass es keine rechtliche Handhabe gegen den Beitrag geben konnte. Ich hatte dies alles von Christians Wohnung aus atemlos verfolgt. Mein Professor hatte sich den halben Tag für mich frei genommen und mich aufmerksam umsorgt, aber sich als am späten Nachmittag dann herausstellte, dass wir eine weitere Nacht warten mussten, war auch klar, dass ich bei der Veröffentlichung allein sein würde.

Nun saß ich da. Seit halb neun war der Beitrag online. In der Spätausgabe der gedruckten Zeitung würde er ebenfalls zu finden sein. Doch schon vorher rollte die Lawine. Die ersten Online-Portale griffen den Artikel auf und berichteten über den „Skandal“. Noch begleiteten ihn Anführungsstriche und auch Fragezeichen, denn nicht alle sahen das Problem – wenig überraschend regten sich vor allem Männer in den Kommentaren darüber auf, dass man nicht einmal mehr „Frauen verführen“ durfte. Aber gerade diese kontroverse Sicht führte zu zahllosen Diskussionen und damit auch Klicks. Das Thema kam an. Fritz – der in der Zeitungsredaktion saß – schickte mir eine SMS nach der anderen mit Links zu den zahlreicher werdenden Beiträgen. Irgendwann kam eine Nachricht: „Guck mal bei Twitter". Ich hatte mir extra für diesen Tag die App des Kurznachrichtendienstes zugelegt, der mich bis dahin nicht interessiert hatte. Doch Fritz hatte ihn als „Seismograf für die Relevanz des Themas" bezeichnet: Spielte unser Thema dort eine Rolle, dann hatten wir es geschafft. Ich öffnete die App und sah #GermanAir auf Platz Eins der Trends in ganz Deutschland. Ich bekam eine Gänsehaut. Als ich auf den Begriff mit dem Hashtag klickte, kam eine endlose Liste von Meldungen und Kommentaren zu dem Skandal. Zu dem, was uns Frauen passiert war. Alle sprachen darüber. Alle. Mir blieb zum letzten Mal die Luft weg, denn im nächsten Moment atmete ich so tief ein und wieder aus wie seit dem Moment nicht mehr, in dem mir die Stelle im Crew Control verweigert worden war.

„Lies nicht alle Tweets", kam die nächste Nachricht von Fritz. „Bei Twitter gibt es eine Menge Hater."

Die Warnung erreichte mich gerade noch rechtzeitig. Ich hatte bereits willkürlich Tweets angeschaut und mich über die Empörung und auch die Attacken auf German Air gefreut, als ich auf einen Tweet von „Sandalenpunk" gestoßen war, den ich nicht verstand: „Für mich allenfalls eine vier." Doch nun sah ich, dass er unter einem Tweet stand, in dem mein Foto verlinkt worden war. Das Foto, das ich für den Beitrag freigegeben hatte. Ich hatte gewollt, dass es nicht nur Namen waren, die den Menschen präsentiert wurden. Natürlich hatte das einen Preis. Es gab noch weitere fiese Kommentare über mich und meine „Fickbarkeit" und auch Männer, die Henk und Gregor für ihr „geiles Spiel" feierten – doch das berührte mich nicht.

Interessanter war da schon, wie German Air selbst reagieren würde. Während ich mich mittlerweile durch zahllose Online-Zeitungen und Social-Media-Portale klickte – bei denen sich das Thema „Sexskandal bei German Air" immer weiter nach vorne schob – blickte ich mit leichtem Unbehagen auf meinen Maileingang und mein Handy. Minütlich rechnete ich mit einer Attacke durch die Airline. Fritz hatte mir alle möglichen Szenarien ausgemalt und Christian seinen Anwalt in Alarmbereitschaft versetzt. Wir waren uns einig, dass ich mich nie wieder in Schönefeld würde blicken lassen können. Auch Isabel war an diesem Tag zu Hause geblieben und klickte sich wahrscheinlich bereits durch die Stellenanzeigen der Konkurrenz. Uns war es das wert gewesen, aber natürlich nagte die Stille von German Air an den Nerven. Sie hatten auch am Vortag keine Stellungnahme abgegeben. Marcella, die im Artikel nur anonym genannt worden und deswegen zur Arbeit gegangen war, konnte zwei Stunden nach Veröffentlichung noch keine Auffälligkeiten vor Ort berichten. Im Gegenteil: Die meisten Kolleginnen hatten noch gar nichts mitbekommen.

Als das Handy endlich klingelte, zuckte ich zusammen. Doch es war nur Christian, der sich über den Stand der Dinge erkundigte. Er war ein wahrer Schatz, hatte die Veröffentlichung unterstützt und zeigte auch Respekt vor Fritz und dessen Leistung. Es war keine Rede mehr davon, dass ich mich vor dem Journalisten in Acht nehmen musste – aber natürlich hatte ich mein größtes Geheimnis nicht preisgegeben. Christian versprach, mittags kurz nach Hause zu kommen, als er merkte, dass ich alleine und mehr oder weniger eingesperrt ganz schön am Rad drehte. Ich widersprach nur halbherzig. Dann verabschiedete er sich, denn er musste seinen nächsten Patienten empfangen.

Das Warten und Klicken ging weiter. Mehrere Medien

machten mittlerweile sogar mit dem Skandal auf. Aus Schönefeld war nichts zu hören. Ich trank gefühlte zwanzig Espressi und las mittlerweile nur noch sexistische Beschimpfungen, die aber auch wirklich überall auftauchten, wo von German Air die Rede war. Waren das immer dieselben Kerle, oder gab es tatsächlich so viele Frauenhasser in dieser Welt?

„Guck mal Twitteraccount von German Air."

Zwei Klicks später las ich es auch: Für 13 Uhr wurde eine Pressemitteilung der Airline „zu der aktuellen Berichterstattung" angekündigt. Bis dahin bat man die Medien darum, „von weiteren Anfragen abzusehen". Mehr stand da nicht.

„Die werden von der Presse bombardiert", schrieb Fritz. „Das wird groß. Richtig groß."

Ich hielt es nicht mehr aus und rief ihn an.

„Kann ich zu dir kommen?", fragte ich, sobald er ans Handy gegangen war.

„Natürlich", antwortete Fritz.

Eine knappe Stunde später stand ich an der Rezeption des Zeitungsverlages. Ich hätte schneller dort sein können, aber ich hatte noch mein schönstes Ich erarbeiten müssen. Gerade an solch einem Tag brauchte ich das Make-up. Es war mein Panzer. In der Redaktion würde jeder wissen, wer ich war. Wenn es so weiterging, wie ich es nebenbei online verfolgte, würde das bald auch jeder auf der Straße wissen. Mir machte das keine Angst. Ich hatte noch nie ein Problem damit gehabt, dass mich 150 Passagiere anstarrten, während ich über Notausgänge plauderte. Ich genoss es sogar, es pushte mich, wie man spätestens nach dem Beinaheabsturz wusste. Aber ich konnte es nur mit meinem schönsten Ich machen.

Denn natürlich war ich hinter dieser Maske ein nervliches Wrack. Bei aller Euphorie über das öffentliche Interesse: Die anstehende Pressemitteilung klang nach einem Frontalangriff. Es fühlte sich so an, als ob wir Voldemort herausgefordert hätten und er nun seine Kräfte sammelte, um uns mit furchtbaren Flüchen zu belegen. Es war deswegen umso besser, dass ich mich ins Zentrum des Widerstands begeben hatte.

In diesem Zentrum wurde ich erst einmal von Doris begrüßt, einer kleinen rundlichen Frau in einem grauen Hosenanzug, die mich hinter der Rezeption anlächelte und durch ein Namensschild ausgewiesen wurde. Ich sah auf ihrem Smartphone, dass sie soeben den Artikel über mich gelesen hatte. Sie erkannte mich. Sie freute sich. Das tat gut. Fritz war schnell informiert und noch schneller bei mir unten in der Lobby.

„Rosa", hörte ich seine Stimme, als sich einer der Aufzüge hinter dem Tresen öffnete.

Als er mich kurz darauf in die Arme nahm und fest drückte, fühlte ich mich zum ersten Mal an diesem Tag am richtigen Platz. Es war Quatsch gewesen, sich in Christians Wohnung zu verstecken. Ich gehörte hierher, an die Front.

„Sie riecht schon wieder so gut", dachte Fritz.

„Was ist das eigentlich für ein Parfum?", fragte er. „Ich brauch' das auch."

„Ich glaube, Anka mag das nicht."

Sie fand es zu „liebreizend", hatte sie mir mal gesagt.

„Doch nicht für Anka. Für mich. Das riecht so toll. Ich würd's sogar trinken."

Er hatte sich wieder von mir gelöst und lachte gut gelaunt. Ich musste ebenfalls schmunzeln. Er wandte sich an Doris und sorgte dafür, dass ich einen Besucherausweis bekam. Dann führte er mich durch das Gebäude rauf in den Besprechungsraum der Redaktion.

Mir gefiel es beim Widerstand. Große Fensterfront, auch die Büros waren verglast, aber sie wirkten nicht kühl, sondern lebendig mit den alten Holzschreibtischen, Regalen voller Bücher und Ordner. Pflanzen überall, Kaffeemaschinen natürlich, gerahmte Fotos der bekanntesten Schlagzeilen an den Wänden. Aber es war etwas anderes, was mir sofort auffiel und auch gefiel: Überall arbeiteten Frauen. Sie waren in der Überzahl, und sie waren nicht die Sekretärinnen oder Putzkräfte. Sie waren Journalistinnen. Sie saßen wild tippend an ihren Bildschirmen, sie blickten nachdenklich aus dem Fenster, sie plauderten miteinander oder eilten zu einem wichtigen Termin. Es waren Frauen mit Charakter. Hübsch oder auch nicht, aufgetakelt oder auch nicht, alt, jung, alle Hautfarben waren vertreten. Sie schmissen hier den Laden. Spätestens jetzt war mir klar, warum Fritz diese Zeitung ausgewählt hatte. Spätestens jetzt war mir auch klar, dass ich nie wieder für eine Firma wie German Air arbeiten wollte, in der das bekanntermaßen ganz anders aussah. Zum ersten Mal in meinem Leben hatte ich mich nicht auf Anhieb in einen Mann verknallt, sondern in einen Arbeitsplatz.

Noch euphorischer stimmte mich die Begrüßung durch die Chefredakteurin und ihre Kolleginnen. Es wurde mir Respekt entgegengebracht, wie ich es in all meinen Jahren an der Universität oder im Arbeitsleben noch nicht erlebt hatte. Natürlich, ich war ein Stückweit die Frau der Stunde, aber es ging tiefer als das.

Ich wurde mit Kaffee und Gebäck versorgt, setzte mich schließlich zu Fritz in den Besprechungsraum, wo er für den Tag seinen Arbeitsplatz hatte einrichten dürfen. Es war zwar nicht das erste Mal, dass er für diese Zeitung etwas geschrieben hatte, aber natürlich hatte er keinen festen Platz in dem Gebäude. An diesem Tag wollte man ihn vor Ort haben und hatte ihm alles bereitgestellt. Auch einen großen Bildschirm, auf dem er mir die neuesten Entwicklungen zeigte. Mittlerweile hatte der Skandal es sogar in die Tagesschau geschafft.

Dann war es plötzlich 13 Uhr. Fritz rief den Twitterfeed der Airline auf. Der letzte Tweet war noch der mit der Ankündigung der Pressemitteilung. Wir starrten auf den Computer und warteten.

„Bei dir hat sich noch niemand gemeldet?", fragte Fritz.

Ich schüttelte den Kopf. Ich hatte zahlreiche Anfragen von anderen Journalisten bekommen – per Mail. Aber das war nicht das, was Fritz meinte. Er redete von German Air.

„Ist das ein gutes oder schlechtes Zeichen?", fragte ich.

„Ich weiß es nicht. Immerhin haben sie uns noch keine Anwälte auf den Hals gehetzt und versucht, die Veröffentlichung zu unterbinden. Aber das wäre auch dumm, weil sie es nicht unterbinden …"

Er stockte, denn es wurde ein neuer Tweet angekündigt. Wir sprangen auf, patschten gleichzeitig auf das Touchpad, um ihn sichtbar zu machen. Dann las Fritz im Stehen den Tweet mit den obligatorischen 280 Zeichen vor:

„German Air ist schockiert über die Vorwürfe gegen einige unserer Mitarbeiter. Unser Unternehmen steht für einen respektvollen Umgang mit Frauen – Mitarbeiterinnen und Kundinnen. Wir nehmen die Vorwürfe sehr ernst. Die betroffenen Mitarbeiter wurden von ihrer Arbeit entbunden."

Mir entfuhr ein lautes „Wow", und ich fiel Fritz um den Hals. Meine ganze Anspannung entlud sich in diesem Moment. Ich hatte mit so vielem gerechnet, aber nicht damit. Der Kampf hatte sich nicht nur gelohnt, der Kampf hatte zu einem Sieg geführt. Noch während ich Fritz im Arm hielt, hüpfte ich auf der Stelle. Dann blickten wir uns an, direkt in die Augen. Ich küsste ihn.

Moment, was?

Ich küsste einen Mann. Einfach so. Zum ersten Mal in

meinem Leben ergriff ich die Initiative. Weil ich mich extrem zu dem Mann hingezogen fühlte – auch wenn er überhaupt nicht meinem Beuteschema entsprach. Kein Prinz. Aber das war ja noch nicht alles: Er war der Mann von Anka – ob sie es so nannten oder nicht. Und ich hatte Christian. Doch über all das dachte ich nicht nach. Sehnsucht war das dominierende Gefühl. Meine Sehnsucht.

„Das geht nicht“, hörte ich seinen Gedanken.

Ich riss die Augen auf und blickte in seine.

„Das will ich nicht“, dachte er.

Verdammt. Ich ließ ihn los wie eine heiße Herdplatte und zeigte mit wedelndem Finger auf den Monitor.

„Ist das nicht der Wahnsinn?“

Ja, ich wollte ablenken, erst einmal verstehen, was gerade passiert war. Fritz schwieg. Wir berührten uns nicht mehr. Ich wusste nicht, was los war. Was er wirklich fühlte. Er wollte endlich etwas sagen, da flog schon die Tür des Besprechungsraums auf. Die Chefredakteurin und zwei Journalistinnen stürmten herein, denn auch sie hatten den Tweet gelesen. Natürlich gab es nun keine Chance mehr, über das zu reden, was passiert war. Es war leicht, sich durch die Reaktion von German Air ablenken zu lassen. Alle waren sich einig, dass die Stellungnahme ein unerwartet schneller Erfolg war. Eine klare Reaktion ohne jeglichen Angriff, die man sich so nicht vorgestellt hatte.

Allerdings konnte Fritz sich gar nicht richtig freuen. Ich schob das auf den Kuss, weswegen ich eine Weile brauchte, um zu verstehen, dass auch der Tweet selbst Fritz Sorgen bereitete. Beziehungsweise die Pressemitteilung, die kurz danach auf Twitter verlinkt wurde. In dieser stand im Prinzip dasselbe, nur ausführlicher und verbunden mit Lobeshymnen auf die Frauenfreundlichkeit der Airline. Außerdem wurde dort ergänzt, dass die „in den Veröffentlichungen zitierten Frauen“ bezahlten Urlaub erhielten – „zu ihrem eigenen Schutz“ und „bis alle Vorwürfe geklärt waren.“ Ich zückte mein Handy. Tatsächlich, im selben Moment hatte ich eine Mail der Airline erhalten. Eine mir bis dahin völlig unbekannte „Frauenbeauftragte“ sagte mir ihre vollständige Unterstützung zu und teilte mit, dass ich vorerst nicht zur Arbeit zu kommen bräuchte, aber sie gerne beizeiten mit mir über die Vorwürfe reden würde.

„Sie schreiben ausschließlich *Vorwürfe*“, erklärte Fritz sein Unbehagen. „Wenn man es genau liest, wird mit keinem Wort eingestanden, dass dies alles auch wirklich so passiert ist. Und letztlich seid ihr genauso von der Arbeit entbunden wie Henk und Gregor. Sie haben es nur netter formuliert.“

„Soll heißen?“, fragte ich verunsichert nach.

„Es kann auch einfach nur gute Kommunikationsstrategie sein. Gelernt aus den Fehlern anderer, die zunächst abstreiten und den Gegner beschimpfen. Mit dieser Meldung kochen sie runter, aber lassen sich alle Optionen offen.“

„Welche Optionen?“

„Ich weiß es nicht.“

„Kann es nicht auch einfach ein gutes Zeichen sein? Dass sie uns glauben und etwas unternehmen?“

Ich schaute ihn eindringlich an. Schließlich lächelte er und nickte.

„Das kann es auch sein.“

Mehr wollte ich nicht hören. Die Situation war schon kompliziert genug. Es wurde noch eine Weile diskutiert. Die Chefredakteurin wollte versuchen, einen Verantwortlichen der Airline für ein Interview zu bekommen. Sie kümmerte sich persönlich darum. Während alle an die Arbeit gingen, sagte Fritz zu mir: „Können wir mal kurz aufs Dach? Frische Luft schnappen?“

Ich hatte nicht gewusst, dass das Redaktionsgebäude

eine Dachterrasse hatte. Sie war offensichtlich ein beliebter Rückzugsort, nicht nur für die Raucher. Denn sie war echt schön. Zahlreiche Pflanzen, bequeme Holzmöbel und ein weiter Blick über Berlin-Mitte. Doch der interessierte mich nicht. Als wir alleine oben ankamen, hatte ich nur Augen für Fritz. Er lächelte mich warm an und nahm meine Hände.

„Wie sage ich einer Frau, dass ich nicht dasselbe für sie empfinde?", dachte er. „Das kann doch nicht so schwer sein."

Auch wenn ich mir seit einigen Minuten selbst einredete, dass der Kuss aus der Spontanität entstanden war. Eine Übersprunghandlung. Dass ich nicht wirklich etwas für ihn empfand und schon gar nicht auf ihn stand, so spürte ich bei seiner Ablehnung um so deutlicher, dass das eine Lüge war. Seine Ablehnung riss ein Loch in mein Herz.

„Rosa, was ist da eben passiert?", fragte er vorsichtig.

„Eine Art Übersprunghandlung."

„Das glaube ich nicht", dachte er.

Aber er nickte.

„Vielleicht müssen wir trotzdem mal kurz darüber reden", sagte er. „Ich mag dich wahnsinnig gerne, aber es gibt tausend Gründe, warum mehr als Freundschaft zwischen uns nicht geht."

„Es war eine Übersprunghandlung. Mehr nicht."

„Und der wichtigste Grund ist", fuhr er fort. „Ich würde dir etwas vormachen. Das will ich nicht."

Seine verdammte Ehrlichkeit.

„Bist du taub? Es war eine Übersprunghandlung."

„Okay. … Okay. Dann … Sollen wir wieder runtergehen?"

„Ich brauch noch einen Moment."

Er schaute mich forschend an und dachte: „Scheiße, ich hoffe, ich verliere sie nicht als Freundin."

„Okay“, sagte er.

Er ließ mich los, atmete tief durch und ging dann davon. Ich stand da und war wütend. Zunächst einmal wütend auf Fritz. Dass er meine Erklärung so beharrlich ignorierte und mal wieder besser wissen wollte, was ich empfand. Dann auf mich selbst, denn natürlich war die Erklärung völlig bescheuert, und er wusste wirklich besser, was ich empfand. Deswegen war ich dann wieder auf Fritz wütend, der schlichtweg nicht dasselbe fühlte wie ich. Welch Unverfrorenheit.

Mein Handy piepste. Ich zog es aus der Tasche in der Hoffnung, dass Fritz doch noch eine Spur von Zuneigung zeigte, die über eine Freundschaft hinaus ging. Aber die SMS kam von Christian. „Wo bist du denn?“

Mist. Ich hatte ihn vergessen. Ich hatte sowohl unsere Verabredung vergessen, als ich zur Redaktion abgerauscht war, als auch seine pure Existenz. Dabei war ich doch mit ihm glücklich. Dabei gab es keinen Mann, der besser zu mir passte. Schon gar nicht Fritz.

48

„Du hast Fritz geküsst?"

Fragte wohlgemerkt Anka.

Ich stand baff vor ihr im Treppenhaus. Von der Redaktion aus war ich auf dem Weg zu Christian kurz zu Hause vorbeigefahren, um mir weitere Sachen zu holen. Der Schlüssel steckte noch nicht ganz im Schloss, als auf der anderen Seite die Tür aufgegangen war. Zuerst hatte es so ausgesehen, als ob Anka nur nach dem Rechten schauen wollte – der Artikel und seine Freistellung würden Henk schließlich nicht friedlicher machen. Von Henk gab es aber keine Spur, so dass Anka zielstrebig auf die jüngsten Entwicklungen zu sprechen gekommen war.

„Wie … Woher …?", machte ich den Paul.

„Ich habe gerade mit Fritz telefoniert."

Mal abgesehen davon, dass mich seine Ehrlichkeit allmählich gruselte, irritierte mich der entspannte Tonfall, in dem Anka ihre Fragen stellte.

„Es tut mir leid, Anka, das war … Ich kann mich nur entschuldigen … Ich …"

Ich wusste nicht, was ich sagen sollte. Ich wollte so ehrlich sein, wie es offensichtlich sonst alle waren, aber ich brachte es nicht über meine Lippen, von meinen Gefühlen für Fritz zu sprechen – Anka gegenüber.

„Du musst dich doch nicht bei mir entschuldigen", durchbrach sie meine Suche nach Worten.

„Aber er ist dein Freund."

„Er ist mein Fuck-Buddy."

„Ja, Anka, das weiß ich. Andere Bezeichnung, derselbe Inhalt: Er ist ständig bei dir, ihr fahrt in den Urlaub zusammen, du magst ihn, du schläfst mit ihm. Jetzt mal ehrlich: Die meisten Menschen nennen das Beziehung."

Schwer zu sagen, warum ich plötzlich diejenige war, die vorwurfsvoll klang. Ankas Ruhe machte mich nur noch rasender, als ich es an diesem Tag sowieso schon war.

„Wenn du das so siehst, warum küsst du ihn dann?", fragte sie.

Die Frage war ihr rausgerutscht. Mich beruhigte es, dass auch sie Gefühle hatte. Aber nur für eine Sekunde, denn ich war diejenige, die sie verletzt hatte.

„Wie gesagt: Es tut mir leid …"

„Vergiss das. Fritz und ich sind nicht exklusiv. Er kann machen, was er will."

„Er will ja gar nicht."

Sie musterte mich schweigend.

„Und ich will ja eigentlich auch nicht", schob ich schnell hinterher. „Eine Übersprunghandlung. In der Euphorie und … völliger Quatsch."

Ihr Blick machte mir Angst. Er zeigte, dass es besser war, sie auf der eigenen Seite zu wissen. Ich wusste sie nicht mehr dort.

„Außerdem habe ich Christian. Ich bin glücklich mit ihm und … Und ich muss jetzt zu ihm."

„Okay", sagte Anka und setzte ein reserviertes Lächeln auf. „Dann wäre das geklärt. Und ja, es ist ein aufregender Tag. Ich lese die ganze Zeit die Berichte und … Glückwunsch!"

„Danke!"

Sie nickte noch einmal, murmelte „Bis später" und kehrte dann in ihre Wohnung zurück. Ich hatte das dringende Bedürfnis, sie aufzuhalten. Doch um Absolution, Umarmungen oder weitere nette Worte zu betteln, kam mir schäbig vor. Ich hatte eine Fehler begangen und musste mit den Folgen leben.

Als ich zu Christian in die Wohnung kam, ging ich nicht auf seine vielen Fragen zu den Ereignissen des Tages ein. Ich zog mich einfach aus, kaum dass die Tür hinter mir ins Schloss gefallen war. Direkt vor seinen Augen. Das brachte ihn zum Schweigen. Und mich endlich dem nahe, wonach ich mich sehnte: dass meine Gefühle rauskonnten. Es war – wie in der letzten Zeit immer öfter – mein Sex. Bei dem ich mir holte, was ich brauchte. Natürlich kam Christian auf seine Kosten, aber im Vordergrund stand etwas anderes: meine Lust. An diesem Tag trieb mich eine wilde Mischung. Der Sex war Jubel. Der Sex war eine Eruption. Er war Entspannung. Er war aber auch Bestätigung. Eine Bestätigung, dass Christian der einzige und richtige Mann in meinem Leben war.

Als wir danach nackt und nach Luft ringend auf dem Bett lagen, ging es mir trotz Kopfschmerzen gut. Ihm auch. Er strahlte mich an.

„Was ist?“, fragte ich ihn, denn er wirkte, als ob er etwas sagen wollte, das einen Schubser benötigte.

„Bevor ich dich kannte, hatte ich ein anderes Bild von weiblicher Sexualität.“

„Wow, Herr Professor! Ich dachte, du sagst irgendwas Versautes, aber gleich eine Analyse … War das ein Kompliment oder …“

„Das war Begeisterung.“

Ich strahlte nun auch. Es war ein schönes Kompliment. Vor allem stimmte es: Auch ich hatte ein anders Bild von meiner Sexualität gehabt, bevor ich … bevor was eigentlich? Mein Handy klingelte in meiner achtlos zur Seite geworfenen Handtasche. Ich musste lachen.

„Sorry“, sagte ich und krabbelte zum Rand des Bettes.
Während Christian meinen Po küsste, sah ich, dass Fritz anrief. Wie passend. Ich zögerte. Doch Christian hatte den Namen auf dem Display über meine Schulter gelesen.
„Geh ran“, sagte er. „Vielleicht gibt es etwas Neues.“
Das konnte natürlich sein. Vor allem aber konnte ich nicht erklären, warum ich in diesem Moment ein Gespräch mit Fritz unpassend fand. Also ließ ich mich auf den Rücken fallen und drückte auf das grüne Symbol.
„Hi!“, hörte ich Fritz. „Stör' ich?“
„Mh, nee. Was ist denn?“
In dieser Situation den richtigen Tonfall zu finden, war alles andere als leicht.
„Bist du gerannt?“
Das kam noch hinzu. Meinen Atem hatte ich noch nicht wieder gefunden.
„Nee, ich bin gerade … Treppen gestiegen.“
Christian kicherte und streichelte meine Haare. Ich drückte seine Hand weg. Inständig hoffte ich, dass Fritz nicht auf den Kuss oder gar auf Anka zu sprechen kam. Dann würde ich aus dem Bett fliehen müssen.
„Wir sind bei Talk um Neun eingeladen.“
„Was?“, entfuhr es mir.
„Diese Talk-Show im …“
„Ich weiß, was das ist. Ich kann's nur nicht … Wirklich?“
Ich saß aufrecht im Bett. Talk um Neun war die wichtigste Talkshow, die es im Fernsehen gab. Mehrere Millionen Menschen schauten sie jeden Sonntag.
„Übermorgen wollen sie den Skandal zum Thema machen“, erklärte Fritz.
„Wieso bleibst du da so cool? Das ist doch der Hammer!“
Christian schaute mich mit Fragezeichen in den Augen an.
„Schäfer ist ein harter Hund“, antwortete Fritz. „Und nicht gerade für seine Frauenfreundlichkeit bekannt.“

Anton Schäfer war der auf die Sechzig zugehende Moderator, der dafür berühmt war, seine Gesprächspartner zwar stets respektvoll zu behandeln, aber durchaus auch in die Mangel zu nehmen, wenn sie Blödsinn redeten. Für mich war das ein Argument mehr, zu ihm zu gehen.

„Henk ist auch eingeladen“, hörte ich Fritz am anderen Ende der Leitung sagen.

„Okay, spannend.“

„Außerdem kommt Axel Grewe.“

„Unser CEO?“, fragte ich ungläubig.

„Ja.“

Der oberste Chef der Airline begab sich persönlich in eine Talkshow. Mit mir. Das war weit mehr, als ich je erhofft hatte. Mir entfuhr ein weiteres „Wow.“

„Okay“, sagte Fritz. „Klingt so, als ob du das gerne annehmen würdest.“

„Natürlich. Das ist ein Traum.“

„Auch wenn wir dort Gegenwind bekommen? Vor den Kameras?“

„Mich schreckt das nicht. Ich funktioniere gut vor Kameras.“

„Davon bin ich überzeugt.“

Ich konnte das Lächeln in seiner Stimme hören.

„Willst du nicht hingehen?“, fragte ich ihn.

„Doch, natürlich. Das ist ein riesengroßer Erfolg, Rosa. Versteh mich nicht falsch. Ich habe nur das Gefühl, dass es alles zu gut läuft. Berufskrankheit.“

„Wir machen unser Ding daraus, Fritz.“

„Das werden wir“, sagte Fritz. „Ich melde mich, wenn ich die Details habe.“

„Okay.“

„Dann bis später.“

„Fritz?“

„Ja.“

„Danke."
„Gerne."
Das waren nicht einfach nur Worte. Ich drückte das Gespräch weg und saß einen Moment ungläubig da.
„Mh?", rief Christian sich in Erinnerung.
Ich blickte zu ihm. Das Fragezeichen war nicht aus seinem Gesicht gewichen. Ich musste grinsen.
„Gute Nachrichten?", fragte er
„Sehr gute Nachrichten. Meinst du, du kannst noch mal?"
Meine Hand wanderte bereits an seinem Bein nach oben. Christian lachte und ließ mich gewähren.

49

„Guten Abend, meine Damen und Herren. Alles spricht darüber: Was ist los bei German Air? Ist die drittgrößte deutsche Fluggesellschaft eine Brutstätte für misogyne Mitarbeiter?"

Am Augenlid von Axel Grewe vernahm ich ein leichtes Zucken. Er saß einen Meter neben mir, beschienen von den zahlreichen Scheinwerfern in dem geräumigen Studio von Talk um Neun. Grewe war einer dieser Männer, die im Alter attraktiver werden. Silbergraue Haare, Lachfalten an den markanten, eisblauen Augen, perfekt sitzender Anzug. Er strahlte Ruhe und Stärke aus – auch die provokative Eröffnung durch den Talkmaster Schäfer änderte letztlich nichts daran. Schäfer – der einen Stuhl weiter saß – war auf den ersten Blick optisch das genaue Gegenteil des CEO von German Air. Ein korpulenter, kleiner Mann, mit wenigen fast schon weißen Haaren und einer runden Brille. Sein Anzug saß nicht perfekt. Diese leichte Unbeholfenheit führte dazu, dass Gesprächspartner ihn oft unterschätzten. Seine dunkelbraunen Augen zeugten jedoch von einem wachen und scharfen Verstand. Ihn mit dieser Eröffnung auf unserer Seite zu wissen, war eine Erleichterung. Als ich ihm bei der Begrüßung vor der Sendung die Hand geschüttelt hatte, waren seine Gedanken gewesen: „Die Frau ist kampfeslustig. Gut so." Er wollte, dass es in seiner Sendung zur Sache ging. Ich war bereit.

„Um darüber zu diskutieren, haben wir die Hauptakteure des Skandals, der in den letzten Tagen vor allem die sozialen Medien beherrschte, eingeladen. Da ist zunächst einmal – Ladies first – Rosa Remberg. Die Flugbegleiterin ist nicht nur selbst bei German Air beinahe um eine Beförderung gebracht worden, sondern hat das frauenfeindliche Spiel einiger Mitarbeiter ans Tageslicht befördert."

Ich nickte ihm freundlich zu – wissend, dass die Kamera mein Gesicht in Millionen Haushalte übertrug. Man sollte ja meinen, dass dies der beängstigendste Moment an dem Abend wäre. Für mich war er das Gegenteil: Die gesamten letzten zwei Tage war ich aufgeregt und furchtbar hibbelig gewesen. Ich hatte alle mit meiner Vorbereitung auf die Sendung verrückt gemacht, tausend Mal mein Outfit überdacht (und mich letztlich für mein rotes Lieblingskleid entschieden), mich inhaltlich mehr vorbereitet als auf meine Bachelor-Prüfung – und kaum geschlafen. Aber nun, da die Lichter angegangen waren und die Kamera auf mich gerichtet, fühlte ich einfach nur: Endlich geht es los. Mir ging es gut. Adrenalin bis zu den Ohren, klar, aber das war ein tolles Gefühl.

„Neben Frau Remberg sitzt einer der bösen Buben: Pilot Henk Seidel war uns allen bekannt als der Mann mit Nerven aus Stahl, als er vor wenigen Wochen eine German Air Maschine ohne funktionierende Triebwerke sicher auf dem BER landete. Nun steht er im Mittelpunkt der Anschuldigungen um ein abstruses Sexspiel bei der Airline."

Henk saß auf der anderen Seite von mir. Er nickte Schäfer trotz der wenig schmeichelhaften Vorstellung mit einem souveränen Lächeln zu. Vor der Sendung war er mir – genau wie unser Chef – aus dem Weg gegangen, aber mir war auch da schon aufgefallen, dass er nicht gerade in einem Büßergewand herumlief. Im übertragenen wie im wörtlichen Sinne: Er trug seine ihm natürlich wieder ausgezeichnet stehende Uniform, von der er sich wahrscheinlich Halt erhoffte.

„Begleitet wird er vom CEO der Airline Axel Grewe, der die Geschicke des Unternehmens seit über zehn Jahren leitet und sich öffentlich stets für Gleichberechtigung eingesetzt und als Anwalt seiner Mitarbeiter gegeben hat."

Bei dieser Einführung sah ich ein Runzeln auf Fritz' Stirn. Er saß mir gegenüber neben dem Talkmaster – hatte sich für diesen Abend ebenfalls mit einem Anzug gekleidet, dunkelblau über einem weißen Hemd, aber ohne Krawatte. Mit diesem Look verblasste er nicht neben den anderen Männern. Doch als die Vorstellungsrunde bei ihm angelangte, wirkte er unglücklich. Natürlich, dass Grewe als Feminist bekannt war, war auch für mich eine Neuigkeit, aber Schäfer spitzte nun einmal gerne zu.

„Und zu meiner Linken sitzt Friedrich Strack, der investigative Journalist, der das Spiel mit dem klangvollen Namen Uschi der Öffentlichkeit präsentiert hat."

Auch Fritz nickte ihm zu. Doch Schäfer wandte sich bereits an Henk und tat das, wofür er berühmt war: Schnell zur Sache zu kommen.

„Herr Seidel, hassen Sie Frauen?"

Der Frontalangriff gefiel mir, doch Henk war nicht dumm. Er lachte und sagte jovial: „Ganz im Gegenteil. Sie sind meine große Schwäche, allerdings nicht in der Form, wie es derzeit öffentlich behauptet wird. Ich habe allergrößten Respekt vor Frauen."

Ich konnte nur spöttisch lachen, wodurch sich die nächste Frage an mich richtete.

„Frau Remberg, Sie lachen. Erklären Sie doch dem vielleicht nicht gänzlich eingeweihten Publikum, wie sich das für Sie darstellt. Warum beschäftigt sich die halbe Welt seit Tagen mit einem Spiel namens Uschi?"

Mein Auftritt. Diese Frage war zu erwarten gewesen. Sowohl Fritz als auch ich hatten uns auf sie vorbereitet. In prägnanten Sätzen berichtete ich über das, was mir mit Henk und Gregor passiert war, und auch von der Entdeckung, dass ich nur Teil eben jenes Spiels gewesen war – wie zahlreiche andere Frauen auch. Schäfer ließ mich für eine Talkshow erstaunlich lange reden, lächelte dabei zugewandt, so dass ich das Gefühl hatte, meine beste Performance abzugeben. Als ich geendet hatte, sah ich an Henk vorbei ins Publikum, wo ich aufgrund der auf mich gerichteten Scheinwerfer kaum jemanden ausmachen konnte. Doch Christians begeistertes Nicken in der ersten Reihe war nicht zu übersehen. Er war zur Unterstützung genauso gekommen wie Britta und Stefan, die sich für den Abend extra einen Babysitter besorgt hatten. Eine Reihe hinter ihnen saß noch jemand, der mir kurz vor der Sendung seine Unterstützung zugesagt hatte: Paul aus der IT-Abteilung. Seine Anwesenheit rührte mich fast noch mehr als die meiner Freunde. Während ich vor all diesen Leuten und den vielen Menschen draußen vor den Bildschirmen meine kleine kämpferische Rede halten konnte, fühlte ich mich stark und mit mir im Reinen.

„Herr Grewe“, leitete Schäfer zu meinen Sitznachbar über. „Die Airline hat sich bisher zurückgehalten mit Stellungnahmen zu den Ereignissen. Haben Sie mittlerweile genügend geprüft?“

„Das haben wir“, sagte Grewe.

Er blickte mich mit einem zugewandten Lächeln an und fuhr fort: „Und wir sind zu dem Schluss gekommen, dass Frau Remberg uns hier eine wunderbare Lügengeschichte aufgetischt hat.“

Das erwischte mich eiskalt. Später sah ich in der Aufzeichnung, dass auch meine Gesichtszüge entgleisen konnten – wenn auch nur für einen Moment. Im Publikum hörte ich ein Raunen. In Fritz’ Gesicht sah ich tiefe Stirnfalten. Keine Überraschung angesichts dieses spektakulären Vorwurfs sah ich in Henks Gesicht und – was mich beunruhigte – auch nicht in Schäfers. Der Moderator ließ Grewe erklären, wie es „wirklich" gelaufen war.

„Ja, wir haben in Bezug auf Frau Remberg ein Fehlverhalten bei Herrn Seidel festgestellt. Schon lange vor den Veröffentlichungen haben wir ihn und den ebenfalls betroffenen Kollegen Gregor Maier abgemahnt und unser Missfallen deutlich mitgeteilt. Bei allem anderen – Uschi – sind wir davon überzeugt, dass es das völlig haltlose Konstrukt einer abgewiesenen Frau ist. Es gibt keine Beweise ..."

„Natürlich gibt es die", entfuhr es mir empört.

„Frau Remberg", rief mich Schäfer sofort zur Ordnung. „Wir haben Sie ausreden lassen, nun geben Sie Herrn Grewe bitte dieselbe Möglichkeit."

Das musste ich, auch wenn ich mich kaum auf meinem Sitz halten konnte. Grewe führte souverän aus, dass es den vermeintlichen Nachrichtenaustausch nie gegeben hatte – „forensisch" ließ sich so etwas im Intranet nicht finden. Danach nahm er die in dem Artikel zitierten Frauen auseinander, was darin gipfelte, dass er Isabel eine nachvollziehbare Verwirrung nach dem Tod ihres Mannes attestierte, in der sie Trost gesucht hatte. Trost! Ich wusste zu gut, woher das kam. Grewe stellte es dann aber so dar, dass sie über ihre eigene „Untreue" dem verstorbenen Mann gegenüber so schockiert war, dass sie Gregor den gemachten Deal Sex gegen Versetzung unterstellt hatte.

„So leid mir das alles tut: Das ist wirklich absurd, denn zu dem Zeitpunkt hatte ich persönlich längst entschieden, dass wir die bedauernswerte Frau so gut unterstützen, wie wir das als Airline nur können – eine Versetzung auf den Boden war ebenso selbstverständlich wie familientaugliche Arbeitszeiten, die sonst kaum jemand in dem Bereich hat.

Das wusste sie alles. Es gibt da E-Mails datiert vor dem nun leider an die Öffentlichkeit gezerrten Abend."

An Isabel hatte es eine einzige E-Mail gegeben, in der Grewe ihr nach dem Todesfall sein Beileid ausgesprochen und „Unterstützung" zugesagt hatte – mehr aber auch nicht. Doch auch das durfte ich nicht einwenden, denn Schäfer gab das Wort an Henk, den ich dann natürlich auch ausreden lassen musste, während er seine Sicht der Dinge offenbarte: Ja, er hatte mit mir geflirtet, weil er mich toll fand.

„Sie ist ja auch toll, schaut sie euch an", sagte er wie ein Züchter, der seine edle Reitstute feilbietet.

Aber bei einem Abendessen hatte ich mich dann doch als anhänglich entpuppt, sodass er mich nicht mehr interessant gefunden hatte – er war nun einmal „Junggeselle" aus Überzeugung. Als er dann einen Flirt mit einer anderen Frau hatte, war ich „ausgerastet", hatte ihn gestalkt und übel über ihn geredet. Deswegen hatte er sich zu dieser „Dumme-Jungen-Aktion" hinreißen lassen, mit der er mir die Beförderung versauen wollte. Angeblich aus Angst, dass ich dann seine Flüge kontrollieren und furchtbare Sachen anstellen würde. Als Beweis für meine Irrationalität führte dann auch er die komplett von mir fabrizierten Chat-Protokolle an. Solch ein Spiel hatte es nie gegeben.

„Dass ich ab und zu mal ein Techtelmechtel mit einer Kollegin hatte, gebe ich offen zu. Sicher sind auch Herzen gebrochen worden, und ich habe mir Feindinnen gemacht, aber das hat meiner Ansicht nach nichts in der Öffentlichkeit zu suchen. Das sind private Vorfälle zwischen erwachsenen Menschen."

„Darf ich jetzt?", schoss ich nur mit Mühe beherrscht in Richtung Schäfer.

„Einen Moment noch, Frau Remberg. Wir haben ja noch einen Gesprächspartner in der Runde."

Damit wandte er sich an Fritz, dessen Wangenknochen

sich unter der Haut abzeichneten. Er würde die Dinge richtigstellen.

„Sind Sie den Lügen einer enttäuschten Frau aufgesessen?“, fragte Schäfer ihn.

Spätestens als ich den süffisanten Blick des Talkmasters bei dieser Frage sah, war ich mir sicher, dass er nicht auf unserer Seite war. Dass er es auch nie gewesen war. Die drei Männer hatten diese ganze Nummer vor der Sendung genau so abgesprochen. Am Ende war dies vielleicht sogar der Grund, warum unser Thema überhaupt den Weg in die prominente Sendung gefunden hatte.

„Erst einmal gibt es ja mehr als eine Frau, die sich geäußert hat“, begann Fritz.

„Neben der von Herrn Grewe erwähnten Frau Engels, ist das eine von der Airline entlassene Flugbegleiterin und eine Dame, die sich nur anonym äußern möchte“, ergänzte Schäfer.

„Jetzt sind es aber Sie, der unterbricht“, warf ich in die Richtung des Moderators ein.

Daraufhin wurde ich mit einem Blick bedacht wie sonst nur unartige Mädchen von ihrem strengen Lehrer.

„Es gibt auch noch mich als Zeugen“, antwortete Fritz ganz ruhig auf Schäfers Einwand. „Ich habe die Nachrichten über Uschi selbst im Intranet der Airline gesehen, bevor sie gelöscht wurden. So viel dazu, dass sie *forensisch* nicht zu finden sind.“

„Die Frau hat Ihnen doch den Kopf verdreht“, entgegnete Grewe. „Nachvollziehbar, aber unprofessionell.“

„Jetzt begeben Sie sich auf ein ganz niedriges Niveau“, konterte Fritz.

„Mich würde eins interessieren“, hakte Schäfer mit Blick auf die Notizkarten in seiner Hand nach. „Sie schreiben in dem Absatz über die unzweifelhaft unschöne Sache mit der verhinderten Beförderung, dass Frau Remberg am Abend, nachdem sie von der Nichtberücksichtigung erfahren hat, zu Herrn Seidel in die Newton Bar gegangen wäre, um ihn zu Rede zu stellen. Dabei hat sie dann ein Gespräch zwischen ihm und Herrn Maier mitbekommen, dass ihren Verdacht bestätigte."

„Ja, aber das ist kein Stalking", erwiderte Fritz. „Sie hatte einen begründeten Verdacht, und der …"

„Darum geht es mir nicht", unterbrach Schäfer erneut. „Sondern darum, dass Herr Seidel sich an diesem Abend auf einem Flug nach Oslo befand. Das besagte Gespräch hat zwei Tage vorher stattgefunden, zu einem Zeitpunkt, als Frau Remberg noch überhaupt keinen begründeten Verdacht haben konnte."

Nein, nein, nein! Das konnte jetzt nicht passieren. Mist. Mich störte gar nicht so sehr, dass unsere Argumentation einen empfindlichen Schlag erhielt. Mich störte viel, viel mehr, dass Fritz derjenige war, der den Schlag abbekam. Frontal. Weil ich ihm nicht die Wahrheit gesagt hatte darüber, woher meine Informationen stammten. Die verdammte Telepathie brach uns das Genick. Fritz schaute verunsichert zu mir.

„Sie haben Ihre Hausaufgaben nicht gemacht, Herr Strack", stellte Schäfer süffisant fest. „Für mich klingt das so, als ob Herr Grewe mit dem verdrehten Kopf nicht ganz Unrecht hat. Und außerdem klingt es tatsächlich nach einem ausgewachsenen Fall von Stalking."

Fritz war für den Moment sprachlos.

„Jetzt können Sie auch gerne etwas sagen", gab Schäfer den Ball an mich weiter – den brennenden Ball.

„Was tut denn das zur Sache?", fragte ich gereizt und ärgerte mich sofort über meinen Tonfall. „Es stimmt. Die beiden Männer haben aktiv meine Beförderung hintertrieben. Weber hat einen Test gefälscht. Das ist ja wohl unumstritten."

„Das wurde ja auch bestraft“, sagte Grewe neben mir. „Das ist nicht der Skandal, den Sie beide der Öffentlichkeit verkauft haben. Sondern ein anderer, komplett erlogener. Wobei der wahre Skandal doch ist, dass Sie es mit dieser Bestrafung und nebenbei angemerkt Ihrer sofortigen Beförderung auf eine Stelle, für die Sie als Flugbegleiterin gar nicht den passenden Hintergrund haben, dass das alles Ihnen nicht reichte, sondern dass Sie Herrn Seidel und mit ihm gleich auch noch Herrn Weber als sexsüchtige Monster dargestellt haben, die angeblich unsere Airline zu einem Puff machen. Alles nur, weil er Ihr Herz gebrochen hat.“

„Glauben Sie das wirklich?“, fragte ich ihn scharf.

Ich fragte ihn das, weil ich es wissen wollte. Er war viel zu klug, um so jemandem wie Henk auf den Leim zu gehen. Das konnte nur bedeuten, dass er den ganzen Dreck bewusst vertuschte.

„Natürlich“, antwortete er mit einem Lachen. „Eine verletzte Frau, die sich nicht mehr unter Kontrolle hat, erscheint mir plausibler als zwei Mitarbeiter, die zig Frauen für ein absurdes Spiel missbrauchen. Natürlich hat es Affären gegeben. Piloten und Flugbegleiterinnen, das wissen wir doch alle. Und ja, er ist ja auch ein attraktiver Mann.“

Er deutete mit echter Anerkennung auf Henk.

„Aber das ist das älteste Spiel der Welt. Nicht das, was sie sich ausgedacht haben. Und schon gar kein Skandal, den Sie und Ihr Schreiber uns hier weismachen wollen.“

Als er verächtlich auf Fritz deutete, konnte ich nicht anders. Ich hatte durch das Verschweigen meiner geheimen Superkraft meinen „Schreiber“ in diese unmögliche Position gebracht. Ich hatte die ganze Sache damit gefährdet. Ich hatte mir und den vielen anderen betroffenen Frauen einen Bärendienst erwiesen. Also musste ich die Superkraft auch nutzen, um aus der Nummer wieder herauszukommen. Ich griff mir Grewes Hand und umklammerte sie fest, während ich mich so stark auf ihn konzentrierte, dass ich umgehend einen stechenden Schmerz in meinem Kopf verspürte. Es ging um mehr als seine aktuellen Gedanken. Christian hatte mir oft genug gesagt, dass ich an mehr herankommen konnte – wenn ich nur wollte.

„Warum lügen Sie?", fragte ich, während ich die Augen schloss und tief in den Mann hinein lauschte.

Er sagte mit Blick auf meine Hand: „Was soll das?"

Er dachte: „Glaubt Sie echt, mit Händchen halten kriegt sie mich zu einer Beichte?"

Er dachte aber noch viel mehr. Ich sah es. Um den formulierten Gedanken herum entstanden ganze Landschaften von Erinnerungen. Ich sah Bilder und Gefühle. Innerhalb von einer Sekunde strömte alles auf mich ein. Es schmerzte fürchterlich, mein Kopf war ein Hauptbahnhof, aber ich musste da durch. Ich sah Grewe vor seinem Computer sitzen in einem geräumigen Büro – Henk und Gregor stehen neben ihm. Sie alle starren auf einen Bildschirm mit dem gesamten Nachrichtenaustausch aus dem Intranet. Grewe ist sauer. Doch er ist den Männern auch verbunden. Ich sah, wie sie zusammen Squash spielen – Henk und Grewe. Ich sah auf seinem Oberarm ein tätowiertes Flugzeug, das Henk beeindruckt betrachtet. Das Tattoo ist eine Jugendsünde. Ein Kampfflugzeug, eine F-14 aus dem Film „Top Gun". Ich kannte den Film nicht, aber irgendwo in Grewes Gedanken fand sich der Rufname der Hauptfigur, die Tom Cruise gespielt hat: Maverick.

„Sie sind Maverick", entfuhr es mir, und ich sah aus dem Augenwinkel, wie Fritz mir gegenüber den vor Frust gesenkten Kopf hochriss.

„Was?", fuhr Grewe mich an, der sich von meiner Hand lösen wollte, aber es zu zaghaft versuchte – denn er war ja ein Gentleman.

Außerdem krallte ich mich so fest an ihn, um dem

Schmerz in meinem Hirn etwas entgegenzusetzen. Ich musste tiefer graben. Ich sah es ganz deutlich in seinem Kopf: Er war Maverick. Der Mann, mit dem Henk und Gregor ihre Eroberungen und ihren Spielstand geteilt hatten. Aber das war noch längst nicht alles. Ich sah, wie er nach dem Sport mit Henk und Gregor an der Bar in dem Squash-Center steht und ihnen davon erzählt, was für ein toller Hengst er früher gewesen war. Wie er mit einem Kumpel – Goose – ein Spiel gespielt hatte über Jahre. Ein Spiel, bei dem sie Punkte sammelten für die Frauen, die sie ins Bett bekamen. Er hatte das Spiel gewonnen, als er die Eintausend erreicht hatte. Plötzlich sah ich Frauen vor mir – zahlreiche Frauen. Beim Sex mit Grewe. Er riss seine Hand von meiner los. Ich war froh. Auf allen Ebenen.

„Sie wussten nicht nur von dem Spiel", sagte ich, während ich mir den dröhnenden Kopf hielt. „Sie haben es erfunden. Sie haben es als junger Mann selbst gespielt. Mit noch weit mehr Frauen als die beiden traurigen Gestalten."

Für einen Moment sah ich in Grewes Augen mehr als ein Zucken. Er verstand die Welt nicht mehr. Doch er fing sich schnell.

„Was … was fabulieren Sie da?", sagte er und schaute dann zu Henk.

Grewe war zu klug, um auf die Konfrontation reinzufallen. Zu erfahren, zu cool. Aber es gab ja noch meinen Piloten. Den Einzigen von uns beiden, dem es wirklich an Intelligenz mangelte. Sobald ihn Grewes Blick traf – der noch nicht einmal sonderlich vorwurfsvoll, sondern eher rätselnd war –, schoss Henk in seinem Stuhl hoch.

„Das ist das, was sie bei mir gemacht hat", rief er verzweifelt. „Sie kann das gar nicht wissen. Ich habe mit ihr nie darüber geredet."

Henk, oh, Henk. Es war eine Genugtuung, dass ihn

mein Wissen jedes Mal so aus dem Häuschen brachte. Er war wieder mein Retter, ohne es zu wollen.

„Das heißt dann aber auch“, sagte ich zu ihm. „Dass es die Wahrheit ist.“

Henk schloss ertappt die Augen, öffnete sie aber sofort wieder.

„Nein, das ist es nicht. Du denkst dir diesen ganzen Kram aus. Es ist eine Lüge.“

„Hörte sich das gerade nicht noch anders an?“, fragte ich Schäfer, von dem ich mir endlich einen Hauch von Objektivität erhoffte.

Er hatte es genauso gesehen wie seine Zuschauer. Es war aufgezeichnet worden. Er konnte darüber nicht hinweggehen. Es würde ihn einholen. Doch er fand einen Dreh.

„Was haben Sie da gerade gemacht?“, fragte er mich. „Warum haben Sie Herrn Grewe an der Hand gefasst? Sie waren wie weggetreten.“

Da war er. Der Moment der Wahrheit. Ich wusste es sofort: Ich musste es sagen. Nicht nur, um Fritz zu retten, sondern weil es überfällig war. Ich hielt es nicht mehr aus mit den Zügen in meinem Kopf, mit dem Geheimnis.

„Seit der Notlandung habe ich eine … besondere Fähigkeit“, begann ich.

Ich zögerte, denn ich wusste, dass es sich unglaublich anhören würde. Dass sie mich nicht ernstnehmen würden. Ich blickte ins Publikum, direkt zu Christian. Ich konnte ihn besser sehen als zuvor. Ich sah nur noch ihn. Seine Wärme, seine Unterstützung, seine Bestätigung. Er nickte. Mit großer Entschlossenheit.

„Ich kann die Gedanken von Männern lesen“, sagte ich.

Schäfer lachte. Er war der Einzige in unserer Runde. Grewe und Henk hatten es erlebt – in ihren Gesichtern las ich, wie ihre Gehirne an dieser Aussage arbeiteten. Aber auch Fritz gab meine Offenbarung zu denken.

„Entschuldigung, aber jetzt drehen Sie komplett durch“, rief Schäfer. „Das wäre dann wohl der letzte Beweis, dass Sie die gesamte Öffentlichkeit mit blühender Fantasie zum Narren gehalten haben und unbescholtene Männer …“

Weiter kam er nicht, denn ich war aufgestanden und zu ihm gegangen. Ich nahm seine Hand. Obwohl der Schmerz längst nicht abgeklungen war, forderte ich die Belastbarkeit meines Schädels erneut heraus.

„Was soll das denn jetzt?“, dachte er, während er amüsiert in die Kamera schaute.

So etwas passierte nicht oft während seiner Talk-Show, aber es würde dem Sensationswert nicht schaden.

„Denken Sie etwas Ungewöhnliches“, befahl ich entschlossen. „Nicht nur: *Was soll das denn jetzt?*“

Er musterte mich und meine Hand auf seiner skeptisch.

„Das hat sie jetzt nicht wirklich gelesen.“

„Auch nicht: *Das hat sie jetzt nicht wirklich gelesen.* Das ist zu naheliegend. Denken Sie an etwas, das mit hier und heute überhaupt nichts zu tun hat.“

Er lachte nicht mehr. Aber er sagte auch nichts. Sondern dachte: „Ich muss morgen zu einer Wurzelbehandlung bei Dr. Allgeier.“

„Sie müssen morgen zu einer Wurzelbehandlung bei Dr. Allgeier. Haben Sie Angst davor?“

Das erfuhr ich nicht mehr, denn er riss mir seine Hand weg und machte mit seinem Stuhl einen kleinen Satz nach hinten. Wenn überhaupt hatte er Angst vor mir. Nicht ohne Grund, denn irgendwo in seinen versteckten Gedanken hatte ich seine Assistentin gesehen. Die junge, attraktive Frau, die mir vor der Sendung geholfen hatte, den Sender des Ansteckmikros unter meinem Kleid zu verbergen. Ich sah Schäfers Hand auf ihrem Po, ihren beschämten Blick, mit dem sie das hatte ertragen müssen.

„Meine Damen und Herren, das habe ich gerade wirklich gedacht, und ich kann mir nicht vorstellen, dass Frau Remberg meinen Zahnarzt und meinen Termin kennt. Das ist nicht möglich, Sie können …"

Er verstummte und starrte mich ungläubig an. Der Kopfschmerz und die Aufregung übermannten mich fast. Ich taumelte zurück zu meinem Stuhl und sank auf den Platz.

„Es ist möglich. Und … und es ist der Grund, warum ich das alles weiß. Henk Seidel und Gregor Maier spielen … sie spielen ein Spiel, zu dem unser CEO sie inspiriert hat. Ein Spiel, unter dem zahllose Frauen gelitten haben."

Ich blickte zu Henk und Grewe, die mit offenen Mündern dasaßen, ohne das Worte herauskamen. Dann blickte ich zu Fritz, den dieser Coup nicht freute. Er war enttäuscht. Auch ohne seine Gedanken zu lesen, wusste ich, warum.

„Entschuldigung, aber das interessiert mich nicht mehr", sagte Schäfer zu mir. „Mich interessiert, wieso Sie Gedanken lesen können? Wie Sie das machen? Ist das untersucht worden?"

„Du hast die ganze Zeit meine Gedanken gelesen?", fragte Henk, als er seine Worte wiedergefunden hatte.

„Können Sie das noch einmal machen?", fragte Schäfer und streckte seine Hand in meine Richtung. „Frau Remberg?"

Ich konnte nicht reagieren. Ich hatte nur Augen für Fritz, der wahrscheinlich dasselbe dachte, was Henk aussprach. Mein Kopf fühlte sich nicht gut an. Die ganze Situation fühlte sich nicht gut an. Denn es war das passiert, was ich hatte vermeiden wollte: Es ging nur noch um die Telepathie. Wie um es zu besiegeln, stand Christian im Publikum auf und bahnte sich schnurstracks einen Weg an den Kameras vorbei zu uns.

„Ich kann es erklären", sagte er mit fester Stimme, als ein Mitarbeiter des Studios ihn aufhalten wollte. „Ich bin ihr Arzt."

„Dann kommen Sie bitte zu uns, Doktor …?"

„Professor Christian Schwarz", stellte sich mein Freund selbstbewusst vor, während jemand ihm schnell einen Stuhl und ein Handmikrofon auf die Bühne brachte. „Ich bin Neurologe an der Charité und kann das Phänomen bestätigen, dass Frau Remberg eben beschrieben hat. Sie ist seit kurzer Zeit in der Lage …"

Mehr hörte ich nicht. Denn ich war meinerseits aufgesprungen. Ich hielt es nicht mehr aus. Das war nicht das, was ich gewollt hatte. Mein Kopf drohte zu zerbersten. Ich wollte einfach nur noch weg. Hinter mir hörte ich Rufe. Derselbe Mitarbeiter, der sich Christian in den Weg gestellt hatte, versuchte es auch bei mir, aber ich drückte ihm einfach nur mein hastig vom Kleid gerissenes Mikrofon samt Sender in die Hand und eilte an ihm vorbei. Er sah ein, dass er niemanden am Verlassen der Sendung hindern konnte. Oder vielleicht hatte auch er Angst vor mir. Ich stürmte vorbei an den Zuschauerreihen zum hinteren Ausgang. Mit Tunnelblick, aber selbst mit diesem konnte ich die schlaksigen Beine nicht übersehen, die sich mir in den Weg stellten. Paul. Er war von seinem Platz aufgestanden, zu mir geeilt. Wollte er mir helfen?

„Du hast mich … ausgenutzt", presste er einen vollständigen Satz heraus. „Das Passwort. Du hast es … Ich habe es …"

Dumm war er nicht. Dafür wurde mir nun endgültig klar, dass ich einen großer Fehler begangen hatte. Mindestens einen.

50

„Hier entlang, Rosa."

Die vertraute Stimme von Britta war der erste Lichtblick in der ganzen Misere. Kopflos war ich aus dem neumodischen Studio in der obersten Etage des Sendergebäudes gerannt. Ich war früher am Abend an anderer Stelle hereingekommen und stand nun in einem endlosen, leeren Flur, der mir völlig unbekannt war. Britta kam gefolgt von Stefan auf mich zugeeilt.

„Ich will einfach nur weg hier", stammelte ich, während ich hinter ihr jemanden meinen Namen rufen hörte.

Ich nahm Brittas gereichte Hand und rannte hinter ihr über den Linoleumboden in die andere Richtung davon – vorbei an Büros und Kaffeeautomaten. Ich fühlte mich plötzlich wie in einer Behörde.

„Die Schweine haben dir eine Falle gestellt", empörte Britta sich über den ersten Teil der Talkshow. „Wie ich immer gesagt habe: toxische Männerbünde."

Ich sagte nichts dazu, denn mich bekümmerte viel mehr das Ende meines Auftritts.

„Da vorne, der Aufzug, schnell", rief Britta.

Wir waren um eine Ecke gebogen. Allerdings blickten wir nicht auf einen herkömmlichen Aufzug, sondern auf einen Paternoster, dessen hölzernen Kabinen unermüdlich ihre Runden drehten. Ich blieb unweigerlich stehen.

„Ich bin noch nie mit so einem gefahren", stieß ich hervor.

„Immer offen für Neues bleiben, Rosa. Komm!“

Britta zog mich weiter. Vorbei an dem Hinweis, dass die Kabinen nur für eine Person ausgelegt waren. Beim Einstieg stolperte ich, weil die Kabine nach unten weiterfuhr. Aber Britta hielt mich und zog dann auch noch den zögerlichen Stefan mit in die Kabine. Ihr jahrelanges Training mit zwei Kleinkindern zahlte sich aus. Allerdings standen wir nun extrem dicht gedrängt in der kleinen Kabine. Stefan versucht trotzdem, auf Abstand zu mir zu gehen. Er hatte bisher noch kein Wort gesagt. Zum ersten Mal schaute ich ihn an und sah seinen kritischen Blick.

„Jetzt nicht du auch noch“, entfuhr mir matt.

„Du hast meine Gedanken ausgehorcht“, legte er auf dieses Kommando hin los. „Deswegen hast du mich in der Küche die ganze Zeit angefasst.“

„Darum geht’s doch jetzt nicht“, raunte Britta direkt neben meinem Ohr.

Sie hatte sofort verstanden, worauf er sich bezog.

„Und du hast sie auf mich angesetzt“, entgegnete Stefan in die Richtung seiner fünf Zentimeter vor ihm stehenden Frau.

Irgendwie schaffte er es, Brittas Körper zwischen uns zu halten, so dass ich ihn nicht berühren konnte. Dadurch wurde es aber nur noch mehr Gequetsche. Die Luft in dem nach vielen Jahrzehnten müffelnden Paternosters wurde stickiger, wenn wir nicht gerade an weiteren leeren Fluren vorbeikamen. Wie viele Etagen hatte denn dieses dämliche Gebäude?

„Du wusstest, was ich denke“, schoss Stefan von hinter Britta in meine Richtung.

Ich wollte einfach nur, dass er aufhörte zu reden. Ich wollte all diese Vorwürfe nicht mehr hören.

„Ich wusste nicht, dass du mich küssen würdest“, biss ich zurück.

„Ihr habt euch geküsst?"

Jetzt war es Britta, die mich entgeistert anschaute. Zumindest glaubte ich das, denn mit zwei Zentimeter Entfernung von ihrem Gesicht im Halbdunklen zwischen zwei Etagen ließ sich das schwer erkennen.

„Darum geht's doch jetzt nicht", wiederholte ich, was sie zuvor festgestellt hatte. „Müssen wir hier raus?"

„Rosa, ihr habt euch geküsst?", kam es noch empörter.

Wir fuhren an der Etage vorbei, dabei war es meiner Ansicht nach das Erdgeschoss.

„Wenn überhaupt hat er mich geküsst, aber wie du an seinen Wunden sehen konntest, habe ich mich dagegen gewehrt. Wir haben den Ausgang verpasst."

Denn als nächstes kamen wir in den Keller.

„Dann fahren wir halt wieder hoch", zischte Britta. „Warum hast du mir das nicht gesagt?"

„Werden wir dann nicht auf dem Kopf gestellt?"

Ich hatte keine Ahnung, wie so ein dämlicher Paternoster funktionierte. Also hatte ich Angst, echte Angst, aber Britta interessierte das nicht. Es rumpelte bereits, während sie mich giftig anblickte. Von Stefan hinter ihr war plötzlich nichts mehr zu hören. Feigling!

„Rosa!", hakte Britta nach.

„Weil es ein Missverständnis war. Ohne Bedeutung. Was passiert denn jetzt?"

Das Rumpeln wurde lauter. Immerhin war ich so an die Wand gequetscht, dass ich nicht umfallen konnte, wenn wir uns um 180 Grad drehten. Doch die Kabine stellte sich nicht auf den Kopf, sondern schob sich zur Seite, dann machte sie sich wieder auf den Weg nach oben.

„Ohne Bedeutung?", fuhr Britt mich an, während wir erneut den Keller passierten. „Das ist noch schlimmer, als wenn er mit dieser Ann-Kathrin etwas haben würde. Meine beste Freundin zu küssen. Das muss ich doch wissen, Rosa. Und glaub nicht, Stefan, dass du aus der Sache rauskommst, nur weil ich mich gerade nicht zu dir umdrehen … Hey!"

Stefan hatte die Gelegenheit ergriffen und mit einem mutigen Sprung in letzter Sekunde den Paternoster im Keller verlassen. Britta hatte keine Chance, ihm zu folgen. Weswegen sie – dieses Mal mit etwas mehr Abstand – wieder mich fixierte.

„Das ist mehr als zwei Wochen her. Du hast mich die ganze Zeit angelogen."

„Verdammt noch mal, Britta", rief ich. „Du hast doch selbst gesagt, du würdest es nicht wissen wollen, wenn dein Typ dich mal betrügt und es nichts zu bedeuten hat."

„Da war ich fünfzehn!", blökte sie zurück. „Weißt du, was ich für diesen Mann alles auf mich nehme? Wie viele Scheiße ich in mich hineinfresse, damit er glücklich ist, damit seine Kinder glücklich sind, damit der ganze Laden läuft?"

„Britta, jetzt mal echt, ich kann's nicht mehr hören. Du suchst nach etwas, um unglücklich zu sein. Frag dich doch mal, warum er mich geküsst hat. Er ist verzweifelt bei der ganzen negativen Energie, die du verbreitest."

„Ah, da ist sie ja wieder, die Männerversteherin."

„Ja, man kann Männer tatsächlich verstehen. Sogar, wenn man ihre Gedanken nicht lesen kann. Und sie sind nicht alle toxisch, pervers, machtbesessen oder einfach nur Arschlöcher."

„Wie du da oben gerade wieder erlebt hast."

„Ich habe einen Fehler gemacht. Ich. Weil ich die Wahrheit nicht früher gesagt habe. Oder weil ich sie jetzt gesagt habe, das weiß ich noch nicht. Und nur, weil da ein Haufen schlechter Männer sitzt, sind noch lange nicht alle so. Ich weigere mich, in deine Welt voller Hass einzusteigen."

„Meine Welt voller Hass? So denkst du über mich?"

Im fahlen Licht sah ich, dass sie das getroffen hatte. Ich wusste selbst nicht, warum ich meinen ganzen Frust nun an ihr herausließ. Ich wollte es zurechtrücken, als auch sie überraschend aus dem Paternoster hüpfte. In irgendeiner Etage – ich wusste durch den Streit nicht mehr, wo wir waren. Ich wollte ihr folgen, doch die Öffnung schloss sich rasant und ich riskierte eine ernsthafte Verletzung, wenn ich mich herausquetschte. Also blieb ich stehen und fuhr weiter. Ich drehte mich buchstäblich im Kreis.

„Da sind Sie ja", hörte ich, sobald mein Kopf den Fußboden der nächsten Etage erreicht hatte.

Es war das Stockwerk, in dem wir eingestiegen waren. Dort stand Moderator Schäfer höchstpersönlich – mit einem Kameramann im Rücken. Der schaltete sofort sein Licht ein und schoss mich ab wie ein verschrecktes Reh.

„Kommen Sie doch zurück ins Studio", bat Schäfer freundlich, als ob es völlig normal wäre, in einer Live-Fernsehsendung seine Gäste in den Fluren des Sendergebäudes zu jagen.

„Lassen Sie mich", zischte ich und wandte mich ab.

Er versuchte, in den Paternoster zu steigen, aber ich ließ ihm in der kleinen Kabine keinen Raum, sodass er aufgeben musste. Wieder steckte ich zwischen zwei Etagen. Nein, das tat ich nicht. Das Rumpeln kündigte einen erneuten Richtungswechsel an. Dieser vermaledeite Paternoster sabotierte mich, wo er nur konnte, denn natürlich würde ich in wenigen Sekunden erneut an Schäfer vorbeifahren. Auch er wusste das.

„Frau Remberg", sagte er mit Kreide in der Stimme zu meinen Füßen, sobald die Kabine den Blick darauf freigab. „Wir sind alle sehr interessiert an Ihrer Geschichte. Die Herren von German Air sitzen gedemütigt da, weil sie zugeben mussten, dass alles stimmt. Wir haben sogar das Tattoo gesehen!"

Mittlerweile befand sich auch mein Kopf wieder im grellen Licht, sodass Schäfer gesehen haben musste, dass ich auf seinen letzten Satz ansprang. Ich dagegen sah gar nichts außer dem weißen Lichtpunkt des Scheinwerfers, der meinen Kopfschmerzen nicht gerade half.

„Rosa“, hörte ich plötzlich die vertraute Stimme von Christian hinter den Fernsehleuten. „Komm, wir gehen nach Hause.“

Nur Schemen waren rund um den Scheinwerfer zu erkennen, doch dann plötzlich stach eine Hand aus dem gleißenden Licht hervor. Christians Hand. Meine rettende Hand? Der Paternoster fuhr unerbittlich weiter. Ich musste reagieren. Also ergriff ich sie. Christian zog mich aus der Kabine, und ich stand endlich still.

51

Die Leinwand in Christians Wohnzimmer präsentierte das Fernsehbild überlebensgroß. Die Frau war überlebensgroß. Wie ein scheues Reh, angeschossen zweifelsohne, stand sie an Christian geschmiegt vor dem rotierenden Paternoster und wich dem Licht des Scheinwerfers aus. Sie litt. Mir tat die Frau leid. Sie war überfordert. Der Professor erläuterte in kurzen Worten, dass es nun „besser wäre", diese Frau in Ruhe zu lassen.

„Zu gegebener Zeit werden wir der Öffentlichkeit alles über die telepathischen Fähigkeiten von Frau Remberg mitteilen."

Damit endete die Aufzeichnung des denkwürdigen Abends in der Fernsehanstalt. Ich saß wenige Tage später auf der edlen Sofalandschaft, die riesigen Fenster waren verdunkelt, neben mir stand mein mittlerweile ständiger Begleiter – ein Glas Weißwein. Ich hatte mir die Sendung zum x-ten Mal angesehen. Inzwischen war ich mir nicht einmal mehr sicher, ob ich selbst diese Frau gewesen war. Alles kam mir so verdammt irreal vor. Doch die Fernsehbilder zeigten, dass es wirklich geschehen war.

Nicht nur diese Sendung hatte es gegeben. Nein, es gab mittlerweile zahllose Berichte über mich. Sogar im Ausland. Deutlich mehr als an dem Tag, als der German-Air-Skandal öffentlich geworden war – der übrigens kaum noch Beachtung fand, auch wenn der Aufsichtsrat der Airline seinen CEO freigestellt und sich öffentlich bei mir und allen Frauen entschuldigt hatte. Das war nur eine Randnotiz. Das lief nur noch im Hintergrund. Geredet wurde ausschließlich über die Frau, die die Gedanken von Männern lesen konnte.

Natürlich glaubten viele Menschen nicht, dass ich das wirklich konnte – auch wenn „Kronzeuge“ Anton Schäfer überall ausführlich erzählte, was er erlebt hatte, und die Ausschnitte immer wieder gezeigt wurden. Es gab Dutzende Theorien, wie ich an das Wissen über seinen Zahnarzt gelangt sein könnte oder warum ich mit ihm unter einer Decke steckte – so absurd diese auch waren. Meine Verteidiger – auch die gab es in großen Mengen – sezierten dafür die gelesenen Gedanken von Henk und Grewe. Tatsächlich hatten sich bereits Frauen gemeldet, mit denen der nun ehemalige Chef der Airline eine demütigende Affäre gehabt hatte. Schließlich hatte sich sogar mein eigenes Date Richter, 38 – zielstrebig, unternehmenslustig, humorvoll – bei einer Boulevardsendung gemeldet, weil er immer noch darüber rätselte, wie ich damals im Havanna hatte herausfinden können, dass er sich auf der Toilette die Nummer einer anderen Frau besorgt hatte. Unabhängig davon, dass die ganze Sache kein gutes Licht auf ihn warf, posierte er fortan als großer Verteidiger meiner Einzigartigkeit und plapperte in jede Kamera. Ich war mir sicher, dass bald weitere verprellte Dates aus ihren Löchern kriechen würden und betete inständig, dass der leckere Max nicht dabei war.

Ich hatte seit unserer Rückkehr nach der Talkshow Christians Wohnung nicht mehr verlassen. Meine „Schutzhaft“ vor Henk hatte ich bereits als Belastung empfunden, aber sie war nichts gegen diese Tage. Vor dem Haus kampierten Übertragungswagen von Fernsehsendern. Ich konnte nicht einmal ans Fenster gehen, ohne dass Bilder davon um die Welt gingen. Immerhin waren die Hubschrauber abgezogen. Christian hatte eine Sicherheitsfirma engagiert, die Haus- und Wohnungseingang überwachte. Ein weiterer Bodyguard befand sich zudem Tag und Nacht in der Wohnung, seit ein findiger Reporter den Weg über das Dach gewagt hatte und auf unserem Balkon gelandet war – außer einem verstauchten Knöchel hatte es ihm aber nichts eingebracht. Denn Christian schirmte mich perfekt ab.

Er hatte die Führung übernommen – mit beeindruckender Energie und Selbstverständlichkeit. Gerade so, als ob er all die Wochen nur darauf gewartet hätte. Er übernahm auch das Reden. Deswegen befand er sich in diesem Moment auf dem Weg zu einer Pressekonferenz, in der er seine Untersuchungsergebnisse präsentieren würde. Indem zum ersten Mal ausführlich über meine Superkraft berichtet wurde – inklusive der Präsentation von Gehirnscans und Aufzeichnungen einiger unserer Versuche. Man muss sich das vorstellen: Es wurde eine Pressekonferenz gegeben – nur über mich. Klar war ich immer scharf darauf gewesen, berühmt zu werden. Aber so? Andererseits konnte ich mich nicht beschweren, denn ich hatte allem zugestimmt. Der Druck von außen war zu groß, die wildesten Gerüchte kursierten, mein Bruder wurde sogar in den USA belästigt – also mussten wir etwas tun. Es war richtig. Aber ich war nach der Talkshow noch lange nicht soweit, dass ich wieder selbst an die Öffentlichkeit wollte. Die Blicke, das gleißende Licht, die verletzten Freunde. Das hatte mir gereicht.

Bei dem Gedanken an die verletzten Freunde griff ich zu meinem neuen Handy und rief Christians Assistentin Frau Henkel an. Auch wenn sie eigentlich für seine Arbeit im Krankenhaus zuständig war, managte sie seit Tagen nichts anderes als „die Telepathin“ – das war der Name, der sich für mich in der Öffentlichkeit durchgesetzt hatte. Für mich klang er verdächtig nach Psychopathin.

„Ist es voll?“, fragte ich, als sie ans Handy gegangen war.

„Natürlich“, antwortete sie lachend. „Die Leute stehen gequetscht an der Wand.“

Christian hatte einen Saal der Charité für die Veranstaltung in Beschlag genommen. Einen großen Saal. Dass dieser kaum reichte, war wirklich nicht überraschend. Deswegen hatte ich auch nicht angerufen.

„Ist Herr Strack da?“

Kurze Pause, dann kam das „Nein“.

Ich hatte Fritz explizit auf die Liste der einzuladenden Journalisten setzen lassen. Er hatte die Einladung nicht angenommen. Ich bedankte mich bei Frau Henkel und beendete das Gespräch. Kurz starrte ich auf das Handy, das mir noch fremd war. Ein sogenanntes Retro-Handy – mit dem man nicht einmal ins Internet konnte. Christian hatte es mir besorgt mit einer Nummer, die nur er, seine Assistentin und sein Anwalt kannten. Mein eigentliches Handy lag ausgeschaltet irgendwo im Schlafzimmer. Dieses Verfahren sollte mich davor schützen, von den Anrufen, Mails und sonstigen Kontaktversuchen überwältigt zu werden, die noch am Abend der Sendung eingesetzt hatten. Irgendjemand hatte meine Nummer herausbekommen und danach war es der blanke Horror gewesen. Es schnitt mich aber auch von meinen Freunden ab. Nicht, dass ich noch welche hätte. Britta hatte ich höchstpersönlich verjagt, auch Anka hatte ich verloren.

Und Fritz? Ja, ich hatte versucht ihn zu erreichen. Noch am selben Abend. Aber er war nicht an sein Handy gegangen. Irgendwann hatte ich zwischen den immer zahlreicher werdenden SMS auch eine von ihm entdeckt.

„Sei mir nicht böse. Ich muss das alles erst einmal verarbeiten.“

Mehr hatte er nicht geschrieben. Er hatte nun drei Tage lange verarbeitet. Ich wollte wissen, was dabei herausgekommen war. Also sprang ich auf und machte mich in meinem Yoga-Jumpsuit auf den Weg ins Schlafzimmer. Das Ding trug ich mittlerweile vierundzwanzig Stunden am Tag. Nicht, weil ich mich besonders sportlich fühlte, sondern weil ich keinen Sinn darin sah, mich hübsch zu machen. Selbst Christian sah mich kaum, obwohl er sehr bemüht war. Aber mit dem Management meiner „Situation" hatte er mehr als alle Hände voll zu tun – er schlief kaum noch.

Im Nachttisch fand ich mein altes Handy. Nachdem ich es eingeschaltet hatte, blinkten mir an diversen Stellen auf dem Touchscreen kleine rote Kreise mit absurd hohen Zahlen entgegen: Anrufe, Mails, SMS, WhatsApp, Instagram, Facebook – überall hatten sich in den wenigen Tagen Kontaktversuche im dreistelligen Bereich angesammelt. Ich hatte früher immer über meine Obsession gelächelt, binnen kürzester Zeit auf diese roten Kreise zu reagieren, damit sie verschwanden. Dieses Mal war es aussichtslos. Ich konnte das unmöglich alles lesen, geschweige denn darauf eingehen. Gerade wollte ich die Mails wegklicken, als mein Blick an einem Betreff hängenblieb: „Ich kannte Ihre Mutter". Der Name des Absenders – Sebastian Bruns – sagte mir nichts. Christian hatte mich davor gewarnt, dass sich eine Menge Idioten bei mir melden würden mit allen möglichen Tricks. Dennoch klickte ich auf die Mail.

„Liebe Frau Remberg, ich habe Sie im Fernsehen gesehen und dachte, Yvonne säße dort. Sie sind Ihrer Mutter wie aus dem Gesicht geschnitten. Es hat mich erschüttert zu erfahren, dass Yvonne bereits vor einigen Jahren viel zu früh von uns gegangen ist. Nachdem sie sich für Ihren Vater entschieden hat, hatte ich sie aus den Augen verloren – was ich nun aufs Extremste bedauere. Wahrscheinlich haben Sie im Moment sehr viel um die Ohren, aber es wäre mir eine große Freude, wenn Sie sich einmal bei mir melden. Vielleicht können wir uns gemeinsam an Ihre Mutter erinnern. Herzlichst, Sebastian."

Es war vor allem ein Satz, der mich verwirrte: Mama hatte sich für Papa „entschieden"? Und die Alternative war dieser Sebastian gewesen? Ein Mann, von dem ich noch nie etwas gehört hatte? Eine Entscheidung, von der nie die Rede gewesen war? Ich war schon so weit, ihn in die Kategorie Trickbetrüger einzuordnen, als ich den Mail-Anhang entdeckte. Ein Foto. Ich klickte darauf und bereute es gleich. Ja, das war meine Mutter. Sie konnte auf dem Bild nicht älter als zwanzig sein. Ein hübsche, junge Frau mit einem ansteckenden Lachen und begeistertem Funkeln in den Augen. Tatsächlich ließ sich die Ähnlichkeit zu mir nicht verleugnen. Es brannte in meinem Herzen, sie so zu sehen. So lebendig. Aber es verwirrte mich noch viel mehr, dass das Funkeln einem mir gänzlich unbekannten Mann galt, mit dem sie bei einer nächtlichen Feier irgendwo auf der Straße Opfer eines Schnappschusses geworden war. War das bei einer Fußball-Weltmeisterschaft gewesen? Ich sah Deutschlandfahnen und … Ich bekam eine Gänsehaut, als ich im Hintergrund die Mauer sah. Die Mauer mitten in Berlin, die eingerissen war, auf der Menschen saßen und jubelten. Es war der Mauerfall. 1989. Ein Jahr vor meiner Geburt. Aber drei Jahre nach der Geburt meines Bruders. Mama war zu dieser Zeit Teil des glücklichsten Paar der Welt gewesen. Mit meinem Vater. Was sollte diese Scheiße? Warum schickte mir jemand solch ein manipuliertes Foto?

Ich hatte genug. Warum hatte ich mir überhaupt eine Mail angesehen? Ich wollte doch ganz etwas anderes machen. Fritz. Ich drückte meine Gefühle und auch die Mail weg. Fritz' Nummer war schnell gefunden – er war der

Letzte, mit dem ich vor der Sendung telefoniert hatte. Also drückte ich auf die Verbindung. Zum ersten Mal seit dem Abend im Sender rollte eine Welle mit Adrenalin durch meinen Körper. Ich hatte schon vermutet, dass ich es an dem Abend komplett ausgeschüttet hatte. Doch ich lebte noch. Als ich Fritz' Stimme hörte, spürte ich das ganz genau – vom Kopf bis in die Fußspitzen.

„Rosa?", sagte er. „Wie geht es dir?"

Er klang reserviert, aber doch auch freundlich.

„Wilde Zeiten", antwortete ich und dachte an den Mauerfall.

„In der Tat."

Es entstand eine stumme Pause. Sie wies mir zu, mein Anliegen vorzubringen.

„Du bist nicht auf der Pressekonferenz?", fragte ich, weil ich nicht sofort zum Thema kommen wollte, es damit aber irgendwie doch auch tat.

„Nein, ich hab noch wegen German Air zu tun."

„Gibt es etwas Neues?", fragte ich hoffnungsvoll.

„Ich weiß nicht, auf welchem Stand du bist. Aber ich habe eigentlich alles an Christian gesendet, was du wissen musst."

Ja, Christian hatte auch die Kommunikation mit Fritz übernommen, zumindest was German Air anging.

„Okay", murmelte ich.

„Deswegen rufst du nicht an", stellte Fritz fest.

„Kannst du Gedanken lesen?", versuchte ich es mit Humor.

„Mäßig guter Witz."

Der verdammte Kerl sagte wirklich immer, was er dachte.

„Es tut mir so leid", entgegnete ich. „Ich hätte es dir sagen sollen."

Er antwortete nicht.

„Du bist verletzt", stellte ich fest.

„Es ist schon okay."

Er sagte nicht mehr alles, was er dachte.

„Du, ich muss hier mal weitermachen", schob er nach. „Ich wünsche dir alles Gute mit der Sache. Du hast schwere Zeiten vor dir. Aber du bist nicht allein."

„Doch", wollte ich sagen, weil ich ihn vermisste, aber das wäre zu anmaßend gewesen.

Deswegen sagte ich: „Danke."

„Mach's gut", kam zurück.

„Du auch."

Weg war er. Ich fühlte mich noch schlechter als vor dem Telefonat. Warum hatte er mich nicht beschimpft? Dass ich ihn als Journalist düpiert hatte. Dass ich ihn als Freund verraten hatte. Warum hatte er mir nicht alles an den Kopf geworfen – ungeschönt. Es rausgelassen. Das konnte er doch so gut. Das war seine geheime Superkraft. Ich hatte sie ihm genommen. Ich alleine. Ich legte mich auf das Bett und zog die Decke über den Kopf.

52

„Wir gehen aus!“

Ein bestens gelaunter Christian stand vor mir im Schlafzimmer. Ich musste auf dem Bett eingedöst sein. Ein Blick auf mein Handy verriet, dass es bereits halb sieben war.

„Komm! Auf! Zieh dir was Hübsches an! Das Restaurant hat sogar einen Stern.“

Für einen Moment grübelte ich, ob ich die letzten Tage nur geträumt hatte.

„Wie fandest du die PK?“, fragte Christian, während ich noch regungslos auf dem Bett lag.

Ich hatte es nicht geträumt, aber ich hatte seine Pressekonferenz verschlafen.

„Sorry, ich bin eingepennt“, murmelte ich und richtete mich auf.

Das dämpfte seine Laune. Er war nicht sauer, eher besorgt, als er sich zu mir setzte. Er streichelte mir über die Haare und blickte mich an.

„Du musst hier mal raus.“

„Wie soll das gehen? Sind die draußen abgezogen?“

„Nein, es sind sogar noch mehr geworden. Aber Frau Schultheiß hilft uns.“

„Wer?“

Er lachte wunderschön befreit. Mich irritierte es – denn meine Stimmung war nicht annähernd so gut wie seine.

„Lass dich überraschen. Ich habe alles organisiert.“

Er küsste mich.

„Wir machen uns einen wunderschönen Abend", dachte er dabei.

Das gab mir die Energie, mich aufzurappeln. Ich entschuldigte mich, dass ich seinen Auftritt verpasst hatte, aber er witzelte nur, dass ich dort nichts Neues erfahren hätte. Ich konnte die Konferenz ja später noch anschauen. Er war auf jeden Fall zufrieden – es gab ein großes Medienecho, und er hatte das Gefühl, dass „wir die ganze Sache auf wissenschaftlich fundierte Füße gestellt hatten". Dann verschwand er in der Küche, wo ich nach einer für meine Verhältnisse rekordverdächtigen Herrichtung meines Äußeren eine Stunde später ein Glas kühlen Champagner in die Hand gedrückt bekam.

„Haben wir etwas zu feiern?", fragte ich mit erweckten Lebensgeistern.

„Dich. Einfach nur dich."

Er strahlte mich in meinem neuen meerblauen Abendkleid an, das er mir geschenkt hatte. Wir stießen mit dem Champagner an und tranken.

„Ich habe dich in den letzten Tagen sträflich vernachlässigt. Das tut mir leid."

„Quatsch! Alles, was du getan hast, war für mich."

„Trotzdem, ich war nicht bei dir. Auch mich haben die Ereignisse überrollt. Aber mit der Konferenz heute – das war ein Meilenstein. Der liegt hinter uns. Ab jetzt bin ich wieder für dich da. Nur für dich."

Das war er dann auch. Ich rätselte, wann er die Zeit gefunden hatte, das alles auch noch zu organisieren. Zunächst einmal Frau Schultheiß, eine ältere Dame aus dem dritten Stock. Diese hatte Christian überredet, dass wir durch ihre in den Sechziger Jahren stehengebliebene Wohnung schleichen durften. Durch das Berliner Zimmer mit einem antiken Kachelofen, vorbei an den Abstellkammern und dem Zimmer ihrer Hausdame gelangten wir zu einem zweiten Ausgang in ein anderes Treppenhaus. Es führte in einen Hinterhof, in dem bereits ein abgedunkelter Wagen mit Fahrer auf uns wartete, der uns über die Ausfahrt in eine Nebenstraße an der wartenden Reportermeute vorbeischmuggelte. Ich kam mir vor wie ein Rockstar.

„Aber erkennen die mich im Restaurant nicht?“, fragte ich, als dieser Coup gelungen war.

„Wir haben ein Separee mit eigenem Eingang“, verkündete Christian.

Ich begann endlich, mich auf den Abend zu freuen. Ich freute mich auch endlich wieder über Christian. Er hatte recht. Auch wenn es in jeder Minute um mich ging, war etwas auf der Strecke geblieben: Wir. Ich schmiegte mich an ihn und vernahm eine Menge gute Gefühle bei dem Mann, der alles mit sich brachte, wovon ich immer geträumt hatte.

„Will sie nicht doch mal die Konferenz sehen?“, konnte er einen konkreten Gedanken nicht zurückhalten.

Also schaute ich während der weiteren Fahrt auf seinem Handy die Aufzeichnung der Pressekonferenz. Er hatte wirklich alles aufgefahren, was es an wissenschaftlichen Möglichkeiten gab, meine telepathischen Fähigkeiten zu beweisen. Sogar sein renommierter, japanischer Kollegen war zu Wort gekommen, der meinen „Fall“ erstaunlich gut kannte. Wenn ich nicht selbst betroffen gewesen wäre, hätte mich diese Konferenz garantiert überzeugt. Komischerweise war es mir aber nicht halb so wichtig wie Christian, dass die Menschen uns glaubten. Ich wusste ja, dass meine Superkraft real war. Und ich hatte nach wie vor Zweifel daran, dass es eine gute Entscheidung gewesen war, die Wahrheit mit allen zu teilen.

In dem Video kamen schließlich die Fragen der Journalisten, die Christian souverän und in meinem Sinne beantwortete. Das hieß, dass er zu allen medizinisch/wissenschaftlichen Fragen gerne und gut gelaunt Stellung nahm, aber alles, was ins Persönliche ging, freundlich abschmetterte. Auch zu dem German-Air-Skandal gab es eine Frage, die er pointiert beantwortete und für alles Weitere an Fritz verwies. Ein kurzer Stich bei der Erwähnung des Namens, aber es ging dann auch schon bald wieder um die Telepathie. Eine Journalistin fragte, wie es sich denn anfühlte, von mir gelesen zu werden – Christian war ja schließlich derjenige, der dies am intensivsten erlebt hatte.

„Es ist überwältigend", antwortete er. „Buchstäblich Hand in Hand mit der nächsten Stufe der Evolution dazusitzen, ist mehr, als jeder Wissenschaftler zu träumen vermag."

Ich schaute im Auto zu Christian, der bei dem Satz verzückt lächelte. Deswegen sagte ich nichts, obwohl es mir nicht gefiel, der „nächste Schritt der Evolution" zu sein. Ich konnte nicht weiter darüber nachdenken, denn die Journalistin hakte nach: „Und wie ist es bei intimem Kontakt?"

Wir hatten von Anfang an dazu gestanden, dass wir nicht nur Patientin und Arzt waren, sondern auch ein Paar. Das ließ sich nach den Bildern aus der Talkshow eh nicht verschweigen, dennoch empörte mich die Frage.

„Sie glauben doch nicht im Ernst, dass ich darauf antworte?", gab Christian im Video souverän zurück und wandte sich an das gesamte Publikum. „Gibt es noch seriöse Fragen?"

Damit hatte er die Lacher auf seiner Seite.

„Was nicht heißen soll, dass es da nicht eine Menge wunderbarer Sachen zu erzählen gäbe", flüsterte er mir mit anzüglichem Blick zu.

Dann küsste er mich erneut. Für den Rest der Fahrt. Ich war mir sicher, dass ich an diesem Abend nicht diejenige war, die die Initiative ergreifen musste.

Im Restaurant in Mitte hatte man ein geräumiges Nebenzimmer nur für uns reserviert. Der mit einem Michelin-Stern prämierte Chefkoch begrüßte uns persönlich an der Hintertür. Er witzelte darüber, was wohl passierte, wenn er mir die Hand geben würde. Da Christian mich auffordernd anschaute, tat ich den Männern den Gefallen. Ich las in den Gedanken des Kochs die erste Vorspeise, woraufhin er fasziniert in die Hände klatschte. Irgendwie hatte ich das Gefühl, das in den nächsten Tagen in Talkshows nacherzählt zu bekommen.

Immerhin ließ man uns für den Rest des Abends ungestört essen und versorgte uns mit exotischen Köstlichkeiten, wie ich sie lange nicht mehr gegessen hatte. Wobei: So lange nun auch wieder nicht, wenn man an den Abend mit Henk zurückdachte – den ich aber schnell aus meinen Gedanken verbannte. Der Abend mit Christian war anders. Er war ungestört von besorgten Frauen am Nebentisch, und ich saß einem Mann gegenüber, dessen Absichten vollkommen klar und nobel waren.

Während ich das Essen und den exzellenten Wein genoss, erläuterte Christian mir diese Absichten. Er erzählte, dass bereits diverse Medien unglaubliche Summen geboten hatten, damit ich in einer ihrer Sendungen den endgültigen Beweis für meine Fähigkeiten erbrachte. Wenn ich „soweit war", konnten wir uns den Medienpartner und das Setting aussuchen, alle Bedingungen diktieren. Auch Verlage hatten schon absurde Vorschüsse geboten, wenn ich ein Buch über meine Erlebnisse schreiben würde.

„Ich kann überhaupt nicht schreiben", sagte ich, nachdem er all das schon beim zweiten Gang auf den Tisch gebracht hatte.

„Wir schreiben es zusammen", erklärte Christian. „Du bekommst natürlich das ganze Geld. Auch von der Fernsehsendung. Ich will keinen Cent."

Ich saß regungslos da. Nicht die Reaktion, die er erwartet hatte.

„Was ist? Geht das zu schnell?“

Ich zuckte mit den Schultern.

„Freust du dich denn gar nicht? Du wolltest doch bekannt werden. Und hey, du musst nie wieder arbeiten. Also nicht bei einer Airline oder sonst wo. Das Geld macht dich unabhängig.“

Er hatte recht. Er präsentierte mir hier einen Lottogewinn nach dem anderen, aber es kam trotzdem nicht richtig bei mir an. Ein Abend, der alles hatte, wovon ich geträumt hatte. Was war mit mir los?

„Natürlich muss das nicht hier in Berlin passieren. Wenn du willst, nehmen wir uns morgen ein Häuschen am Meer und ziehen uns zurück. Zum Schreiben, zum Forschen, zum Leben. In Portugal gibt es wunderbare einsame Strände.“

Noch ein Traum wurde wahr. Wahnsinn.

„Mein altes Leben ist vorbei“, stellte ich fest.

„Das kann man so sagen“, antwortete Christian mit hörbarer Zufriedenheit.

Mich machte es nicht zufrieden. Mich machte das alles nicht zufrieden. Ich kam mir vor wie ferngesteuert. Nach meiner Offenbarung in der Talk-Show war mir mein Leben aus der Hand genommen worden. Ich funktionierte nur noch und machte das, was Christian für richtig hielt. Auch wenn jeder einzelne Schritt irgendwie nachvollziehbar war, so fühlte es sich fremd an. So, als ob ich eine Rolle spielte – einem Mann zuliebe. Nicht einmal das Kleid, das ich trug, hatte ich selbst ausgewählt.

„Und was ist mit meinen Freunden? Ich habe sie alle verloren.“

„Wir laden sie ein. Das … Es wird sich klären.“

Er hatte zum ersten Mal keine passende Antwort. Als ich wieder nicht freudig reagierte, legte er seine Hand auf meine.

„Ich weiß, dass nicht alles perfekt gelaufen ist", dachte er. „Aber das wird es ab jetzt."

Bevor er seine Hand wieder von der meinigen nahm, blitzte etwas in seinen Gedanken auf. Etwas, das er zu verbergen versuchte, aber das zu stark war. Oder ich war zu geübt, in die Tiefen männlicher Gedanken einzutauchen. Ich sah es. Sehr deutlich. Etwas, das mir Angst machte. Dabei sollte es das nicht, denn es war die Erfüllung des ultimativen Traums: Ich sah den Ring in der Innentasche seine Jacketts – den mit einem beachtlichen Stein versehenen Verlobungsring, unter dem Christians Herz pochte.

„Du willst mir einen Antrag machen", entfuhr es mir.

Er stoppte das Weinglas auf dem Weg zu seinem Mund und blickte mich ertappt ab. Dann lachte er.

„Du wirst immer besser", sagte er voller Anerkennung – ein Tonfall, wie ihn in Filmen Wissenschaftler ihren kleinen Robotern gegenüber verwendeten, ihren Geschöpfen.

„Ich wollte eigentlich bis zum Dessert warten, aber …"

Er griff in besagte Jacketttasche und zog eine kleine Schachtel heraus, dann rückte er seinen Stuhl zurück und ging vor mir auf die Knie. Ich sah es mit Gefühlen, die auf keinen Fall an diese Stelle gehörten.

„Liebe Rosa, ich weiß, wir kennen uns noch nicht lange, aber …"

„Ich bin nicht dein Roboter", unterbrach ich ihn.

Christian blickte irritiert auf. Ich fixierte Mamas Ring an meiner Hand. Jetzt sollte er endlich, endlich einen würdigen Ersatz finden, aber in mir sträubte sich alles.

„Ich bin nicht dein Geschöpf. Ich bin auch nicht die nächste Stufe der Evolution. Ich bin … ich."

„Natürlich bist du das. Das habe ich doch nur so dahergesagt. Was ist denn los?"

„Ich bin ich."

Mit diesen Worten stand ich auf. Ich wollte zum Hinterausgang. Eine dort postierte Kellnerin verlor die Entzückung, die ihr noch ins Gesicht geschrieben stand, angesichts einer formvollendeten Verlobung vor ihren Augen. Dass die Angebetete den Mann nicht einmal bis zur entscheidenden Frage kommen lassen würde, hatte sie nicht erwartet. Christian auch nicht. Er packte mich am Arm.

„Rosa, was machst du? Bleib hier!"

Ich blickte zurück – in ein Gesicht voller Hilflosigkeit. Ich sah dahinter. Ich sah seine Gefühle, sein Herz mit einem Riss. Ja, er war in mich verliebt. Das dachte und fühlte er wirklich. Aber als ich tiefer blickte, entdeckte ich andere Gedanken: „Nach allem, was ich für sie getan habe", flog da herum. „Das kann sie mir nicht antun." Aber auch: „Wie stehe ich denn dann vor den Kollegen da?" Sogar: „Ich brauche sie für meinen Nobelpreis." Letztlich ging es für ihn nur um ihn. Nicht wirklich um mich. Höchstens um mich als Trophäe, als Studienobjekt, als formbare Masse. Ja, er hatte mich unterstützt bei meinem Kampf für Gerechtigkeit. Aber wenn ich seine Hilfe genauer betrachtete, wurde mir vollkommen klar, dass er all das getan hatte, damit ich früher oder später die Telepathie offenlegte. Was war dann seine Liebe wert?

„So geht es nicht, Christian", sagte ich und riss mich los.

Er wusste, was ich in seinem Kopf gesehen hatte. Er wusste, dass er mir nichts vormachen konnte.

„Aber du kannst nirgendwo hin", war alles, was ihm noch einfiel.

„Das sollte nicht die Grundlage für eine Ehe sein", antwortete ich.

Dann ging ich.

53

„Ich bin ich."

Wow. So viel Tiefe hatte ich mir gar nicht zugetraut. Doch trotz seiner Schlichtheit war es dieser Satz, der mich für den Rest des Abends verfolgte. Der erste und einzige Satz an diesem Tag, der mir ein gutes Gefühl gab. Und das, obwohl Sätze mit äußerst lukrativen Publikationsdeals, Häusern am Meer und einem Diamantring gefallen waren.

Ich war ich.

Ich war selbst in der Lage, unerkannt durch die Stadt zu kommen, und musste nicht wie eine Kiste Plutonium abgeschirmt werden.

Ich war allein in der Lage, in meine Wohnung zu schleichen – obwohl auch vor dem Altbau in Schöneberg mindestens zwei Autos mit fremden Männern postiert waren, die auf dem Beifahrersitz Junk-Food-Müll und eine Kamera mit Teleobjektiv liegen hatten.

Ich war sogar selbständig in der Lage, im fahlen Licht der Dämmerung aus Christians Kleid in etwas Sportlicheres zu wechseln und hastig einen Koffer mit dem Nötigsten zu packen.

Und ich fand ganz allein einen Weg, wie ich unbemerkt und schnell an einen Wagen gelangen konnte, um dem Alptraum in Berlin zu entfliehen: Ich mietete mir online den nächstgelegenen Carsharing-Wagen für einen ganzen Tag.

Als ich meine Wohnung wieder verließ, wurde mein neues Selbstbewusstsein jedoch auf die Probe gestellt. Ich hörte Fritz aus Ankas Wohnung. Er musste direkt hinter der Tür stehen, vielleicht auf dem Weg ins Bad befindlich.

„Such schon mal einen Film aus", war der banale Satz, den er meiner Nachbarin zurief.

Für einen Augenblick beherrschte mich die Sehnsucht, mit meinen Freunden auf der Ledercouch zu sitzen – ein Glas Wein in der Hand, ein lustiger Film im Fernsehen. Ein ganz normales Leben. Eins, das plötzlich um so vieles attraktiver schien als das, was mir Christian angeboten hatte. Aber natürlich würde das nicht passieren, wenn ich bei Anka klingelte. Ich würde nicht auf der Couch landen. Ich hatte es mir mit den beiden verscherzt, und mit meiner besten Freundin auch, mit dem Mann, der mich liebte, sowieso. Aber ich war ich.

Also schlich ich über den Hof aus dem Haus, enterte den zwei Straßen weiter bereitstehenden Smart und fuhr noch vor Einbruch der Dunkelheit los. Raus aus der Stadt. Raus aus meinem alten Leben. Nach Brandenburg.

Gut, Brandenburg klang im ersten Moment nicht nach Aufbruch, aber immerhin gab es hundert Kilometer nördlich von Berlin ein Motel an der Autobahn, wo ich auch spät am Abend noch ein Zimmer bekam und nicht einmal skeptisch beäugt wurde. Vielleicht schaute man hier kein Fernsehen. Vielleicht ließ man aber auch einfach seine Gäste in Ruhe, auch wenn sie die Sensation der Stunde waren.

So lag ich dann um Mitternacht nur mit Unterwäsche bekleidet in einem sterilen Raum unter der gestärkten, weißen Bettwäsche und starrte an die Decke, während draußen die Fahrzeuge auf der Autobahn vorbeibrausten. Die Lichtkegel ihrer Scheinwerfer wurden durch den dünnen Vorhang über mich projiziert. Ein ewiger Tanz.

Etwas Licht fiel auch auf den Nachttisch. Mamas Ring lag dort und warf einen langen Schatten. Ich sah sie an der fallenden Mauer stehen. Lachend. Mit Sebastian. Es machte mich wütend. Nicht, weil ich ihr diese Freude nicht gönnte, sondern weil sie mir nie etwas davon erzählt hatte. Von diesem Mann, der offensichtlich eine Rolle gespielt hatte, als sie den Ring bereits getragen hatte. Hatte sie ihn getragen, als das Foto gemacht wurde? Hatte das Foto am Ende etwas damit zu tun, dass ich Christian zum Teufel gejagt hatte? Eine späte Trotzreaktion gegen … gegen was eigentlich?

Fünf Minuten später saß ich mit eingelaufenem Bademantel über meiner Unterwäsche im „Business-Center" des Motels, das aus einem drei mal drei Meter großen Raum bestand mit einem schlichten Schreibtisch, auf dem sich ein altersschwacher Computer, ein Drucker und sogar ein Faxgerät befanden. Auch zu meinem späten Erscheinen und meinem Outfit hatte man an der Rezeption nichts angemerkt, sondern mir wortlos das WLAN-Passwort überreicht. Ich hatte mir dir Mailadresse von Sebastian gemerkt – sie war nicht besonders schwer gewesen. Also richtete ich mir ein neues Mailkonto ein und schrieb ihn an. Ich fragte nach, wer genau er war. Woher er meine Mutter kannte. Wo er heute lebte. Ob ich ihn anrufen konnte. Eigentlich war ich nicht davon ausgegangen, dass ich noch in dieser Nacht Antworten bekommen würde, doch kaum, dass ich die Mail abgeschickt hatte, schrieb er zurück: „Ich bin noch wach. Rufen Sie mich an." Dann folgte seine Nummer.

Mein altes Handy lag immer noch auf Christians Nachttisch, mein neues bei mir zu Hause, denn Christians Anrufe hatten nach meiner Flucht bereits eingesetzt, und ich traute ihm sogar zu, mich irgendwie mit dem Handy zu orten – also hatte ich es zurückgelassen. Auch eine Form der Befreiung. Das unbenutzt wirkende Faxgerät neben mir verfügte über einen Telefonhörer, so dass ich mein Glück damit versuchte.

„Rosa?", hörte ich eine warme Männerstimme am anderen Ende der Leitung.

Ich zögerte, gab mich aber dann zu erkennen. Sebastian klang aufrichtig erfreut, dass ich mich meldete. Wir machten zunächst Smalltalk, bei dem er mir das „Du" anbot. Ich rechnete ihm hoch an, dass er nicht auf dem Thema Telepathie herumritt. Stattdessen erfuhr ich, dass er in Düsseldorf lebte, mit Frau und zwei pubertierenden Kindern. Er war Grafiker und saß noch am digitalen Zeichentisch. Aber er nahm sich gerne Zeit für mich.

„Entschuldige, dass ich so direkt frage", kam ich endlich zur Sache unter dem kalten Licht im Business-Center. „Du hattest eine Beziehung mit meiner Mutter, ja?"

Ich hörte ihn lachen.

„Ich weiß nicht, ob man das so nennen kann. Es war vielmehr … Wir waren seit der Schule gute Freunde. Und wenn wir beide Single waren, war es auch schon mal etwas mehr, aber zu einer richtigen Beziehung hat es nie gereicht."

Oh mein Gott: Meine Mutter hatte einen Fuck-Buddy gehabt. Ich konnte es nicht fassen.

„Du hast geschrieben, dass sie sich für meinen Vater *entschieden* hat – was meinst du damit?"

„Okay, ja, da stand es mal auf der Kippe. Es hätte mehr werden können, aber … Willst du das wirklich wissen? Sie wird ihre Gründe gehabt haben, warum sie nie von mir erzählt hat. Und ich will ungerne ihr Andenken …"

„Ist es so schlimm?", unterbrach ich ihn.

„Nein. Es ist banal. Aber immerhin war sie verheiratet. Dein Bruder war bereits auf der Welt, aber es hat nicht funktioniert mit deinem Vater. Sie fühlte sich eingeengt – es war ja auch ihre erste wirkliche Beziehung."

Nie hatte Mama auch nur mit einem Wort erwähnt, dass diese Traumehe mit meinem Vater ihr auch Angst gemacht hatte. Nie.

„Sie haben sich getrennt", fuhr Sebastian fort. „Das war kurz vor dem Mauerfall. Wir sind uns in Berlin über den Weg gelaufen und haben dann diese furchtbar intensiven Tage miteinander verbracht. Das war anders als bei den früheren Flirts. Ich hatte mir vorstellen können, dass wir es miteinander versuchen. Aber … sie ist zu deinem Vater zurück."

„Einfach so?"

Er schwieg länger als sonst.

„Sebastian?"

„Nein, nicht einfach so. Sondern als sie herausfand, dass sie erneut schwanger war – von ihm."

„Sie ist meinetwegen zurückgegangen", hauchte ich.

„Das war einer von vielen Gründen", beeilte er sich mit einer Entgegnung. „Ich war nicht gerade finanziell stabil in der Zeit, mehr so der hungernde Künstler. Ich wäre garantiert kein guter Vater gewesen. Und … sie liebte deinen Vater. Sie liebte ihn wirklich. Sie hat etwas aufgegeben für ihn, ja, aber wenn sie dir nie von mir oder von ihrer Entscheidung erzählt hat, dann wird es ihr nicht schwergefallen sein."

Mich fröstelte. Ich blickte auf meine nackten Füße in den schlichten Latschen des Motels. Ich war müde. Sehr müde. Ich dankte Sebastian für das Gespräch und versprach, mich an einem anderen Tag wieder zu melden. Zum Abschied sagte er: „Nach dem, was ich im Fernsehen gesehen habe und jetzt hier so mitbekomme, kann ich Yvonnes Entscheidung nur feiern: Ihre Tochter ist zu einer außergewöhnlichen Frau geworden."

Ach ja? Sie war vor allem zu einer außergewöhnlich verwirrten Frau geworden. Eine Verwirrung, die ihre Mutter ihr zumindest zum Teil hätte ersparen können. Als ich wieder in meinem Bett lag und auf den Ring starrte, fragte ich mich, wie mein Leben verlaufen wäre, wenn sie offene Worte über ihr eigenes Hadern mit den Männern gefunden hätte. Wenn sie mich kurz vor ihrem Tod nicht mit dem Ring nach Mordor geschickt hätte. Wenn ich nicht diese schon fast manische Fixierung auf die Suche nach dem perfekten Mann entwickelt hätte. Was für eine Frau wäre ich dann geworden?

Ich war ich. Ja, klar. Das hatten wir an diesem Tag etabliert. Aber wer war ich denn überhaupt? Ich hatte mich selbst um alles beraubt, was mich beeinflusst hatte. Im Guten wie im Schlechten. Was blieb nun übrig? Ex-Stewardess, 29, lebenslustig, humorvoll, einfühlsam? Oder vielleicht doch eher Telepathin, 29, verlogen, angsteinflößend, egoistisch? Nein, das war ich nicht. Dieser ganze Mist mit den Gedanken: Ich hatte ihn mir nicht ausgesucht. Ich hatte nicht darum gebeten. Natürlich hatte meine Fähigkeit mir die Augen geöffnet – über weit mehr, als ich jemals hätte erwarten können. Aber es war auch ein Fluch. Wenn dieser nicht den Rest meines Lebens beeinflussen sollte, wenn ich nicht zur ewigen Telepathin werden wollte, dann musste ich daran etwas ändern.

Als ich tief in der Nacht unter den tanzenden Lichtkegeln in dem Brandenburger Motel einschlief, hatte ich einen Plan gefasst. Einen Plan, den ich am nächsten Tag in die Tat umsetzen würde.

54

„Sind Sie sich da ganz sicher?“, fragte Frau Dr. Shafi.

Die Neurochirurgin der Hamburger Klinik war zwanzig Jahre älter als ich. Der Satz „Sie könnte meine Mutter sein“ passte allerdings nicht – und das nicht nur wegen der dunkleren Hautfarbe, dem wallenden, schwarzen Haar und den stechend schwarzen Augen. Nein, meine Mutter war niemals so selbstbewusst und präsent wie diese Frau gewesen. Britta hatte nicht unrecht gehabt, als sie vor einigen Wochen schwärmend von der Ärztin berichtet hatte.

Während ihrer Vorzimmerdame fast das Telefon aus der Hand gefallen war, als ich ihr Büro betrat, hatte Shafi mir keinen „Promibonus“ zugestanden und mich eine halbe Stunde warten lassen. Dafür hatte sie mich dann umso herzlicher empfangen und sich ganz in Ruhe meine Geschichte und vor allem meinen Wunsch angehört. Die offizielle Geschichte kannte sie natürlich, denn als Expertin auf dem Gebiet hatte sie alle Meldungen und auch die von Christian veröffentlichen Berichte interessiert verfolgt. Sie gehörte allerdings nicht zu dem Kreis der Ärzte, die er um eine Meinung gebeten hatte, auch wenn die beiden sich von Kongressen kannten. Mir fiel erst bei dem Gespräch darüber auf, dass zu Christians Expertenrunde nur Männer gehörten. Sie lachte über diese Feststellung lediglich. Ich war froh, dass sie kein Interesse hatte, zu der Runde dazuzugehören. Ich war ebenso froh, dass sie sich mit viel

Geduld und Verständnis die Geschichte hinter der Geschichte anhörte. Mein Hadern mit der Telepathie und der plötzlichen Berühmtheit. Mein Bruch mit Christian. Die Anamnese war bald zur Therapiestunde geworden.

„Ich bin sicher“, antwortete ich mit fester Stimme auf ihre Frage.

Es war keine wilde Entscheidung. Ich hatte die halbe Nacht darüber nachgedacht und dann auch noch die ganze Autofahrt bis nach Hamburg. Vor der Klink hatte ich noch einmal eine halbe Stunde in meinem treuen Smart gesessen – der mich mittlerweile Unsummen kostete. Aber das war es wert. Ich hatte die richtige Entscheidung getroffen, und ich war am richtigen Ort. Shafi dachte einen Moment nach, nickte dann und tippte auf ihre Tastatur, um auf dem Computer neben ihr etwas nachzuschauen.

„Wir werden Untersuchungen machen müssen – auch wenn schon viele Ergebnisse über sie öffentlich vorliegen, aber für eine Operation sind dann noch einmal andere Faktoren wichtig. Wenn aus medizinischer Sicht nichts dagegen spricht, könnte ich dann …“ – sie blickte auf den Bildschirm – „am Samstag den Tumor entfernen.“

Ein forschender Blick in meine Richtung. Wenn die Ärztin erwartet hatte, dass mir der schnelle Termin Angst machte, enttäuschte ich sie. Ich freute mich. Ich hatte mit einer weit längeren Wartezeit gerechnet, mit qualvollen Wochen des Versteckens in einem billigen Hotel auf der Reeperbahn. Die Aussicht, schon in zwei Tagen befreit zu sein, pushte mich.

„Es deutet zwar viel darauf hin“, ergänzte Shafi mit ernstem Blick. „Ich kann Ihnen aber nicht mit hundertprozentiger Gewissheit versichern, dass die Entfernung des Tumors auch Ihre telepathischen Fähigkeiten beendet.“

„Das ist mir bewusst. Aber ich bin optimistisch. Wissen Sie, ich bin ein sehr optimistischer Mensch.“

„Das ist gut."

„Und ich verliere ja nichts dabei. Außer einem Tumor. Wer braucht so einen schon?"

Ich grinste gelöst. Die Ärztin zum ersten Mal auch. Sie nickte einfach nur.

„Vielen Dank!", sagte ich aus der tiefsten Tiefe meines Herzens.

Sie winkte ab. Ich mochte ihren Pragmatismus immer mehr. Ich mochte es auch, dass ich ihre Gedanken nicht kannte. Ich wollte sie gar nicht kennen. Wäre ich doch von Anfang an zu ihr gegangen! Als Nächstes erklärte sie, dass sie zu einer Operation müsste, aber am Nachmittag mit ersten Untersuchungen beginnen würde, der Rest könnte dann am nächsten Tag folgen.

„Dafür bräuchten wir eine Handynummer von Ihnen."

„Mh, ich muss mir erst ein neues kaufen."

„Wo sind Sie denn untergebracht?", hakte Shafi nach.

„Auch das muss ich noch klären", antwortete ich verlegen.

„Sie wollen unerkannt bleiben, wenn ich das richtig verstanden habe?"

Ich nickte.

„Bleiben Sie bei uns. Ich besorge Ihnen unter anderem Namen ein Einzelzimmer. Das kostet zwar extra, aber …"

„Das ist mir egal."

Mit dem Tumor entfernte ich zwar auch meine Attraktivität für hoch bezahlte Fernsehauftritte, aber ich war mir sicher, dass ich schon irgendwie wieder Geld verdienen würde.

„Gut, Frau Remberg, dann kommen Sie mal mit."

Ich liebte es, mich in die Hände dieser Frau zu begeben. Ohne Gefühle, ohne Erwartungen, ohne Verpflichtungen. Sie war professionell und solidarisch. Mehr brauchte ich nicht. Mehr wollte ich nicht. Sie verdonnerte ihre Assistentin zum Stillschweigen über mich und organisierte mir dann tatsächlich ein Zimmer auf ihrer Station. Auch dort wurden die diensthabenden Krankenschwestern darauf gedrillt, den Mund zu halten. Das Zimmer war noch kleiner und aus logischen Gründen steriler als das Motelzimmer in Brandenburg, aber es kam mir vor wie das Paradies. Vor der Operation nicht einmal mehr das Krankenhaus verlassen zu müssen, war eine echte Erleichterung. Natürlich war ich auch hier wieder eingesperrt, aber ich konnte trotzdem freier atmen als in der vielfach geräumigeren und luxuriöseren Wohnung von Christian.

Ich richtete mich mit meinen spärlichen Sachen schön ein, genoss den Ausblick auf einen düsteren, engen Hinterhof, in dem die Klimaanlage des Krankenhauses vor sich hin brummte, und lauschte den Geräuschen vom Flur, den schlurfenden Patienten, den Rollen der Betten, den quietschenden Sohlen der Krankenschwestern. Manchmal brauchte es erstaunlich wenig, um mich glücklich zu machen. Abendfüllend war das allerdings nicht. Also schaltete ich schließlich den Fernseher an der Wand über dem Krankenhausbett ein. Ich musste es ja schon irgendwie wissen, falls Christian eine groß angelegte Suche über die Medien organisiert hatte. Auf einem Nachrichtenkanal fand ich bald einen Bericht über Christians Pressekonferenz vom Vortag, in dem mit keinem Wort erwähnt wurde, dass ich abgetaucht war. Christian behielt es also noch für sich.

An diesem Tag passierte nicht mehr viel. Es gab einige grundsätzliche Untersuchungen wie Blutabnahme, EKG, EEG und wie sie alle hießen – durchgeführt von Alicia, einer jungen Krankenschwester, die mehr oder weniger persönlich für mich abgestellt worden war. Sie war es auch, die mir am Abend mein Essen und Bücher brachte, mit denen ich mir die Zeit vertreiben konnte. Es waren romantische Liebesgeschichten. Ich musste lachen. Nach der kurzen letzten Nacht und dem Abfallen so mancher Anspannung schlief ich früh ein.

Am nächsten Tag kümmerte sich Dr. Shafi persönlich um mich. Es gab weitere Untersuchungen und Vorbereitungen auf die Operation, auch eine Anästhesistin wurde hinzugezogen. Schließlich saß ich am Nachmittag wieder im Büro meiner Ärztin, die sich alle Ergebnisse anschaute. Mehrfach runzelte sie die Stirn, weswegen ich schon Sorge hatte, dass meine Geschichte noch einmal eine Wendung nehmen würde. Doch schließlich sagte sie: „Aus medizinischer Sicht steht der OP nichts im Weg."

„Aber?", fragte ich nach.

„Kein Aber. Es sei denn, Sie haben noch eins."

Ich schüttelte den Kopf.

„Sie scheinen mir nicht ganz zufrieden mit meinen Ergebnissen zu sein", hakte ich nach und deutete auf meine Akte vor ihr.

„Das liegt daran, dass ich … mh … nennen wir ihn mal meinen bisher zuständigen Kollegen nicht ganz verstehe."

„Ach ja?", fragte ich verunsichert.

„Warum hat Professor Schwarz nie eine Biopsie gemacht? Das wäre das Erste, was bei solch einem Meningeom passieren sollte."

Eine Frage, die ich lange verdrängt hatte. Die Christian mit souveränen Antworten in seinen Gedanken verdrängt hatte.

„Ich glaube, er wollte nicht riskieren, dass meine Fähigkeit litt."

„Mag sein, ist aber aus medizinischer Sicht bedenklich."

Ich zuckte unglücklich mit den Schultern. Mittlerweile war ich mir sicher, dass auch er Hintergedanken gehabt hatte, an die ich nicht herangekommen war. Was nützte die Telepathie also? Am Ende musste man die Taten von Menschen bewerten.

„Hat er mein Leben riskiert?"

„Nein, der Tumor wächst sehr langsam. Es war noch viel Zeit, bis es zu Auswirkungen hätte kommen können. Aber der Tumor wächst. Eine Operation wäre früher oder später auf jeden Fall die richtige Therapie."

„Dann besser früher."

Genau gesagt am nächsten Morgen um neun Uhr. Es ging mir gut, als ich in den Operationssaal gefahren wurde. Unausgeschlafen, hungrig, ungeschminkt und nur mit einem entwürdigen Leibchen gekleidet. Störte mich nicht. Ohne Haare. Auch das störte mich erstaunlicherweise nicht. Natürlich hatte es einen Stich im Herzen gegeben, als Krankenschwester Alicia mit dem Rasiergerät erschienen war. Ich hatte auf einen Spiegel verzichtet, aber die vielen Haare auf dem Boden und die Kälte auf meinem Kopf hatten mich ordentlich schlucken lassen. Doch ich hatte es selbst so gewollt. Man hätte auch nur einen kleineren Streifen entfernen können – an der Stelle, wo der Tumor entfernt werden würde. Doch das sah mitten auf dem Kopf beknackt aus. Viele Frauen gingen nach einer Trennung zum Frisur, das hier war die radikale Variante. So radikal wie alles an diesem Tag.

Abgesehen davon gab die Rasur mir die Hoffnung, dass man mich nach der Operation nicht sofort überall erkennen würde. Nach wie vor gab es in den Medien keine Berichte über mein Verschwinden – auch wenn überall von der Telepathin berichtet wurde. Ich hatte in der Zeit in meinem Krankenzimmer viel über meine Zukunft nachgedacht. Es würde ein kompletter Neuanfang sein müssen. Abseits von Berlin, eventuell im Ausland. Irgendwo kellnern, Fuß fassen, zu mir selbst finden. Ich sein.

Nicht nur wegen der Beruhigungsmittel ging es mir gut dort auf dem Tisch in der Mitte des Operationssaals, wo ich an zahllose Maschinen angeschlossen wurde, während mir das Licht von oben ins Gesicht schien. Gutes Licht. Es machte mir dieses Mal keine Kopfschmerzen. Ich hatte überhaupt erstaunlich lange keine Kopfschmerzen gehabt. Was auch daran lag, dass ich mehr als zwei Tage keinen einzigen Mann berührt hatte. Christians Gedanken waren die letzten, die ich gelesen hatte. Ich hoffte, dass sie das für immer bleiben würden.

Natürlich hatte ich Angst vor der Operation. Mein Kopf wurde aufgebohrt. Diese Vorstellung ging nicht spurlos an mir vorüber. Aber ich vertraute auf die Menschen, die um den Operationstisch herumstanden. Die Assistenzärztinnen, die Anästhesistin, meine Ärztin. So wie ich früher auf die Piloten vertraut hatte, dass sie uns schon sicher an unser Ziel bringen würden. Frau Dr. Shanti würde mich auch an mein Ziel bringen. In mein neues Leben. Ihr Lächeln war das Letzte, was ich sah, bevor die Narkosemittel ihre Wirkung entfalteten.

„Schön", dachte ich noch, bevor ich in einen tiefen Schlaf fiel.

55

„Mit Turban ist sie richtig sexy. Wenn man erst einmal die Glatze sieht … stehe ich ja drauf."

Ich träumte von Anka. Von ihrer rauchigen Stimme. Von ihren anzüglichen Bemerkungen.

„Sie sieht so zart aus."

Ich träumte auch von Fritz. In meinen Träumen klang er erstaunlich weich. Natürlich: Es war ein Traum.

„Ist der Verband so richtig? Wieso sieht man da so viel Blut?"

Ich träumte sogar von Britta, die natürlich etwas zu meckern hatte.

„Nicht, dass die gepfuscht haben."

„Nein", widersprach Fritz ihr in meinem Traum. „Shafi ist eine der besten Ärztinnen auf dem Gebiet."

„Ich weiß, aber … Rosa soll es einfach nur gutgehen."

Brittas Stimme knickte kurz ein. Sie machte sich Sorgen um mich.

„Sie soll aufwachen und die Alte sein."

Ich spürte eine Hand auf meinem Arm. Ich wusste, dass es Brittas Hand war, obwohl ich sie nicht sah. Es fühlte sich verdammt echt für einen Traum an. Letztlich wunderte mich auch, dass ich in meinem Traum nur Stimmen hörte, aber keine Bilder sah. War das schon eine Folge der Operation? Operierten die mir gerade aus Versehen mein Traumzentrum heraus? Ich spürte als Nächstes Brittas Hand auf meiner Wange. Sie streichelte mich. Auch das fühlte sich so echt an, dass ich mich fragte, ob ich nicht einfach meine Augen öffnen konnte, um zu sehen …

„Wah, hast du mich erschreckt!"

Ich starrte direkt in das Gesicht von Britta, deren Kopf sich über meinem befand.

„Bist du da, Rosa? Kannst du mich hören?"

Ich wandte den Kopf zur Seite. Es fühlte sich an, als ob sich ein riesiges Stück Zuckerwatte in meinem Hirn befand. Aber ich konnte vergleichsweise gut sehen und alles andere funktionierte auch. Trotzdem machte es keinen Sinn: Wieso standen da Britta, Anka und Fritz in dem Behandlungsraum des Hamburger Krankenhauses und starrten mich an?

„Sie kann nicht reden. Oder hören? Oder erkennt sie uns nicht? Rosa?"

Britta klang immer aufgeregter.

„Was macht ihr hier?", hörte ich meine krächzende Stimme.

„Oh Gott, ihr geht es gut!"

Britta schossen die Tränen in die Augen, dann nahm sie mich in den Arm – so gut das bei all den Kabeln ging, die mich mit diversen Maschinen um uns herum verbanden.

„Was macht ihr hier?", fragte ich noch einmal.

„Meinst du, wir lassen dich den ganzen Spaß ohne uns haben?", entgegnete Anka mit belegter Stimme. „Loch im Kopf und so. Das wollen wir doch sehen."

Sie war näher gekommen und nahm meine Hand.

„Wie geht es dir?", fragte sie ernster.

„Gut", sagte ich und fühlte in mich hinein

Ja, doch, es ging mir gut. Als Britta mich losließ, konnte ich mich sogar ein wenig aufrichten. Ich erwartete einen Mörderbrummschädel wie nach einer durchzechten Nacht, aber es passierte nichts Derartiges. Es gab einen latenten

Kopfschmerz, mir war übel, und natürlich fühlte ich mich benommen von den Schmerzmitteln. Aber das war verkraftbar und vor allem unwichtig.

„Wie habt ihr mich gefunden?", fragte ich Anka.

„Wie wohl, mit dem besten investigativen Journalisten unter uns?"

Sie blickte zu Fritz. Ich folgte ihrem Blick. Er lächelte mich warm an. Er hatte mich gesucht und gefunden. Sie hatten nach der Operation alle zusammen an meinem Bett gewartet. Nach der Operation. Mir schoss ein Gedanke in den Kopf, der meinen Herzschlag noch einmal beschleunigte.

„Darf ich dich anfassen?", fragte ich Fritz.

„Äh, okay."

Er trat einen Schritt vor. Ich ergriff seine Hand. Ich konzentrierte mich, blickte ihm in die Augen. Abgesehen davon, dass die Hand sich wunderschön warm anfühlte und ich spürte, wie sehr ich den Blick in seine Augen vermisst hatte, geschah nichts.

„Denk mal was", sagte ich.

„Ich denke die ganze Zeit."

Ich packte seinen Arm mit meiner anderen Hand. Ich lauschte, fühlte. Ich zog ihn zu mir. Ich drückte ihn an mich – Britta musste die Kabel davor bewahren, aus den Maschinen gerissen zu werden. Ich legte meine Stirn an Fritz' Stirn, packte mit meinen Händen seine Wangen. Ich presste mich an ihn. Es passierte nichts. Gar nichts. Wir blickten uns direkt in die Augen.

„Und?", fragte er. „Was denke ich?"

„Du denkst: Was für eine bescheuerte Kuh. Was ich von der alles ertragen musste und jetzt belästigt sie mich auch noch unsittlich."

Er grinste.

„Du kannst ja gar nicht Gedanken lesen", antwortete er.

„Nein, das kann ich nicht."

Eine Träne lief meine Wange hinab. Fritz wischte sie mit seinen Fingern weg, als er sich sanft von mir löste.

„Es ist vorbei", hauchte ich. „Es ist endlich vorbei."

Jetzt flossen die Tränen. Fritz nahm mich in den Arm. Auch Britta drückte sich an mich und Anka hielt meine Hand. Ich hatte meine nicht mehr so geheime Superkraft verloren, aber meine wahre Superkraft war mir trotz meiner Fehler erhalten geblieben: meine Freunde.

56

Eigentlich war es gar nicht so schwer gewesen, mich zu finden. Zumindest für Fritz nicht. Es brauchte dazu nur den Anruf von Christian, der verzweifelt nach mir suchte. Und den Hinweis von Britta, dass sie mit mir früher einmal über die Neurochirurgin Shafi geredet hatte. Meine Sehnsucht, die Telepathie loszuwerden, hatte Fritz sich von alleine zusammengereimt.

Als er sich bei Shafi gemeldet und vorgestellt hatte, war sie hörbar erleichtert gewesen, sodass sie nicht lange hatte lügen können. Sie wiederum hatte sich nach meinen Erzählungen zusammengereimt, dass Fritz eine der wenigen positiven Größen in meinem Leben war und deswegen auch ihr Schweigegelübde gebrochen. Deswegen und weil sie nicht wollte, dass ich nach der Operation alleine war. Das alles berichtete sie mir bei ihrer Visite nach meinem Erwachen. Auch aus ihrer Sicht war die Operation gelungen. Der Tumor war vollständig und ohne Komplikationen entfernt worden. Sie lobte mich sogar für meine „gute Reaktion" – sie meinte, dass meine Körperfunktionen alle noch vorhanden waren, was keine Selbstverständlichkeit nach einer Hirn-OP darstellte. Dass ich die eine besondere Funktion gänzlich verloren hatte, freute sie genau wie mich. Natürlich war der Spaß noch nicht gänzlich vorbei: Ich würde noch für eine Weile Schmerzen haben, musste einen Tag auf der Intensivstation verbringen und mit der Narbe vorsichtig sein, wenn ich nicht mit einem Loch im Kopf herumlaufen wollte. Aber Shafi war zuversichtlich, dass alles gut werden würde.

Sie bat meine Freunde, mich nicht allzu sehr zu beanspruchen an diesem Tag, was nicht so einfach war. Denn nach der langen Zeit in Klausur hatte ich ein unstillbares Bedürfnis, mit den dreien zu reden. Sie war fast so groß wie mein Hunger. Nachdem Shafi uns alleine gelassen hatte, saß ich an Tropf und Kabel gefesselt aufrecht im Bett und verputzte den Krankenhausbrei – von dem ich nicht einmal sagen konnte, was sich darin befand – während ich die drei mit Entschuldigungen überhäufte und mit Fragen löcherte. Die erste ging an Britta. Es war eine quälende Frage, die ich vorsichtig stellte: „Wo ist Stefan?"

„Der ist zu Hause und passt auf die Kinder auf."

„Wirklich?"

„Klar, es ist Samstag. Mein freier Tag."

Sie grinste.

„Jetzt mal im Ernst. Trennt ihr euch nicht?"

„Das ist nicht so einfach", antwortete sie ernster. „Im Moment schläft er auf der Couch. Und …" Sie lachte bitter. „Wir können uns eine Trennung überhaupt nicht leisten. Mal abgesehen davon, dass er bei uns in der Nähe so schnell keine Wohnung findet. Wir haben ja auch noch Kinder …"

Sie winkte ab.

„Könnt ihr es denn nicht noch einmal … versuchen?"

Britta blieb lange stumm. Ich ahnte, dass sie nur so gefasst blieb, weil mir wenige Stunden zuvor der Schädel geöffnet worden war.

„Weißt du, ich hätte vielleicht sogar drüber hinwegsehen können", erklärte sie. „Wenn es mit Ann-Kathrin passiert wäre oder wem auch immer. Aber meine beste Freundin? In Sachen Vertrauen ist das der Gau."

„Es tut mir so leid."

„Rosa, ich weiß, dass es nur von ihm ausging", fügte sie schnell an. „Er ist auf jeden Fall ehrlich … seitdem. Du hast nichts falsch gemacht."

„Ich hätte es dir früher sagen sollen."

„Darüber reden wir ein anderes Mal."

Aber sie grinste längst. Sie war mir nicht mehr böse. Ich pikste sie fast mit meiner Gabel ins Gesicht, als ich sie erneut umarmte. Sie musste lachen.

Auch Anka hatte mir längst vergeben, beziehungsweise sie hatte nicht einmal das Gefühl gehabt, dass wir überhaupt zerstritten waren. Sie erwähnte meinen Kussversuch mit keiner Silbe, sondern freute sich darauf, dass ich bald nach Hause kam – auch wenn sie wusste, dass dann nicht weniger Reporter im Treppenhaus herumlungern würden.

„Das wird weniger werden", versicherte ich. „Ich bin nicht mehr so interessant. Viele werden eh glauben, dass alles nur eine Show war."

Ich schaute zu Fritz, der dazu nickte.

„Christian hat nach wie vor nicht bekanntgegeben, dass du verschwunden bist", antwortete er auf eine nicht gestellte Frage. „Nicht ohne dein Einverständnis. Aber ich habe ihm versprochen, dass ich mich melde, wenn ich mehr über dich weiß. Das habe ich noch nicht getan."

Ich war noch nicht soweit, dass ich wieder mit Christian reden wollte. Dazu fühlte ich mich zu erschöpft und unsicher. Dennoch schrieb ich ihm mit Fritz' Handy eine Nachricht. Eine Nachricht, in der ich ihm für alles dankte und mich für meine Sprunghaftigkeit entschuldigte. Eine Nachricht, in der ich aber auch deutlich machte, dass ich mein Leben ohne ihn sah. Ich erklärte ihm, dass der Tumor raus und meine Fähigkeiten verschwunden seien und dass ich mich bald melden würde, wenn wir wussten, wie wir damit öffentlich umgehen würden. „Wir" hieß in dem Fall Fritz und ich.

Christians Antwort: „Ich bin enttäuscht. Natürlich. Aber Hauptsache, dir geht es gut. Ich wollte nie etwas anderes. Freue mich, wenn du dich meldest."

In den Stunden nach meiner Operation kam ich also mit allen wichtigen Menschen in meinem Leben mehr oder weniger ins Reine. Einzig was Fritz anging, blieb ich unsicher. Er war da. Er war mir zugewandt. Aber ich wusste nicht, was er wirklich dachte. So sehr ich das auf der einen Seite genoss – denn so und nicht anders sollte es zwischen Frauen und Männern sein – so sehr hinterließ es mich auch unruhig. Ich konnte das nicht so stehen lassen.

Als ich nach dem Essen ein wenig geschlafen hatte, ergab sich eine Gelegenheit. Die Frauen waren losgegangen, um mir ein paar Leckereien zu besorgen, nach denen ich mich sehnte, während Fritz an meinem Bett ausgeharrt hatte. Er schaute mir direkt ins Gesicht, als ich meine Augen zum zweiten Mal an diesem Tag öffnete.

„Warum guckst du mich so an?", fragte ich, noch halb schlafend.

„Ich gucke einfach", antwortete er.

Ich rappelte mich auf, musterte ihn einen Moment und blieb am Ball.

„Weißt du, was mich bei dir immer verrückt gemacht hat, wenn ich deine Gedanken gelesen habe?"

Er sagte nichts, wartete darauf, dass ich weiterredete.

„Du hast immer alles ausgesprochen, was du gedacht hast."

Er lachte.

„Das macht sonst niemand. Das ist so irre."

„Schlecht irre?", fragte er vorsichtig.

„Sehr gut irre. Das Problem ist nur, dass du es jetzt nicht mehr machst. Du sagst nicht mehr, was du denkst. Habe ich das kaputt gemacht?"

„Ein bisschen, ja."

Das tat weh.
„Da war es wieder“, sagte ich trotzdem.
Er lächelte, aber es wirkte nach wie vor gehemmt. Ich langte nach seiner Hand. Er gab sie mir, ohne zu zögern. Aus Gewohnheit lauschte ich nach seinen Gedanken, aber es kamen keine. Ich musste sie mir auf herkömmlichen Weg erarbeiten, auch wenn mein Herz dabei flatterte.
„Ich möchte, dass du wieder alles aussprichst. Auch wenn es anmaßend, anzüglich oder sogar ... verletzend ist.“
„Was willst du wissen?“, fragte er mit unbeweglicher Miene.
„Wie du wirklich über das denkst, was in der Redaktion passiert ist.“
„Es darf auch wehtun?“, fragte er.
Ich schluckte, aber ich nickte.
„Letztlich bin ich dir dankbar dafür“, sagte er. „Ich – und auch Anka – mussten dadurch Stellung beziehen. Auch wenn sie immer so cool tut, ihr hat es wehgetan. Sie hat Angst bekommen. Angst, mich zu verlieren. Und ich ... ich mag dich wahnsinnig gerne, Rosa. Aber mein Herz gehört Anka. Mindestens genauso sehr wie mein Schwanz.“
Kein Mensch in der Welt konnte mich verletzen, amüsieren und glücklich machen – alles auf einmal. Nur Fritz schaffte das. Ich ließ das Glück den Kampf der Gefühle gewinnen. Denn es freute mich wirklich für die beiden.
„Ihr seid keine Fuck-Buddys mehr?“
Fritz schüttelte den Kopf.
„Wir haben eine Beziehung.“
„Das ist perfekt“, sagte ich und spürte die Tränen. „Es freut mich wirklich. So soll es sein. So und nicht anders.“
„Aber das ändert nichts an unserer Freundschaft“, fragte er mehr, als dass er es feststellte – mit Sorge in der Stimme.
„Natürlich nicht. Ihr seid die wichtigsten Menschen in meinem Leben. Und wenn du mir verzeihst, dass ich dir

nicht die Wahrheit gesagt habe, dann … dann bedeutet mir das die Welt."

Er nickte. Dann drückte er meine Hand und war mir verbunden, wie nur er das sein konnte.

„Und für dich finden wir auch noch einen Kerl", sagte er schließlich.

„Damit ich endlich mal wieder Sex habe?", fragte ich amüsiert.

„Nee …"

„Wieso? Jetzt mal ehrlich. Mein Schädel wurde gerade erst verschlossen. Es war noch nie so leicht, mir das Gehirn rauszuvögeln."

Er lachte befreit.

„Du bist eine von uns."

„Nein, ich stehe noch unter Medikamenten."

Er grinste. Doch er wurde gleich wieder ernster.

„Ich meinte keinen Fuck-Buddy, sondern den Mann fürs Leben. Den Einen."

Ich lächelte Fritz an und freute mich, dass ich das Folgende aus der Tiefe meines Herzens sagen konnte: „Es gibt Wichtigeres."

57

Zwei Monate später rappelte morgens um vier Uhr in meiner Schöneberger Wohnung der Wecker. Ich war sofort hellwach. Nachdem ich in kürzester Zeit meine kesse Kurzhaarfrisur in Form gebracht und nur das nötigste Make-Up aufgetragen hatte – was immer noch eine halbe Stunde dauerte –, machte ich mich auf den Weg zur Arbeit. Nein, nicht zum Schönefelder Flughafen, zu gar keinem Flughafen, ich fuhr mit dem von Anka geliehenen Wagen durch das sommerliche und noch schlafende Berlin nach Mitte zu meinem neuen Arbeitgeber.

Um exakt sechs Uhr sprach ich meine ersten Worte ins Mikrofon. Kein Handset, sondern ein richtiges, professionelles Mikrofon in einem schalldichten Studio. Das Studio gehörte einem privaten Berliner Radiosender, für den ich ab diesem Tag die Morgensendung zusammen mit einer Veteranin der frühen Unterhaltung moderierte. Ich war die neue Stimme des Senders, und ich hätte nicht glücklicher mit meinem Job sein können. Die gesamten drei Stunden über hörte man ein Grinsen in meiner Stimme – das sagten alle.

Konkret sagten sie das am Abend, als ich mit meinen besten Freunden und neuen Kolleginnen meinen Einstand feierte. In einem coolen, aber nicht so teuren asiatischen Restaurant in Kreuzberg. Ich hatte es ausgesucht. Ich hatte eingeladen.

Ich hatte mir auch meinen neuen Job gesucht. Ganz alleine. Kein Mann hatte mir dazu geraten, keiner hatte mich dort untergebracht. Nach meiner Rückkehr aus Hamburg hatte ich mir überlegt, was ich am allerliebsten aus meinem Leben machen würde, und dann hatte ich mich bei Fernseh- und Radiosendern beworben. Natürlich hatte ich einen enormen Vorteil gehabt: Ich war berühmt und schon alleine deswegen interessant. Aber an den Absagen von fünf anderen Fernseh- und Radiosendern konnte ich sehen, dass der entfernte Tumor tatsächlich die Theorie untermauerte, dass ich nur eine Scharlatanin war. Meiner neuen Chefin Beatrix waren alle Gerüchte und Spekulationen egal gewesen. Sie hatte meine Persönlichkeit interessiert, meine Qualitäten. Sie hatte mich im Fernsehen reden hören, und sie wusste, was ich bei der Notlandung vollbracht hatte – zwei Passagiere waren danach von ihrem Sender interviewt worden. Und ja, sie war eine Frau, so wie viele andere Leute in diesem Sender. Frauen, die zusammenhielten.

Beatrix saß am Abend nach meiner Premiere neben mir am Tisch und schwärmte von dem positiven Feedback seitens der Hörerinnen und auch Hörer. Die Sendung der „Telepathin“ hatte zudem ein enormes Medienecho erhalten, sodass sie rundum enthusiastisch war. Sie prophezeite eine große Zukunft für mich, aber ich war ehrlich gesagt vollauf zufrieden damit, diese Sendung regelmäßig moderieren zu dürfen. Mehr Glück in meinem Berufsleben konnte ich mir gar nicht vorstellen.

Zumal mir mein Privatleben eindeutig wichtiger war. Es saß mit mir am Tisch und mampfte Sushi oder Wan Tan. Britta natürlich, aber auch Stefan. Sie hatten mittlerweile eine feste Kinderbetreuerin für Emil und Lina – für deren Bezahlung mehr oder weniger das gesamte Geld draufging, das Britta mit ersten freien Jobs als Beraterin verdiente, aber das war es ihnen wert. Dafür hatte Britta ihren Schreibtisch ins Wohnzimmer geschoben, denn in ihrem „Arbeitszimmer" wohnte nun Stefan. Sie waren noch getrennt, als „gute Freunde" bei meinem Abendessen. Aber Britta hatte schon zugeben müssen, dass sie vor einigen Tagen ebenfalls im „Arbeitszimmer" geschlafen hatte. Mit Stefan. Sie nannte es einen Anfall von Einsamkeit. Ich nannte es Hoffnung.

Neben den beiden saßen Anka und Fritz. Er übernachtete längst regelmäßig bei ihr. Exklusiv. Verliebt. Sie waren die besten Nachbarn der Welt. Ich fühlte mich so wohl, wenn wir zusammen auf der berühmten Ledercouch saßen und einen Film guckten. Dabei löffelten wir Eis, und ich musste mir ihre versauten Sprüche anhören. Ich liebte Fritz, jetzt erst recht. Als Freund. Als verdammt guten Freund. Alles andere war nicht mehr wichtig. Außerdem gab es ja noch Max. Auch ihn hatte ich zu diesem Abend eingeladen. Er war überrascht gewesen, da er lange nichts von mir gehört hatte. Aber er war brav gekommen und passte als junger, hübscher Kerl gut in unsere Runde. Alle meine Freunde ahnten natürlich, warum ich ihn eingeladen hatte. Er selbst wahrscheinlich auch. Es war mir egal.

Ebenfalls bei uns war meine frühere Kollegin Isabel. Sie arbeitete nach wie vor für German Air, nachdem sie eine große Entschädigung für das ihr angetane Leid erhalten hatte. Natürlich ohne Anerkennung einer rechtlichen Schuld seitens des Konzerns. Doch das war uns allen letztlich gar nicht so wichtig gewesen. Wichtiger war: Henk und Gregor hatten die Airline verlassen müssen, genau wie der CEO Axel Grewe. Seine Nachfolgerin hieß Renate Fischer, was zumindest auf dem Papier nach der richtigen Richtung aussah: Nämlich Frauen im Unternehmen zu stärken. Alle betroffenen Frauen und auch die nicht-betroffenen einte eine Haltung dazu: Wir schauen mal.

Nicht bei uns am Tisch war Christian. Ich hatte ihn nicht eingeladen, aber er wäre sicher auch nicht gekommen. In den letzten Wochen hatte er sich in den Kampf verbissen, der Öffentlichkeit zu beweisen, dass ich tatsächlich hatte Gedanken lesen können. Er tingelte nach wie vor durch Talk-Shows und schrieb nun an seinem eigenen Buch über die Ereignisse rund um die Telepathin. Ich hatte ihm viel Glück dabei gewünscht, aber jegliche Mitarbeit verweigert. Für mich war das Thema durch. Das Thema Telepathie, aber auch das Thema Christian. Seine stillen und manchmal auch nicht stillen Vorwürfe brachten mir zu viel negative Energie in mein Leben. Es schmerzte mich, dass ich der Auslöser für diese Wende in seinem Leben war, aber ich sah nicht ein, dass ich an allem die Schuld tragen sollte, was passiert war. Die Zeiten waren vorbei.

Ich nestelte an meinem Finger, dort wo mich viele Jahre Mamas Ring begleitet hatte. Ich hatte ihn für die Operation abgelegt und danach nie wieder zurück an den Finger gesteckt. Ich konnte noch eine leichte Unebenheit in meiner Haut fühlen. Während ich den Finger abtastete, fiel mein Blick auf den Nachbartisch. Dort saß ein Pärchen, Kreuzberger mit hippen Klamotten. Die Frau mit den dunklen Locken konnte nicht viel jünger sein als ich. Ihn sah ich nur von hinten, aber er musste auch um die Dreißig sein. Im Grunde war es ein ganz normales Paar, doch bei all der guten Laune an unserem Tisch war die eisige Stille nebenan fast greifbar. Die Frau starrte auf ihr Sushi, nickte ab und zu in seine Richtung, wenn er etwas sagte. Als der Kellner ein weiteres Glas Wein brachte, blickte sie auf. Ich sah den nur mangelhaft überschminkten blauen Fleck neben ihrem rechten Auge. Ein frischer blauer Fleck.

Der Anblick löste so viele verschiedene Gefühle in mir aus, dass ich die wild durcheinander plappernde Gruppe um mich herum vollends vergaß. In Erinnerungen an den

Abend mit Henk versank ich nur kurz, denn es gab einen entscheidenden Unterschied zu damals: Dieser Frau ging es nicht halb so gut, wie es mir damals gegangen war – bevor ich Henks wahres Gesicht erkannt hatte. So konnte ich dann gar nicht anders, als der Frau etwas später auf die Damentoilette zu folgen – mit einer kurzen gedanklichen Entschuldigung an meine Schutzpatronin damals im Facil.

Meinem eigenen Schützling musste ich allerdings nicht vor der Klotüre auflauern. Sie stand starr vor ihrem Spiegelbild und kämpfte mit den Tränen. Als sie mich kommen hörte, holte sie schnell ihre Schminke aus der Handtasche und gab sich beschäftigt. Beschäftigt mit der Wunde. Ich stellte mich zu ihr und lächelte sie über das Spiegelbild an. Sie war überrascht, aber erwiderte das Lächeln freundlich. Während ich selbst meinen Lippenstift nachzog, fragte ich sie: „Alles okay mit dir?“

„Klar“, kam es sofort zurück.

Ich schaute sie einfach nur abwartend an.

„Deswegen meinst du?“, fragte sie nach und deutete auf die Wunde. „Sieht schlimmer aus als es ist. Bin zu Hause vor eine Schranktür gelaufen.“

Ich musste lachen. Es klang mit Sicherheit ungläubig. Aber ich konnte nicht anders.

„Wirklich“, insistierte sie verunsichert.

„Sorry“, sagte ich schnell und so zugewandt wie möglich. „Ich glaub’ dir das. Klar. Ich musste nur lachen, weil mir exakt dasselbe vor ein paar Monaten passiert ist. Ich war in meinen Schlafzimmerschrank gerannt und in einem Restaurant dachte so eine überengagierte Frau, dass mein Mann mich schlagen würde.“

„Timo schlägt mich nicht“, kam es wie aus der Pistole geschossen.

„Das sage ich doch gar nicht“, antwortete ich.

Sie blickte mich nicht mehr an, sondern beschäftigte sich

noch intensiver mit ihrer Wunde. Ich wartete einen Moment, ergänzte dann: „Passiert allerdings öfter, als man denkt. Wirklich. Ich habe in der letzten Zeit Sachen mit Männern erlebt – das hätte ich früher nie gedacht."

„Mag sein. Aber es sind nicht alle Männer so."

Dieses Mal konnte ich mir das Lachen verkneifen. Es fiel mir gar nicht schwer, denn es war nicht nur absurd, dass sie einen meiner Lieblingssätze brachte, sondern es schmerzte auch. Es schmerzte, weil ich dieses Mal sofort wusste, was die Antwort auf diesen Satz war.

„Darum geht's doch gar nicht", sagte ich. „Es geht darum, dass immer wieder Männer Frauen scheiße behandeln. Regelmäßig und manchmal sogar systematisch. Und es geht darum, dass wir uns das nicht gefallen lassen. Dass wir … du und ich … andere Frauen … und die Männer, die nicht so sind … etwas dagegen unternehmen."

Die Frau runzelte die Stirn. Erst sagte sie nichts. Ich schaute noch einmal auf ihre Wunde, die sie etwas besser kaschiert hatte.

„Und was willst du jetzt von mir?", fragte sie gereizt, als ich meinen Blick nicht von ihr nahm.

Ich wurde unsicher. Vielleicht irrte ich mich ja wirklich. Angesichts meiner eigenen Erfahrungen war es nicht schwer, sich das vorzustellen.

„Nichts", sagte ich und blickte auf meine perfekt nachgezogenen Lippen.

Dann nahm ich ein Papierhandtuch aus dem neben mir an der Wand hängenden Automaten und schrieb mit Lippenstift meine Handynummer darauf. Meine neue Handynummer, die bisher niemand kannte, der nicht im selben Restaurant saß.

„Aber falls du mal quatschen willst oder einfach mal … irgendwo weg musst für einen Abend oder eine Nacht … Ruf mich jederzeit an."

Ich legte das Stück Papier zwischen uns auf die Ablage.

„Wieso sollte ich …"

„Wenn du sie nicht willst, schmeiß sie einfach weg", unterbrach ich sie. „Ich muss jetzt zurück zu meinen Freunden. Mach's gut."

Ich wollte sie nicht in die Situation kommen lassen, reagieren zu müssen. Also eilte ich aus der Damentoilette, ohne mich noch einmal umzuschauen. Ob sie das Papier nahm, sah ich nicht. Auch als sie eine Weile später zurück zu ihrem Tisch kam und Blicke in meine Richtung vermied, wusste ich nicht, ob ich bereits zu übergriffig gewesen war. Aber natürlich insistierte ich nicht auf meinen Verdacht – so etwas sollte man echt nicht tun – und wurde auch gleich wieder von meinen Freunden in Beschlag genommen. So sehr, dass ich zu spät mitbekam, wie das Pärchen das Restaurant verließ. Ich sah die beiden nur noch von hinten an der Tür. Seine Hand auf ihrem Rücken. Dann waren sie weg.

Der gute Wein und ein kleiner Flirt mit Max ließen mich das Paar bald vergessen. Wir aßen und tranken eine Menge an dem Abend. Ich lehnte alle Angebote meiner Freunde ab, sich an den Kosten zu beteiligen. Es war das erste Mal in meinem Leben, dass ich solch eine teure Restaurantrechnung selbst bezahlte. Ich tat es mit Stolz. Nach und nach verabschiedeten sich alle mit herzlichen Umarmungen und Verabredungen für das kommende Wochenende, sodass nur noch Max am Tisch saß, als ich vom Bezahlen an der Theke zurückkam.

„Na du", sagte ich zu ihm.

„Na."

„Ich bin dir noch etwas schuldig."

Er lachte, nickte dann aber.

„Streng genommen ich dir auch."

Ich setzte mich übermütig auf seinen Schoß und küsste ihn. Es wurde sofort heiß. Mir, ihm, im Restaurant.

„Du weißt genau, was du willst?“, fragte er beeindruckt.

„Schon immer. Aber zum ersten Mal in meinem Leben erscheint es auch realistisch.“

„Was die heutige Nacht angeht, auf jeden Fall.“

Wir küssten uns noch einmal und blickten uns an.

„Lass uns zu mir gehen“, entschied ich.

Er nickte und wir standen auf. Uns an den Händen haltend gingen wir zum Ausgang. Als Max auf der Straße nach einem Taxi Ausschau hielt, klingelte mein Handy. Ich zog es heraus. Das Display meldete einen unbekannten Anrufer. Es gab nur eine Person, die meine Nummer hatte und nicht in meinem Adressbuch stand. Max sah es.

„Ist sie das?“, fragte er.

Ich hatte ihm von meiner Begegnung auf der Damentoilette berichtet. Ich nickte.

„Ja, das ist sie. … Schlimm, wenn wir unsere Nacht noch einmal verschieben?“

„Wenn wir sie nur verschieben“, antwortete er cool, „kann ich damit leben.“

Max war ein Guter. Ich nickte. Spätestens nach seiner entspannten Reaktion konnte ich mir mehr als eine Nacht mit ihm vorstellen. Vielleicht … Ja, warum auch nicht? Er konnte doch mein Fuck-Buddy werden. Erfreut über diese Idee gab ich ihm einen Kuss. Dann ging ich an mein Handy.

Ebenfalls von Vanessa Mansini

MEIN BAD BOSS UND ICH (UND PHILIPP)

Sarah liebt Romane mit Bad Boys und kann ihr Glück kaum fassen, als ein wahres Prachtexemplar dieser Gattung ihr neuer Chef wird. Sexy, reich, dominant und mit einem düsteren Blick, der Sarah schier den Atem raubt und sie nur noch an eines denken lässt: Sie muss diesen leibhaftig gewordenen Mr. Grey unbedingt haben. Die Frage ist nur wie – denn auf die Lippe beißen allein kann's ja nicht sein. Vor allem dann nicht, wenn der Bad Boss sie für ein Mauerblümchen hält

Also nichts wie ab auf eine Fetischparty, um ihm zu beweisen, dass er sich irrt. Dort begegnet ihr der Jungautor Phillip, der einen BDSM-Roman schreiben muss, obwohl er eigentlich der Meinung ist, dass nur Polizisten Handschellen benutzen sollten. Mit einem Trick bringt er Sarah dazu, ihn bei der Recherche zu unterstützen, während er ihr im Gegenzug bei der Eroberung ihres Chefs hilft. Mehr als einmal geraten die beiden in peinliche Situationen, und Phillip sollte eigentlich Reißaus nehmen, aber er ist bereits viel zu fasziniert von der Frau mit der Schwäche für böse Jungs …

MEIN HIGHLANDER UND ICH (UND PHILIPP)

Als die Studentin Sarah einen Cupcakeladen in den schottischen Highlands erbt – samt sexy Highlander –, sieht sie ein Leben inmitten verbotener Süßigkeiten vor sich. Zwischen rauer Brandung, stahlharten Muskeln und zuckrigen Leckereien kommt ihr Blut so richtig in Wallung. Doch eigentlich liebt sie Jungautor Philipp, der völlig zu Recht der Meinung ist, dass nur er irgendetwas bei Sarah in Wallung bringen sollte. Er reist ihr hinterher und muss sich außer gegen Regen, Linksverkehr und ein Leben im gefühlten 18. Jahrhundert vor allem gegen diesen beknackten Muskelprotz im Rock beweisen, der sich bei jeder Gelegenheit das Hemd vom Leib reißt.
Dabei müssen sie eigentlich zusammenhalten, denn der wunderbare Cupcakeladen droht an einen bösen Engländer zu fallen, wenn die drei nicht schier Übermenschliches leisten. Aber wo könnte so etwas gelingen, wenn nicht in den magischen Highlands?

Bei dem Roman handelt es sich um eine abgeschlossene Geschichte – mit den Hauptfiguren aus „Mein Bad Boss und ich (und Philipp)“.

FRÜHER WIRD ALLES BESSER

Könntest du das letzte Jahr noch einmal durchleben, um damit deine große Liebe zu retten – das würdest du doch machen, oder?

Nach einem furchtbaren Jahr und einem sehr peinlichen Fehltritt zerstört Lisa die Ehe mit der Liebe ihres Lebens Alex. Sie ist sich sicher, dass sich das hätte verhindern lassen, wenn sie im vergangenen Jahr nur einen von sieben Fehlern nicht begangen hätte. Überraschend gewährt ihr das Schicksal diese Chance: Silvester landet sie nach Mitternacht nicht im Jahr 2018, sondern wieder am Anfang von 2017. Doch so einfach ist es dann auch wieder nicht: Denn sobald Lisa im neuen alten Jahr ihr Schicksal ändert, schlägt es auf unerwartete Weise zurück. Wird es Lisa gelingen, ihre Liebe zu retten? Oder macht sie alles nur noch schlimmer?

DORNRÖSCHEN HATTE ES LEICHTER

Stell Dir vor, Du wachst auf und die Welt hat sich zwanzig Jahre weitergedreht!

Eben noch stand Hermine kurz vor dem Abi, war unsterblich verliebt und träumte von Reisen, Beruf und Familie. Jetzt ist sie siebenunddreißig, Single und arbeitslos. Ihre biologische Uhr tickt gewaltig. Doch Hermine hat im Koma das komplette Internet verschlafen, weswegen die Online-Suche nach Mr. Right sich schwierig gestaltet. Ein gefühlter Teenager in einer fremden, erwachsenen Welt voller Smartphones, Hipster und mit der komischen Umweltministerin als Kanzlerin. Wenn nur nicht ständig alle fragen würden, wo denn ihr Harry Potter sei – denn sie hat keinen Schimmer, wer das sein soll …

IM FALSCHEN FILM

Ein Unfall – und plötzlich sind alle Erinnerungen an dein Leben ausgelöscht. Dafür gibt es einen komischen Mann, angeblich deiner, der immer nur wissen will, wo du das verdammte Auto geparkt hast.

Trixi hat eine komplette Amnesie. Und das Leben, das ihres sein soll, findet sie mehr als furchtbar. Doch wenn man sich an nichts mehr erinnern kann, kann man dann nicht auch gleich einen Neuanfang wagen? Vielleicht sogar mit diesem (Traum-) Mann, dessen Frau in den Unfall verwickelt war?

WER BRAUCHT SCHON EINEN MILLIONÄR?

Ist die Liebe stärker als die Lüge?

Die arbeitslose Schauspielerin Anna möchte ein einziges Mal mit den Reichen und Schönen feiern. Deswegen nimmt sie für die angesagteste Silvesterparty von Berlin die Identität einer Tochter aus gutem Hause an. Womit Anna nicht gerechnet hat: Auf der Party verknallt sie sich Hals über Kopf in den forschen Millionärssohn Max, mit dem sie die Nacht der Nächte erlebt. Unglücklicherweise ist ein Wiedersehen durch ihre erlogene Identität ausgeschlossen. Doch als Max sie wenige Tage später überraschend wiederfindet, gehen die Probleme erst richtig los. Dabei muss Anna feststellen, dass sie längst nicht die einzige Person mit einem Geheimnis ist …

FLIRTGEWITTER
ODER: WIE WIR BEIM ERSTEN DATE EIN KIND ENTFÜHRTEN

Ariane trifft ihren Traummann. Beim Aussteigen aus dem Zug flirten sie heftig. Sie hilft dem sexy Kerl sogar dabei, den Buggy mit seinem schlafenden Kind rauszutragen. Nur um nach Abfahrt des Zuges festzustellen, dass es gar nicht sein Kind ist. Er dachte, es wäre ihrs – klassisches Missverständnis. Jetzt haben sie einen Fünfjährigen an der Backe. Dabei wollte keiner von ihnen Kinder, auch nicht für einen Tag. Was sie in den nächsten Stunden als plötzliche Eltern erleben, ist ein Feuerwerk an komischen Situationen und bringt das Paar an den Rande des Nervenzusammenbruchs. Aber es entstehen auch tiefe Gefühle – von wem für wen, das ist nachzulesen in der neuen romantischen Komödie von Vanessa Mansini …

Über den wahren Autor

Michael Meisheit ist mein richtiger Name, auch wenn ich durchaus auf Vanessa höre. Ich war zwanzig Jahre lang Drehbuchautor bei der Fernsehserie „Lindenstraße". Nebenher habe ich zeitweise auch für die Telenovela „Rote Rosen" gearbeitet und den Fernsehfilm „Dann kam Lucy" geschrieben.
2012 habe ich meinen ersten Roman „Soap" veröffentlicht – als Selfpublisher. Unter dem Pseudonym Vanessa Mansini habe ich erstmals im Sommer 2013 geschrieben. Der heitere Roman „Nicht von dieser Welt" wurde überraschend zum Bestseller. Er stürmte Platz 1 der Kindle-Charts und verkaufte sich als eBook über 30.000 mal. Auf der Leipziger Buchmesse gewann ich mit ihm den Indie-Autor-Preis. Seither sind zahlreiche Romane unter meinem Pseudonym erschienen – vor allem die sehr erfolgreiche Reihe „Im falschen Film".
Hat Ihnen „Was Männer denken" gefallen? Dann wäre es wundervoll und für mich sehr wichtig, wenn Sie bei Amazon eine Kundenrezension hinterlassen – selbst wenn es nur ein paar Sätze sind. Vielen Dank!

In meinem Blog michaelmeisheit.de schreibe ich über meine Arbeit als Drehbuch- und Romanautor. Es lohnt sich, immer wieder einmal reinzuschauen …

Außerdem finden Sie mich hier:

www.facebook.com/imfalschenfilmserie
www.twitter.com/Meisheit

Oder schreiben Sie mir an michael@michaelmeisheit.de. Ich liebe es, Mails zu erhalten, und antworte auf jede. Versprochen!

Danksagung

Bei der Erstellung von „Was Männer denken“ hatte ich zahlreiche Helferinnen und Helfer, denen ich sehr herzlich danken möchte. Da sind zunächst einmal meinen Testleserinnen und Testleser, die wertvolle Hinweise gegeben haben, um die Geschichte zu verbessern. Außerdem geht mein besonderer Dank an meine Lektorin Dorothea Kenneweg, an Corinna Rindlisbacher für den schönen Buchsatz und meine Coverdesignerin Catrin Sommer.

Printed in Poland
by Amazon Fulfillment
Poland Sp. z o.o., Wrocław

51996301R00247